少年绘
少年文艺范·青春正能量

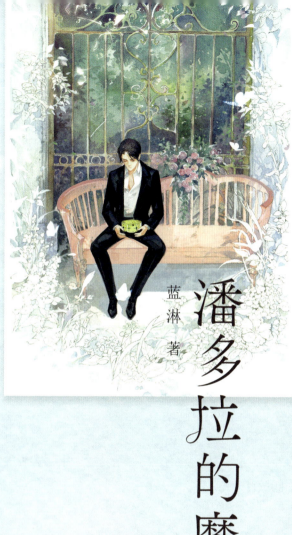

蓝淋 著

潘多拉的魔盒

广东旅游出版社
GUANGDONG TRAVEL & TOURISM PRESS
悦读书·悦旅行·悦享人生

中国·广州

图书在版编目（CIP）数据

潘多拉的魔盒 / 蓝淋著 . — 广州：广东旅游出版社，2024.1
ISBN 978-7-5570-3149-7

Ⅰ . ①潘… Ⅱ . ①蓝… Ⅲ . ①长篇小说－中国－当代 Ⅳ . ① I247.5

中国国家版本馆 CIP 数据核字（2023）第 184723 号

潘多拉的魔盒
PANDUOLA DE MOHE

著　者 蓝淋
出 版 人 刘志松
责任编辑 梅哲坤
责任技编 冼志良
责任校对 李瑞苑

广东旅游出版社出版发行
地　址 广东省广州市荔湾区沙面北街 71 号首、二层
邮　编 510130
电　话 020-87347732（总编室）　020-87348887（销售热线）
投稿邮箱 2026542779@qq.com
印　刷 北京盛通印刷股份有限公司
　　　　（地址：北京市大兴区亦庄经济技术开发区经海三路 18 号）
开　本 880 毫米 ×1230 毫米 1/32
印　张 14
字　数 400 千
版　次 2024 年 1 月第 1 版
印　次 2024 年 1 月第 1 次印刷
定　价 48.00 元

目录

CONTENTS

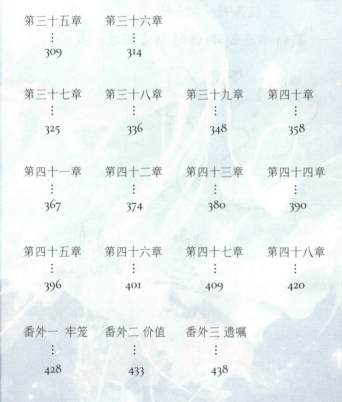

而我们现在，就像它们一样，

互相取暖一般拥抱着，

我们的过去，好像静静交织在一起。

蓝 淋

第一章

　　LEE 下班回来的时候，我正在他公寓客厅的窗上扒着，看着外面高楼之下车水马龙的夜景。

　　我回过头瞧他，他在那儿脱西装外套，把特意带回来的装着网红甜甜圈的纸袋搁在了桌上。我对他说："LEE，我爸叫我回国了。"

　　LEE 停住了动作。

　　"我爸说我在这儿一直混日子不行，病休时间拉得太长，学籍要保不住了。"

　　LEE 看着我。

　　我又转头望窗外说："没办法咯，不管怎么说，他都是我亲爸。"

　　LEE 没说什么，只静默了一会儿，而后走过来，弯下腰，揉了揉我的脑袋。

　　我突然有点伤心的感觉，说："对不起。"

　　我知道 LEE 其实很寂寞。

　　LEE 长着一副具有欺骗性的皮囊，这副皮囊之下毕竟是三十好几的灵魂了。不老，可是也并不年轻。

　　自从 LEE 替我爸有一搭没一搭地照顾我开始，我们已经认识快十年了。LEE 固然目睹我成长，我也看着他的人生从二字头踏入三字头，看着杯中物从威士忌变成泡枸杞。

　　LEE 过了那个游历花丛的轻浮年纪，开始认真地害怕孤单了，需要有人陪伴了。

LEE 没有亲戚，没有另一半，更没有孩子，所以这两年里近乎讨好地在照顾我，教育我，加倍弥补以前曾经亏欠过我的。

而我在 LEE 对我最好的时候，离开了。

LEE 给我买了机票，送我去机场，过安检之前我只看了 LEE 一眼，就转过头去。

在选择离开的时候如果还表现出伤感，这对 LEE 又是一种残忍。

在漫长的飞行旅途里，我睡了几觉，在梦里断断续续地回想了一番自己这二十二年的人生。

其实也不是完整的回想，中间有一块不小的断片。

我在二十岁的时候出了场车祸，失去了一部分记忆，那一段差不多是从我高二到大学的时间。以至于我都想不起来自己作为一个"学渣"，当年到底是怎么考上 T 大这样的名校。

百思不得其解。

不过我人生里有很多很多想不通的事情，所以也不差这一件。

比如我就想不通为什么我会来到这世上。

从小我就知道，我爸并不喜欢我，而我更没怎么见过我妈。

我在年幼的时候，就能敏锐地感觉到父母看我的眼光里所包含的情绪了——他们对我的回避。

其实我不明白，既然这样，为什么要生下我呢?

想不通，也没人给我答案。

大概，人都有很多的不得已吧。

正如他们别无选择地生了我，而我也别无选择地来到这个世界上。

其实我日子过得不算坏，因为我爸挺有钱，不是豪门，却也挺富足。他虽然不喜欢我，但在金钱上从没苛待过我，我没挨过饿受过冻。

这世上，有钱的话就能活得不差。

当然了，我是指存活，不是指生活。

也许有点矫情，但我这样的孩子，放任自流，手里又有点闲钱，不学坏是很难的。

于是同龄人在苦读的时候，我把一个差生所能做的事都做了，我彻底演绎了一回坏孩子。

当然这种"坏"其实也有限，我没有违法乱纪，只是爱混爱玩，交些不太好的朋友，做一些相对自己年龄而言过于出格的事。

但这足够我在学校里臭名昭著了。

反正我的青春期就是这样的嚣张、张扬和叛逆。

犹如五颜六色的烟花，或者说像泡沫一样。

一直到我遭遇车祸，戛然而止。

一度我也尝试过恢复记忆，试图想起来那几年里发生了些什么事。

然而每当努力思考的时候，我就会头痛欲裂。

那感觉就像是试图打开一扇门，然而那门是高温的，烙铁一般，一旦触及便痛不可言。

于是我很快放弃了。

我觉得吧，我人生里并没有什么特别值得记住的事情，不记得一两件也不要紧。

所以不需要自寻烦恼。

不是吗？

长时间的飞行之后，飞机终于落地了。拖着行李走在机场通道的时候，我有点茫然。

在我爸催我回国之前，我已经在洛杉矶如鱼得水地待了两年。

其实我并不想回国。

因为我在国内没有朋友，亲人也谈不上有。

LEE 只是我爸以前生意上的伙伴，但却是陪伴我最久、感情最深的人，是我唯一的朋友、知己、导师。

虽然关系捋起来有点复杂，但 LEE 比我爸尽职多了，所以车祸之后我申请了因病休学，LEE 想带我去看更好的医生，我也理所当然地跟 LEE 去了洛杉矶，过上类似于相依为命的生活。

然而我爸不知怎么突然就想起我来了，并强硬地要求我回国。

真是莫名其妙，但也理所当然。

老爸就是这样的，他想不起我的时候，随便我过什么日子，似乎都与他无关。而他想起我的时候，我若是不回应，那就是不孝。

我拖着行李，意兴阑珊地叹了口气。

在国际航班抵达厅，我看见一个高大俊朗的男人在那里等待着。

他也看见我了，立刻朝我挥挥手。

我爸这次居然亲自来接我，我还是有点受宠若惊的。

同行的是一个和他年龄相仿的男人，我知道他叫程亦晨，是我爸的至交。

我不喜欢程亦晨，我是没法跟这人相处的。

回去的路上，我爸问我："你真的不想住在家里，不想和我们一起？"

我呵呵地笑了："不想。"

程亦晨转头看着我，露出些惆怅的神情来。

我简直莫名其妙。我不在家里，不在眼前，对他们来说应该求之不得才对吧。

"但我们不放心让你继续一个人住在外面了。"

我又呵呵笑了："有什么好不放心的，我又不是没一个人待过。"

我爸有点尴尬地说："小竟，以前我们，是没照顾好你。"

"没事没事，我都这么大人了。"

我爸的表情更尴尬了，他可能以为我是在夹枪带棒地反讽，其实我只是说真心话而已。

我真的习惯了啊。

这些年的冷遇让我对他确实没有什么感情，但其实也没有恨。因为至少他在经济上富足地养了我。

至于其他的，我并没什么可怨的，毕竟这世界上谁也没有义务对我好吧。

之后他们在书房窃窃私语商量了很久。

我爸又来问我："你真的不留在家？"

我很坚决地说："不要。"

"小竟，你是不是怪爸爸……"

"不不，"我说，"您别多想，我只是不自在。"

"……"

"您知道的，那什么，"我说，"其实我跟您，我们之间，不太熟啊。"

我爸一时无言，良久才叹了口气："是我们亏待你了。"

虽然我爸看起来非常伤感、懊恼，但我依旧觉得他不爱我。

小时候我就很清楚，他对我是没有感情的，甚至充满厌恶。如果可以的话，很可能他会希望我从来没存在过。

我知道自己是一个不被需要的人，多余的存在。我也知道不是每个小孩子都是在被期待中来到这世界上的。

但现在不知为何，他似乎心有愧疚。

只不过，愧疚，正是我最不需要的一种感情啊。

我在家里待了几天之后，他们终于郑重其事地把商量好的结果告知我。

我爸说："小竟，我们想让你寄住在我们一个朋友那里。那个叔叔人很好，我们对他也放心，他会好好照料你的。"

我表示不以为意："哦……"

"而且你也刚好可以回 T 大复学。"

"……"

是祸躲不过。

我真的很不喜欢读书，也完全没有读书的天赋啊。

我垂头丧气地跟着他们搭上了去往 T 城的飞机。

那个我将要被托付的对象，是程亦晨的哥哥，叫程亦辰。

我觉得这兄弟俩的名字是用来搞笑的吧，叫一声分得清谁跟谁吗。

到了 T 城，一路奔波，车子终于停下来的时候，我的心情愈发沮丧。

这不是那种高级小区，虽然整洁规范什么都过得去，但没有游泳池，没有大草坪，没有会所，也看不到无敌海景。车库里扫一眼，停的多是二十万以下的车。

这个即将帮忙照顾我的叔叔，看起来并不富有，典型的工薪阶层吧，比我爸肯定是穷多了。

我心里就有点犯嘀咕。对我愧疚，不是应该把我安置到好点的地方吗，比如 LEE 那里那样的。

寄人篱下本来就是要过着委屈巴巴的生活，就这条件，以后还能让我吃上顿好的吗？

一路我都带着这种沮丧的心情，直到程亦晨上前去按了门铃。

门几乎是立刻就打开了，像是等待已久似的。

出来迎接我们的男人看起来也就三十多岁的模样，身材高瘦，面容清俊，有着一双漆黑的眼睛和一个挺秀的鼻梁。

我和他打了个照面，不由得呆了呆。

怎么说呢？要说"眼熟"，未免有点像老套的搭讪台词。但他确实让我觉得似曾相识。

非常非常熟悉，呼之欲出的闪回，可又说不上来到底在哪里见过。

我俩对视着，一时都没动静。

我爸推推我说："叫辰叔。"

这应该就是程亦辰了。那他实际上应该有四十来岁，他的样貌相对于年龄来说，是相当年轻呢。

我笑一笑说："你好。"

程亦辰和我视线相对，双目圆睁，像是有道雷霆当头劈中了他一样。

这未免略微尴尬，我只好又微笑着说："我是林竟。"

他依旧一动不动地盯着我。

我第一次生动地见到一个人脸上的血色在几秒里迅速褪尽，犹如血液被内里瞬间抽空。

这反应太奇怪了，说是白日见鬼也不为过。

我莫名其妙，不由得摸了一摸自己的脸。

我长得并不坏呀，虽说最近晒得黑了点，但未到丑得吓人的地步吧。

后面那两人也觉察出这尴尬的异样来了，程亦晨问："哥，怎么了，不舒服吗？"

程亦辰僵硬着，半晌才颤抖着嘴唇说："没什么，我可能，有点头晕……"

他的脸色看起来是真的非常苍白。

程亦晨一下就急了，说："是不是起得太猛了？你身体一直不好，赶紧进去休息吧！"

我爸也附和："是啊，我们这次特意给你带了点补身体的，等等拿出来，晚上你就可以熬来吃了，可别再放到发霉啊。"

我跟在他们后面进了门，本能地环视了一下。

虽然谈不上豪华，屋子里还是布置得挺温馨整洁的，颇有简约明朗的美感，看上去令人心情舒畅。

除了程亦辰之外，还有另外一个十分高大的男人。

我和他对视了一眼，他有种鹰一样的阴鸷。

我不由又多看了他两眼、三眼。

"……"

看到第五眼的时候，我突然想起来了，天啊，这人我见过！

他是……他是，那个人！

我一阵心惊肉跳。

这是陆风啊！

我对陆风的种种轶事如雷贯耳。

他偏执，狠辣且有钱。关于他的八卦简直多得数不过来。他就像玄幻故事里的喷火巨龙一样，张开翅膀遮天蔽日，一口下来生灵涂炭。

我不知道这只史前巨兽为什么会出现在这破小区，还睡衣拖鞋，一副家常模样。

我只能说我立刻就想从这里搬走了。

啊啊啊啊，这叫什么事啊！

想象一下，屋子里有只随时暴走的怪物！

然而除了我灵魂深处大作"蒙克的呐喊"之外，其他人对于陆风的存在似乎都很平静，我爸还张罗着让我打招呼："小竟，叫陆叔叔。"

我十分疑惑。这居然还能攀亲带故？

大人们坐下来喝茶寒暄，其乐融融的样子，唯有我心情久久不能平静，只将半个屁股挂在沙发边缘。

我琢磨了一会儿，那种熟悉感挥之不去，但我还是想不起来究竟在哪儿见过程亦辰这个人。

于是我插嘴道："辰叔，我觉得你有点眼熟啊。我们以前见过吗？"

程亦辰闻言，转头看着我，并不回答，他看起来像是有点悲伤，然而安静又坦然，一副灵魂都放空了的样子。

我爸说："怎么可能！"

"也难说啊，我在 T 城也待过几年，说不定碰到过呢。"

"T 城这么大，哪有那么巧。再说了，你年轻人都不记得，还指望你辰叔能记得吗？"

我说："但我车祸失忆了嘛，有些事情我不记得了，说不定辰叔还记得呢？"

屋里瞬间安静了一刻。

我爸他们是略微尴尬，程亦辰则是十分惊愕。

"车祸？什么时候的事？伤到哪里了？"

我爸低声道："两年前……唉，这个事情说起来……"

看我爸那一副说来话长，当着我的面又不知从何说起的为难模样，我便识趣地站起来说："我的房间是哪间？我把行李放一放。"

程亦辰这才如梦初醒，立刻站起身，过来拎起我的行李箱说："你看我，都给忘了。"

他领着我去看了我的卧室，在客厅的另一头。

推门进去，迎面而来的是干净清新的气味。

墙壁是新粉刷过的，淡蓝的色调，落地窗两侧束好的遮光帘也是湛蓝天空的颜色。

近窗摆着宽大的"一"字形书桌，旁边立着高大的手打书柜，用的是不同层次的海蓝色，床上整整齐齐地铺好了米色的被褥，掀开一角，露出洁白松软的枕头，风吹开雪白的窗纱，宛如浪花上的一道白边。

一切都有种崭新的，被阳光晒过的味道，暖烘烘地好闻。让这冬天，也仿佛是夏日海边的一个傍晚。

我不知为何，站在这里发了会儿呆。

听到程亦辰叫我："小竟？"

我才回过神来说："哦……"

他像是在小心翼翼地观察着我说："你累了吗？"

"嗯，我想休息会儿。"我想避开大人们的谈话，给他们一点空间，用以聊那些不想被我这种小孩子听见的话题。

加上前几天都没睡好，一路过来又舟车劳顿，我真的有点困倦。

他说："那我给你倒点水来，你困了就睡一下。"

程亦辰送来一个托盘，上面摆了装着柠檬水的玻璃冷水壶和配套的锤纹水杯，边上的小碟子还放了一小块柠檬蛋糕和几片切好的橙子。等把托盘放在书桌上，他就轻轻掩上门离开了。

我瞪着那在阳光下闪闪发光的杯子，又看了看书桌上的其他摆设。

除了鲸鱼图案的置物架之外，还有一个帆船模型、一台海星造型的闹钟和一盏深蓝色的长臂折叠护眼灯。

这些幼稚的布置之外，还有台一点都不幼稚，质感看起来还很强悍的笔记本电脑。

瞄了一眼，居然是 Alienware，还是 Area-51M。我赶紧开机一查，i9-10900k！ GeForce RTX 2080！ 64GB！

我不由惊呆了，这是专程为迎接我而准备的吗？

说真的，这配置，即使对于热衷电竞的年轻人来说，也性能溢出了。

我大概揣摩出了布置这屋子的人的心态。

他应该是听说我喜欢海，喜欢蓝色，喜欢玩游戏，所以就有了这些过度发挥的布置。

所以我的到来，居然是受到欢迎的吗？

天色逐渐暗了下来，我打开灯，才发现顶灯做成月牙的形状，在这房间里，仿佛大海上升起了一弯新月。

我和衣在床上躺下，对着天花板那虚假的月亮，对着这崭新又陌生的一切，又发起了呆。

原本的计划里，我爸他们是打算待上颇长一段时间，要和程亦辰好好叙旧。然而我爸的建筑工地那边出了点事，于是他跟程亦晨又匆匆忙忙地走了。

走就走了吧，我也谈不上什么伤感，只是等他们出门后不久，我突然意识到，我爸没给我钱！

我赶紧地打电话给我老爸："爸，你是不是忘了什么啊？"

他说："啊？没啊，我证件、手机都带着的啊。"

我说："我是说，你忘了给我留点什么了吧。比如说，钱？"

我爸说："啊，这个啊，用不着啊，你有什么需要就跟你辰叔说。他会给你的。"

"这样不好吧？！"

这表示我不仅吃人家喝人家，还得花人家的？太卑微了吧！

我爸居然厚颜无耻地说："不会啊，我觉得挺好的。我这快起飞了，先关机了哈。"

不会吧不会吧？

寄养还可以这么洒脱的啊？

我的沮丧达到了最高点。

我猜是我爸觉得他之前的教育失败，部分归咎于打给我的钱。毕竟钱多就等于诱惑多，小孩子还不知道怎么合理规划。

但钱其实是无辜的啊，它真不是我不争气的罪魁祸首啊。

事已至此，我唯有怪自己在之前零花钱多的时候没想着存一点下来，以至于卡中羞涩，只能委委屈屈地从此开始了寄人篱下的生活。

好在，据我观察，虽然陆风不知出于什么理由也住在这儿，但这房子实际上的一家之主是程亦辰。

所以连陆风都需要寄人篱下。

这么一想，我竟已达到了跟陆风相同的高度，感觉就似乎尊贵了点。

但在这里住了几日，我的体验并不好。

一来没人喜欢住在一个陌生人家里。这就跟国外留学生那种 homestay（为学生或游客提供的寄宿家庭）差不多吧，我散漫惯了，在此处处都觉得束手束脚。

二来家中气氛也并不愉快。从我来的那天起，陆风就终日阴沉着脸，程亦辰更是没有过任何笑容。

程亦辰倒也不是对我不热心，他没有亏待我。事实上他对我非常关心，关心程度抵得上十个我爸再加上一个 LEE。

我只要随口问一句"家里还有枣子吃吗"，当晚就能有一大碗洗好的新鲜冬枣摆在我桌上。三餐都是冲着我的喜好来做的，家务活更是完全没我的事，我只需要衣来伸手饭来张口。

他把我的日常起居方方面面都照顾得无微不至，他对我非常温和、温柔。

但我觉得他很痛苦，也在强忍那些痛苦。而我不知道到底是什么东西在煎熬着他。

有天晚上我甚至听见陆风在和他吵架，不对，这样说很不准确。

我只是听见厨房里有争执的动静，隐约间似乎夹杂着我的名字。

具体发生了什么我并不清楚，等我好奇地偷偷摸摸过去的时候，就刚好见得程亦辰挥手给了陆风一个耳光。

极其清脆响亮的"啪"的一声，这声音听起来实在太疼，我嘴里的枣子差点都吓掉了。

这一巴掌似乎用尽了力气，令程亦辰喘不过气来似的，微微弯着腰发抖，也令陆风那张让许多人光是看着就会战战兢兢诚惶诚恐的雕像一般的脸上，立刻浮起了一片红色。

打得真是不轻。

而陆风挨了打居然没发怒，反而近似哀求地低声道："小辰……"

程亦辰脸上又青又白，嘴唇也没有血色，只有眼睛是红的。

陆风伸手做出想去拥抱他的姿势，然而又挨了一耳光。

"小辰……"

又是一耳光。

"小辰……"

我没见过这样低声下气的陆风，也没见过这样狠心的程亦辰。

那耳光打得一点也不手软，而陆风的手还是一直伸着。

两个人好像都僵持到极致。

我突然完全失去了偷窥的心情，悄悄缩了回去。

他们看起来太痛苦了。

在这样的痛苦面前，好奇心显得未免过于残忍。

我蹑手蹑脚溜回自己的房间，忐忑不安地待了好半天，才隐约听见外面有新的动静。于是按捺不住又凑过去，趴在门上把门打开一条缝。

这条缝只够我看到陆风的背影，而后就是大门关上的声音。

这一惊非同小可，我一个用力过猛就滚出房间去了。程亦辰一个人在客厅里站着，发着呆似的。

他对于我的动静没反应，石像一般。我只得忐忑地叫他："辰叔……"

他终于转头看着我。

我问："是出什么事了吗？"

他迟疑了一会儿，才回应我："没事的。"

"那，"我谨慎地斟酌措辞，又问，"陆风去哪里啊？"

他又发了一会儿呆，说："没去哪里。"

我没再问下去了，因为我发觉他整个人犹如灵魂被抽去了一样，问什么他都答不上来。

明明是他赶陆风走的，但陆风一走，好像把他的魂也带走了。

晚上我有点睡不着，琢磨着刚刚发生的事。

说真的我很不自在，总觉得诡异。

没有任何证据表明这一切和我有关。但我就是莫名地有种感觉，这事一定和我有关。

到底是怎么了呢？

我仔细把我所记得的和他们有关的事情都来回梳理了一遍，也并没有什么头绪。

就读南高的时候，我跟陆风见过几次。

但要说我和陆风之间的纠葛，也就是那么回事吧，那时候他对我似乎有一些好奇，体现在多看过我几眼。但这算什么呢，那几眼根本对我毫无意义。

我记忆里的陆风，或者说当年的陆风，像是要用尽一切来填补自己的空虚一般。

我都想不出他内心是得多空虚，得被挖出一个什么样的大洞来，才需要那样的生活。

但就我所记得的部分而言，也就那样罢了，并没有什么故事。

现在于这里重逢，他压根儿懒得多看我，眼光丝毫不在我身上停留。很可能他都未必记得见过我这个人了。

程亦辰不会听说了点什么吧?

这事情太烧脑了，以我的智商，连蒙带猜到大半夜，依旧一头雾水。

这令我感觉很不好，身边明明波涛汹涌，而我却一无所知。

就好像自己处在一则灵异故事里头一样。

在我们面前应该是有什么恐怖的事情发生了，程亦辰和陆风都看得见那个可怕的鬼魂，所以他们举止异常，而只有我看不见。

半夜辗转反复着睡不着，屋里十分憋闷，我爬起来，想把窗户开了透透风。

而后我从窗口看见路灯下有个人影。

晚上这时候真是蛮冷的，他就那么一动不动地站着。

我一边骂自己多管闲事，一边又按捺不住好奇心，一会儿去偷瞄程亦辰睡了没，一会儿又去偷看陆风走了没，十分忙碌。

终于，程亦辰房里的灯灭了。

陆风一个人在楼下静静等了那么久，终究还是走了。

深夜的长街上什么也没有，只余满地落叶，在这萧瑟的时节都已经干而脆了。一步步踩上去，渐行渐远的尽是破裂的声音。

就好像有什么人的心碎了一样。

陆风离开已经有段时间了，而这些日子的生活，好像还算平静顺利。

程亦辰每天都规律地买菜、做饭、打扫、清洗，将家中打理得井井有条。饭桌上少了陆风，但凡有好的菜色，他就全都夹到我碗里。

所以我比起之前，愈发地吃好住好。甚至过于好了。

只是程亦辰不太好，他神色恍惚的时候越来越多，我知道他失眠得很厉害，好几次我半夜去洗手间，都看见他房间的灯还是亮着的。

但第二天起来，桌上又一定准时会有好的饭菜，程亦辰还要尽职尽责地陪着我吃，虽然他自己基本上不怎么动筷子。

他对我非常好，体贴入微，极其温柔。

但那种温柔让我觉得，他随时要崩溃破碎，就好像要在风里散去的蒲公英一样。

他的痛苦是显而易见的。我多少想安慰安慰他，但又完全不知从何安慰起。

因为我根本就不知道到底发生了什么事啊！

而且这还没法打听。打听长辈的八卦实在超出了我的能力范围。

我这是造了什么孽啊，还得硬着头皮强行掺和别人的家事！

这天吃饭的时候，我终于忍不住开口了。

"辰叔……"

"嗯？"

"是不是陆风，呃，那个，陆叔叔，"我吞了吞口水，这称呼不知为何，格外地难以说出口，"他做了什么惹你生气的事啊？"

他看着我："嗯……"

"那，就找他出气呗，出了气，就过去了嘛。"

他用马的眼睛一般温和又伤感的眼睛望着我，另一只手放到我头顶上，摸了摸我的头发。

他的指腹和手掌有些茧子，他并不是享福的人。

"小竟，你是好孩子。"

我长这么大，还是头一次被人这么说。

然而这个夸奖我是好孩子的男人，我觉得，似乎正是我这个好孩子，让他很痛苦。

晚上吃过饭，程亦辰又陪着我看电视，我想他根本就看不进去，连屏幕上演的是什么也未必知道，只是尽职尽责地在陪伴我打发时间而已。

这档法治社会节目，性质有点像家长里短的八点档。而今晚的案例却是再婚家庭中的不良现象。

这种主题让我相当不舒服，我像吞了堆苍蝇，看了几眼就忍不住骂脏话："还要不要脸啊？这些人渣！老变态！"

程亦辰也瞧着屏幕。

我看不下去地转台了："强奸犯统统都该去死！"

程亦辰依旧望着前方，只轻轻"嗯"了一声。

看完电视，我又吃了一顿程亦辰煮的消夜，才去睡觉，消夜馄饨很好吃的缘故，我睡得还蛮香的。

迷迷糊糊之中我似乎做了个梦，梦见程亦辰进到我房间里来看我。这梦很奇怪，明明是半夜，他却穿戴整齐，一副要外出的模样。

他在我床边坐着看了我一会儿才走的，梦里我问他："辰叔，你要出门了吗？"

他在门口回过头看着我，用那种非常温柔非常怜爱非常心疼的眼神。

"我走了。"

"嗯……"

"你要照顾好自己啊，小竟。"

他好像在跟我诀别一样。

我这一觉睡到快中午才醒，被噩梦给魇住了，魇得全身都是冷汗，猛然睁眼的时候胸口还后怕得怦怦直跳。

连汗湿的睡衣也没换，我就跳下床，抓了件外套裹上，而后开门出去。

客厅里静悄悄的，程亦辰不在。

卧室、厨房、浴室，都是空的。

我叫了两声"辰叔"，没有人回应。桌上没有早餐，连热水也没有。

这是程亦辰第一次没把一切都准备好。

我找了一阵子，心里有点慌，最后想起该打他手机。

然而拨完号以后，铃声在玄关的杂物柜上面响了。我发现他的手机钱包，一样都没带走。

我觉得自己又像回到噩梦里去了，心神不宁，有种怪异的不祥预感。

房子第一次显得那么大，我第一次有点想念程亦辰和陆风这两个人。

一直到晚上，我才接到一个陌生号码的来电。

"喂？"

"小竟，是我。"

我舒了口气说："辰叔，你上哪儿去啦？"一天都没见着人，听见他声音的时候，我竟然有种莫名的安全感。

他的声音在那头听起来有些模糊："我在外面。晚点才能回去。你吃饭了吗？"

"还没……"

他叮嘱道："饿了吧？我房间抽屉里有钱，你拿着去外面好好吃饭。别弄坏身体。"

我又问了一遍："你在哪儿啊辰叔？"

他没出声。

于是我说："辰叔，我一个人在家有点怕。"

他终于回答："别怕，晚一些我会回去的。我现在在医院。"

"什么？！"

虚惊一场过后，我才知道，进医院的不是程亦辰，而是陆风。

再怎么对陆风印象不佳，出于礼貌，或者说出于好奇心，当晚我还是礼节性地买了个水果篮去探望了。

原本觉得陆风住院这么大的事，以他的身家排场，怎么也得轰动一下，来一堆人探望伺候。

结果除了门口的保镖之外，那守卫森严的高级病房内，坐着的也只有程亦辰一个人而已。

陆风在病床上躺着，双眼紧闭，像是睡着了。

程亦辰招呼我坐下，给我削了个苹果："先吃点吧，别饿着。"

我之前在外边跟小护士们搭讪的时候，大概打听了一下八卦，陆风住院的原因是过量服用药物，导致急救洗胃。然而他身上还有明显的伤，用纱布包扎着。

"……"

我有点闹不明白。

想干掉陆风的人，我想T城的确有不少，但谁真有这能耐伤得了他呢？

先别提他的保镖团不是吃素的，单凭陆风自己，已经能一个打十个了。

居然还服药过量，这怎么都不像是陆风的做派啊。

陆风给我的感觉，就是头生命力最顽强的史前怪兽，即使其他所有人都挂了，他也能战到最后，这种人怎么可能自行了结？

这事情，处处都透着不合理。

思量了半天，我不由得转头去看程亦辰，他两眼红肿，表情却很平静。

这看起来手无缚鸡之力的男人，此刻让我有种心惊肉跳的感觉。

是他弄伤的吗？

乍一想很荒谬，让我自己都忍不住大摇其头。但再细想，又只剩这个答案是最合理的了。

毕竟那天他打陆风耳光的狠劲，陆风那低声下气的姿态，我一时半刻实在忘不了。

可是、可是，这到底为什么呀？

在我胡思乱想心惊肉跳之际，又听得程亦辰温和地对我说："我去给你买个饭，你等一会儿。"

"哎，没事，辰叔我不饿的。"

我想说我虽然平时吃得挺多，但我对吃不是那么执着，沉迷游戏的时候我可以一整天光喝饮料，什么也不吃呢，年轻人少吃那么一两顿又不会怎么样。

但程亦辰似乎对于我的这些生活细节非常非常在意，生怕我有半点闪失和不妥，因而还是念叨着："饭不能不吃的。"而后他坚持下楼去了。

我坐在边上百无聊赖地看了会儿杂志，突然见得病床上的陆风动了动，微微睁开眼睛。

他看起来好像恢复了意识，有些迷糊，但还算有几分神志。

"呃……"我赶紧站起身来，嘴里说着标准的废话，"你醒了啊？"

他眼里完全没有什么死里逃生的庆幸或者后怕或者余怒。他似乎根本不关心这个。

他只略困难地转动着头部，在屋里寻觅了一圈，而后声音嘶哑地说："小辰！"

"辰叔出去买东西了。"

他置若罔闻，还是喊："小辰！"

我只得说："呃，很快就回来了……"

陆风喊了一会儿，终于闭上眼睛，声音也渐渐低下去。

病房的门终于被打开，已成热锅上的蚂蚁的我顿时如获大赦。

"辰叔！你回来啦？陆风刚刚在找你呢！"

程亦辰忙把饭盒放在桌上，而后走去床边。

陆风意识涣散，但还在焦灼而煎熬地呢喃。

大概因为药物的关系，他那张平日冷酷的脸上，反常地满是软弱和不安。

第四章

　　从医院回到家，想着这事，我翻来覆去，怎么也睡不着。

　　而后我突然想起，LEE 以前跟陆风好像有些交情，LEE 曾经是陆风的校友，两人也有工作上的往来。

　　当年的我，对这些与我的世界无关的花边新闻没太大兴趣，LEE 闲谈时纵然提过一些，我也是左耳进右耳出。

　　然而现在我多恨自己当年八卦意识不够到位啊！于是我赶紧亡羊补牢，给 LEE 发了一堆消息。

　　洛杉矶也就早上七八点的光景吧，LEE 几乎是立刻就回复了："程亦辰打伤了陆风？！"

　　我就知道放这个大新闻一定能把 LEE "炸"出来，"我是这么猜的啦，虽然并没有确切证据。"

　　LEE 说："唉，你猜得应该也没错。"

　　"你知道他俩是怎么回事吗？"

　　LEE 过了半晌才回复："也没什么，多半陆风以前做过些缺德事，被发现了，惹急了程亦辰呗。"

　　"就算翻旧账，至于闹成这样吗？程亦辰看起来那么斯文，不像是出手这么狠的人啊。"

　　LEE 叹口气，说："当然至于啊。陆风当年，什么事做不出来？他完全是个丧心病狂的疯子，你不懂，他疯起来连我都怕。别说程亦辰想干掉他，有时候啊，我都有点想。"

　　"那你怎么不动手？"

LEE 为之气结，怒道："你觉得我行吗？这世上有几个人动得了他？"

"我怎么觉得，你是因为觉得他长得帅才下不了手。"

LEE 立刻发了个口吐鲜血的表情。

抛开其他的不谈，光论长相，陆风即使人到中年，也是出类拔萃地英俊不凡，可以想象他年轻时候的光景。

然而他给我，或者说，他给大多数人所留下的认知，都是超出了他那副皮囊的。

LEE 又问："他们现在怎么样了？我指，程亦辰，他人还在吗？还是已经跑了？"

"在啊，他在医院照顾陆风呢。"

"嗯，"LEE 说，"那就还好。要是程亦辰不在了，出于安全考量，我劝你也赶紧卷铺盖跑吧，能跑多远跑多远。"

"啊？"

"程亦辰这回没走，那就没什么事了。"

"啊？"

"估计他这次，算是原谅陆风了吧。"

"哦……"

虽然我似懂非懂，但 LEE 一副深谙内情的样子，我仔细想想也是，人与人之间，有再大仇再大怨，生死走一遭，也解得差不多了。

我忍不住问："那你知道程亦辰是因为什么事恨成这样吗？"

毕竟他看起来真的是很温和、很好说话的一个人。

LEE 过了半晌才回复："这你就别问了。"

"为什么啊？"有什么八卦居然不能和我共享？我们这么多年交情也太经不起考验了吧！

LEE 说："你还是不知道比较好。"

"不知道怎么可能会比较好！一点都不好好吗！快点告诉我！"

LEE 过了好一阵子，才给了我一个非常玄妙的回复："等你知道的时候，你就会后悔知道了。"

"……"

LEE 预测得没错，接下来的时间，居然风平浪静。

陆风住院期间都是程亦辰在照顾，我偶尔礼节性地去探视一下，总见得程亦辰在病床前看书，而陆风在那儿静静地躺着。

看起来就好像只不过是陆风得了场感冒，朋友来陪着打个吊针一般。

之后一切都很平静，我预想中的所有波澜壮阔的八卦剧情都没发生。过了两天，陆风就出院了。

回到家中的陆风看起来清瘦了一些，憔悴了一些，像是怪兽被抽去了一层灵魂，反而显得没那么阴沉。

程亦辰一到家，还没歇下就忙着给嗷嗷待哺的我张罗晚餐。他对我说："晚上我们吃粥。"

"……"

听起来清汤寡水，生无可恋。

结果桌上是一大锅黄鳝乳鸽粥。

绵香软滑，鲜甜甘美，鸽肉鳗鱼嫩滑酥软，配上黏稠的米粥，熨得胃里妥帖，不油腻，却饱足，简直惬意之极。

显然是为病人特意准备的。

饭后我还在舔碗，程亦辰去洗锅，陆风也过去帮他了，好像什么也没发生过一样。

别人的恩怨纠葛，我打听不着，摸不着头脑，也猜不透走势，但能像现在这样，反正是好事。

不然以前程亦辰总给人一种失魂落魄的感觉。他的笑容好似烟雾，好像吹口气都能让他消散于空气之中一般，连带我都觉得心里七上八下。

现在他显得安定很多，下了什么决心似的，魂魄归体了，脸上也有了一些坚定的表情。

我也松了口气。

很快学校开学了，复学的我得重新修读大二课程。

也就是说，我的好日子到头了。

讲真的，别说我想不起来我是怎么考上Ｔ大的，我甚至想不起来我怎么会想去报考Ｔ大。

我打娘胎里出来就不是爱读书的人！

好吧，这样说太夸张了，应该说，小的时候，我还是对拿回好成绩有憧憬的。

因为考满分，拿奖状，意味着得到赞美——别的小朋友都可以得到这些。

然而很快我发现我得不到，因为我爸并不在意这个。他不会因为我的成绩而欣喜，也不会失望。他真的不在意。他连派司机送我去各个培训班，也并不是为了让我多才多艺，而只是让我在他眼前的时间尽可能少一些。

没有人在意，所以我也就渐渐不在意了。

所以我以为，按照我的做派，我应该是在高中毕业以后成为南高之耻，混进一所学费高昂的大学，然后继续在那里混日子。

结果我居然去了 T 大这样的顶尖学府，这不是自取灭亡吗？

开学第一天，我感觉就像是一条咸鱼被抛进了锦鲤池子。

我的同学们都像是活蹦乱跳要越过龙门的锦鲤，他们运指如飞地在埋头记笔记，甚至还会主动举手提问，和老师进行激烈的探讨争辩，而我这条摊在桌子上的咸鱼甚至不知道老师在说什么，被知识的海浪冲刷拍打得晕头转向。

勉强上完这一天的课，我已经盘算好了，后面的课能不上就不上，最好是直接混到期末考试的时候再出席，此处非久留之地啊！

然而一回家，我就看见客厅醒目的地方白纸黑字地贴着我的课程表。

我瞪着它，正逢程亦辰从厨房出来，边在围裙上擦着手，边跟我打招呼："小竟回来啦？今天课上得怎么样？"

我指着墙上那张纸，慢吞吞地说："这里怎么会有这个？"

程亦辰热心道："我怕记不住你上课时间，早饭给你做晚了，贴一张在这儿，方便提醒自己。"

我觉得这玩意儿就跟个"镇妖符"似的，要把我这个试图逃课的小妖镇住。

我在这"镇妖符"之下没滋没味地吃了程亦辰端来的点心，好不容易可以溜回自己房间，一推开卧室的门，就见得墙上赫然也贴了一张一模一样的课程表。

我："……"

当晚我就找 LEE 大大地诉了一番苦。

"你说他怎么就这么爱管闲事呢？学费又不是他交的，我逃课不会给他造成任何损失啊！我亲爹都不管我的，他就不能睁一只眼闭一只眼吗？"

LEE 说："据说程亦辰年轻时候是个学霸，所以这方面有点强迫症吧。"

"学霸吗？"我想一想那生活乏味的中年人，"看不出来。"

"他以前是 X 大的高才生，二十年多前的 X 大学历，那含金量可比现在高多了。"

"……"

那个年代考进X大的的确算人中龙凤，可是要说起来，以那样的起点，却混成今天这样，算是蛮失败的吧？

程亦辰开个生意清淡的书店，在这远离市中心的普通小区住着，每天柴米油盐，琢磨着哪家超市有特价，几点以后有打折。固然是穿得暖，饿不死，谈不上潦倒，但也绝对不属于过得好的类型。

这样一算，他简直是活生生的反面教材。

如果那么努力读书，最后也就到这种程度而已，那我还读书做什么？

因为"镇妖符"的存在，有课的日子我就不能光明正大在家赖着，只能出门找地方打发时间。

打发时间是要钱的，我又没有钱，逼不得已只能去学校。

宛如天书的课程，格格不入的同学，"家里"的沉闷压抑，空空如也的钱包，这一切都让我心浮气躁，和厌恶这复学之行。

回想以前，我那么会玩，那么受欢迎，生活那么多姿多彩。

当时我一直以为处处吃得开，是因为自己人见人爱，花见花开。现在才突然领悟，我当年的风采，很大一部分是来自我的钱。

我爸让我缺钱就跟程亦辰要，我也确实开口要过，然后他把包里的现金都掏出来给了我，也就600元。

600元够做什么呢，不够买只新出的球鞋，手游"氪金"（充值）还得648元呢。

我又不好意思一直索要，他看起来那么穷。

这日我又勉强熬过了被知识的狂风暴雨摧残的一天，奄奄一息回到家里，躲进自己的小天地打游戏。

游戏是最廉价的娱乐。哦，不对，手游不在此列，手游我已经"氪"不起了，只能玩PC（电脑端）。298元买个"吃鸡"游戏，可以玩到地老天荒。

这晚打得很不顺，要么遇到"坑队友"，要么就是遇到开外挂的神仙。越打越输，越输越不甘心。本来想着赢一把就睡，结果一输就输到凌晨5点。

我才迷迷糊糊睡了一个多小时，就听见敲门声。

我的眼皮似有千斤重，而那敲门声不依不饶，好像一下下敲在我耳膜上。

等终于被敲醒，我那股起床气快要炸了，我爬下床就猛地一把拉开门，蓄势待发地要和对方吵一架。

而程亦辰就像看不懂别人脸色一样，还在不知好歹地继续碎碎念："早餐已经做好了。再不吃要冷啦。"

　　我发泄着我的起床气说："不吃！"

　　他问："怎么了？不舒服吗？"

　　"没有。"

　　"那是怎么了？"

　　我说："我就是不想去上课。"

　　"为什么？"

　　"为什么要上课？"

　　他像是很惊讶，愣了愣才说："你这个年纪的孩子，不去学校里读书，要去做什么呢？"

　　"读书有什么用？"

　　他说："读书怎么会没用呢？读书可以让人……"

　　我没有听他长篇大论的耐心，烦躁道："你读了这么多书，也没见得多有用吧！"

　　他沉默了一下，站在那里，像是有些不知所措。

　　我这下子也完全没睡意了，换上衣服拿了包，径自从他身边挤过，出门去了。

第五章

　　我漫无目的走到学校附近，路过一家咖啡店，习惯性进去吃个早餐。一盒咸香小点 48 元，一个火腿芝士可颂 25 元，一杯焦糖玛奇朵 37 元，结账的时候我愣了愣，微信账户余额只有几十元钱，这下尴尬了，我忙摸遍身上，幸而还有一百元现金，程亦辰给我的。

　　店员看看我，我只能强装潇洒："分开付，一部分现金，一部分扫码。"

　　小小早餐，不足挂齿，而我在这儿吃顿早餐就能破产。

　　我瞪着这四个一口就能吞下去的迷你小点心。吞拿鱼番茄挞，菠菜培根芝士派，手撕牛肉酥，火鸡黑松露派，瞧吧，吃掉它们的时间甚至还不够把名字读完。

　　以前我账户的生活费余额随时有五位数甚至六位数，这种消费根本没放在眼里。

　　如今吃个早餐都到了破釜沉舟的地步了。

　　我边咀嚼着剩下的可颂，边用手机逛了一圈租房 APP。

　　寄人篱下本来就不是长久之计，加上我今早又顶撞了程亦辰。我一向不擅长和长辈相处，以后同一屋檐下的日子会更尴尬。我得认真紧迫地考虑搬出去住的计划了。

　　搬出去，首先要租得起房子，也就是需要钱。

　　我看着自己的账户，叹了口气。

想当年，我成天伤春悲秋，无病呻吟，感慨自己什么都没有，只有我老爸给我的钱。除了钱之外一无所有的人生特别没意思。

现在我恨不得给自己一个大耳光。

身在福中不知福！穷来方知钱可贵！

缺什么都没关系，只要不缺钱就行。没什么都行，就是不能没钱。

但凡位置比较靠市中心的房子，肯跟人合租的话一个月两千八，想独居的话至少四千，偏远的话一千五可以租到一居室，但那个地段和居住质量，还不如继续寄人篱下了。

对于目前没法从老爸那里领到生活费的我来说，简直是寸步难行。

我长这么大，从没像现在这么穷过。

不想办法赚点钱，这日子要过不下去了。

我觉得我的当务之急绝对不是摄取知识，而是赚取金钱。

然而要怎么赚钱呢？

从没打过工的我，实在是不得其门而入。

毕竟我家境也算优渥，又有LEE帮衬，基本上想用钱的时候就能有钱，还真没为这个操过心。

现在我沦落到连买个游戏月卡都得跟程亦辰开口要钱，想想就觉得惨。

于是我心不甘情不愿地在网上查看勤工俭学的信息。

家教，一小时60元，教小学生英语，一周一次，一次一小时。

餐厅端盘子，一小时15元，一周7天，需要时间稳定。

发传单，15元一小时，要求派发三四百张，不能丢单，每天补助5元车费。

发传单的升级版，协助家长填写外教免费体验课的体验券（回单），要求一小时3张回单，基本工资80元，有提成。

我："……"

大学生都是干这些兼职的吗？

原来生活是这么艰难的吗？

我不由得陷入了沉思。

我吃完继续在座位上百无聊赖地玩手机。一上午很快过去了，而我也终于不好意思继续赖着不走——我剩下的钱已经不够再点一杯咖啡。

我悻悻然推门出去。离开了咖啡店里面令人昏昏欲睡的暖气，冬日街头的寒风无情地吹出了我一身的鸡皮疙瘩。

我突然清醒了一点。

我活到这岁数，第一次想到一个直击灵魂的问题："我到底能做什么？"

二十二岁了，不学无术，书读得无可救药，就算没有因为病休太长而失去学籍，估计我也很快会因为成绩太差被劝退。

除了花钱，除了吃喝玩乐，我好像什么也不会。

我在街上愣了好一会儿。开阔的天地之间，阳光灿烂，熙熙攘攘，而我好像一个轻于鸿毛的气泡。

剩下 20 多元钱，我去楼上的麦当劳买了个午餐，还好工作日有特惠午餐，我还能吃上个巨无霸套餐。

磨磨蹭蹭喝完最后一滴可乐，用薯条把最后一点番茄酱蘸干净，再继续坐下去，我就要显得过于潦倒了。

我如此英俊潇洒，绝不能把自己整得跟流浪汉一样。

于是我终于慢吞吞走回了学校，找到课表上的教室。

大班正在上课，一屋子满当当的人，老师在台上背对着大家写题目。我从后门进去，并没有人留意到我。见状我便在最后一排找了个位置坐下，将包里的书掏出来。

听了半天我才发现带的书压根就不是这门课的，至此我生无可恋，放弃挣扎，一歪头趴在了桌子上。

说真的，没有比教室更好睡觉的地方了。人体散发的热量，书本催眠的气味，老师意义不明的讲课，交织成一张令人昏昏沉沉的巨网，比吃褪黑素都来得管用。

我索性还做了个梦，梦里我在半空中飘着，隐约有声音在云端叫着我的名字。

还有硬硬的东西在使劲戳我。

我从梦中惊醒，听得老师在叫我名字："林竟。林竟在吗？"

我赶紧霍地站起身来："到！"

教室里有了轻微的哄笑的声浪，有些人回头看我，老师也推一推眼镜，瞧着我。

怎么着？我应该要说点什么吗？我到底应该说点什么？

旁边不动声色地推来一张纸巾，上面写了一行字。

我立刻照着念了一遍。

老师点点头。教室很大，公共课的大班有七八十个人，他估计也没发现我原本是趴着的，因而没为难我，只说："没错。坐下吧。"

我松了口气，坐回位子上的时候，不由转头看了一眼身边这位行侠仗义地拿笔把我捅醒的兄弟。

我依稀记得我刚才摸进来的时候，这排座位是空的。所以这位同学也是迟到的选手？

然而他看起来并不像是惯于混课时的样子。他坐姿笔挺，双肩平齐，双手端正自然地搭在桌上，甚至胸口和桌子隔了一拳。这规范的听课姿势，不是一朝一夕养成的。

我从侧面，只能看见他乌黑的头发和眉毛，皮肤很白，鼻梁很挺，眼睛透亮。

我见过很多俊男美女，从小到大身边来来去去的人就没有丑的，因而长得好看这件事对我来说没有那么稀奇。

但这人让我不由自主多瞄了好几眼。他看起来特别干净，特别端正，特别一丝不苟。

"谢谢啊。"我想跟他聊两句，不料他说："嘘，先听课。"

哇，也特别冷漠。

果然即使我在那儿上上下下地打量他，各种挤眉弄眼，他始终目不斜视。

待得下了课，他才说："举手之劳。"

而后他又道："这老师的课，课堂提问要算进平时分。"他看了看我，"他的平时分很难拿，抓人也抓得很凶，你还是小心点好。"

原来是熟练工啊，怕不也是被抓过。

我稀奇道："你怎么也没带书？"

他说："黄老师上课都不照课本讲的。而且他的PPT做得很翔实，不带书也没差。不过，如果我是你，我会去他的个人网站把课件都下载下来。"

果真是过来人啊！失敬失敬！

我不由问："你这么认真，干吗不坐第一排？坐最后一排不会太浪费吗？"

他一本正经道："我太高了，会挡到后面的同学。"

原来是个"憨憨"。

虽然我觉得这位兄弟有点意思，但萍水相逢，他也没有要与我搭讪叫我留联系方式的意思，上完课，彼此礼节性地道了再见，也就各奔东西了。

下了课走出教室，又是天寒地冻的光景。我摸了摸口袋，又查了查手机。

这下可好，银行卡、支付宝、微信和兜里，全都没有钱。没钱就没得"浪"，连街上摆摊的手抓饼都要买不起了，所以我还是得乖乖回去吃饭。

我拖着不学无术的躯壳回到了家。家里确实是有饭吃的，而且吃得不算差。

这天的晚饭，程亦辰做了土豆烧牛腩、蒜蓉粉丝虾和清蒸鲈鱼，加清炒莴苣、排骨冬瓜汤，再给我盛碗白米饭，香得我立刻把早上的尴尬给忘干净了。

其实这些菜色不会比我之前的生活里吃得高级。年少时跟着那些狐朋狗友，我什么好东西没见过？天天混迹于各大吃喝玩乐场所，动不动就和牛伺候，帝王蟹三吃，还能去米其林餐厅蹭一蹭。

但我确实没有多少能好好吃一顿家常菜的机会。

在洛杉矶跟 LEE 一起生活的时候，LEE 的厨艺不敢恭维，加上工作太忙，我们大多是靠外出觅食和叫外卖来维持生活，而美国人的中餐口味乏善可陈，无非蒸饺、麻婆豆腐、左宗棠鸡。

程亦辰是我遇到的第一个，也是最讲究家常三餐的人。

他不仅都会保证餐桌上有肉有鱼有蔬菜，在这上班族都是牛奶面包解决早餐的时代，他还会早起煮粥，煎蛋，准备小菜。

一开始我觉得这太啰唆太浪费时间了，睡到最后一刻在路上啃面包不好吗？边吃比萨边玩游戏不香吗？

然而没几天我就发现自己喜欢上了餐桌上有热腾腾的饭菜等着我的感觉。甚至睡前我会想着明早到底是吃山药小米粥还是吃皮蛋瘦肉粥，会不会是吃面片汤呢？程亦辰会买油条回来吗？

我不知道怎么形容这种生活，慵懒舒适，又令人不安。

好像我自己在被慢慢驯化了一样。

吃过饭，程亦辰突然说："小竟，我有东西给你。"

"啊？"

他从房里拿出一个盒子，捧到我面前打开："你看，喜欢吗？"

看到鞋的包装盒的时候我就已经很惊讶了，打开的时候我更惊讶。

这款鞋子在还没正式发售的时候，我就很想要了，但回国后一来根本抢不到，二来没钱，黄牛二手是想也不要想的，炒得天价。

他谨慎地打量我的表情："你说过想要这鞋子。"

我迫不及待地拿出来看了看，左右端详："是我的尺码！"

029

他笑道："当然啊，就是给你买的。"

运动鞋是我们年轻人的浪漫，我不可遏制地兴奋了起来："谢谢辰叔。"

"你喜欢就好。"

他微笑地看着我，一脸的温柔。

我突然心里软了一下。

程亦辰其实对我很用心，连同他的婆婆妈妈和唠叨都是，就好像是一个真正的父亲那样。

他是把我当自己的孩子来看吗？

是不是因为他没有孩子？

"之前你说过喜欢这个鞋子，但我看这边专柜都没有货，也不知道上哪儿买，"他说，"就让我儿子在国外买了带回来，年轻人比较了解这个。"

原来他有儿子啊。

我突然有点兴味索然。

"你儿子在国外上班吗？没见过他。"

提及亲儿子，对方脸上一下子有了光彩："哦，那倒没有，他其实还没毕业，也是你们T大的，在读硕士研究生。兼顾公司里的事务，所以他特别忙，前段时间手里有个新项目，除了过年那两天，整个假期都在出差。今天刚回国……"

"哦……"

好吧，看来是个很优秀的儿子。

我想起早上我还顶嘴，还跟他顶嘴："你读了这么多书也没见得多有用。"

然而人家的儿子随便都比我有用好几倍，比我强多了。

我才是最没用的那个。

这个念头一闪出来，我就止不住地开始烦躁。

怎么回事啊，这才三月份呢，我怎么就好像得了"五月病"一样，动不动就胡乱忧郁消沉。

这不像我啊。

我是谁啊？我可是林竟，哪怕当废物也要理直气壮的人！

待得回到卧室，我又习惯性开了电脑，打算玩游戏。

才刚登录，我的屏幕上就跳出一条组队邀请。

"DV邀请你加入队伍。"

我叹了口气。

DV 是个小主播,我跟他组队玩过几次,技术差得很,人菜瘾又大,昨晚就是他把我活活"坑"了一晚上。

这家伙总是刚跳完伞就被揍翻,摸一身好装备就被揍翻,动不动就躺在地上,等着我把他扶起来,一晚上我光顾着扶他就饱了,别的什么也不用干。

DV 在那舰着脸呼唤我:"大佬,快来玩呀;大佬,一起玩呀;大佬,带带我呀。"

换成别的时候,我一看见他的名字就赶紧下线了。但正巧我今天心情有点低落,觉得自己也很菜,菜鸡就该和菜鸡做朋友,菜鸡互扶吧。

我接受了组队邀请,做好准备承受来自 DV 的拖累,以及另外九十八个人的毒打。

然而大概是哀兵必胜,这晚我们的运气出奇地好,好几把都活到了天命圈,最后甚至险象环生地成功吃到了鸡。

我们俩在队伍语音里嬉笑怒骂,DV 高兴得嗷嗷叫。

"谢谢老哥的订阅,谢谢老铁的火箭炮!"

我:"啊?"

"还玩吗大佬?"

我看了看时间,脑子里突然跳出一行字:"明早 8 点有课。"

这念头一闪,就把我自己给吓坏了,见鬼了吧,我居然还会在意这个?

"……不玩了吧,我差不多睡了。"

DV 还很兴奋,说:"行,那你好好休息,明天再一起玩。今晚效果爆炸啊。"

"晚安。"

"哎,先加个微信好友吧大佬。我号码是 XXXX"

一起吃过鸡,也算是过命的交情了,于是我加了他好友。

好友申请一通过,DV 就发了个红包给我。

我:"……"

"大吉大利,今晚吃鸡!"

"……"

"以后多带我玩啊,大佬,"DV 说,"每次跟你组队,不管输赢,看我直播的人都特别多!"

我躺在床上,若有所思地看着这红包收入的 200 元钱。

这算是我第一次劳动所得吗?

似乎也不能这么算吧?

非要算的话,5个小时200元,时薪40元?好像也是辛苦钱啊。

胡乱琢磨着,我缓缓进入了梦乡。

次日我还真的在闹钟的呼唤下准时醒来。看见我走出卧室,程亦辰一脸目睹浪子回头的欣喜和感动:"小竟,今天这么早啊。"然后他边在围裙上擦手,边去看墙上的课表,"哟,早上是线性代数呢,怪不得。线性代数好啊,醒脑,我给你再多煎两个鸡蛋。"

我洗漱完,坐到餐桌前,略微心虚地喝了口小米粥。

我这哪是冲着上线性代数去的啊,线性代数这玩意儿只能使人沉眠,何德何能让人起床啊。

我纯粹是醉翁之意不在酒。

DV喊我大佬,对我来说大佬却是另有其人呢。

我摸到教室,又在最后一排找了个位置坐下。

虽然来得早,前面还有许多空位,但最后一排是学渣专属宝座,不可拱手相让。

我想着兴许又能碰见昨天那位兄弟。他如果不是我们专业小班的,那就只能在大班公共课上才有机会遇到。

想着想着,我又情不自禁地缓缓睡着了。

睡了不知道多久,我又被硬生生捅醒。

这回我条件反射就站了起来。

讲台上的老师瞪着我:"这位同学,你想干吗?"

原来他没提问我啊。

"呃……"我立刻说,"报告老师,我太困了,怕自己睡着,所以站起来想保持一下清醒。"

老师又像是惊呆了,又像是有些欣慰,说:"那、那等你不困了就坐下吧。"

我诚恳地回答:"好的老师。"

好在没站多久,课间休息铃就响了,我赶紧顺势坐下,

我的这位同桌叹了口气:"你怎么总是在睡觉?"

"嘻,实在太好睡了,我控制不住自己啊。"

他皱眉道:"来都来了,哪有人出勤还在睡觉的?要么你干脆逃课算了,在床

上睡觉不香吗？"

我只得说："晚上太累了，实在犯困。"

他看着我："在读书吗？"

"……"太抬举我了吧。

我想了想，将我打游戏的行为粉饰了一下："在打工。"

帮助菜鸟赢得游戏首胜，并领取了报酬，算打工吧。

"勤工俭学吗？"

我含糊道："嗯。"

他看着我的衣服和鞋子。

我立刻说："我穿的这些都是山寨货，你看，单词都拼错了。"

"嗯？"

我秀出T恤上的"GUCCY"，他于是同情地看着我。

真是个"憨憨"。

"也不要本末倒置了，"他说，"勤工俭学，说到底还是为了学，你都累得没法学了，这样不行的。"

我赶紧点了点头。

"说来，你怎么上课也老迟到啊？"

他说："我有点事需要先处理。"

我十分理解地点点头。

阻碍我们学渣准时出勤的困难是无处不在的。刮大风，下大雨，太阳太大，天气太冷，天气太热，路上太堵，床太好睡，诸如此类，数不胜数。

他问我："这老师的课，你听得懂吗？"

我缓缓地摇摇头。

"有哪些不懂？"

我想了想："可能你应该问我，有哪些懂。"

他像是叹了口气："我想也是。"

"啊？"

他说："哦，我的意思是，这老师的课讲得比较难。很多同学都这么反映过。"

听起来就是饱经沧桑的发言呢。

他又问："那你打算怎么办？"

"什么怎么办？"

"听不懂怎么办？"

我十分坦荡："听不懂就听不懂啊。"

我的豁达似乎让他惊呆了，他过了会儿才说："也是。"

又上完一节课，接下来两节没事了，下午才有其他课，又到了分别的时刻，他突然递给我一个笔记本。

我低头看着这本子："这什么？"

"这门课的笔记，"他说，"你留着看看，可能会有点帮助。"

我粗略一翻，这回轮到我惊呆了，写得整整齐齐，满满当当。

笔记都做到这份上了，这门课还能重修？

这哥们也太惨了吧？

我本想说："你都回头重修了，你的笔记能有用吗？"但这样讲太伤人了，学渣何苦为难学渣。毕竟是人家的一片好意啊。

我只得咽下心头那同是天涯沦落人的凄凉，感激道："多谢了，兄弟。"

晚上回去，吃过饭我又被DV求爷爷告奶奶地呼唤着上了游戏，又被第一时间组进队伍，又被拉着玩了差不多五个小时。

下线以后，DV又在微信发了个红包给我。

"……不用吧，你赚得也不多吧。"

我看他也不是什么大主播。

DV发了几个嘿嘿笑的表情包："我就是图个好玩，有人看我就高兴。你带我玩，比我一个人玩的时候，观看的人数可多多了呢。"

"那也不用这么客气。"

"不是客气，"DV说，"我菜我心里有数。又拖你后腿，又靠你带人气。好处全归我，这样肯定不能长久啊。"

"这样吧，以后你陪我直播，我给你发红包，你看行不行？"

我本想客套一番，但他说的确实是实话。

若要我天天带个菜鸟玩，一开始听着人家左一句大佬右一句拜托的，可能还乐意，时间长了我也坚持不了啊。

有报酬的话，感受到底就不一样了。

利益互换，这就是成年人的世界吧。

越来越多时候，我都不得不意识到，自己真的不再是小孩子了。

临睡前我稍微整理了一下书包，又看见里面那本线性代数的笔记。

白天只是稍微一翻，现在掏出来仔细看了会儿，越看越惊叹，简直是叹为观止。

这位重修大佬，不仅写得一手好字，整理归纳也是一把好手。我今天上课没听懂的，拿书对着他的笔记看，居然有点似懂非懂了呢。

我这种放任自流型的学渣，因为自己完全不努力，所以挂科什么的都觉得理所当然。

不努力本来就是注定失败的，因而那失败的滋味也就没那么苦涩。

但重修大佬就不同了，光这笔记就看得出来，他即使是学渣，也是非常认真的一枚学渣。

然而都认真成这样了，还得挂科重修？

原来这世上真的有勤勤恳恳但就是读不好书的人啊。

我同情地想着，亏他看起来长得一副高岭之花冰雪聪明的模样，可惜脑子大概有点不太好使。

但这种人还能考上 T 大，不知道他是付出了多少不为人知的努力！

思及此，我不由得对他肃然起敬。

因为有一定的概率邂逅重修大佬，我去学校的动力也就多了几分。

但我发现他的出勤很不稳定——当然了，谁也不可能每门课都挂那么倒霉啊。

只不过同一门课，有些课时他会出现，有些课时他会缺勤，我就有等了个空的失落感。

这天的公共英语课，我终于又看见他了，这回他比我先到，孤高地稳稳坐在最后一排。

学渣的默契啊。

我麻利儿地窜进教室，在他身边坐下。

"早呀。"

他看了我一眼，温和道："早。"而后他把面前的平板电脑合起来。

在我过来之前，他一直在运指如飞。

感觉重修大佬是个很注重时间管理的人。有时候我百无聊赖，就不免开始滑手机，刷微博刷朋友圈刷抖音刷知乎，反观几乎没见他做过这些消磨时间的事。

他都会带一个本子、一台平板电脑，上课时就安静地写写画画，或者拿笔捅我两下让我回魂，下课时候才会跟我聊一会儿天。

我问他："你都带平板电脑了，干吗还要用纸质笔记本写字啊，不麻烦吗？”

他回答："需要记下来的东西，还是用纸和笔更踏实。"

"你挺传统的啊。"

他说："嗯。"

"传统好啊，传统是美德，"我由衷赞美，"而且你的字真的好看。"

他看了看我："谢谢。"

重修大佬有个明显的缺点，那就是他很不会聊天，不仅沉默寡言，还能把各种话题聊死。不过这难不倒我，我没什么别的长处，就是废话多，足以填补相处时的空白时间。

"昨天的课你没来。"

"嗯，"他露出些微遗憾的神情，"昨天有事，实在来不了。"

我又问："你好像真的挺忙的啊。"

他"嗯"了一声："是有点。"

"在忙什么呀？有我能帮忙的吗？"

"有些工作要做。"

"勤工俭学？"

他微微笑了："算是吧，家里人手不够，我帮着处理点杂务，锻炼一下自己，也有薪水给我的。"

他说这话的口气，像是给自家开的小餐厅切切菜招呼下客人什么的。我不由"脑补"了一下他端着盘子的画面，气质却又过于不搭。

我不由想，难怪他读书这么认真，却还是得重修，这简直等于半工半读嘛。

本想继续往下问，上课铃响了，对话也就此中止。

上课的时间里，我一直在偷瞄他，倒也没什么特别的意思，纯粹是好奇。他很安静，很斯文，很干净，很清新，很……反正就和大家很不一样，尤其是和我完全不一样。

"林竟。"

"呃……"我无语……

老师们总能在我走神的时候点我回答问题。

我还没发出救援信号，重修大佬就已经把自己的课本推过来，用笔指着上面一段课文。

哇，又是整整齐齐地做过笔记，用不同颜色的马克笔画过重点，不愧是重修界的王者！

我跟着他游走的笔尖，磕磕巴巴地念着。

这可真是难死我了，就算每个词我都看得清，我也不见得会读啊，我只能充分发挥我的想象力，天马行空把它读完了。

我脑洞大开的拼读法显然把老师和其他同学都给逗乐了，为教室里带来一阵又一阵欢乐的笑声。

往好处想，我能把课文读得跟讲相声一样，也是种天赋呢。

一坐下，我就压低声音问他："我读得如何？"

他想了想，评价道："很独特。"

"那你给我打几分？"

上课时间他显然不想闲聊，但还是回答我："五分。"

我一时受宠若惊，想了一想，将信将疑道："满分多少？十分吗？"

他淡淡道："一百分。"

"……"

好嘛，我给洛杉矶的父老乡亲们丢脸了。

下了课，我又强行找话跟他聊："你英文挺好啊？"

他说："还可以吧。"

还可以？你个重修党，倒是不谦虚哈。

"那你来读读刚才那段嘛，给我纠正一下？"

他看了我一眼，倒也没拒绝，只轻轻用手指翻开书页，以不高的音量，曼声读了起来。

他一开口，我就惊呆了。

以我的知识水平，也给不出什么口音纯正不纯正的评语，只能说很好听，很舒服，让我有种在看 DISCOVERY（探索）频道的感觉。

我呆呆看着他。

"怎么了？"

我啪啪啪地鼓掌。

"……"

"岂止还可以啊，"我说，"我听着就跟那些主持人在播音似的。"

"谢谢。"

"那要不，"我试探地开口，"你有空的时候，帮我补习补习？"

他想想，便点点头："好。"

让一个重修生来帮我这个后进生补习，还真是一个敢教，一个敢学啊。

"哇，兄弟你是个爽快人啊，"我趁热打铁，"那我就先拜师啦。择日不如撞日，你要是有空的话，干脆让我请你吃个饭吧。"

他愣了愣，而后轻微抬手，迅速看了看表，又立刻让它缩回衬衫袖子里去。

他这个小动作我也觉得有意思，现在的人都用手机看时间了，这个年纪的男孩子戴个像样点的表多半就是为了炫富，主要是露出来给大家看看那昂贵的装饰品。时间显示仿佛成了手表最没用的功能。

而他身上有着很多大人，而且还是老派大人的习性。

犹豫了一刻，他说："行。"

"好啊，走吧，附近商场里很多吃的。"

他"嗯"了一声，拎上书包，站起身来。

这还是我第一次和他并肩而行，我发现他真的很高，我在南方人里算不矮，也有个一米七五，而他比我高大半个头，加上身姿笔挺，腿又长，穿上长款大衣，显得分外高挑。

进了商场，我边张望着楼上楼下的餐厅招牌，边问："想吃点什么？随便挑。"

嘴上说得豪气，我心里还是有点惴惴的。虽然今天那一瞥没看清他的表是哪一款，也看不出他身上衣服的牌子，背包上也找不着 LOGO，但在奢侈品牌圈里多少打过滚的我，看得出它们的质地剪裁都是很好的。

他家的经济条件应该很不差，而我现在的钱十分有限啊。

微信里只有 DV 发给我的 400 元以及一点零头。

我琢磨着，要是等下结账不够了，我就跟 DV 临时借点钱，应该不会遭到拒绝。

他说："我都行。"

我背上一紧。请人吃饭，最怕的就是这种回答，"随便""都好"，没有要求就是最高的要求。

我一面露难色，他立刻改口："火锅吧。你觉得呢？"

我不由想，这家伙其实很敏锐，也很体贴呢。

"好啊，冬天吃火锅最好了，"我左右看看，问他，"潮汕牛肉火锅怎么样？"

往日我阔绰的时候，肯定就是请吃和牛火锅了，一人一千五的和牛吃到饱套餐直接点起。现在只能从和牛变成潮牛——没有说潮牛不好的意思哈。

我于是在楼上选了家潮汕牛肉火锅，双人桌子有点小，我俩往那面对面一坐，顿时感觉桌子底下塞满了腿。

点菜没什么好推让的，来这里无非是冲着鲜切牛肉，我一看价格挺友善，还有折扣，大胆照着菜单往下点个七八种也不会超预算。

两人都在用手机扫码点单，他也能看见预下单的菜色，便说："够了，别点多了吃不完。"

我赶紧摆了个阔，说："怎么会，脖仁、匙仁、匙柄、胸口油、五花腱、吊龙伴，这些都是一定要的嘛，再来点牛肉丸、牛筋和牛肚，就先这些吧！"

他微笑道："你总是这么乱来。"

"嗯？什么叫'总是'？"

他愣了愣，才说："你不都这么大大咧咧吗？"

我"嘿嘿"笑了说："也是。"从第一次碰面起我就没正经靠谱过。

送上来的牛肉盘子里，都会放块小牌子以标明相应部位需要涮的时间，比如五花腱十五秒，匙仁十秒，脖仁八秒。

其实就"吃"这个方面，我懂得不少，算半个行家。但我只会动口，不会动手。要我动手的话，我就讲究不起来了，几秒几秒的，我也算不清，只能倒进去随便煮煮，毕竟鲜牛肉涮牛骨汤，差不多都不会难吃。

胡乱涮了一盘以后，我发现对面坐着的这位兄弟真的非常严谨、规范。

他都是慢条斯理地将肉往大漏勺里铺好，再放进沸腾的汤锅浸着，用筷子翻几下，而后精准地按秒数捞出来，最后平均分装在彼此碗里。

"大哥，你这时间控制得也太认真了吧。又不是做实验。随意点啦。"

他放下筷子，看看我说："嗯？那不然，你是怎么烫的？"

"我都随缘烫呗，牛肉反正随便煮都好吃嘛。要是牛肚那种煮久就咬不动的，非得掐秒，我就按个计时器。"

他微笑道："有我在，不用计时器了。我比那个准。"

确实掐着时间涮好的牛肉，口感更胜一筹。但我说是请人家吃饭，结果却是他在服务我，怪不好意思的。

他倒是很大方也自然。不倨傲，也不殷勤，只有君子式的照顾，像个温和的兄长。

我突然想起来："对了，你今年多大啦？"

对这突兀的问题，他明显一愣，但也立刻回答："二十一。"

我挺惊讶："哟，我比你大一岁呢，那我不该叫你哥了。"

也对，人家就算重修一年，也该是比我小的，毕竟我病休两年啊。

他迷惘地摸一摸脸："你以为我比你大？我很显老吗？"

我忙说："不不不，你长得很嫩！"

"啊？"

"是你做事给人感觉很成熟。和我们这些人的境界很不一样。"

他说："哦。"

"但我叫你弟，也不合适啊，"我琢磨起来，"毕竟现在说人菜，动不动就'你是个弟弟''弟中弟'，叫人弟弟都像在骂人了。叫'哥'听起来才比较尊敬。"

他抬起一双乌黑挺秀的眉毛，对于这说法很稀奇的样子："是吗？"

我更稀奇："怎么，你不知道吗？"

他摇摇头。

不是我说，他模样看着相当时髦，但有些地方也太跟不上流行了吧。

他沉默了一会儿，说："我没关系的，你喜欢叫什么都行。"

我一合掌："那你就是我永远的大哥了。大哥，保佑我期末不挂科。"

他笑了。

我也笑了。请一个重修生保佑我不挂科。这不是泥菩萨过江，自身难保的真人版吗？

涮涮吃吃聊聊的时间过得飞快，不知不觉一个多小时过去了，旁边的客人都换了一拨，我们这桌还在没完没了地涮牛肉。

他放在桌上的手机突然振了振，他皱皱眉，拿起来看一看，而后说："真抱歉。"

"嗯？"

"我七点半还有事。吃饭的时间比预计的长，现在我必须先走了。不好意思。"

我忙说："没事没事，这都七点十五了啊，你赶紧去！"

他下午看手表的时候那表情就表示一定是有安排了，这我完全能理解。

都怪我肉点得太多了，涮了半天没吃完。

潘多拉的魔盒

他匆匆起身，穿上大衣，临走时又顿了顿，回头对我说："谢谢款待，和你用餐很开心。"

我给他彻底逗乐了，这家伙老派得还真有点可爱。

看着他匆忙离去的背影，我竟然有点羡慕起他的忙碌来。

像我这样过于空闲的人，时间就仿佛没有意义。

准备结账的时候，我突然想起来，我还是没问他名字，而他也没问过我的。

我们之间仿佛有种莫名的默契，似乎不需要知道彼此的名字也没关系。

感觉有点新奇，有点特别。他和我以往那些酒肉朋友都不同。

这段友谊就好像他这个人一样，清新清淡，水过无痕。

我想，所谓君子之交，大概就是这样的吧。

走出餐厅，只觉得天上地下灯火通明。这里位处商圈中心，街头熙熙攘攘，到处都是约会的情侣和结伴而行的亲友家人，热闹非凡。

然而这些热闹都是别人的，与我并没有什么关系。我来回游荡了一会儿，就决定还是回家去好了。

家里起码有程亦辰和陆风那两个中老年人在看电视，还能有盘水果吃。

然而推开家门，眼前却是漆黑一片。

那两人并不在家。

我开了灯，看着空荡荡的客厅。

之前我给程亦辰发过消息说不回来吃饭，让他不用煮我的晚饭，他大概就蹦跶着出门了。

想想也是。

正因为有我在，程亦辰才需要天天一到点就赶回家做饭，然后就在家里待着，洗洗刷刷看电视。

对他来说，兴许现在的日子，就跟坐牢似的吧。

进一步意识到自己存在如此多余，我愈发觉得没劲，于是百无聊赖地躺在客厅沙发上玩手机，玩着玩着眼前一暗，顶上的两盏灯坏了一盏。

"唉……"

我连灯都只配享受单盏！

我索性把手机放下，闭上眼睛，开始专心胡思乱想，并渐渐进入梦乡。

半梦半醒听见屋里有动静，而后是程亦辰压低的声音："嘘，小竟睡着了，你走路轻点。"

我感觉得到有人过来，轻轻给我盖了条毯子。他的动作非常温柔小心，我突然就不想睁眼了。

过了一阵，又听得程亦辰轻声道："这灯又坏了啊。家里有多的灯管不？"

陆风说："有。"

而后程亦辰又说："那你去把灯管换换。"

我："……"

我见过陆总裁牛烘烘毁天灭地的样子，然而没见过他换灯管。

应该说我就没想象过他能有这个功能。

叫陆风去换灯管，就好像非得用直升机的降落架在半空中开瓶盖，或者让巨龙喷火来点个蜡烛。

我偷偷睁开一只眼，看见陆风站在那儿，举起手来拆灯罩。

这画面还挺自然，毕竟他长得那么高，物尽其用，没啥毛病。

三下五除二地，他就换好了灯管，还挺娴熟，一看这技术就不是一天两天了。

程亦辰表扬他："很好很好。这样以后退休了，咱也能有个手艺。"

我又强行装了一会儿睡，才趁他俩去厨房，灰溜溜地爬起来溜回卧室去。

只剩游戏可以滋润我干涸的心了，我上线去带着 DV 大杀四方，用赫赫战绩取得了内心的平衡，以及微信余额的少量增加。

然而下线我只觉得很累，又空虚，而还是睡不着。

抖音、微博和游戏论坛都刷不出新东西了，实在无计可施，于是我从书架上掏出那本重修大佬借给我的笔记本，靠在床头看了一会儿。

他的字体非常清秀，又有风骨。一手好字仿佛有治愈人心的力量……

哎哟，还有比线性代数更催眠的东西吗？

没多久我就妥妥地陷入了昏睡。

早上我是被一些莫名的乒乓声响吵醒的。

我睡眼惺忪地爬起来，习惯性摸到餐桌边上寻找我的早饭。

程亦辰不在，只有陆风面无表情地给他自己冲了杯浓浓的黑咖啡，而后拿着报纸，在一边坐下。

今日早饭的花样没什么特别，煎蛋培根加吐司，还有热牛奶。然而蛋和培根都焦了，烤吐司的水准也有点说不上来。

我犹豫了一下，然而觉得不能以貌取蛋，还是叉了一块放进嘴里。

而后不出意外地，我眼睛都直了。

天哪，我这辈子都没吃过这么难吃的煎蛋！

这是何等鬼斧神工的技艺啊！

我勉强咽下去，颤抖着说："这……也太咸了吧！"

陆风闻言淡淡道："有得吃就行了，别挑。"

"我就是感慨一下。"

作为一个吃白食的，我当然没什么立场挑剔他人的劳动。但硬着头皮又吃了两块，那种催人泪下的回味无穷，终究让我忍不住嘟哝道："辰叔怎么会放这么多盐啊？"

陆风面无表情道："是我做的。"

"啊？"

"小辰还在睡。"

"啊……"

"他感冒了，让他多睡会儿。"

"哦……"

"你吃你的，别吵他。"

陆风出门了。

我看着眼前面目全非的煎蛋，啧啧称奇，不由掏出手机，从不同角度拍了好几张。

这可是陆风做的早餐！

无论是难吃程度，还是稀有程度，都值得载入史册。

尽管陆风警告我不要吵，我还是偷偷打开程亦辰卧室的门，探头往里瞄了瞄。

程亦辰果然还没醒，只露出半张沉睡的脸，被子盖得严严实实。

这天我又糊里糊涂地混完了下午两节课。重修大哥没来，我独自在最后一排十分孤单，并且哀怨。

我莫名觉得，我现在去上课的快乐，全是我这位大哥给的。

下课拎着包出来，晃晃悠悠走在学校里，我突然在对面教学楼前看见他。

他习惯性地站姿笔挺，单肩背着书包，一手插在口袋里，一手拿着手机在看。风把他的头发吹得有点乱，却也依旧眉清目秀。

这是玩手机玩到忘记走路了嘛，莫不是看到什么热搜八卦？

我兴冲冲又悄咪咪地走近，而后跳到他面前，大喊一声："Hi！"

他愣了愣。

我这才注意到他是在用蓝牙耳机讲电话，手机屏幕上显示的是股市曲线。

打扰了人家的正事，我赶紧举起双手，后退一步，卑微道："你先忙你先忙。"

他笑了，而后对着那边说："就这样，你整理一下，发个邮件给我。"然后他掐断通话。

他看着我，我也看着他，其实我很开心，但一开口就贱兮兮地："你翘课了哦，今天又没去上线代，你平时分要没了。"

他面露歉意："我有别的课。"

我很理解："课时冲突了是吧。难免的啦，没事，老师要是点你名的话，我会帮你喊到。我能用多种音色帮一整个宿舍喊'到'！"

他微笑了："嗯。谢谢。"

我又问："下面还有课吗？"

他摇摇头："没有了。"

我立刻说："那，不急着回去的话，我请你喝个咖啡呗。"

他犹豫了一下，说："好。但我需要先开电脑处理点工作，可能没法陪你聊天。"

我大喜过望："没关系啊，喝咖啡而已嘛，你忙你的就好啦。"

就近去了学校边上的咖啡店，我要了一杯咖啡冰沙，他要了一杯冰美式。

在他冷淡口味的衬托下，我的喜好似乎显得过于不酷了。

我说："等等，我的也换成美式。"

很奇怪，一方面我觉得自己很时髦很潇洒，他很老套很沉闷，但另一方面，我又不由自主地向他的审美靠拢。

等我拿好咖啡坐下来，他已经打开平板工作一会儿了。

他精神高度集中的时候，薄薄的嘴唇就会抿起来，眼睛很亮，眉毛也微微皱成有威慑力的形状。

我看着他，他眼睛没离开过屏幕，看起来非常认真、高效、专注。我似乎能想象出他的大脑在高速运转的样子。

我环顾四周，带着电脑在咖啡店坐着的人不少，我不由想，哼，你们这些凡人，都是来做模做样的，只有我大哥才是真正在工作！

真奇怪，有的人，即使不说话，坐在他对面，也会让你觉得很愉悦，很享受。

我心情舒畅地欣赏着，边端起手边的咖啡，美滋滋喝了一大口。

"……"我差点没忍住。

又苦又凉，好难喝。

过了一阵，他关上电脑，歉然道："不好意思，让你久等。"

我赶紧说："不会不会。"

对视了数秒，一度无言，我又问："你为什么要点美式，美式好喝在哪儿啊，冰沙不香吗？"

我以为他要做些"经典""纯粹""健康"之类的解析，结果他说："啊，因为最便宜。"

"嗯？"

他看着我说："别人请客的时候，点最便宜的，是种礼貌啊。"

"啊……"

这家伙真的"憨憨"。

但怎么有点可爱呢。

"不要跟我客气啦，我有钱啊。"其实并没有。

他微笑了一下。

我打肿脸充胖子说："真的！下次你尽管点你喜欢的就好。"

愿我的微信余额安息。

"呀，"我灵机一动，说，"这个苦咖啡把我给喝饿了，有空一起去吃个汉堡吗？汉堡吃起来不用花你多少时间的。"

他点点头说："好。"

"但要是吃到一半需要走的话，你也不用客气啊。"

他摇摇头说："不会。"

我叫了个车，径直去往那家餐厅。

在店里坐下来的时候，他说："我以为你会带我去吃快餐。"

我不屑地说："那有什么好特意带你去的？"

没有对快餐不敬的意思。

菜单送上来，他看了一眼，有点惊讶地说："以汉堡来说，这个价格不会有点贵吗？"

招牌汉堡 180 元一个，不是有点贵，是非常贵！

"但真的很好吃，"我豪气道，"没事，我请你。"

说实话，我知道他肯定比我有钱，但不知道为什么，我就想请他吃饭。

他也偏了偏头，说："怎么老是你请我呢。"

我拍拍胸口，说："你比我小啊，我罩着你是应该的。"

他又微微笑了。

我发现他的牙齿非常白，也整齐。

我给他点了最贵的那个牛小排汉堡，给自己点了一个 92 元的鹅肝牛肉堡。

先送上来的是我的鹅肝牛肉汉堡。汉堡面包烤得酥脆，表面焦黄的鹅肝之下躺着厚实的安格斯谷饲牛肉饼和两片大培根，配着丰富秘制酱汁，还有酸黄瓜和洋葱。

他有些意外，说："看起来比想象中好很多。"

"你要试吗？我切一半给你。"

一刀下去，横切面的观感更好，肉饼表层明明煎得焦脆，切开来却还能看到略带漂亮粉色的内芯。

他尝了一口，抬起眉毛，真情实感地评价："好吃！"

"对吧？"我乐了说，"相信我，等下你那个会更好吃！"

他的牛小排汉堡上了桌，造型看起来就更"豪横了"。

除了厚实的牛肉饼，下面还有一层牛小排，佐以培根、滑蛋、泡菜、芥末酱、辣椒酱。光看着就有汁水四溢的美感。

他说："我也分一半给你。"

切开的时候，那种焦脆和多汁的混合，足以让人心动不已。

而我只注意到他连切个汉堡的姿势都很优雅。

我努力把汉堡压了压，咬了一大口。这口感难以形容，牛肉的香气和汁水在口腔里爆开，配着滑蛋的顺滑和培根的焦香，鲜美之余，泡菜和芥末又很好地中和了肉类的油腻。

这味觉层次之丰富，让人只想闭上眼睛好好感受。

当然我没有闭眼，我始终紧盯着他的表情。

他咀嚼了两下，脸上露出有点天真的惊讶，这让他看起来像个小孩子。

他眉毛扬得高高地，说："这个很好吃！"

"对吧！"我心头大石落地，十分雀跃，"高价的汉堡餐厅有很多，比这家更贵的都有，不是每家都值得我推荐。"

他点点头，说："你真的很会选。"

我心花怒放。得到肯定的快乐，就好像这汉堡是我亲手做的一样。

很快他把两份半个汉堡都吃干净了。

这回轮到我惊讶了，说："你都吃完了？"

这家虽然贵，分量也真的是很扎实，通常两个成人点一份汉堡加饮料就可以吃饱了，他大可不必这么赏脸。

他认真道："因为很好吃呀。"

"但是，你看起来，应该也有机会吃那些好的餐厅吧？"

他想了想，说："是的。不过应酬的话，比较没有关注口味。"

"那，平常家里的饭也不好吃吗？"

"很多时候我都一个人吃。家里有人帮忙做饭，不过我就是解决三餐，对味道也没什么要求。"

也对，不是所有的人都会在意美食。

过了一会儿，他又说："我爸做饭其实很不错的，但我长大以后，吃的机会就不多了。"

　　"为什么？"

　　"我爸妈离婚了，"他说，"我抚养权是给了我妈。"

　　我忙说："抱歉！"

　　他摇摇头说："没关系。"

　　沉默了一刻，我试图挽回一下气氛，说："那你妈妈做饭好吃吗？"

　　他安静了一下，说："我妈去世了。"

　　"抱歉！！"

　　这回的沉默持续到我们走出商场大门，天色已然暗了，外面不知道什么时候起，已有了雨幕。

　　他抬头看着天，低声说："下雨了。"

　　"你等等啊。"

　　我记得里面的服务台有免费借伞的服务，赶紧一溜烟跑过去，扫码借了一把出来。

　　他还笔直地站在门口，维持着看天的姿势，不知道在沉默地想什么。

　　他的安静，有时候看起来很悲伤。

　　我说："喂，看我给你变个魔法。"

　　他转头看着我："嗯？"

　　我左手"结印"，大喝一声："雨住之术！"右手随即"砰"地撑开了伞。

　　我指着伞下说："瞧，这块没雨了吧，这就是魔法。"

　　他一下子笑了。他的笑容在这暗沉的雨夜里，也犹如光风霁月。

　　我一时看得呆了。

　　他站到我的伞下，说："谢谢你的魔法。"

　　我突然不好意思了，讪讪道："哪里哪里，雕虫小技！"

　　我这也是网上看了别人的段子，胡乱发挥的罢了，幸好他不怎么上网冲浪的样子。

　　见他既然有了笑容，我终于试探着开口："方便的话，加个微信好友呗。"

　　我长这么大，还是第一次主动跟人要微信。

　　他愣了一下，而后低声说："好。"

　　"那，我扫你？"

　　他"嗯"了一声，低头掏出手机，伸到我面前。

大概是天气有点冷的关系，他的手微微颤抖。

"嘀"的一声，我说："发申请啦，你通过一下~"

他又"嗯"一声。

我看到这条新增好友的消息，他的 ID 只有一个简单的"卓"字，头像看起来像是个什么的封面，不知有何深意，反正"不明觉厉"。

在路口分别，坚持先送他上了出租车之后，我用在线识图搜了一下，发现那是张很老的 CD，名字叫"Not Found"，乐队是 Mr.Children。

我又去搜了一下这个乐队。

哎哟，成员看起来年纪相加都要破两百岁了。

好吧，长成这样，那代表一定是有实力的！我相信我大哥的品位！

我在音乐 App 找了这首歌，就把耳机往耳里一塞，边点播放，边轻快地往地铁站走去。

没钱打车啦！

回到家，我翻来覆去看手机。他的头像静静地躺在好友列表里，我点开又退出，退出又点开，点开又退出，想不到该用什么样的完美起手式跟他聊天。

琢磨了老半天，终于忍不住出手，结果一开口就是："在吗？"

他回复得倒挺快："在。"

"到家了吗？"

"到了。"

我继续问："在干吗呢？"

"准备洗澡。"

"……"这是标准的"男神"回答吗？

我只能放弃了："去吧，好好洗，拜拜。"

"拜拜。"

我又着手蹲在椅子上瞪着聊天框，这是要一去不回了吗？

好在过了一会儿，消息来了："洗好了。"

我顿时来了精神，为了以防他接下来说"很晚了我去睡了"，赶紧先下手为强："现在还早，应该还没有要睡吧。"

他回："还没。"还附带几个微笑 emoji 表情。

我："……"

"你能不要用这个表情吗？"

他回："嗯？为什么？"

"这让人瘆得慌啊，"我说，"这表情就是脸上笑嘻嘻，心里在骂人呢。"

他说："抱歉。我不知道。"

这家伙真的很老派，到底有没有在网上冲浪的啦。

于是我慷慨分享了一大堆精心收藏的大笑表情包。

"你可以收藏，留着以后用。"

他很快回了一个大笑的表情。

孺子可教。

他问："你在干吗呢？"

"我啊……"我很想编点高大上的内容回复，无奈那边 DV 已经疯狂催我上线了，"我准备打游戏。"

比起打游戏，我更想跟他聊天。但放弃了"金主"，我哪来的钱请他吃饭啊，难道真的要去偷电瓶车养他吗？

他回复："哦。"

我很怕这一"哦"之后就没了，幸而提心吊胆了数秒之后，又收到他的消息："玩什么游戏？"

我立刻回："《绝地求生》，你玩过吗？"

"没有。"然后他又配了个大笑的表情。

看来我得给他分享点其他的表情包了。

"我队友在直播，房间号 XXXX，你要来看看吗？"

"好。"

一个"好"字，让我立刻就跟打了鸡血一样，摩拳擦掌，把把大杀四方，场场越战越勇。

玩了一会儿，在系统排队的间隙，我忍不住问他："你有在看吗？"

"有，"他说："你玩得挺好啊。"

我顿时受宠若惊："真的吗？"

"要不是岁数大了，你可以考虑打职业。"

"……"这话听着也不知道是该喜还是该忧。

岁数大了这四个字太扎心啊。

当然他说的是实话，就电竞而言，二十二岁，反应能力已经开始走下坡路了。职业选手这个年纪，在十八岁的对手面前太吃亏。

不过我从没想过能吃这碗饭，毕竟我连一件能有始有终做好的事都没有，打游戏在大家眼里更只是我贪玩而已。

十二年前我刚开始偷用我爸电脑玩《魔兽世界》的时候，打游戏还被当成精神鸦片，还得治网瘾呢。

他问："你有自己的直播间吗？"

"没有。"

"其实你也可以考虑开台当主播。"

我吃了一惊："我吗？"

"对。你玩得好，反应快，说话有趣，又会骂人。"

"啊？会骂人也是长处了吗？

还未聊完，那边又排进去了。但我第一次觉得游戏的时间如此漫长，总想着早点结束，好专心找他聊天。

又打了几把，将近十二点了，我又趁着空当问他："还没睡吗？"

"嗯，我在工作，"他又补了一句，"边工作边看。"

"你工作很多啊，半工半读吗？"印象里我遇见他的课外时间，他都不是在温习功课，而是在处理工作。

"要这样说也行。"

"我外公年纪大了，希望我能帮家里多分担一些，"他说，"他怕自己活不到我能接手的时候。"

我愣了愣。

"前段时间我外公病了一场，我们都很紧张。现在恢复得挺好，但我看着他，也总会觉得看一天少一天。"

感觉他的生活好沉重啊。

我忍不住说："但你也还很小啊。"

他那边安静了一会儿，才回："只能快点长大了。"

我突然完全没有心思玩游戏了，我密语 DV 说我有事得先下，明晚再玩，红包不发也可以。DV 表示理解。

"你不玩了吗？"

"嗯。"

他过了会儿才说："抱歉，影响你心情了。"

"不不不，没有的事，"我忙说，"我也打得累了，想跟你聊聊天。"

他又发了个大笑的表情。

我说："我这边有好几套很经典的表情包，推荐你去下载。"

"哦……"

"说起来，你爸爸，不帮忙吗？"

"毕竟离了婚，我爸对于我妈妈这边的家庭而言，完全是外人，"他说，"而且我爸也不可能接手的，他身体不好，脑力精神都跟不上。"

"那你，恨你爸爸吗？"

"没有，我跟我爸感情很好，"过了会儿，他又说，"其实，我爸妈都是很好的人，都很爱我。他们离婚以后，也还是像朋友一样来往，直到……"

"什么？"

他没有继续那个话题，只说："他们是有缘分的，也许只是选错了相处的方式吧。"

听他这么说，我很替他觉得欣慰。虽然是不完整的家庭，但至少有爱在。比我那对过得鸡飞狗跳的父母强得多了。

"那你，有打算找你爸回来一起住吗？"即使法律上已经疏离了，但家里有个可以叫一声"爸"的人，感觉还是不一样啊。

他说："其实我很少去找他。"

本来我对我爸多少还有点念想，毕竟我也就剩这么一个爸了。但他跟那个程亦晨经常一起出没，我就真没法心平气和地跟他俩一起待着。

他说："我们也有见面的，只是大多约在外面。"

我突然觉得他好可怜，让我想摸摸他的头。

我很明白这种，即使有家，也一样无家可归的感觉。

于是我只能说点我不开心的，试图让他开心开心了。

"其实，我爸妈也离婚了。在我很小的时候，"我说，"他俩倒是都还健在啦，但在他们离婚以后，就再也没见过我妈了。"

我发了个叹气的表情："我真的已经不记得她长什么样了。她也完全没在乎过我变成什么样吧。"

他也发了个叹气的表情。这家伙还真的有听话地在更新表情包呢。

"说来，你爸妈会经常吵架吗？"

他说："倒没有。我记忆里，他们很和睦，没吵过一次嘴，连大声过都没有。"

我大为惊奇："那为什么会离婚呢？"

"大概因为，有感情，但不是爱情。"

"有感情居然还不够啊？"我感觉自己是永远搞不懂婚姻和爱情了，"我想不通你爸妈为什么会离婚，就像我想不通我爸妈为什么会结婚——他俩碰了面就没有不吵的，说话永远夹枪带棒、阴阳怪气，就跟两个老阴阳师一样。其实离了更好，世界还能清净一点。"

停了停，我忍不住又说："而且他们完全不爱我。"

他说："不会有父母不爱自己的孩子的。"

我突然被激怒了，说："那只是因为你没见过！"

"……"

"你没经历过，就觉得不存在？你能天天大鱼大肉，就觉得没人挨饿了？"

"……"

"有的人就是不该被生出来的，因为没有一个人希望他出生，他的存在从一开始就不受欢迎，他在这个世界上的每一秒都很多余！"

安静了一会儿，他说："抱歉。"

我突然觉得很脆弱，第一次很想大哭一场。

他问："你哭了吗？"

"……"

"我觉得你很难过。"

"……"

我没有再说话，过了一会儿，他发来个一只兔子抱抱另一只兔子的表情。

我心里很酸，也软。

即使比我好一些，他也很难啊，谈不上幸福可言，我们都没有一个正常的家庭，都没有完整的父爱母爱。

好像两个很孤单的小动物，只能互相取暖一样。

进入梦乡之前，我模模糊糊地想，在旁边的话，他真的会安慰我抱一下我吗？

好像从来没有人好好表示安慰地抱过我。

周末的早上我却早早醒来，又睡不着，于是百无聊赖地躺在床上滑手机，想把自己无聊到犯困。微信提示有新消息的时候，我精神一振，一看却不是卓同学，是 LEE。

LEE 前几天都没找我，看起来是十分忙，因而无心和我联络。

我怀疑是 LEE 在忙着搞对象。

果然今日一开口，他就期期艾艾，欲语还休了起来。

"怎么了，最近有艳遇？"

"……"

LEE 发了一个省略号就没回复了。

我一边狂发表情包轰炸 LEE，一边悻悻地想，连 LEE 的春天都来了，全世界只有我一个单身了吗？

跟 LEE 聊了一会儿睡意全没了。

既然再睡回笼觉已没指望，我索性放弃挣扎。爬起来到客厅一看，程亦辰果然又做好了早饭。

见了我，他有些惊讶地说："小竟今天这么早啊。"而后他利索地给我面前摆了一副碟子叉子："来，吃点早餐。咖啡要吗？"

今天有港式西多士，我很自觉地给自己装了一块。裹了蛋液的面包煎出了虎皮纹路，一口下去，里面并没有夹着花生酱或者奶黄，但面包内心深处居然吸满了牛奶。软绵绵的牛奶在唇舌挤压中溢满口腔，说不出的软嫩爽滑。

我睁圆眼睛，好好吃！

比起茶餐厅的常见做法，这个健康又特别。我吃完一块、两块，情不自禁再次伸出了手。

盘子里只剩下最后一块，我一叉子上去的时候，另一把叉子也同时占领了高地。

陆风瞪着我。

我不由一哆嗦。

程亦辰敲敲碟子，淡淡道："给小竟。"

陆风默默收回了手。

我边吃边摇头摆尾地说："真好吃呀！"

陆风面无表情地喝了一口咖啡。

我突然感受到了狐假虎威的快乐。

吃完早饭，陆风起身去洗盘子杯子，程亦辰剥了个橙子给我："水果要记得吃呀，补充维生素。"

"好。"

我跟程亦辰的关系算和睦，但就是亲近不起来，总隔着一层什么似的。

我不讨厌他。甚至，年轻个几岁的话，他是我最欣赏的那类人。

"对了小竟，"他去拿钱包，温和地说，"这周的零花钱还没给你。"

他这次给了我 1000 元。

我想起那天打游戏时候跟队友闲聊，有俩也是大学生，都是住校的。聊到开销问题，一个说生活费一个月 1500 元，一个说一个月 2000 元，吃喝穿衣娱乐全包在里面了，一个学期过去还能剩一些。

所以那才是我这个年纪的正常消费水平？

我觉得他给得太少，纯粹是因为我以往花钱太大手大脚了吗？

他的书店一个月到底能挣多少钱呢？

我接过来说："谢谢辰叔。"

周末的时间过得飞快，也过得不快。不用上课我是相当美滋滋的，但这也就意味着见不到卓同学。

我还是不知道他叫什么名字。他沉默寡言不主动聊天也就罢了，我们还没有共同朋友，他也不发朋友圈，简直没有其他可以侧面了解他的渠道。

有事没事我总想找他聊天。

我也不知道为什么会这样。

也许因为，互相展示过自己的脆弱，就算是敞开了心扉，就变得和其他人不一样，我已经开始依赖他了？

"周一的线代课，你会去上吗？"

他很快回我了："抱歉，我时间有冲突，去不了。"

"哦……"我不气馁，"那你中午有空吗，我请你吃饭？我知道一家很好吃的铁板烧！"毕竟刚领了零用钱，兜里有钱，我理直气壮。

"中午我有时间，"末了他又说，"但早上的课你得好好去上，不准旷课。等你下了课，我们就在学校东门见。"

"……"

我乖乖准时去上课，但听不听得进去就是另外一回事了，尤其旁边没有人拿笔捅我，不免睡得更从容。

一直到下课铃响，我迷迷糊糊醒来，眯着眼睛，突然感觉到前排的一个女生在回头打量我，大眼睛滴溜溜的。

我猛然睁开眼，把她吓了一跳。

我坏兮兮地说："偷看我干吗？"

她有点脸红地皱起鼻子说："才不是偷看你呢。"

"啊那不然咧？"

她"哼"了两声，说："卓文羊最近不陪你上课了吗？"

我没反应过来："谁？"

她瞪着我，说："陪你上课的那个人啊。"

原来他叫这名字啊。

"文羊这么奇怪的名字，学文的羊，还有习武的羊吗？"

她又瞪着我，说："是扬帆起航的扬啦。什么鬼，你不是他朋友吗？你不知道他是谁？"

"英雄不问出处，"我十分豁达，"他叫什么名字都没差啊。"

她狐疑地看着我，说："你好奇怪哦，你是不是跟他不熟啊？"

我有种被刺了一下的感觉，立刻不服道："哪里不熟，我们吃过好几次饭呢。"

她又打量我，说："你连名字都不知道，那你知道他是我们 T 大的风云人物吗？"

"有多风云？"重修次数太多以至于破纪录？

"你知道他发过多少篇 SCI 论文吗？"

我一脸茫然地说："SCI 是什么呀？"

她惊呆了说："你怎么会问这种问题？"

"我只知道 SCP。"

她皱起眉毛说："SCP 是什么哦？"

我乐了，说："看吧，你也不懂了吧。"

"……"

"SCP 就是违反自然法则的东西，可以是物质，也可以是生物，还可以是个地点，这些东西因为违反自然法则，通常就对我们人类有威胁。SCP 基金会就是个把这些危险的东西都收容起来的组织，像 MIB，黑衣人你知道吧？"

她点点头。

"SCP 呢，分 S 级、E 级、K 级。S 级是安全级，E 级是威胁级，K 级是危险级，"我压低声音道，"K 级收容难度最大，极具攻击性，对人类会产生巨大威胁，甚至无法收容。基金会可以考虑摧毁它们。S 级的安全，也只是指可以安全地收容它们，不是指它们本身安全。最有名的怪物，却是个 E 级的，叫 SCP-173……"

她被我说得一愣一愣地，半天才回过神来，生气道："啊哟，你扯太远啦！"

我双手抱胸："那你来说说你的 SCI 嘛，有 SCP 好玩吗？"

"SCI 是、是……呀，说了你也不懂，反正是很厉害的，"她说，"你知道本科期间就能发五篇 SCI 是什么水平吗？还上了 *NATURE*，还是一作！"

"……"

"他还参加过 XXXX 会议，顶刊，顶会！含金量十足！"

我："噢？"不知道她到底是在说什么，包括会议的名字我都完全没听出来是什么。但感觉很厉害的样子。

"总之他是学霸！大学霸！"

"那他还重修？"

"什么呀，不许玷污我们男神，怎么可能重修！"她说，"他早就本科毕业了呀，在读研了。之前一直以为他会去国外名校读研，以他的水平那还不是随便挑！想不到他还留在 T 大。是我们 T 大之光！"

"啊？"我蒙了，"那他来上这些课干吗？"

她瞪着我："你问我？我怎么知道？我还问你呢！"

"我怎么知道啊？"

"哎呀，"她气得要跳脚，"他不就是陪你上课的吗？你怎么一问三不知啊，你不是他朋友吗？"

"……"所以我真的是他朋友吗？

大约是我脸色变了，她赶紧说："我没有别的意思！不管怎么样，男神陪你上课，都很值得羡慕啊！"

她大概是真心觉得这应该是很荣幸的一件事，但我心里全然不是滋味。

真把我当朋友的话，何必这样遮遮掩掩呢？

学霸不是什么丢脸的事吧？大大方方说出来不行吗？

原本没什么，隐瞒就反而让它变得有什么了。这种道理，高智商的人反而不懂吗？

我磨磨蹭蹭到了学校东门，卓文扬站在那，又高又挺拔，额头饱满，双眼明亮，皮肤白得要发光。

一看就是人中龙凤聪明人，为什么我会把他当成同类呢？

他微笑了一下，说："你来了。"

我上上下下打量他。

他好像有点不知所措。

我盯着他那个见不着 LOGO 的包看了一会儿。

"你这是 Hemers 的 Flash 吗？"

他愣了愣，道："是。"

快 6 万元的包。我又问："所以你是在哪里做兼职啊？"

他犹豫了一下，才说："卓氏集团。"

我瞪着他。

很多人连家里开个小卖部回去帮忙，都要说成继承家族产业。

而他能把卓氏的二代说得好像路边卖红薯的。

我还同病相怜地觉得他跟我一样呢。

到底哪里一样啊？

跟年迈的外公相依为命苦撑家业和身为卓氏集团的第一继承人，那完全不是一回事好吧？

在自家的上亿豪宅里待着，倒杯红酒俯瞰 T 城繁华的那种寂寞，和我寄人篱下的孤单，也不是一回事好吧？

我说："所以你是在逗我玩吗？"

他愣了愣："我没有。"

"你早就毕业了，那根本不是你需要修的课，你到底来干什么？"我拧起眉，双手抱胸，质问他，"明知道我误会，也不澄清是吗？故意这样误导，有意思？"

"我不是故意……"

"那你有没有骗我？"

他低声说："有。"

"你到底还有什么瞒着我？"

他像是一下子全身紧绷，脸上也没了血色。

我原本火气没那么大。

甚至我期望他能说出一些好听的话，"为了有机会跟你聊天才来蹭课的""想单纯地交朋友所以不告诉你我的家世"之类，让这事变得浪漫起来，就跟小说剧情一样有反转。

结果他居然一句话也说不出来。

过了半晌他才说："我很抱歉、很抱歉。"

"嗯？"

"我以后，都不来了。"

"嗯？"

这样？

就这样？！

我……

我心里憋着的那股失望，越胀越大，终于压不住了。

"去你的！"

我朝地上呸了一口，转身走开。

我赌气把卓文扬拉黑，也不再去上课了，以往对去学校总心怀期待，现在只会觉得格外地傻。

我搞不懂卓文扬，他连一点追回的意思都没有，我还没来得及打出一拳，他已经迅速撒开了。

这还谈什么？拿头去交朋友？

自暴自弃的感觉又回到我身上了，我的逃课也变得大大方方，不去就是不去，谁都不避。

程亦辰的担忧之情溢于言表，但一旦他试图要说我什么，我就先顶他一句："人各有志，您别瞎操心。"一招打断他的欲言又止。

我不喜欢他用那种失望的眼光看我。这样的眼光我已经见得太多了，就好像我此生都无法摆脱一样。

生活变得有些郁闷，好在愚人节到了。

这是我一年当中最喜欢的节日，可以随便地取笑别人，再被别人取笑，这一天里谁都可以放下负担当一回傻瓜，何其痛快。

然而我还没来得及笑人呢，就被班级群里的"体检通知"给忽悠了，白白跑了一趟医院，还特意是空腹去的。

发现上当受骗，尤其我还是唯一上当受骗的，我的自尊心再次受到鞭打。恼羞成怒之余，干脆也在朋友圈发了条消息："我是林竟的朋友！用他的手机发消息！我现在在 XX 医院！！林竟出了车祸，重伤抢救中！！！"

看吧，我发起狠来连自己都咒。

发完我就去买了个早餐，而后在急诊大厅角落找了个位置，边吃饭团夹油条配豆浆，边看有没有人会来当我的"愚人"。

然而我那条朋友圈，收到的留言都是无情嘲讽。

"演技浮夸。"

"感叹号加太多了。"

LEE 还赞美了我一句："祸害遗千年，你还有九百多年好活呢。"

毕竟我编得实在太随意了。

两个饭团吃得差不多了，突然看到有人急匆匆从大门口进来，这位上当的中年男人脸色煞白，脚上鞋子都穿反了。

"……"

我发朋友圈的时候，忘记屏蔽程亦辰了。

但不管怎么说，总算有人被骗了，聊胜于无。

在他四处张望着要找人打听的时候，我猛地跳到他面前："愚人节快乐！"

程亦辰对住我的脸，维持着张嘴的姿势，僵在那里。

大约过了几十秒，他才算反应过来，脸色慢慢地由白变青，又由青变红，一时缓不过气来似的。

我还在嬉皮笑脸："你上当啦，今天是愚人节……"

话没说完，脸上就"啪"地挨了重重一个耳光。力道之大，打得我脸歪向一边，脑子里一时间只余嗡嗡作响。

程亦辰双眼通红，咬牙切齿地骂我："别拿这种事开玩笑！！！"

我还在发蒙，他又突然伸出手，一言不发地，一把就紧紧抱住了我。

我更蒙了。

我居然得到了一个拥抱。

这拥抱让我有点喘不过气，骨头都被挤压得发痛，甚至咔咔作响。

那瘦削的胳膊上传来的力量，居然能有如此之大，我从来也想象不到。

他把脸用力贴在我脸颊上，那皮肤触感是冰凉的，我感觉得到他的双手在微微颤抖。

我好像，真的吓到他了。

这个玩笑，的确一点也不好笑。

我被他抱了一会儿，终于小声说："对不起。"

虽然他什么也没说，还打了我，但我是第一次这么清晰地感觉到了他的这种担心。

我说："对不起啊，辰叔。"

这是我第一次向人道歉。

我是被关心着的。

这世上会有人因为担心我，而到了连这种低级玩笑都当真的地步。

我反手轻轻抱住他的背，把头埋在他颈窝里。

长这么大，记忆里我是头一回挨这样的打。而我这也是头一回，觉得自己有一点点的幸福。

程亦辰领着我回家，我变得特别老实，顶着脸上的掌印，坐在沙发上等着他翻箱倒柜找药膏。

"哎，看我这手重得……"

他一边给我脸上涂药，一边好像痛的是他自己一样，嘶嘶地倒吸着气。

涂完药，他看着我说："永远都别拿自己开玩笑，知道吗？"

"嗯。"

他在我旁边坐下。

"你很讨厌读书吗？"

"嗯。"

"为什么呢？"

这是何等的说来话长啊，我还不理解为什么有人喜欢读书呢。

我只能问："辰叔，你当过差生吗？"

他"咦"了一声："没有……"

"我当过差生，我已经当了很多年差生了，我也只能是差生。

"我爸明知道我不是读书的料，还要把我送回学校去，你以为他是指望我能有什么出息吗？不是的，他只是想有个地方让我老老实实待着。"

程亦辰愣住了。

"所以我到底有什么好读书的呢？没有人对我有期望啊,这也不是我擅长的事，我脑子就是笨啊，那我为什么要在这里一直受挫折呢？"

他说："没有人是永远读不好书的，只要你努力……"

"如果有的事情，根本不适合你，你还会坚持下去吗？坚持不一定是对的啊。你听说过那个搁浅在草原上的鲸鱼的故事吗？它搁浅的地方，离最近的海岸线都有八百米，它不可能是被海水冲到那去的，那它为什么会在那里？因为它一直很努力地翻身，想要滚回大海，但它翻错了方向。方向错了，越努力，就越悲惨，离成功越远。"

安静了一会儿，他笑了，而后伸手摸摸我的头，说："你看，我都说不过你。小竟，你是很聪明的孩子啊。"

我愣了愣。

"你有些话，我觉得讲得有道理。确实，方向决定命运。但接受教育，大多时候都不会是错误的方向。如果想确定所受的是错误的教育，那就需要多方面的观察考量，不可轻率下结论，我会帮你一起判断。"

得到认可，我感觉没那么激动了。他的指腹婆娑我头顶的感觉让我很舒服，他的眼睛也长得非常温柔。

"还有一点我也同意你。确实，你爸爸坚持要你继续上学，并不是要你变成什么大人物，做什么大事业，他的确没有要望子成龙的意思。"

我嘟哝着："那为什么还非得要我去上学啊？"

"但他一定希望你多学点东西，能找到兴趣和理想，认真去活着。人一辈子，至少会有一件事是自己想做的，也愿意努力去做的。如果连一件也找不出来，不是太空虚了吗？"

他看着我说："你现在有自己的目标了吗？"

我想了想，确实一片空白。

"还没有，对吧？如果什么准备都没有就突然走上社会，那会很辛苦，就像赤手空拳要去打一场仗一样。学校正是一个可以让你慢慢调适自己，找到想要的方向的地方。所以我们才要你去念书，想让你有一个可以缓冲的阶段。"

"……"

"你爸确实希望你这几年能在学校里老实待着。但我们没人把学校当成你的收容所，你也不要把它当成牢笼。因为你迟早要离开它，而且也无法回去。与其说是牢笼，你不如把它想成一个蛋壳。这是你人生里剩下的最安全的孵化时间了，你明白吗？"

"……"

"这段时间里，你真的需要尽量多学到些对自己有用的、以后能帮助你的东西，不然等到蛋壳碎的那天，你怎么办呢？"

我闷闷地说："可是，万一上课老师教的那些都是对我没用的，帮不到我的东西呢？"

他又笑了说："你说得对，这的确也是有可能的。但是，教育不只是教给你知识，也教给你主动学习、逻辑思考的能力。这种能力，在你日后的人生里，是一定有用的。"

他看着我，眼睛亮晶晶地说："小竟，我真的觉得你很聪明，敏锐，坚定。你有独立思考的能力，不容易被人动摇。"

"你只是还没长大。但我相信你会很快长大的，"他信心满满地说，"你会变成很好的大人的，小竟。"

不知道为什么，我突然有了轻松的感觉。

从来没有人这样耐心跟我说这些，也没有人这样耐心听我说这些。

我好像一直在等着这样一个人。

我终于等到了。

程亦辰还在温和地看着我，他有双深黑的，让人觉得暖和的眼睛。

我觉得我有那么点喜欢他了。

我也突然有点想我爸。

我想起卓文扬。

一觉睡醒，发现他坐在我身边的时候，那种安全感。

阳光会从窗外照进来，洒在他的头发和眼睛上，一切都在闪闪发光。

光是这样就很美好，就能点亮我枯燥灰暗的一天。

我也不图他的名气，更不图他有钱，就是莫名其妙地信任他。

这是我第一次这样全无所图地，主动地想和一个人亲近起来，所以也格外容易觉得受伤害。

是我太矫情了吗？

我有点后悔。

但我不可能去找他道歉。如果被欺骗的人还需要低头反省自己，那道义又在哪里呢。

"辰叔！"我夹着腿，在门口来来回回团团转，完全是热锅上的蚂蚁本蚁了，"我好急啊！你好了没啊？！"

虽然知道他是在洗澡，没法那么快，但另一个卫生间陆风在用啊，去催陆风我不如直接尿在门口算了。

又团团转了几十秒，这种度秒如年的煎熬我也真是受够了，我已走投无路了，绝望地趴在门上，哀号："辰叔啊……"

门终于"砰"地开了，水汽朦胧里，我看到辰叔狼狈地裹着浴巾出来。

他说："不好意思不好意思……"

我连客套都来不及，已经一个箭步嗖地蹿了进去。

"光速"上完厕所，我整个人身心都得到了释放，终于可以气定神闲，以重获新生的姿态走出来。

"没事没事。"

辰叔笑道："憋坏了吧。不要最后一秒才去洗手间，对身体不好，这坏习惯都说过你多少次了。"

他衣服还未全穿好，我一眼看见他胸口有一个并不特别大，但十分狰狞的疤。

那疤把我吓了一跳。

我指着他："这是……"

"哦……这个吗，"他低头看了看，说，"没什么，以前受过伤。"

"很严重吗？！"

"嗯。"

"天哪……"

在心脏的位置，而他还能好端端地站在这跟我说话。

我惊疑不定，问："居然……没事吗？"

"有事啊，"他笑道，"我有差不多快两年的时间吧，失去意识。"

"……"

"因为脑部缺氧，"他指了指自己的脑袋，"这里也变得不太好使了。老记不住事情。昨晚陆风帮我把那炉子修好了，我说'天哪，你什么时候修好的'，结果今天早上，我用炉子的时候，又说'天哪，你什么时候修好的'，把陆风都给逗乐了，他说就跟在看场景回放一样。"

我笑不出来。

我想起自己那时候冲着他说"你读了这么多书，也没见得多有用"，想起他那一刻的表情。

我那颗没血没泪的心，也突然生出一种汹涌的愧疚。

这样戳人家伤疤，我是有多混账啊。

要不是因为这样的事故，他现在应该可以过得很不错吧，早二十年，X 大毕业生的含金量还是相当高的，何至于沦落成这样。

人生真是无常。

我只能说："你有个很优秀的儿子呢，不用担心，他可以给你养老。"

"啊，"他真心实意，又有些腼腆地微笑了，"他是比我强多了。"

"那……你夫人呢？"

他说："癌症去世了。"

"……"我有点不知道要怎么聊了，"哦，那个，你儿子那么出色，爷爷奶奶也会很高兴的……"

他顿了一下，说："我爸去得早。我刚毕业工作没两年，还没来得及好好孝敬，我妈也走了。"

"……"

他低声说："我真的，不是一个好儿子。"

这起码是十几年前的事了，而他在提及的时候，脸上还是抑制不住地有了伤心的神色。

我很想问点什么，但鉴于自己聊天的水平，实在不敢多嘴了。

他看看我："所以，你跟你爸他们，有空的话，也多联络吧。子欲养而亲不待，错过会遗憾的。"

"哦……"

我本来觉得自己遭遇车祸失忆已经够惨了，这么一对比，我不由得同情起他来了。

这世界上，有人比我更不幸。

晚饭的时候，桌上已经摆好了五道硬菜，而程亦辰还在厨房跟陆风一起叮叮当当地忙碌。他做菜分量不小，平日四菜一汤，也是靠陆风这个"深渊巨兽"在那儿负责每道菜扫底，才能保证光盘，今晚怎如此铺张浪费了？

"今天这么多菜啊？"我在那儿晃来晃去，蒜蓉粉丝蒸膏蟹的香气让我有点馋。

程亦辰又端出来一盘葱爆羊肉，挺开心地说："我儿子要来吃饭。"

"哦！"

我住进来这阵子，还从没见过他儿子上门。对他来说这算是件大喜事吧。

于是我帮着摆好碗筷，而后坐等开饭，突然听见门铃声。

陆风和程亦辰在厨房一个切冬瓜一个洗白贝，我一跃而起："我去开门！"

因为开始喜欢程亦辰了，连带他的儿子我都爱屋及乌，迫不及待要表示一点善意。

我窜到门口，笑嘻嘻地转动把手。

门打开，我猝不及防地看见那张清冷的脸。

他点一点头，低声说："你好。"

我蒙在那里，不知所措。

"你来啦，"程亦辰过来，边在围裙上擦着手，边笑着招呼，"小竟，这是我儿子，文扬。文扬，这是小竟。"

我："……"

他说："嗯，我知道，我们认识。"

程亦辰说："哦哦，对啊，你们应该是见过的，以前文扬也在南高，跟你好像是同班同学。来，文扬，换个鞋，刚拖过地呢。"

我还杵在原地，蒙了，说："是吗？"

卓文扬默默换好拖鞋，像是叹了口气，终于又说："林竟，高中三年，我都是你同桌。"

我："啊？"

他又把拎在手里的东西给程亦辰看，说："爸，这个是给你的。"

"这什么？"

他说："按摩脚的足浴盆。你不是说过脚酸吗，顺路给你买了一个。你看要放哪里，我给你拿过去。"

面对这种只会让我大翻白眼的"硬核"礼物，程亦辰一脸的高兴："我说过吗？看着挺好啊，晚上试试！先放这边就行。对了，你跟小竟聊会儿，晚饭还差个汤，马上就好了。"

程亦辰又进厨房去忙活了，卓文扬将那看起来挺沉的玩意儿放好，而后默默在餐桌边坐下来。

我还在苦苦回想跟他曾经是同桌这件事，然而发现毫无印象。

关于这个人，我的记忆里似乎一片空白。

他像是看出我的绞尽脑汁，低声说："你车祸出院以后，我去看你。还带了一张 CD。"

我想了想，说："啊！"

我突然记起来了，我确实是见过他的。

那时候他很瘦，很憔悴，拿了张不明所以的 CD 来问我，看起来很煎熬，也很莫名其妙。

而在那之后我再也没有见过他。

一面之缘罢了，生活里有那么多的人和事，像飞快掠过的光影，很难一一留下痕迹，尤其在我自己都浑浑噩噩的时候。

等再见面，他也已经完全不一样了。如今的他挺拔，从容，成熟，沉稳。

我自然也不可能从模糊的记忆里去打捞出一个伶仃的残影来和他贴合。

我惊叹："你变了很多！"

"嗯，"他沉默了一下，又说，"之前的事，很抱歉，是我不对。我不该瞒你在先，更不该逃避在后。我应该好好向你道歉和解释的。"

其实我早已经没那么气了，纵然还有点赌气的小火苗，及至见到他本人，也就跟遇了甘霖一样，迅速就给灭了。

"那你到底为什么要跟我一起上那些课呢？"总不至于真的是闲着没事逗我玩吧。

他又沉默了一下，才说："因为我们曾经是好朋友。"

我惊了："是吗？"

"嗯。"

我好奇道："最好的那种吗？"

他安静了一会儿："嗯。"

我突然想通了一件事："啊，我明白了，难怪我能考上 T 大！"

他看着我。

"都是因为有你在帮我补习吗？"

他像是微笑了："但你那时候也很努力。"

我惊了："我居然有很努力的时候？"

"嗯，"他说，"你很认真。"

"所以我认真的时候，真的是那种不用作弊也能考上 T 大的选手？我原来这么有天赋？我是天才吗？"

他想了想："当然，也有一点运气成分。"

也不必讲得这么真实啦。

"但，这样的话，为什么不一开始就告诉我呢？直接说我们以前是朋友，不就好了吗？"

他摇摇头："不一样的。"

"啊？"

"告诉你我们曾经是朋友，你也想不起来和我做朋友的感觉，也不会从心里认可我是你的朋友，"他轻声说，"这种事情，一旦忘了，就只能从头开始了。"

好像说得也对。

"被告知事实"和"被唤起情绪"，是两回事。

就像如果有一天，突然有个别的男人跑来跟我说他才是我亲爸，我也没法因此就对他有父亲的感情啊。

如此一想，我就释然了。

"但我们还是成为朋友了，不是吗？"

他看着我，微微笑了："嗯。"

"但说起来，你是怎么找到我在哪间教室上课的？"

当代大学生的常态是连自己教室在哪儿都经常记不住。

"我爸说过有个朋友的孩子要寄宿在这里，但我那时候还不知道是你，他还让我帮忙给你带了双鞋子。回国以后，那天陆风去上班，我就过来看我爸，顺便把鞋子送来。然后我看到墙上的课表，"他说，"上面有你的名字。"

"……"

所以就是那一天，他出现在我旁边，拿笔捅醒了我。

我突然有点开心。

而且那鞋子是他帮我买的呢，四舍五入等于他给我送礼了。

"来来来，开饭了。"

程亦辰端了锅冬瓜白贝汤出来，陆风一手托了盘醋熘白菜，一手拎着整台电饭煲。

虽然陆风在家经常干这活，但看到这种画面我还是很难控制面部表情。

不用卓文扬开口，我都能明白他跟陆风不和睦。但这餐桌上居然风平浪静，没有任何暗涌。

他和陆风全程不直接对话，默契地避开所有可能有碰撞的点，安安稳稳地吃完了这顿饭。

像是狮子和老虎都收起彼此的爪牙，为了某人而在这同一屋檐下暂时和平共处。

程亦辰挺开心的，自己也喝了些啤酒。

窗外有了隐隐的雷声，很快便能听见雨水拍打窗户的动静。

"下雨啦，"程亦辰往外看一看，像是不经意地说，"天气不太好啊，要不今晚在这儿过夜算了？"

我也偷眼看卓文扬的反应，他点点头："好。"

程亦辰整个人都明亮了起来："那我先去把你的床铺一铺！"

像被他的快乐所感染了一样，我也颠颠儿去帮忙。原来卓文扬在这里也有属于自己的房间，就在我卧室边上。久未入住，桌上柜上也一样收拾擦拭得干净，只不过床上为了保持被褥不沾灰而盖上了防尘罩。

程亦辰将防尘罩取下来，我就帮着把原本的床单枕头先抱到旁边的小沙发上，他拿了椅子上去打开顶上的收纳柜，搬出两卷垫子被子，我就在下面接着，然后两人一起在床上摊开棉垫，再铺好床单，塞紧四个角，最后将鸭绒被装进新的被套里，一人捏着两个角用力抖平，覆在最上面。

布置过后，空气里有着淡淡的樟脑丸味道，我莫名地喜欢这种气味，觉得很干净，很放松。

程亦辰笑道："可以啊小竟，还挺会装被子。"

"当然啦。"

我固然四体不勤五谷不分，但之前的日子里，吃喝有人投喂，却没有人会给我铺床啊。

收拾妥当，程亦辰兴致大发："有人要陪我玩一局《胡闹厨房》吗？"

我大声说："家里有 Switch 啊？"

"有的呀，"程亦辰拉开电视柜下面的抽屉，里面躺着几个手柄和健身环，还有一叠游戏卡。

"小竟要玩吗？"

就我住进来之后，我从未见他们玩过这些东西。

平日吃过饭，我多半就像自闭儿童一样回房间玩自己的了，他俩也就安安静静地看看电视，到点就去睡觉，不闹出什么声响。

我也从未听过他们大笑的声音。

我以为他们在家一直就过着这种枯燥无趣的老年生活，原来其实并不是。

那是为什么呢？

因为有我在吗？让他们不好意思有所娱乐似的。

今天像是因为特别放松，又喝了酒，他才拿出游戏机。

"哎？我没玩过这个。"

我都不会做饭，哪还玩做饭游戏啊。我玩游戏砍砍杀杀端着机枪横扫四方，这个在厨房打转的游戏未免太幼稚了。

"没事啊，"他兴致勃勃地说，"随便玩。"

我怀着不放在眼里的心情操起了手柄。然而想不到"吃鸡"小达人如我，会在这种游戏上翻车。

切菜烧菜端菜洗盘子，东奔西跑地把我给整慌了，我一不小心按错键就西红柿满天飞，还在灶台转角被程亦辰绊了一跤。

及至端着盘子过马路突然被车子撞飞的时候我都傻了。这不是温馨烹饪经营游戏吗，为什么还会被车撞的？

程亦辰安慰我："没事没事，虽然人没了，幸好菜还在。"

我："嗯？"

前面勉强还能过关，后面煮着煮着不知道为什么老熄火，程亦辰端着锅子沿着几个灶台一通跑，我只顾切菜，忘了洗盘子，他两头顾，然后锅子突然就烧起来了。

好家伙这火势，还没等我反应过来，半个厨房已经淹没在熊熊烈火之中。

好不容易找着灭火器了，程亦辰举起来"刺"地就喷了我一脸，场面一度十分混乱。对着这迅速窜得满屏的火，我只能无助地嗷嗷直叫："着火了！着火了着火了！"

这怕不是个消防游戏啊！

陆风说："你这样喊小心邻居要报警的。"

关卡时间结束，一看，我俩收入得分是负的。

好家伙，一分钱没赚到，还倒贴。

我不由放下手柄，开始怀疑人生。

陆风主动请缨说："我来陪你玩啊。"

程亦辰道："我不跟你玩这个，你太菜了。"

陆风没有反驳。

我得到了一点慰藉，说："他也很菜吗？"

程亦辰说："我这边等着他把做好的肉传给我，结果等了半天传送带上出现一台灭火器！"

陆风说："灭火器长得跟肉很像啊。"

程亦辰很生气地说："把锅丢到地上，饭没煮好就端上，没有盘子徒手上菜就算了，他还把切好的薯条扔进垃圾桶！"

陆风很无辜地说："我想扔桌上的，但隔着河，很难瞄准啊。"

饱受嫌弃的陆风不得加入战局，于是卓文扬拿起手柄。

毕竟是亲父子，这轮就很有默契。

其实程亦辰也不擅长，大概是受过伤的缘故，他的协调能力不是很好，一紧张更会出错。但卓文扬反应敏捷，有条不紊，边切鱼蒸菜上菜边指挥自己的爹："你去那边，我扔面粉。"

程亦辰惊慌大叫："啊啊啊，盘子盘子，来不及洗！蒸笼装满了！我没地方蒸烧卖！"

卓文扬始终十分冷静地说："别慌，我来洗，马上好。"

一局下来，轻松三星。

陆风看了半天，闷闷地说："我也行。"

不管怎么说，最后陆风终于玩上了。

平心而论我觉得他玩得不算差，起码动作麻利，走位风骚，狼奔豕突。就是看着他力大无穷的模样，有点怕摇杆会被他硬掰下来。

然后他火急火燎地投掷食材，一袋面粉就把站在竹筏边缘的程亦辰"啪"地砸进河里。

我差点没笑死。

陆风立刻放下手柄举起双手，说："我真的不是故意的。"

程亦辰气坏了，复活回来也不管菜了，拿着灭火器狂捶他，把他推下河去才罢休。

陆风挨打也挺享受的模样："哎，又着火了，你拿灭火器先灭火嘛，灭完再打我。"

程亦辰平日斯斯文文，很少急眼，这种时候却十分火爆，冲着陆风各种生气，像只冲巨兽发怒的猫。

我还挺乐意看他打骂陆风的。

一关吵吵闹闹地失败了，程亦辰说："呀，这个最多可以四个人玩的，我们刚好四个人，一起玩吗？"

我问："但是手柄够吗？"

"够的呀，"程亦辰说，"有几个备用的，免得总是被陆风按坏。"

"……"

原本场面就很难控制了，四个人更是乒乒乓乓乱成一团。

陆风一开始风风火火地端了几个菜，然后就因为控制不住速度，和准备去洗盘子的程亦辰撞在一起。

本来就够忙了，他还唯恐天下不乱似的，两人拧着彼此反方向奔跑，谁也前进不了，只能打起架来，仿佛拳击厨房。

程亦辰气得直说："干什么呢你！添乱！快给我走开！"

我万万没想到陆风在这里会像个欺负自己喜欢的女孩子的"小学鸡"一样，简直可耻。

卓文扬只得不管那两个拖后腿的选手，对我说："你负责洗盘子，没盘子要洗了就帮着上菜，其他的我来，有需要的我会临时叫你。"

沙发虽然宽大，但并排坐了四个都不矮小的成年人，也没有多少余裕了。

陆风又把鱼肉给抛到甲板外面去了，陆风又把做好的面放进垃圾桶了，陆风又一脚踏空掉下去摔死了。

程亦辰气得大叫，一直捶打他。陆风无辜地说："你掉下去你也生气，我掉下去你也生气。"

然后陆风又忘了把菜取出来装盘，端着整个锅就急火火地去上菜了，程亦辰说："把锅放下，你给我把锅放下！"

客厅里充满了我的笑声和程亦辰骂陆风的声音。

这好像是我来了之后最快乐的一个晚上。

我一直以为这世界上，像这样热热闹闹的快乐是需要花大钱买的。

然而似乎也并不需要。

当然这样的快乐不常有。

见缝插针地利用所有时间碎片来工作学习的卓文扬很忙，操控着一家偌大企业的陆风也很忙。辰叔相对责任比较小，照看着一家书店，雇了店员帮忙，固然时间比较自由，但他还要负责家中大小事务，光一日三餐就够操劳的。

横竖就我一个是只要听听课，打打游戏，吃吃喝喝，就可以轻松度日的。

别人是忙忙碌碌，我是碌碌无为。只能说也算有交集啦。

陆风连着几天没回来，据说吃睡都在公司。具体什么情况不清楚，我只知道他在打一场硬仗。

这天早上我都美滋滋地吃完小米鸡蛋粥配葱油饼的早餐了，才见得陆风开门进来。他一副又疲惫又紧绷的模样。

大概是熬夜熬多了，他满眼血丝，眉间是重重的一个"川"字。感觉像是个刚下了战场的将军，甫入家门，一身盔甲和血气还未卸去。

程亦辰立刻迎上去，接了他的外套和包，问："吃点东西吗？我刚做了早餐。"

陆风摇摇头："我头疼。"

程亦辰扶着他在沙发上坐下，他闭了眼睛，很快就睡着了。

陆风睡得很沉，看起来像昏迷了一样。人一旦放松下来，堆积的疲乏就立刻将他淹没。

他从早上一直昏睡到快中午，也没有半点要醒来的意思。

为了不发出多余的声音，我乖乖回了卧室，因为太过无聊，又太过安静，我也睡着了。

一觉睡醒，我忙开门往客厅张望，只见得陆风不知什么时候也醒来了

程亦辰对陆风说："你这阵子太累了。"

陆风说："等小洛回来就好点了。"

小洛是谁？

这时程亦辰看到了在墙边的我："啊，你害得小竟少吃一顿午饭，我也没买菜，"程亦辰拍拍他，"赶紧的，你请客，点顿好的外卖。"

于是他点了个豪华海鲜烧烤拼盘，配了蛤蜊丝瓜汤和泰国香米饭。

烧烤拼盘是连烤架和酒精块一起送来的，烤盘底下满满地铺着海虾扇贝生蚝小卷鲍鱼膏蟹，上面还趴着一只切好的波龙。

光是里边吸收了大堆海鲜精华的粉丝就把我美得快要上天了，然而陆风扒了两口米饭，喝了碗汤，就进屋又去睡了。

他看起来真的很困倦。想一想他看起来虽然强壮英俊，实际年龄也不小了。

程亦辰在客厅陪着我吃饭，帮我剥了好几个虾。

我想起我方才的好奇，说："小洛是谁啊？"

程亦辰愣了愣，说："哦，他是陆风……一个朋友的儿子。前阵子学校跟UCLA 有个交流项目，他就去了一趟，快回来了。"

怎么一个两个的都是学霸啊？

"他回来，也住这儿吗？"

"是呢，对面那房间就是他的，"程亦辰说，"他也是你们 T 大的。"

我被列为 T 大一员，都觉得心虚。

"小洛个性很开朗，也喜欢打球打游戏，你俩应该很合得来。"

"好哇！"

家里多个同龄人，我还挺期待的。

肉足饭饱之后，我突然想到一个问题，为什么这里住的全是"朋友的儿子"？

这一日，卓文扬抽时间来教室陪我上那要命的线性代数。

想到那个"小落"去了 UCLA（加州大学洛杉矶分校），我莫名地有点酸溜溜，

UCLA 当然是很牛，但卓文扬肯定得更牛啊。就像那大眼睛妹子说的那样，卓文扬想申请国外名校那还不是 Offer（录取通知）随便拿？

我于是问卓文扬："你为什么会考 T 大的研？"

"嗯？"他说，"我保研的。"

好吧，我不该这么问。

"你怎么不申请哈佛斯坦福麻省理工什么的呢？"我所知道的美国名校也就差不多这些了。

虽然 T 大是顶尖学府，但他这么优秀的学生，通常都会选择出国深造。

没有说 T 大不好的意思，也没有说国外月亮比较圆的意思，但就一心向上的人而言，国际化对他们的视野和学识必然都是有好处的。

他说："有心学习，在哪里都能精进。差别不大。"

"是哦。"

他沉默了一会儿又说："这几年我不能长留国外，我爸身体不好，我还是待在离他近的地方比较方便。而且我外公那边的公司，我既然答应了学着接手，综合考量一定是得留在 T 城。"

"也对哦。"

"等以后吧，以后，如果，"他顿了顿说，"如果一切都好了，也许可以出去走走。"

我托着腮，说："所以还是因为这些东西限制了你。"

他微笑了一下，说："人怎么可能不受限制呢？"

"那如果没有限制的话，你打算做什么呢？"

"我吗？"他微微挑起眉毛说，"如果可以自由选择的话，我是打算成为一个科学家的。"

我张大嘴巴。

这是我们小学作文里才会出现的职业选项。

继承家业当个"富二代"不好吗？

"我想去加州理工，研修天体物理。"

我说："什么理工？不是麻省理工吗？"

"不是，加州理工是大部分天文人的梦中情校，它在天文观测方面非常强，"他认真道，"斯皮策太空望远镜，人类送入太空的最大的红外望远镜，就是隶属 NASA（美国航空航天局）和加州理工的。"

我说："啊？"

连望远镜我也只知道一个哈勃。

看我一脸麻木，他微笑道："天文其实很有趣。宇宙才是最终极的浪漫。"

听到"浪漫"两个字，我勉强运转我的大脑，说："但那个，如果学上去，除了拿望远镜看星星之外，还研究什么？研究有没有外星人吗？"

他笑了，说："算是一部分吧。"

我顿时来了精神，差点趴到桌子上，说："那到底有外星人吗？"

"这个问题，"他说，"你指的是目前探索到的其他星球上的生命迹象呢，还是人类之外，历史上疑似在地球上留下过痕迹的高等智慧生命体？"

我还真没想过呢。

我说："小孩子才做选择，大人全都要。"

他笑道："不管哪一个，都是说来话长。马上要上课了。"

他看我没有出声，又说："晚上我过去吃饭，给你好好讲讲。"

我顿时心花怒放。

针对到底有没有外星人这个问题，虽然卓文扬始终没给我直接的答案，但这天晚上他给我讲了足足三个小时的故事。

从日本的甲府事件，讲到介良事件；从德雷克公式，讲到费米悖论，又讲到黑暗丛林法则土耳其卡帕多奇亚地下城，讲到哥贝克力石阵，又讲到纳斯卡线……

我都听傻了。

"你是怎么知道这些东西，怎么知道这么多的东西？老师教的吗？天文学原来是学这个的吗？"

他说："嗯？这些都是书上的，我只是读书而已。其实这些跟天文学也没什么关系，就是说给你听着玩的。"

"但你哪来时间读那么多闲书呢？"

光把学业拼到那种程度，对很多人来说就竭尽全力了。要知道这么多杂七杂八的，得读多少本书才行啊。

"我看书比较快吧。很小的时候，我爸就天天给我讲故事，教我认字，陪我看书，"他说，"我爸有一整面墙的书架，上面放满了书。我爸不只喜欢读书，也喜欢收藏，他没太多花钱的爱好，钱大部分都拿来买书买唱片了，还有不少珍本……"

"咦，我在这儿没见到呀。"

他停了一下，而后说："离婚的时候，他把那些都留给我们了。"

我小声说："哦……"

"他现在也还是很喜欢书，所以开了书店，"他说，"选书方面的问题，你有兴趣可以问他。有空的话，你也可以去他店里看看，挑一些自己喜欢的书。"

"我觉得听你讲，比看书省事多了。"

他微笑道："也不能那么懒，还是得自己读。信息在我这里被筛选过一次，你接收到的就更不完整了，通过我的窗口来了解事情，那就只能看到我想让你看到的。你会严重受到我的倾向性影响，时间长了难免被我洗脑。"

我理直气壮地说："被你洗脑没什么不好啊。说不定洗过还更好使呢。"

他看了看我，突然沉默了。

我说："怎么啦？"

"没什么，"他安静了一会儿，说，"那么喜欢听我讲吗？"

我狂喜点头道："喜欢喜欢！"

他微笑道："那我明晚再来给你讲吧。想听什么？"

次日下午我没课，独自待在家中，睡觉睡饱了，Switch 也没人陪我玩，有些百无聊赖，正准备开电脑玩几把《绝地求生》，突然想起卓文扬说过，我有空可以去程亦辰的书店转转。

书店这地方，对我来说，可太陌生了，我已经想不起来上一次进书店是什么时候的事了，搞不好我这辈子就没进过？

我微信跟程亦辰要了个定位，慢悠悠打车过去。

程亦辰的书店，所在地段居然挺不错。我挺怀疑的，开在这种地方，卖书的利润够付租金吗？

旁边除去各种高级店铺之外，居然还有一家卖便当的，我顿时觉得这书店倒也显得不孤单了。

推门进去，店里布置得很清新，整洁，空气里有着浓浓的书卷味。

这是物理意义上的书卷味——我第一次感受到书本的香气。

下雨天，没什么客人，店里显得分外安静，程亦辰正独自在整理书架，见了我便笑道："来啦？怎么这天气反而想跑来看我。你先坐坐，要喝咖啡还是茶？"

"都好。哎，今天就你一个人吗？不是有帮忙的员工吗？"

程亦辰放下手里的书，去给我倒咖啡："小杨今天有点事，请了半天假。"

窗边有单人沙发和小圆桌，我便过去坐了下来，落地窗外能看见细密的春雨，行道树绽放的绿色，湿润的街道。

这地方莫名地让人心情平静。

有学生模样的小姑娘推门进来，脆生生地问："老板，上次请你帮忙订的书到了吗？"

程亦辰忙说："已经到了，稍等，我去拿给你。"

程亦辰去招呼客人了，我捧着咖啡，上下打量这间店。

店里空间不算特别大，书却不少，看上去很舒服。不知道是因为墙壁的颜色、书架的排列，还是因为灯光的角度，反正并不会让我这种一看到大堆书籍就立刻想上厕所的"文盲"觉得压抑。

前面放着手写的牌子，是店长推荐的书单以及店内畅销书单。

和卓文扬一样，程亦辰也写得一手出众的好字，清秀俊逸，灵动洒脱，让人觉得那些陌生的书名都变得可亲了起来。

陆陆续续也来了几拨客人，看起来都是常客的样子，待得送走他们，程亦辰问我："你要找本书看看吗？我过一会儿才能走。"

我不由条件反射地摆起了苦脸。

程亦辰笑道："挑本轻松的随便翻翻就好，免得你无聊。"

现代人有手机可以刷，怎么会无聊呢？

但来都来了，我还是不甘不愿地说："那就，挑本，简单的吧。"

"简单吗？"程亦辰像是陷入思考，"要多简单？"

我十分没骨气地说："跟童书差不多的就行吧。"

我以为程亦辰要对我放弃了，不料他倒是微笑起来："行，我这里有很多好看的童书。"

他很快给我拿来了一本封面配色浅淡的书，我一看，《桥下一家人》，作者纳塔莉·萨维奇·卡尔盖，妈呀，外国人写的故事，我最怕看这种东西了，因为角色名字都叽里呱啦的一串，很难记得住，看着看着就分不清到底谁是谁。

无奈这已经是童书了，还是注音版，我再没自尊也不能向一年级的小学生低头。

于是我抱着向小学生挑战的决心，默默翻了起来。

　　我没想过我能有耐心地阅读一本并非流行小说的纸书的时候。大概因为四周很静，呼吸也很轻，店里的灯光也很柔，一切都让我特别心定，也难得专注。

　　毕竟是童书，阅读难度很低，故事也简单，猜得出走向，轻轻松松。

　　但看到老流浪汉因为同情他在桥下遇到的那一家人，心疼那几个渴望能有家的孩子，而在圣诞夜向上帝祈祷："上帝，我恳求你。我已经忘记了如何祈祷。我所知道的就是如何乞求了，所以我乞求你，为这无家可归的一家人找到一间房子。"我居然不争气地眼睛有点湿润了。

　　"他感到很不好意思，他发现自己正用平常乞讨的方式向上举着他的贝雷帽……"

　　我被虐到了。

　　程亦辰过来，又给我装了杯咖啡，而后看着我。

　　我觉得自己十分丢脸。

　　他不动声色地说："快看完啦，我再给你拿一本。"

　　我哽咽道："嗯。"

　　结果我莫名其妙地坐在店里看了一下午的童书，梦回童年。

　　而后小杨来接班了，程亦辰便叫我："我得先去买个菜，一起去吧？"

　　坐在车里，程亦辰笑道："你还挺喜欢看童书的。"

　　我自嘲道："因为我就幼稚嘛。文化水平又低。"

　　他略微惊讶地看了看我："当然不是啊，你怎么会这么说自己呢？"

　　他说："你还能体会到这些书的美好，是因为你有颗很纯真很善良的心呀，小竟。"

　　我愣了愣。

　　"不要把自己想得那么差。"

　　他看着我，他的眼神温和而关切，而我面上轻微地发烫。

　　我跟着程亦辰去了一家大超市，说大是真的大，一进门就是宽阔的冷藏区，大片的保鲜货架冷藏柜，满满当当的各式鲜蔬瓜果，肉类海鲜，看得我眼花缭乱。

　　程亦辰拿了点迷迭香，而后熟练地边挑选着羊肉，边跟我说："这个今天有特价，又新鲜，很划算的。"

　　我边帮他推着购物车，边好奇地东张西望。

　　这也是对我而言陌生的地方，毕竟我压根儿不做饭。作为一个贪吃大户，我阅餐厅无数，买菜还真是人生头一次。

穿梭在琳琅满目的货架之间，我居然感觉很舒缓。和逛商场不同，没有了店员热情的服务问候，反而多了一份自由。

程亦辰问道："你想吃珍宝蟹还是面包蟹？"

"面包蟹吧！"我说，"黄比较多。"

"买几只小青龙吧，你喜欢什么做法？"他又问我，"要蒜蓉粉丝蒸呢，避风塘炒呢，还是椒盐？"

我立刻条件反射地分泌出了口水："蒜蓉粉丝蒸是最好吃的！"

在这大而空旷到的空间里，两人一起慢悠悠走着，放松地打量一切，他认真我不认真地挑选，偶尔轻声交谈，而无人打扰的感觉，意外地好。

程亦辰又买了黄花鱼，还有半只鸡，又往购物车里放点啤酒。

"买这么多哦？"

他笑道："对啊，文扬晚上也要来家里吃饭呢。做个他喜欢的红烧黄花鱼，很下饭，再买点菌菇来炖个鸡汤，他也爱喝。"

程亦辰看起来是真的开心。

"连着两天都来，"他说，"这是个好现象啊。多亏了你。"

我愣了愣："啊？我？"

他又挑了一盒特价金针菇："因为有你在，文扬才愿意来啊。"

我顿时张口结舌，出乎意料，受宠若惊，喜不自胜，又羞不可抑。一时脸上的表情十分拥挤，难以控制。

"哪里啊，"我结巴道，"他是为了你才来的啊。"

程亦辰笑着摇摇头。

我赶紧又说："真的啦。你是他爸爸，他对你感情那么深厚，怎么会是为我呢？"

这种夹起尾巴做人，不敢和家长争宠的求生欲是怎么回事？

程亦辰说："他跟我感情当然好，但他恨陆风。所以他没有什么来家里的动力。但现在家里有了你，多了一个他想见的人，多了一个作用力，他自然就变得愿意来了。"

我还在琢磨呢，程亦辰又拿起几支冰激凌，在手里晃了晃，问我："冰激凌要吃吗？喜欢什么口味的？"

我立刻回应："要香草口味！"

晚上卓文扬早早来了，还带了两盒晴王葡萄。

倒是陆风临时有应酬，没能像平常一样回来吃饭。少了一个庞然大物占据厨房帮手的专属位置，于是我和卓文扬一起在厨房里帮着主厨收拾食材。

程亦辰把羊肉切成小块，拍上面粉，卓文扬在旁边将土豆去皮切块，胡萝卜切丁，至于我嘛，洗个菜，象征性地给大蒜剥剥皮，不给他们添乱，就已经很棒了。

看着程亦辰把迷迭香用纱布包进香料包里，我问："为什么要放迷迭香呢？"这东西单独闻起来怪怪的。

"因为它可以中和羊肉的油腻，"程亦辰温和地说，"而且可以消除胃肠胀气，对帮助消化羊肉也有好处的。"

卓文扬也插嘴道："还可以提神醒脑，增强记忆力。功课不好的人应该多吃。"

"是吗？"感觉他是在逗我。

他笑道："《哈姆雷特》里就有这么一句：'迷迭香，是为了帮助回忆；亲爱的，请你牢记在心。'"

我随口说："所以这玩意儿能帮我恢复记忆吗？"

他俩突然同时沉默了。

我有点莫名地说："怎么了吗？"

"没什么，"程亦辰像是勉强笑了笑，轻声说，"也许吧。文扬，帮我拿个生抽。"

羊肉放进锅里炖上了，程亦辰也开始埋头处理龙虾。卓文扬塞给我一包毛豆："你先拿去客厅慢慢剥，我陪我爸把这两道菜做了。"

"好嘞。"

我领命而去，在沙发上坐着边看电视边剥起豆子来。

偶尔偷眼看看厨房里忙碌着的那两个人，父子俩和谐的背影，卓文扬娴熟地帮着自己父亲做饭，他似乎还讲了个笑话，惹得程亦辰笑了起来。

我突然觉得，能作为驱动卓文扬来到这里的一个正面作用力，真的有点开心呢。

饭菜上了桌，有软烂鲜酥的土豆烧羊肉、蒜蓉粉丝蒸青龙、葱姜炒面包蟹、红烧黄鱼、菌菇炖鸡汤，还有个清炒蒜苗。

香得我都顾不上在卓文扬面前的形象了，舀了一勺羊肉盖在米饭上，就开始埋头扒拉。

我和卓文扬已然自觉地开吃，程亦辰则拿了个大盘子，将每道菜都夹一部分出来摆放好，解释道："给陆风留的。"

"哎？但他肯定是外面吃过饭才回来的呀。"

程亦辰笑道："他还是要吃点家里的饭菜，才会舒服。"

吃到最后，因为"扫盘怪清道夫"陆风不在，程亦辰就把桌上剩的菜给我们分配好，每个人都乖乖坐着吃完，绝不浪费。

家里因为有了他在，一切都井井有条。

收拾过后，卓文扬问："爸，那个投影仪的遥控器呢？"

"要放投影吗？"程亦辰道，"那我去把幕布放下来。"

"嗯，"卓文扬边打开带来的笔记本电脑，"小竟想了解一下宇宙，我给他准备了一点资料。"

我说："嗯？"

卓文扬说："像上次那样讲，太抽象了，我觉得光是口头的描述，效果还是不够好，所以做了份PPT。"

我："嗯？"

这会不会过于严谨了啊？

于是我和程亦辰排坐好，端着冰激凌，一起听卓老师在投影的幕布前讲课。

"我们先挑你喜欢听的讲，"他说，"人类目前最有可能移居的一颗行星，也是离地球最近的一颗行星，火星。虽然叫火星，但上面其实很冷……"

他展示了一张巨大的火星全景图，那高清的程度让我目瞪口呆。

"这是盖尔陨石坑中火星格伦托里登地区的全景图，当然，能有这样的效果，是因为它是超过千张高清照片拼接而成的。这是盖尔陨石坑中心的一座高山——高达五点五千米的夏普山。而火星上最高的山，也是太阳系最高山，叫作奥林帕斯山，高达27000米，如果你对这个高度没概念，你就想想大概是珠穆朗玛峰的3倍那么高，"他的声音能让人不由自主地专注，并摒去所有杂念，"为什么会有这么高的山呢？有人推测这是岩浆堆积而成，而且火星上的重力特别小……"

他讲到了水手号计划、维京号、探路者号、洞察者号……讲到大众对NASA照片的质疑，讲到火星移民计划，讲到杰泽罗陨石坑，还给我们看了火星南部高地内的"阿伦混沌"，极乐世界平原上的陨石坑，被季节性干冰盖覆盖的沙丘包围了的火星"北极"……

我抱着融化了的冰激凌，大张着嘴。

他太会讲述了，那么深入浅出，娓娓道来，条理清晰。关于这个星球的一切，

潘多拉的魔盒

关于这个宇宙的一切，对于他而言像是全然不需要去记忆的，自然而然地就在他的脑子里。

我沉醉于他的声音，他的节奏，他的信手拈来，他的从容不迫。

就算他又矮又肥又秃又丑，此刻他自内而外散发的魅力也足以令他整个人闪闪发光，宛如星辰。

这晚我就在被星辰光芒笼罩的余韵里，回味无穷地入睡了。

半梦半醒间我突然想起来，咦，我剥的那一大碗豆子呢？晚上没煮啊，白剥了？

这天程亦辰对我说："小洛明天回来……"

"哎？"我第一反应是，"所以明晚又有好吃的了？"

程亦辰笑了，说："有的，你想吃什么？"

以往的日子里，但凡有什么需要接风洗尘的，我都是吆五喝六地出去找个名餐厅挥霍起来。

而今我对于去外面吃饭兴致渐减，只想蹲在餐桌边等程亦辰投喂。

这里的居家生活让我日益"宅"了起来。

"家里多个人，会热闹一些，小洛个性很大方，我觉得你俩会相处得挺好，"他说，"但可能年轻人之间难免也会有摩擦，如果有什么不习惯的，就跟我说，可不要憋着乱想。别拿自己当外人，知道吗？"

我点点头："嗯。"

他很细致，把我那点寄人篱下的小心思也看在眼里。

那个"小洛"是次日上午到的，陆风亲自去接了他，把他领进门的时候，我眼前蓦然一亮。

虽然神色疲惫，带了点风尘仆仆的憔悴，但还是难掩他那种明朗逼人的英俊。

身材挺拔高大之余，他还长得鼻高目深，五官十分立体，却又并不粗犷。在他的眉眼之间有种适度的清秀与精致，完美中和了那深邃轮廓所带来的凌厉感。

倘若卓文扬是雪夜星月的话，那他就是夏日骄阳。

见了我，他就落落大方地伸出手："你好，我是柯洛。南柯一梦的柯，洛神的洛。"

我目瞪口呆地说："我叫林竟，林竟的林，林竟的竟。"

他立刻笑了。

这么一个笑容，就让我下定决心，这个朋友我交定了！

柯洛放下行李，去浴室里草草洗了个脸出来，脸上的水珠都未擦干呢，就坐下来吃程亦辰准备好的点心。

看他毫不做作地顶着个发箍，坐在桌前捧着皮蛋瘦肉粥稀里哗啦地喝，我就觉得很有意思，这家伙倒是一点都不装。

不过他好像也怪累的，吃完东西，又匆匆洗好澡，再跟我们打过招呼，便回屋闷头睡觉倒时差去了。

于是我发消息跟卓文扬八卦。

"说起来，你见过柯洛吗？"

"见过，我们认识。"

"他也太帅了吧！

"怎么会有人戴个发箍都那么帅的啊？还超有男人味。还有那肩膀线条，那个肌肉……

"什么时候我才能练成那个样子啊？"

我明明也是走的阳光少年路线，一对比我就成微弱的烛光了。怎么人跟人就差得那么远呢？

卓文扬回复："帮我跟我爸说一声，晚上我也过去吃饭。"

我大喜过望："好呀好呀。"

柯洛一直睡到傍晚才醒，出来就抱了台笔记本电脑，坐在客厅发呆，百无聊赖的样子，心不在焉地想着什么似的。

看见我，他友好地笑了笑。

"听说你也在 T 大。"

"是的。"忝列其中。

"那咱们还是校友了，"他笑道，"你玩游戏吗？我看你电脑挺不错。"

"玩啊。"个中高手。

他又问：“你玩‘吃鸡’吗？一起来一局。”

“好啊。”

我也把笔记本电脑搬到客厅，方便沟通。

跟他组队随意打了一把，他有点惊讶地说：“哥们，玩得挺好的呀。”

我谦虚道：“还行吧。”

柯洛有了精神，捋起袖子说：“来来，继续排。”

卓文扬来的时候，我俩正并排坐着，激战得飞起，战况紧张，以至于我只能抽空跟他打了声招呼：“你来啦。”

未等他回应，柯洛就猛然大喊道：“上面！”而后他应声倒下，只得郁闷地一拍键盘骂了句粗口。

我立即闪身调整位置，开镜一瞬间甩出鼠标，完成了一个完美的甩狙，一枪爆了对面的头，然后迅速过去把跪在地上的柯洛救起来。

“98K 还能甩狙？”柯洛在边上看着说，“太牛了吧你这枪法。”

柯洛玩得也不差，主要是他很能帮我打配合，我硬“刚”，他伏击，我俩属于一上手就特别有默契的那种队友。

“你也很可以啊，”我赞美他，“够阴的。”

柯洛大笑道：“那是必须的。对枪我干不过啊。”

我俩狞笑着一起搜刮着刚被击倒的玩家们的背包。

卓文扬：“……”

我忙碌之中瞥到他在桌子对面坐下来，面无表情地打开他随身带的电脑，又在忙工作的样子。

一局结束，柯洛问：“文扬要来一起玩吗？”

卓文扬摇摇头说：“我没装这个。”

“来嘛，下载也很快的。人多热闹。”

卓文扬没说话。我忙说：“他不想玩的话，就不要勉强他啦。”

别的不说，我就觉得他不像是愿意把时间浪费在这种消遣上的人。

卓文扬没有回应，柯洛也不坚持了，我俩继续在系统里排着队，他突然问：“说起来，你角色名字为什么叫 Me Jump？怪怪的，想表达什么？自己是专业跳伞选手吗？”

“倒不是那个跳的意思，不然应该是 I Jump 才对嘛，”我说，“虽然一开始玩是真的落地就死，说是来 jump 的也不为过。不过这个实际意思比'我跳'要有内涵得多呢。"

"那是什么？"

"你猜猜，"我说，"我们家里就有的东西。"

柯洛横竖猜了一堆，都没猜着。我于是举起手里正在喝的米浆："就是这个啊。"

柯洛笑得打跌："这什么沙雕英文。"

然后他迅速改了个名，叫 DouJump。

我差点给他笑死："可以可以，你这个豆浆也很神。"

从飞机上往下跳伞的时候，柯洛嘴里还淘气地喊着口号："哟呼，我们是跳跳队！"

"You jump,me jump, 大家 dou jump！"

柯洛笑道："你这英文就很升华了。"

卓文扬："……"

我们这边吵吵嚷嚷地玩游戏，卓文扬则完全不说话，一直在对着电脑运指如飞，后来还干脆默默取出蓝牙耳机。

他往耳朵里塞上耳机的瞬间，我心里颤了一下。

我知道他的忙碌，也习惯了他的惜时如金和不接受打扰。

只是这样就好像我们是被隔开的两个世界的人。

接下来我就玩得有点心不在焉，但凡我偷眼看卓文扬的时候，他都神色肃穆地注视着屏幕，一副两耳不闻窗外事的样子。

我只能猜测他是在专心谈什么大生意，或者是在写什么厉害的新论文。

反正是一个我无法接触，也理解不了的世界。

直到程亦辰招呼我们吃饭了，我跟柯洛停止游戏，把电脑搬离餐桌，卓文扬也才取下耳机，合上电脑。

晚餐很丰盛，程亦辰甚至弄了只帝王蟹，还是我最喜欢的蒜蓉粉丝清蒸做法，然而我今晚竟不怎么有食欲，叼着根蟹脚就啃了半天。

我很想找点话题跟卓文扬搭讪，但他在聚精会神地看手机，高度专注，并无兴致与人闲聊。

吃饭的时间玩手机，这在卓文扬身上还是第一次，可谓十分反常，我就更不好打扰他。

加上柯洛很活跃，餐桌上他大聊他所见的奇闻逸事，炒热气氛，逗得大家哈哈直笑，卓文扬的安静也就容易为人所忽略。

桌上甚是热闹，我却有点沮丧。

柯洛当然很有趣，交到这个朋友我很开心。

但倘若没有了卓文扬的微笑，那么一切其他人的欢笑也都变得毫无意义了。

有说有笑地吃过饭，陆风和程亦辰进厨房去收拾，这是他俩专属的共处时间，我们几个小辈在客厅玩自己的就好。

我又看了看卓文扬，他已经重新打开电脑了，依旧缺乏表情地专注着。

他这是不高兴了吗？

我突然有点忐忑。

难道是因为我跟柯洛玩游戏，冷落了他吗？

我不禁左右为难，胡思乱想了起来。

我真不知道他愿不愿意玩这种东西，毕竟上一次他玩游戏，只是为了陪他爸爸而已。

此外我从没见过他有什么纯粹杀时间的消遣行为。

他就不是会喜欢虚度光阴的人啊。

如果我们坚持盛情邀请，让他勉为其难地接受，那也并不合适吧，毕竟时间对于他的意义和我们不同。

我怀疑他最大的放松也就是看书听音乐罢了。在这种并不会带来任何实际收获的射击游戏上花费几个小时，对他来说，肯定远不如读完一本书来得有吸引力。

柯洛吃饱喝足，还在兴致勃勃，又问我："还玩吗？"

我看看卓文扬，有点犹豫。

我可以"见色忘义"吗？

柯洛继续邀请道："玩嘛，再带我飞两把啊，我手感正好呢。"

"玩吧。"

说这话的却是卓文扬。

我说："啊？"

卓文扬此刻终于从电脑上抬起头来，看着我们："我也玩。"

我说："嗯？"

"我下好游戏了，"他说，"刚研究了一下攻略和视频，大致了解了一下，应该还行。"

我说："啊？"

柯洛笑道："好啊好啊，你 ID 发我，我组你。"

系统提示："youjump 加入了队伍。"

我说："嗯？"

我看着刚成型的三人小队，依旧在震惊之中。

游戏是二排或者四排，三人队伍需要再匹配一个人，刚好 DV 上线了，于是我把他组了进来。DV 一进队伍就惊呆了，半晌说："你们这名字可真统一。"

从飞机上跳下来的时候，我才开始缓缓回神，这是我第一次带卓文扬玩游戏！

我激动得摩拳擦掌，热血沸腾，满心想着怎么给他保驾护航，伺候周全。

我体会到了那些带妹子玩游戏的人的心情！

原本我们线下坐在一起，遇到什么情况直接开口讲就好，但因为有外人在队伍里，我还是开了游戏语音，方便和 DV 沟通。

DV 全程就听见我一个人在那不停地念叨："文扬过来，我捡了个好东西，AWM 会用吗？没事，熟不熟都行，多用用就熟了，我这把给你。"

"文扬，我这有子弹，都给你。"

"没事，那家伙我已经帮你干掉了，我扶你起来。"

"我刚摸了个三级头，也给你。"

"药还有吗？我给你。"

DV 忍不住问："呀，这位是你对象吗？"

我默默关了麦。

我找到一辆双人越野车，立刻开到卓文扬身边，献殷勤道："文扬，来，快上车。"

柯洛说："啊？那我咧？"

我说："那不是还有 DV 嘛。"

柯洛转头瞪着我说："他没车啊，你是要让他背着我跑吗？"

我于是开麦喊 DV："还不赶紧给豆浆妹妹找个车来！"

一听有妹妹，DV 顿时来了精神，过会儿还真弄了辆吉普。

柯洛摇头叹气："我在吉普车里哭，他在蹦蹦（双人越野车）上面笑。"

四人一路磕磕绊绊，我跟柯洛带着卓文扬和 DV，仿佛去西天取经一般，经历了九九八十一难，倒了又扶，扶了又倒，倒也拉扯到了最后的天命圈。

这里就真的带不动 DV 了，他躺枪之后，除了我们，对面还有两个人活着。能躲的地方已经不多，柯洛点掉一个，同时也被剩下的那个一枪爆头。

对方得手后就灵活地消失，我猜他要是躲起来打药了。他应该想靠打药回血来熬过最后一拨毒，毕竟只要能比对手撑久一点，哪怕多活一秒，就算赢。

最后的毒圈快缩过来了，再也不会有安全区域了。我身上只有一点没什么用的急救包，唯一的医疗箱也给了卓文扬，极限拼药未必有胜算。

于是我喊卓文扬："你把能量打满！止疼药！肾上腺素！打到最满！先去毒边上蹭掉一点血，好，等我喊你用医疗箱的时候就用。"

"嗯。"

"用！"

我已经发现那个人在哪儿了，而后我在自己生命的最终时刻朝着前方坑里的那个人影开了一枪。

随即我的屏幕灰了——放弃猛打急救包回血的我，在毒圈里头理所当然只能撑过这两秒。我的那一枪虽然命中，但也并未能直接击杀对手。

然而他也因此没能打完药。

他迅速被毒死之后，唯一靠着医疗箱还暂时存活的是卓文扬。

于是我们成功"吃鸡"。

DV 大叫："不是吧，这样都行！"

柯洛："……"

柯洛意味深长地瞧着我说："太拼了吧，哥们。"

我说："嘿嘿嘿嘿。"

卓文扬也抬眼看着我："谢谢你。"

柯洛笑道："说真的，第一次玩，文扬你这水平，算很好了。"

虽然因为缺乏实战经验，不能跟我和柯洛这种老手比，但他执行力很强，也有相当好的判断力，加上沉着冷静，整体至少已经强过了 DV。

卓文扬摇摇头，说："还有很大的进步空间，我需要更加努力。"

我以为他只是随便玩这一把而已。

我发消息问卓文扬："你打算认真玩这个啊？"

"嗯。"

"为什么啊？"这游戏也不是什么天选之子吧，有什么值得他花功夫钻研啊？"这个特别好玩？"

他想了想，回我："也还好。"

"那不然呢？"浪费时间玩这玩意儿？你可是兼顾学业和公司之余还希望能成为科学家的人呢。

他看了看我，过一会儿，回复："我让你了解了我喜欢的东西，我也想去了解你所喜欢的东西。"

我盯着对话框，突然面红耳赤，耳冒热气。

柯洛看着我，莫名其妙地说："你怎么了？皮肤过敏啊？发烧？你还好吗？那到底还玩吗？"

这晚我美滋滋的，不仅游戏各种赢得神清气爽，卓文扬那句话更是让我心花怒放。

睡前我还在翻来覆去地回味着。虽然他说得很平静，也没什么弦外之音，然而我就是荡漾得不行。奇怪，他那么少言寡语的人，怎么有时候说话就能那么好听呢？

实在睡不着，我爬起来又抽出了他借给我的线代笔记。

他的字可真好看！我回味无穷地翻来翻去，算了明白了什么叫"字如其人""见字如面"。

翻着翻着，突然掉出张发黄的草稿纸。

这不起眼的纸张应该是在某一页被夹得太紧了，以至于前几次翻看的时候并没掉出来，卓文扬借给我的时候也并未留意。

上面断断续续列着演算公式，是很常见的草稿，此外还有一些凌乱的小字。

这些散落的小字反复写着"林竟。"

我愣了愣。

所以我们真的一度关系很好吗？

而我之前竟然完全想不起这个人了。

我呆呆看着它，莫名地，因为我的失忆而有了一些内疚。

这日去上课，每节课都坚持坐我前排那个大眼睛妹子袁可可，又回头问我："今天卓文扬会来吗？"

"不会。"我嬉皮笑脸道。

她立刻哼了一声。

"什么意思嘛！"我说。

她说："你来不来都无所谓！"

"唉，好可惜，想不到你如此出口伤人，"我掏出笔记本，"本来还想给你看看卓文扬的笔记，让你感受一下男神的气息。"

"什么？他还把笔记本给你了？"她眼睛变得更圆更大了。

"对啊，"我向她全方位展示了一圈，"男神真迹！"

她目不转睛地盯着笔记本封面，艳羡："好好哦！"

然后又问："能借我看看吗？"

"当然不能。"

她又生气地说："小气鬼。"

我托着下巴："如果你以后把专业课的笔记都给我复印一份的话，我可以考虑。"

她不假思索地说："成交！"而后她就双手接过笔记本，珍惜地膜拜了起来，并露出了追星般的快乐表情。

我其实觉得她挺逗的，虽然她对着我总是气鼓鼓，宛如一只充气了的河豚，但架不住我俩就在这样的互动里，日益熟悉了起来。

袁可可是我在这学校里，真正意义上，自己交到的第一个朋友。

这让我感觉没有那么孤单，也和这个地方没有那么割裂了。

好像我多多少少地，融入这个一度在我心中于我遥不可及的校园。

卓文扬有时候来陪我上课，她就在前面兴奋得坐立不安，瑟瑟发抖，连一头马尾都开启了超级震动模式，把我逗得不行。

于是我问她："你那么崇拜卓文扬，要我安排一下，大家一起吃个饭吗？"

"不不不！"她立刻双手乱摇，义正词严道，"跟偶像要保持距离！"

我被她的一本正经逗乐了。

虽然面对偶像如此卑微，不过跟我不同，袁可可是力求拿一等奖学金的那种好学生，长得也娇小玲珑圆脸大眼的颇为貌美。如果卓文扬算是"男神"的话，那么她也算是学院诸多男生心目中的"女神"。

这天我替袁可可背着她的粉红凯蒂猫书包，拎着她的美乐蒂水壶，抱着她的大耳狗文件夹，站在教学楼大厅，两眼放空地等着她上洗手间。

两个男生迎面走来，猛然撞得我一个趔趄，我手里东西也散落一地。

虽说肩膀隐隐作痛，原本我倒也不以为意，只先蹲下来捡东西，然而对方一句道歉也没有，见我瞧着他们，还恶声恶气道："看什么看？"

我说："什么？"

其中那个个子挺高的男生瞪着我。

另一个矮点的道："找死啊？"

我非常莫名其妙，只得诚恳回应："我这不就找着俩了吗？"

高个子立刻捋起袖子，看样子是要给我点颜色瞧瞧了，一个尖锐的女声突然响起："你们干吗啊？"

袁可可气急败坏地跑过来，挡在我前面："高琪你干吗呢？"

高个子说："没干吗。"

袁可可气得跺脚说："你发什么神经啊？"

"呵，"高个子没有回答，反而对着我撂下狠话，"你，以后给我小心点。"

我说："啊？"

这俩走远了，我问袁可可："那谁啊？"

"别理他，他有毛病。"

我感叹："痴情令人生病。"

"别别，我要吐了，"她一脸生吞了蟑螂的表情，"谁要这种莫名其妙的痴情啊。"

"哦，"我恍然大悟，"难道这就是前不久在学校论坛发帖寻找'一见倾心的姑娘'，然后又在你宿舍楼下摆爱心蜡烛大唱情歌的那位老兄吗？"

先是大张旗鼓地"人肉搜索"，然后强势当众求爱，该场景还被围观群众拍了视频，发上学校论坛，收获一拨"好浪漫啊""女主角怎么一直不下楼，也太无情了吧"之类的感慨，引为美谈。

袁可可满面通红，但不是羞得，而是气得。

"简直莫名其妙。没有任何感情基础，这样大张旗鼓地告白，那根本就是情感绑架好吗？一群人都说他好浪漫，质问我为什么不答应，我真不明白现在的人都在想什么，搞得好像我不成全他就是渣女一样。人难道没有拒绝的权利吗？"她愤怒地说，"难道我去卓文扬楼下祷告一晚上，他就得帮我写论文吗？"

她对写论文是有什么执念？

我说："这人那么死缠烂打，我可以帮你劝退他啊。你就说自己名花有主，他总该滚了吧。"

"别，"她沮丧地说，"你不要去替我出头，高琪这种人，不能惹。"

她接过我手里的书包背上，又抱过文件夹，叹了口气："学生会工作好累哦。"

"要不要我帮你问问卓文扬，看他有没有什么这方面的经验。"

她说："卓文扬才没参加过学生会咧，他哪里有那个时间啊。"

"那你干吗要参加？你不都紧跟偶像步伐的吗？"

她犹豫了一下："可是，他的个人履历上不需要这个，他也不缺乏这方面的经验。我不一样啊。"

我愣了愣。

确实，不是每个人都有履历丰满的底气、经济无忧的实力，比如袁可可，甚至还需要做兼职，跟我玩游戏赚点红包不一样，她是真正在靠努力打工赚生活费。

有时候想一想，我所自怜的不屑的人生起点，也许是有些人奋斗的终点呢。

很快我明白她说的"高琪这种人不能惹"是什么意思了。

高琪跟朋友特意去袁可可打工的餐厅吃饭，另一个暗恋她的男生也在那儿请客吃饭，点餐的时候和她谈笑了几句，高琪就直接冲上去掀桌子，双方打了起来。

现场战况一度在同学群和学校论坛里疯狂流传，但很快又消失了，就像没发生过一样，只剩下一地鸡毛，留给袁可可收拾。

"店长说可以不解雇我，但给餐厅造成的损失，要我来赔偿，"袁可可跟我说这事的时候，眼泪一直忍在眼眶里打转，"3700 多元钱呢，我工资都没那么多……"

"没事，有我呢，两肋插刀，"我胸脯拍得砰砰响，"我帮你解决。"

她哽咽着说："可你也没钱啊。"

我说："没事，我会想办法的。"

遇事我第一反应是找卓文扬，但转念一想，袁可可那么在意偶像距离，这样处理她未必能接受。

而且卓文扬，我到现在一毛钱都舍不得让他出呢！结果第一次要他掏钱，就是为了这种倒霉事？那不行！

柯洛又没熟到可以借钱不还的地步，那么就剩程亦辰可以伸手了，但想想书店的利润，再想想每天家里那四口人吃那么多，呃，实在不好意思开那个口。

经过一番苦思冥想，我突然意识到我的盲区。

明明还有一个人，我可以找陆风要钱啊！他最不缺的就是钱了吧！

虽然我有些惴惴，但有一说一，这段时间下来，陆风这个人，比我记忆中的，和想象中的，都要来得好相处。

准确来讲，应该说是有程亦辰亲自坐镇封印，陆风这个人其实相处起来并不麻烦，有时候甚至算得上好说话。

可能对他而言，这世界上，程亦辰以外的事情，大部分都只能算是屁大点事，他压根儿懒得计较。

于是我做过一番心理建设之后，鼓起勇气走到大财主面前："那什么……"

陆风在看报纸，头也不抬："小辰去买水果了。"

好嘛，毕竟我平时在家，只会说"辰叔，我饿了""辰叔，我那件衣服你收起来啦""辰叔，伞放哪儿"。

万不得已要找陆风，我也只有一句虚弱的"陆风，我辰叔呢"。

我深吸一口气，说："我不找辰叔，找你。"

陆风闻言，缓缓放下报纸，直视我。

我嗫嚅道："能借我点钱救急吗？很可能还不了的那种。"

我以为他起码会问一句"救什么急"，或者"多少钱""还不了"。

结果他说："账号给我。"

我说："……能走支付宝吗？比较方便。"

"行。"

他还真有支付宝啊。

我赶紧趁热打铁："那太好了，我的支付宝账号是这个，或者你扫下二维码……"

然而这家伙毕竟不是和蔼可亲的类型，闻言他就一脸"怎么净拿这些破事烦我"的表情。

我点进陆风的支付宝，余额那个数字让我目瞪口呆。

原本并不打算跟他多说半句废话，但我还是忍不住问："敢问你充这么多钱，是打算买什么啊？"

"没打算买什么，"陆风说。

我麻利地转了账。

我用陆风的钱，帮袁可可还上了打工餐厅的欠款，某种程度上也算是劫富济贫。

倒是所谓痴情如高琪，口口声声一见钟情，非她不可，穷追猛打，然而一点主动为自己砸出来的烂摊子赔钱的意思都没有。

呵，男人。

而这日见到袁可可，她又愁容满面。

"干吗？丢钱了？"

"要只是丢钱就好了，"她说，"高琪今晚生日聚会，他们都叫我去。我不想去。"

"那就别去呀。"去了才怪吧。

她犹豫道："可是，学生会的那些人，都去了。"

"咱们学院的学生会，跟他有什么关系啊？"

"本来没关系，"她撇了撇嘴，"但会长想跟他搞好关系。"

她问我："我要是真不去，以后工作就很难做了吧？"

我仿佛已经感受到了她以后在职场上的压力。

"哎，这样，我陪你去吧，大不了我带件礼物给他随个份子呗。"

袁可可皱眉道："你去做什么啊。"

"我不做做什么啊。但他要有点什么坏心思，多一个人底气也足一点嘛。"

她看着我，愣了半天。

我笑道："怎么？发现我的好了？"

她这回居然没骂我，只喃喃："才没有。"

我去随便买了个礼物包好，当晚就跟着袁可可去蹭生日派对了。

生日派对在 KTV 一个大包厢，那群人见了我这个不速之客，表情都变幻莫测。

哟呵，我不认识他们，他们倒像是都认得我是谁了。不在江湖，江湖已有我的传说了呢。

我还是挺大方地跟高琪道了句"生日快乐"，把礼物递上。

倒是高琪一脸玩味地看着我，而后当众把礼物包装拆了，瞪着里面那本我从程亦辰书店买来的《说话之道》，说："就这么点东西，好意思来蹭啊？"

我说："嘻，有什么不好意思的，畅销书呢，你也用得上啊。这样嘛，我不吃东西，也不唱歌，不占你便宜。我还免费给你们鼓掌好不？说起来，倒是听说有人寻衅滋事，害得人家女孩子还得替他的烂摊子赔钱，他装没事人一毛不拔，怪好意思的。"

现场安静了一瞬，众人作面面相觑吃惊状，不晓得他们惊的是不知道高琪素来炫富热爱高调实则抠门又没担当，还是想不到有人敢当着面这么直接说出来。

投影屏上有人点的老歌正在唱："雨一直下，气氛不太融洽……"

我笑容可掬，反正又不是我过生日。

有人挺身而出，说："你扯什么呢，我们高哥不是那种人。"

"对，高哥才不跟你一般见识。"

"说得也是，"我诚恳道，"一定是我误会了，想必高哥不会跟我计较的。那我就吃喽？"

会长过来，在高琪耳边说："高哥，千万别为他扫了兴，不然岂不正中他下怀？当他不存在就好了。"

高琪点点头。

现场没有人想让我成为今晚的焦点，于是大家都努力无视了我。

我也乐得在他们的寒暄吹捧之中，专心吃桌上的果盘和下酒菜。这香辣卤鱿鱼还挺好吃的。

吹着唱着，也就喝起来了，会长拿着酒杯过来，对着我身边的袁可可说："来，可可，今晚你怎么也得敬寿星一杯吧。"

袁可可面露难色地说："啊？但我不会喝酒啊。"

"这就太不给面子了，"会长少年老成地大摇其头说，"你这样以后进了社会，不受人待见的。"

"她真不能喝酒，"我赶紧打圆场说，"以可乐代酒吧，心意到了就好嘛。"

会长正色道："怎么就不能喝了，酒量都是喝出来的，多喝自然就会了。你总不会要跟我们说你酒精过敏吧？哈哈。"

我十分真挚地说："她最近有点肠胃炎，刚吃了头孢呢。头孢不能混酒。"

高琪看着我，皮笑肉不笑地说："你还挺了解啊。行，那就你替她喝吧。"

袁可可大惊，忙说："不用呀，我不能喝就是不能喝，有什么好让他替的！"

"那怎么好意思呢，"我客气推拒道，"我带的礼物太碉碜，配喝这么好的酒吗？"

高琪笑道："用不着客气吧，我是那么小气的人吗？"

你就是啊。

"你大胆喝，酒管够，"他十分大方地说，"我喝一杯，你喝两杯。"

"哎？这不好吧？"

他说："你跟她两个人，一共两杯不是很正常？"

我勉为其难道："那行吧。"

满屋子人都看着我们，洋溢着等着看我笑话的热切。

高琪举起酒杯，一饮而尽，我看着他，也相当腼腆地喝了一杯，而后十分拘束地又喝一杯。

高琪笑道："还挺爽快啊。懂事。"

"过奖过奖。"

"来，继续，喝到喝不动为止。"

我忙摆手说："不了吧，那太伤身了。"

"扭捏什么，"他把桌子一拍，"这点面子都不给？今天不把我喝趴下，你俩谁都别想从这里出去。"

我赔笑道："可是你一我二，这……"

"玩不起是吗？"

我犹豫了一下，说："实在喝不动的话，能喊人帮忙喝吗？"

"那也太没意思了吧，有点诚意行？"

"那，要是喝到一半不行了，怎么办？"

"那就认输呗。"

我叹了口气，说："唉，那好吧。"

于是我咕咚咕咚喝了两杯。

他看看我，也喝了一杯。

这么来回喝了五六轮，屋里原本快活的空气渐渐凝滞了。

会长在旁边说："你……还挺能喝啊。"

我谦虚道："没有没有，一般般而已。"

笑话，我跟着 LEE 那么多年是白混的吗？

不是我吹牛，这一屋子加起来都不是我的对手。

一来二往，高琪脸色渐渐绷不住了。

会长悄声说："要不，高哥你歇一会儿？"

高琪回头骂道："歇什么，要你多嘴？"

"就是啊，高哥正在兴头上，歇什么呢，瞧不起谁啊，"我又"咕咚"两杯，"该你了，高哥。"

高琪看了我半天，一咬牙又灌了下去。

"毕竟是高哥，"我感慨道，"爽快，真男人。来来，我再敬你。"

高琪倒也算铁骨铮铮，强撑着又拿起杯子。

这回他喝进去一口，吐出来一桌。

旁边的几位顿时乱成一团，纷纷喊着"高哥高哥"，上去帮他扶的扶，拍的拍，擦的擦。

会长义愤填膺，对我怒目而视："你这就过分了吧，有你这么灌人的吗？"

我惊讶道："哎？怎么会，我喝的是他的两倍啊，谁灌谁呢？"

高琪总算吐完，勉强直起腰来，指着我，臭气熏天地说："你、你好……"

我赶紧说："谢谢谢谢。"

他对我的致谢没什么回应，因为他已经滑到桌子下面去了。

我笑而不语。年纪轻轻学人搞什么恶臭酒桌文化。不给他们点厉害瞧瞧，还真的当我是病猫。

一屋子人鸦雀无声。

我礼貌地问："我把他喝趴下了，那我们可以走了吧？"

没人吱声，于是我拉着袁可可，夹着我那本《说话之道》，大摇大摆出门去了。

路上袁可可没说话，肩膀微微抽动，我不由看看她："怎么了？"

她在咬着嘴唇憋着笑。

她一开始还忍着，渐渐终于笑出声。

"你太坏了，"我叹了口气，"人家都那么惨了，你还笑。"

"你才是坏透了！"她拿手里的小包打我，"看你把他整得！"

"看我整他你不开心吗？"

她笑得花枝乱颤，脸颊微红，随后又面露愁容。

"你这样当众让他丢脸，我怕他会报复你啊。"

我笑哈哈："我可不怕。"

开玩笑，我怕过谁啊。

我跟陆风都住在同一屋檐下了，高琪算老几？

不过我倒是有点担心他们报复袁可可，毕竟一看就是专捏软柿子的老手。

回去在我们三人微信小群里说起这事，柯洛来了精神："这是要打架？打架记得叫上我，兄弟时刻准备两肋插刀！"

卓文扬立刻阻止道："不要想着打架。林竟，记住了，打输住院，打赢坐牢。"

　　卓文扬专门 @ 我："别打架，听见了吗？"

　　我只得嘴上应付道："好嘛，我不找人打架。"

　　我提醒袁可可最近都小心一些，没事别自己一个人出门。这周她去打工的晚上，我就都去等她下班，陪她走过那段没什么人的夜路。

　　倒也不是我多暖多贴心，而是袁可可若有麻烦，那确实是我惹的。我挑衅了高琪，就得有担当，直到摆平这个烂摊子。

这晚我在餐厅门口接了袁可可，我俩一起往车站方向漫步前行。

袁可可说："我同事说你真好。"

我信口道："还有夸我别的吗？"

她按惯例翻了个白眼："有吧。"

我又随口说："那你同事长得怎么样？"

她蓦地停下步子，朝我胳膊用力挥了一拳。

我说："你劲还挺大啊。亏我还担心高琪对你不利，我觉得你这一拳就能把他直接送走啊……"

我收住话头，猛然把她往边上一拉。

那辆车昨天跟着我们的时候我没多留意，而今天它又出现了，还停靠在我们旁边。

车门打开，迅速出来两个戴着头罩的人，一个冲过来拦腰抱住袁可可往车里拖，一个举着不知什么东西，当头袭向我。

袁可可尖叫："林竟！"

我闪身躲过，飞起一脚就把那人踢了。

微妙的声响里，对方连着手里的东西一起滑摔出去，咕噜噜滚出去老远的原来是根棒子。

现场安静了，连袁可可都呆住了。

抱着她的人还有点愣神，我已经一拳打在他脸上，他

"嗷"的一声放开袁可可，捂住脸。

大概是没料到出师不利，车上又有人下来，无奈他才刚打开车门，没来得及完全钻出来，我就一脚把他兜胸踹回车里去了。

看来和原先打了人再劫了人就把车开走的计划很不同，司机终于也无奈地下车了，并有些胆怯地朝我扑来。

唉，不堪一击。

好在前面挨了打的三人组也缓过来了，陪着他加入战局，不至于让他专美于前——啊，不，孤军奋战。

开辆五座车，还想着给劫走的妹子一个位置，所以一共只来了四个人，而且还分批次下车"送人头"。

一场混战下来，我基本什么事都没有，那四个人就不同了，"收获"良多，头罩也掉了。原来那个试图拖走袁可可的正是高琪，他亲自出马令人十分感动，不愧是一拳就被我打断鼻梁的男人。

而后他们连滚带爬地上了车，绝尘而去。

袁可可还保持着刚才受惊的姿势，呆呆地看着我。

"没事了。"我说。

她睁着圆溜溜的大眼睛瞪着我。

"真没事，"我说，"他们一点便宜都没占，下次绝对不敢来了。"

袁可可像是被吓坏了一样，憋了半天，终于"哇"的一声哭了出来。

"别别，"我慌了，天哪，这可比让我一个打十个可怕多了，"别哭啊，这不是没事了吗，别哭呀。"

她边哭边说："我连累你了！我连累你了！"

"什么话呀，我又没事，就手上蹭破点皮。"

她拼命摇头，边哇哇大哭："我不该让你蹚这浑水的！我要害死你了！"

"我没受伤啊。"

"不是的，你把高琪给打了，他们不会放过你的。"

我笑了，说："哟，怎么个'不放过'法啊？"

我又不是吓大的。

"他一定会跟你索赔，不照做的话，他就会报警，让你被刑拘，"她擦着泪说，"刑拘是要留案底的啊，你以后都不能考公务员了！"

"什么鬼，"我说，"是他们意图袭击，劫持在先的好吧，我这是正当防卫。"

"没事，"我轻松道，"反正我也不打算考公务员。"

这事我回家以后没敢跟他们说，只假装无事发生。

因为说出来一定挨训，光是程亦辰都能把我念到头晕，何况还有一个卓文扬。

这父子俩有些方面实在太像了，百分百亲生的。

加上我也没吃亏，这事就算了吧。

尽管我大人不记小人过地不打算继续追究，但正如袁可可所说的，高琪那边果真还是找上门来了。

不过这回比较微妙的是，对方不是找我面谈，而是经过一番曲折在网上联系上了我。

估计是被打怕了吧，隔着网线就不用怕我爬过去揍他了。

"赔偿 80 万，考虑放过你。"

"啊？"我不耻下问，"能帮我分析分析为什么要给你 80 万吗？"

3700 元的赔偿，我看在袁可可面子上，帮忙也就算了。80 万，兄弟你是在搞笑吗？

对方光速发来一堆图片。

"这是我们的验伤报告，够告你了吗？不够的话我这儿还有。"

"不对吧，不是你们先动的手吗？我正当防卫，你们跑了我也没追啊。"

"你受伤了吗？"

"那倒没有。"

"那不就行了？告你你觉得谁能赢？别以为我在吓唬你，你自己去打听打听。"

唉，都怪我太能打了。

我叹了口气。

"可我没钱呀。"

"这是你的问题，不是我的问题。"

"好吧。"

我解决不了我没钱的问题，于是我就没再理他了。

大概我的态度过于消极，激怒了对方，过了几日，我又收到消息。

"今晚是让你有机会私了的最后期限。"

我问："还是 80 万吗？"

对方仿佛在阴恻恻地笑着，说："拖到现在，光 80 万不够了，你得带上你爹妈来当众给我们磕头道歉。"

我说："可是，我好多年没见过我妈了。要不你帮我联系联系？"

对方恼怒道："这我不管！你再不老实就等着留案底吧。"

我倒也不是特别惆怅，这些恐吓于我而言无所谓。

但说真的，到这份上了，如果再不跟程亦辰老实交代，到时候警察局直接一个电话通知他我被抓了，他估计得活活气死。

我还是有点担心他的反应。

可惜时机实在差得不能再差——这会儿差不多到饭点了，我还惦记着程亦辰在锅里炖着的那只大鹅呢，并且卓文扬也在。

我只得慢吞吞地凑过去小声说："辰叔，前几天，我跟人打架了。"

"打架？"程亦辰震惊了，立即大声道，"跟谁？什么时候？到底怎么回事？"

大家都看着我。

我只得把事情从头到尾说了一遍。

卓文扬盯着我，皱起眉说："不是答应了不找人打架吗？"

我心中顿时一虚，赶紧辩解："但这回是别人找我打架呀！"

柯洛感慨："没看出来你还挺能打的呀！有两把刷子！"

卓文扬无奈道："你可别夸他，不然他会觉得这是在鼓励他呢。"

程亦辰发怒了："这都什么人啊？干出这种事，还敢要你赔钱？今晚最后期限是吗？让你带家长去道歉是吗？行，我这就让陆风陪你过去。"

"为什么是他陪我？"

程亦辰说："那什么，是因为，要家长出面的话，陆风比较合适。"

陆风说："我能吃了饭再过去吗？"

"吃什么！这事没处理完，谁还吃得下啊，"程亦辰很生气，"他们不是要谈道歉事宜？你带小竟去跟他们见个面，跟他们好好谈一谈，让他们知道什么是道歉。"

陆风露出"杀鸡焉用牛刀"的表情，但还是说："好。"

下了楼，我知道陆风有两辆常用的车停在这经济型小区的车库里，仿佛走错片场，吓得其他车主瑟瑟发抖绕着走，生怕停车的时候一个没停好，不小心蹭上去就蹭掉自己一整辆车钱。

走到车前，他看了我一眼说："你在害怕吗？"

我摇摇头说："没有。"

倒也不是我有多大能耐，主要是我捅过太多娄子，相比之下这次我还挺占理的，更不算什么大事了。

他说："嗯，快点的话，还赶得上回来吃饭。"

"好。"

还真的是吃饭皇帝大啊。

平常陆风出门，其实都有司机来开车载他，我就撞见过几次。但这晚他看上去懒得浪费时间等司机了，自己上去边拉开车门，边叫我："上车。"

我是万万不敢去坐他旁边的，于是我赶紧钻进后座。在前面开车的陆风此刻仿佛成了我的司机。

我享受了这片刻比大佬更加大佬的快乐，并偷偷拍照存证。

到了地方，是个酒楼，大概是庆祝高琪出院的去灾宴，外加为我准备的鸿门宴。

陆风以开路坦克的姿态走在我前面。

他身高腿长，走路带风，架势十足，简直自带主角出场的光环特效 BGM，我顿时很像他的小弟或者随从。

服务员目测他不是善类，把我们带到包厢门口就赶紧溜了。陆风径自推开门，抬腿迈进去。

原本热闹的室内瞬间安静下来。

众目睽睽之下，陆风走到中间，环视一周，以一种雄鹰俯瞰鸡仔群的态度，面无表情道："是谁要跟林竟索赔 80 万的？"

屋内一干人等鸦雀无声，呆若木鸡。坐在正中"C 位"的高琪不敢出声。

我觉得他们都要吓哭了。

陆风那冷酷无情的长相，足以压迫所有人的身高，由内而外的纯正反派气场，即使不知道他是谁，动物的本能也会告诉大家，这时候应该腿软。

在一片静谧里，陆风有点不耐烦了，于是拉了张椅子，示意我坐，而后自己也拉过椅子坐下。

我顿时感受到了，陆风坐在哪儿，哪儿才是"C 位"。

陆风伸出手指敲一敲桌子说："有说得上话的人吗？是要浪费我时间？"

过了一阵，高琪他们的救兵总算来了。

对方气宇轩昂地进了门，不等发威，一眼看见陆风，那原本趾高气扬的胖脸上立刻就迸出一朵硕大的"笑花"，身量也蓦然矮了半截，几乎要比坐着的陆风都矮了。

"陆先生？哎哟，陆先生！您怎么来啦？谁能请动您啊？"

陆风笑了笑说："是你啊。"

我发现了，陆风不笑的时候固然很可怕，但他笑的时候其实更可怕。

"这是我们家孩子，"他指指我，而后道，"听说有个同学打了他，还要他赔钱。还叫他领家长来磕头道歉。

"我人在这儿了，所以到底是哪个要我给他磕头？"

众人立刻不约而同看向高琪。

高琪一副要尿裤子的模样，冲着胖男人虚弱道："爸……"

陆风又看看那胖男人，说："哦，你儿子？"

胖男人二话不说，当即过去就给了高琪一记毫不含糊的大耳光，说："狗东西！一张嘴瞎说什么？"

可怜高琪头上鼻子上还贴着纱布，在去灾宴上还得挨自己亲爹的打，并被一群人围观。

"跪下，给我跪下！"

太奇妙了，我从来没想象过，有一天，竟然会是由陆风来替我保驾护航。

这狐假虎威的感觉让我不由得飘飘然起来。

胖男人左右开弓又啪啪几个耳光，青筋暴起地骂高琪："不学好，尽惹事！快给这位同学道歉！"

陆风提醒他："林竟。"

"快给人家林竟同学道歉！"

高琪又是恨又是痛又是害怕又是不甘，眼中泛泪，脸色发青，看着他声泪俱下，我都有点同情他了。

尽管我也知道他不值得同情。

只是有时候，即使看到别人受到该有的惩罚，我也还是多少会因为那惨状而心软。

回去的路上，我对陆风说："谢谢啊。"

他看了我一眼："不用。"

我知道他做一切都是看在程亦辰的面子上。

110

回到家，开门就见得那三个人正坐在桌子边上等我们。

我赶紧伸长脖子瞄了一眼，太好了，饭菜刚上桌的样子，炖的那锅大鹅热腾腾地还在，还没开吃呢。

见我俩进门，程亦辰立刻起身迎上来。

"没事了吧？"

陆风说："当然没事。你还信不过我。"

那口气里小小的埋怨和暗藏的邀功真是一点都不威风。

程亦辰高兴地应道："哎。"而后他把我的手抓在手心里，看着我，絮絮叨叨，"以后别跟人打架，知道吗？万一吃亏呢？打架就没有能常赢的，你再能打，输一次也不值得啊。遇到事情，你得赶紧先打电话叫人，不管怎么样搬了救兵再说，知道吗？"

他的手心非常非常暖和。

我说："好……"

"好了，这事也把你吓坏了吧，我不多唠叨啦，"他拉着我，说，"来，快吃饭吧，你昨天就念叨的三味炖大鹅。"

有阵子我觉得程亦辰仿佛才是我爸，现在我的感觉有了点微妙的变化。我觉得他更像个妈妈。

安安稳稳吃过饭，为表"庆祝"，柯洛又拉着我们打了一晚上游戏，然后美滋滋地查起了天梯排名。

待得大家差不多各自散去休息了，卓文扬看着我。

我立刻说："真的不是我找人打架！我没有主动挑事！我是正当防卫！"

他露出哭笑不得的表情："我没有要骂你。"

我松了口气。

不知道为什么，在卓文扬面前，我就特别老实，特别怕他生气，特别怕挨他训。

要知道在南高的时候，教导主任骂我两个小时我都面不改色呢。

"其实你做得不错，我刚找人调到那段监控看过了，你表现得胆大心细，反应也很快，保护了自己和朋友，"他说，"你的警惕和灵敏是很值得表扬的。"

我突然面红耳赤。

"虽然我跟我爸一样，都不希望你去打架，但有时候以暴制暴也是不得已。只不过，"他说，"遇到事情，如果你能找我的话，我会放心一些。"

我耳朵都要像火车头一样冒出热气了。

要命啊，卓文扬这个人，说话总是一本正经，但总能让我心头鹿撞。

这到底是什么天赋啊？

这件事的完美解决，最惊喜的受益者是袁可可，她难以置信，非常开心。

"高琪这段时间都没再来骚扰我了！"

"自信点，"我说，"他以后也不会骚扰你了。"

这事跟高琪之前和李超打架的那件事一样，没有任何讨论帖子，无波无澜。高琪突然低调沉寂下去了。

而我事了拂身去，深藏功与名。

"谢谢你啊，林竟。"

"不用谢，"我诚实道，"反正最后也不是靠我摆平的。"

"上次跟你借的钱，我应该得过段时间才能还你了，"她说，"我最近兼职有点少……"

我说："啊，还什么钱？"

袁可可说："啊？"

"不用还，反正也不是我的钱。"我慷他人之慨。

主要是我很确定，如果我特意找陆风，要求他出示账号给他转 3700 元，他一定会叫我别浪费他时间。

"当然要还啦。"

"慢慢来嘛，"我说，"我们这朋友又不是只做一年两年，咱俩的交情也不是用金钱计量的。"

她看着我。

我说："比如作业记得借我抄抄啊。"

下了课，五六点光景，我跟袁可可一起往外走，她问我："你等会儿坐地铁回去吗？还是有钱打车了？"

"都不是哦，"我得意扬扬，"卓文扬会来接我，我们要去吃饭，嘿嘿嘿。"

袁可可愣了愣，叹道："好好哦。"

其实倒也不是我和卓文扬两个人，今晚陆风带着程亦辰去参加晚宴，我们蹭饭三人小团体就自己约起来要去吃大餐，选择的餐厅是一家我推荐的高级日式铁板烧。

手机有了信息推送的声音，我低头一看，是柯洛在三人小群里说话。

柯洛说："兄弟们，我临时有点事，不能去了啊。"他还甩出一张"我是一个没感情的鸽手"的表情包。

我说："就这样鸽了？"

柯洛狂刷鸽子表情包："我们是好兄弟，怎么会鸽你呢。"

"我们的友谊就此结束了。"

"不要啊，晚点给你们带奶茶回去！"

虽然我预约的是三人，不过其实也没什么关系。

我突然灵光一闪，对身边的袁可可说："干脆你跟我们一起去吃饭啊。今晚你又不用做兼职。正好有机会跟你的偶像共进晚餐。"

袁可可闻言立刻把头摇得跟拨浪鼓一样："不用不用！"

"哎，我知道你的想法。但我们也算老朋友，过命的交情了，我跟卓文扬又是好朋友，四舍五入等于你俩也是朋友，你不用跟他刻意保持距离啦。"

袁可可依旧推却道："真的不好啦……"

"怎么回事，"我说，"卓文扬都没有偶像包袱，你倒有？"

袁可可始终面露犹豫之色。

"莫非你害怕近距离接触偶像以后，他会人设崩塌，让你幻灭吗？"

袁可可没说话。

我把胸脯又拍得咚咚响："我跟你保证，绝对不会！卓文扬这个人，远观近看两相宜！"

说话间我们已经走近了，我朝着卓文扬挥手："晚上柯洛不来，我叫上可可，跟咱们一起吃饭啊！"

文扬点点头，朝她打了招呼："你好。"

袁可可低下头，明显局促不安："你好。"

"等会儿我们去吃铁板烧，"我问她，"铁板烧你喜欢吗？"

"嗯，"她说，"学校边上那家有吃过。"

"嘿，那个是平价的，今天这家可是完全不同的品质。"

袁可可立刻说："太贵的话我还是不要去了。"

我豪气干云："不用怕的，这顿我请客。"

袁可可赶紧摆手："那不行啊。"

卓文扬淡淡道："没关系，他就爱请人吃饭，你不让他请，他的钱也存不住的。"

"哪有，"我澄清道，"我的钱就只拿来请你而已，今天多请一个可可。柯洛连杯奶茶都没蹭过！"

别讲得我好像中央空调一样。

卓文扬看了看我，微笑道："是吗？"

搭卓文扬的车到了那家著名的铁板烧餐厅，我们三人在铁板台子前一字排开坐下来，等着厨师现场为我们料理食材。

鉴于这俩人彼此不熟，我才是他们共同的朋友，我理所当然坐在中间。

开胃菜是蟹肉沙拉配鱼子酱，我朝左边的卓文扬："你上次说你不喜欢鱼子酱，但这个你试试，不会太咸，也没那么腥，因为蟹肉很甜，配上起司，整个突出的就是很鲜的味道……"

卓文扬尝了一口，挑起眉毛："真的不错。"

"对吧？他们的汤和面包也很值得吃，"我帮他撕开一块面包，"这核桃面包，你配点松露酱，香气会更浓郁。"

"嗯，这样面包确实好吃。"

上过前菜，而后就是处理好的龙虾，肥美的扇贝，新鲜的澳洲鲍鱼。

"这鲍鱼很好嚼对不对？"

"嗯，不会太韧，"卓文扬说，"我觉得我爸会喜欢。"

我跟卓文扬探讨得有来有往，待得转头看袁可可，她也正瞧着我们，显得不太自在。

我顿时意识到自己有点考虑不周了。

她不同于卓文扬，没来过这种餐厅，难免会拘束。我只是觉得她学习生活辛苦，想招待她享受一下高级食材的品质，却忽略了她的体验。

她那么坐立不安，头都不好意思抬，更勿谈主动夹菜了。

我赶紧往她盘子里放了两颗扇贝柱。

"你吃点这个。"

"谢谢。"

"扇贝柱你可以配这个明太子酱，会更鲜甜，口感也更有层次。"

她眼睛瞪得滴溜圆："好好吃！"

"是吧？"我又给她夹了块龙虾肉，"他们家的酱都很有特色，也调得非常好，这个你蘸一点蜂蜜芥末酱，很提升口感的。"

卓文扬："……"

我赶紧又跟卓文扬说："我点了你喜欢的神户和牛，等等你可以多吃。"

于是一晚上我就殷勤左边，照顾右边，忙碌到十分，一张嘴就没停过，然而吃的还没说的多。

待得吃过饭，出了门，我不顾袁可可的客套推辞，硬是先帮她叫了专车，以保证她安全回校，而后跟卓文扬步行去停车场。

看着他的车子，我跃跃欲试："我来开车吧？"

我挺喜欢他这辆车的，我有驾照，经验也不缺，但没有真正意义上属于自己的车，他这车子就让我手痒，很想开着玩。

他毫不犹豫地点点头道："好。"

上了路，我突然想起，原本想让袁可可跟偶像近距离接触一下，早日圆学术论文梦，结果他俩今晚除了礼节性地互相加了微信之外，基本就没对过话。

"你觉得袁可可怎么样？"她可是他的"24K 真金铁粉"呢。

卓文扬挑了挑眉，说："没什么特别的吧。"

"哎，她跟你吃饭，太紧张了，不然她很大方有趣的。"

我是真的挺欣赏袁可可，她踏实、诚恳、努力，既不矫情也没有阴阳怪气。

她家里的经济困难显而易见，又恰好长得漂亮，T 大追她撩她的男生中，家境殷实的其实也不少，但她看起来完全没有想要走捷径的意思。

我没交过这样的朋友。

我所交过的多是狐朋狗友，就没有穷的，更没有不物质的。卓文扬和柯洛当然不物质，但他们跟"穷"压根扯不上关系。

袁可可是我第一个接触到的，经济窘迫，又有着可以迅速摆脱这种窘迫的资本，但却始终没有迷失自我的女孩子。

有时候我会想起当年在南高的那个朋友，朵朵，不知道她现在怎么样了，是不是还和胖总在一起，还在向往每一季的 Chanel 新包。

我当然不会鄙视朵朵，我懂她。我们一度都是阴暗海里的人鱼，理解彼此那种见不得光的华丽，自暴自弃的轻薄。

但袁可可这样的女生让我觉得，人生原来可以更坚定一些，更坚强一些。

卓文扬突然道："你跟她很投缘啊。"

我才意识到自己已经夸了袁可可一路。

哎，她真该给我加两个鸡腿，帮我写写作业，瞧我这么卖力在她偶像面前帮她说话。

"哈哈，她挺可爱的嘛。对吧？"

"是的，"卓文扬说，"但要比较的话，还是不如你可爱。"

"啊？"

我差点把车开到安全岛去。

我转头看卓文扬，他一脸的正经严谨，没有任何轻佻之色。

我稳住心神："咳，为什么这么说？"

"以我的观察，你可爱的部分，是比她多啊。"

"谢谢了啊。"

为了证明这一点，回家之后，卓文扬还微信在线做了个"谁最可爱"的投票，结果我投给袁可可，袁可可和他投给我，验证了他的结论之正确。

我："……"

卓文扬这人吧，真是让人想很多，但又不能想太多。

回家没多久，我就饿了。

我好怀念刚才没吃完的和牛啊，还是神户 A5 和牛呢，明明煎得那么好，油脂那么丰富，在铁板上煎起来，外皮焦酥，切开的粉红的横截面也那么漂亮，都怪卓文扬没趁热吃！还有安格斯和牛，嚼劲恰到好处，配上玫瑰盐，那滋味……

我怎么就没来得及把它们吃完呢？

卓文扬看着我说："你饿了？"

"嗯。"

他说："都怪你太忙了。"

我说："怪我咯？"

程亦辰他们还没回来，我只能靠自己了："我下去便利店买个自热小火锅好了。"

卓文扬摇头道："时间晚了，别吃那么油的，我给你煮个粥吧。冰箱里应该有我爸中午留的米饭。"

于是他很快地给我煮了个百合干贝瘦肉粥，瘦肉末是我强烈要求下放的，真的香！

而且这是卓文扬亲自洗手为我一人做羹汤，分外美滋滋！

洗漱完毕，互道晚安之前，他问我："说来，爱请客的林竟同学，你这回没钱了吧。"

"嘿嘿。"

真的，这一顿因为点了帝王蟹脚、龙虾、神户 A5 和牛，把我这阵子安分守己在家蹲着存下来的零花钱差不多掏空了。

"你缺钱的话，别去跟我爸要。"

"这我知道呀。"我还是很自觉的。

他看着我，说："你可以跟我要。"

我觉得需要去买点血压药和褪黑素吃吃，不然动不动就血冲头顶，想入非非，各种失眠，实在对身体不好。

这天打完游戏，DV 突然也问我："你要不要也开个直播频道啊？"

我不以为然地说："开来做什么，又没人要看。"

我跟 DV 一来二去，已经成了不错的朋友，我早就不再收他红包了，他也把我拉进他自己一个铁哥们的群里，时常聊天打趣。

DV 说："怎么会，我觉得你会挺受欢迎的。我们没一起排的时候都老有人跟我打听你。你就开一个玩玩呗，又不费工夫。这又不是上台表演，怕什么。"

DV 这么怂恿，我倒有点没自信了："唉，要真都没人愿意看，不是挺孤单寂寞冷的吗？"

"有人看那当然热闹，没人看，也不会有人专程来嘲笑你聊天室冷清，对吧。你又不指着这个吃饭，更没压力，随便播呗。"

我想想也有道理，只要电脑和网络撑得住，开个直播对我好像没坏处。

而且有时候，卓文扬问我"你在干吗"，我就很想让卓文扬看看我在玩什么。但也只能叫他去 DV 的直播间，DV 不在线的话就没法子了。

于是我迅速注册了个账号，颇为忐忑地开了频道。

结果游戏一开打，我就完全忘了频道的存在。正如 DV

说的，上台表演如果没有观众，会很尴尬很寂寞，但开直播即使没人看，也完全不影响我的游戏体验。

只要卓文扬来看就行了。

我正跟 DV 边抢车子边在小队语音，微信突然收到卓文扬的消息："给我房管权限。"

"啊？"

这场刚好打完，我一看直播间频道，居然已经刷了不少留言，而我浑然不觉。

我赶紧边给卓文扬设置权限，边问 DV："这些留言，我在游戏里怎么顾得过来啊？还是不用理他们？"

"我等下教你弄个弹幕助手，你再设个管理员帮你处理一下留言？" DV 过来看了看，"哟，你都有房管了啊？看起来还挺敬业呢。"

卓文扬亲自帮我当房管，这未免太有牌面了吧。

我这可有可无的直播事业，突然就变得自带光环了。

其实这些观众，也多是靠 DV 那边帮我热心引流，算是之前就看着我跟 DV 组队"吃鸡"的老观众了。

一晚上下来我的频道甚是热闹，我甚至收到了一些礼物。

我有点开心。

初级礼物那点小钱是没放在眼里，但这是我第一次得到这么多人的认可。

虽然难免夹杂着一些酸言酸语，不过于我而言太小儿科了，不值一提。

赞许和批评，前者于我而言才陌生得多，才能在我心里泛起波澜。

我乐在其中地连播了好几天，直播间热度稳定上升，当然其实也不是什么了不起的观看人数，但于我而言已经很快乐了。

我也觉得我说不定还挺适合当主播的。

我玩得确实不错，虽说跟职业的不能比，但业余选手里我的水平比大多数人都强，话也多，总能把直播间里的老哥们逗得各种刷屏"6666"。想看技术的话有技术，想找乐子的话也有乐子，大家其乐融融。

就像卓文扬说的那样，我玩得好，反应快，说话有趣，又会骂人。

他还少夸了我一个优点，那就是脸皮厚。

只要有人看，就必然有人酸有人骂，我知道有些主播不太受得了这个，但我是没在怕的。一般的"杠精"没法激怒我，而不一般的杠精，我吵架又不是吵不过，毕竟我那么会骂人。

不过大多时候房管卓文扬飞来把他们封了，以至于我没有发挥的空间。

"我的关注人数破万了！"

一看到那个数字跳过 10000，我就第一时间冲去跟卓文扬分享。虽然说有水分，但也很值得我兴高采烈了。

"这么开心啊？"

"对啊，"我美滋滋地，"我也是有粉丝的人了呢！"

卓文扬微笑地看着我："把你乐得。"

他又说："但我觉得，大家喜欢你，对你来说，不该是件稀奇事吧？"

这倒没错，我从小到大，都算混得开的，也算"现充党"一枚，按理不该为了网络上多了几个粉丝而喜出望外。

我挠挠头，说："但是，这不一样。他们根本不知道我是干什么的，多大年纪，连我长什么样都没见过呢。我意思是，他们认可的，喜欢的，是我的内在，不像以前那些人，看上的都是我的……"我蓦然停住了。

脸？年轻？

心头那点欣喜瞬间凝固成小小的铅块，并不停地往下坠。

在卓文扬面前，我根本没有追溯过往的勇气。

我话只说了一半，卓文扬也并没有追问，只说："你本来就有有趣的灵魂啊，林竟。"

我没有说话。

他看着我："会有更多人喜欢你的。"

这天我刷着微博，突然在首页看到了自己。

一开始其实我完全没留意，就是看到关注的吃鸡领域幽默博主发了一个据说是粉丝投稿的视频，热度还挺高，弹幕一堆"6666""哈哈哈哈哈""笑死""我笑 yue 了"，于是凑热闹地点进去看了一眼。

我越看越眼熟，越看眼睛睁得越大，这不是我吗？

不知道是谁做的剪辑，把我最近直播的搞笑场景拼了个五分钟左右的视频，说实话剪得相当精髓了，配上字幕、特效、音效和吐槽，把我自己都给看笑了。

我都没想过我的直播有时候看起来这么傻。

"牛，在厕所看的，屎都给我笑回去了。"

"你是不是想笑死我好舔我的包？"

"这游戏这么好玩的吗？"

"这打起嘴仗来比枪法还厉害，爱了爱了。"

"和室友笑疯了，在我的带领下室友愉快地去某鱼粉了主播。"

"这主播都什么时候开播啊？"

我这才反应过来，赶紧去看我的直播APP。刚点进去就看见一堆的关注提醒，把我给惊得瞳孔地震。

我知道这能涨粉，但没想到这么能涨！

我狂喜乱舞，当即发了消息给卓文扬。

"啊啊啊！我今天暴涨粉了！不知道是谁，给我剪了个视频，太猛了，太精彩了！我发给你看！"

卓文扬说："哦，这个我看过。"

他的反应过于平淡，我不由心生不满："你看见了怎么不跟我说一声啊？太够意思了吧。再说你怎么这么冷静？不夸两句吗？"

卓文扬回我："就是我剪的啊。"

我说："啊？"

"我看你直播的素材已经挺多了，就选了一些来剪剪，试一下效果。"

我说："什么素材？"

"你直播的录屏啊。"

"你还录这个东西？"

"嗯，有录制软件很方便的。"

卓文扬发来一张截图，是他硬盘里的文件夹，里面是按日期分类的直播视频和按版本排列的半成品。

我："……"

他又给我发了一段视频。

"这个是刚剪的，你看一下。我觉得这里面你表现得很不错，不过3分58秒那个地方，考虑到可能会引起一点争议，你得看看需不需要剪掉。"

"……"

这一切来得太突然，我哪还有心思欣赏自己啊。

我完全沉浸在卓文扬为我剪视频的震撼里，作"蒙克呐喊"状，此刻只能心潮澎湃浮想联翩脸红心跳地说："这这这，你真的太厉害了！"

"嗯？是吗？"

"对啊，你很会抓重点，拼接的节奏又流畅，BGM也选得好。你是剪辑大师！"

卓文扬说："还好吧，我水平一般，前两天刚学的。"

这就是学霸的日常吗？

他又发消息过来："还有些粗剪的，你要看看吗？可以提些意见。"

我是真的受宠若惊了，说："那什么，你为什么会想到要剪这种东西啊？"就为了学个新手艺？

他说："嗯？你现在不是挺喜欢直播吗，涨了关注，你那么开心，我把有趣的部分剪成短视频，顺应现在年轻人的信息传播趋势，就有更多人能看到你了。"

一瞬间我开心得要命，抓着被角咬了几口，等这股冲晕头的感觉过去，我又觉得这事不太好了。

卓文扬的时间就算不如陆风的值钱，也不该拿来做这些没意义的杂活啊。

替我管理聊天室，给我剪视频，就为了满足我那点虚荣心？

我这点鸡毛蒜皮的破事，花钱随便雇个谁不能干啊，还非得耽误他写论文推动人类进步？

我说："哎，但这个，要不要考虑交给别人做啊？那种专门做剪辑的，我看淘宝上也有，也不贵……"

他没回应了。

许久，他才发消息过来："你是要找专业的人来做？我也考虑过，可以让公关公司来帮你运营，热度上得很快。但你没有要当正经事业来做的话，就会后续无力。保证相当的直播时长又会影响你的学业。不过，你想要的话，我可以安排，等我写一份方案出来给你看看。"

我说："不是不是，我没想红！你可千万别找营销号捧我，我不值那个钱！我就是不想浪费你的时间嘛，你看你每天那么忙，还得帮我弄这些，太大材小用了吧。我想涨关注，那就该我自己来，要不我也去学学剪辑，试着剪，或者花点钱雇个人，随便整整就行。反正，你的时间不该是拿来做这个的。"

过了会儿，他说："这不是浪费时间。

"做这些我很开心。

"有些工作我无法选择。但这个是我自己选择的。"

傍晚程亦辰从书店回来，帮我整理房间，摸一摸被子，说："哎？你这被角怎么都破了？还湿湿的？"他检视了一下，惊讶地看着我，"这是你咬坏的吗？"

"嗯。"都怪卓文扬，让我太忘乎所以了。

于是晚上我就看见程亦辰一脸沉思地百度"孩子爱咬被角是什么原因，是不是缺锌"。

这天晚上我们在家里吃饭，吃着吃着突然停电了。

陆风立刻打了个电话，被告知是片区线路出问题，正在抢修。

一片黑暗里，程亦辰找出几根蜡烛点上，大家吃起了烛光晚餐。

T城的春天短暂，感觉不久前还是冬日，而现在就有夏季的炎热了。

下午开始天气阴沉，雨却一直下不来，憋在云里，实在有点闷。

我开始遐想陆风的豪宅，那里绝不可能停电，线路坏了也肯定有自己的发电设备，必然是应有尽有。

然而坐拥豪宅的陆风此刻就在我对面，汗流浃背地吃程亦辰煮的牛肉面。

吃完饭，大家在客厅的昏暗灯光里，继续吃水果，虽然没电视可看，但某种意义上来说，也算很和谐。

今晚柯洛不在，有事出去了，就陆风和程亦辰，上门吃饭的卓文扬，还有我。

我边吃甜瓜边有气无力地摇着扇子："好热啊，怎么这么热，这就是温室效应吗？受不了了啊，有没有什么凉快点的法子啊？"

程亦辰想了想，笑着问："要不要给你来点午夜场的故事？"

听见"午夜场"三个字，我精神顿时为之一振，抖擞道："要要要！"

几分钟之后，我欲哭无泪。

程亦辰的嗓音辨识度很高，娓娓道来，在这仗着数根蜡烛微弱烛光照明的，昏暗的空间里，有种让人心中惶惶的感染力。

"我小时候听过一个故事。有个负心汉把未婚妻甩了，未婚妻恨他到极点，于是她在半夜十二点，穿了一身红衣红鞋跳了楼。"

"民间传说全身着红死去会变成厉鬼。这负心汉很害怕，于是找了高人求助，高人给了他许多符咒护身，告诉他'这晚 12 点整，她会来找你。你好好躲起来，别让她找到你。若是实在躲不过，你也记住，千万不要看她的眼睛，有这些符护你，这一晚过去就行了'。

"果然这晚 12 点将近的时候，他听见外面传来很奇怪的声音，像是有人跳着进来。

"咚、咚、咚……"

我都快哭了，天哪，我并没有想到会是这样的午夜场！

程亦辰低声说："负心汉躲在床底下，大气都不敢出。声音越来越近了。咚、咚、咚……"

我嘴里含着吃了一半的甜瓜，眼中含泪，大气也不敢出。

"声音到了床前，停下来。

"他吓得要命，但想起高人说的那番话，只要不让厉鬼看见他，就没事了。

"过了很久，都没再有动静，于是他忍不住，在床底下，偷偷往外看了一眼，想看看厉鬼的脚还在不在。"

程亦辰顿了一下，说："但他忘了，他未婚妻是跳楼死的，死的时候头朝下。"

我"嗷"了一声，一把抓住旁边的卓文扬。

他衬衫下面皮肤的热度和肌肉的触感，给了我不少安全感。

程亦辰笑道："现在有没有觉得凉快点了？"

我哭丧着脸说："有，非常有。"

我整个人背上都十分凉爽。

陆风十分捧场："再讲一个？"

我心情甚是纠结："嘤嘤嘤，好……"

我跟人打架完全不怕，然而相当怕鬼，但程亦辰又很会讲故事，让人又怕又想听，就跟看电影的时候拿手捂着脸却又非得从指缝里偷瞧是一个道理。

讲故事的天赋方面，卓文扬看来也是遗传他亲爸的。

程亦辰又说了一个故事。陆风坐在旁边，一脸严肃，偶尔露出一点转瞬即逝的受惊吓的表情。要不是我自己也在害怕的话，我真会笑出声的。

卓文扬拿着一片甜瓜，也在安静认真地听，但一直面无表情，甚至都不出汗，整个人看起来很镇定，很清凉。

我问他："你怎么不怕啊？"

程亦辰笑道："这些他小时候就听过了。"

亲生的啊这是。

这样秉烛夜话到 9 点，电力还是没恢复，陪辰叔收拾完杯盏，大家便散去各自休息了。

憋了一天的雨终于下下来了，外面暴雨如注，狂风大作。

有时候，我在自己卧室里待着，作为一个父母不在身边的单身人士，还挺空虚寂寞冷的，会觉得太安静了，有点孤单。

现在可一点都不孤单了，我觉得屋子里好热闹。

这里有人，那里也有人；天花板上有人，床底下也有人。

鬼故事这玩意儿，就跟喝白酒似的，乍听之下只是普通的酸爽，接下来的后劲才特别大，绕梁三日，让人回味无穷。

一时间各种看过的恐怖片都涌上心头，各位大神大仙、贞子、伽椰子和鬼娃花子，接踵而来。

我把自己埋在被单下面，诚心祈祷："各位大大，你们远在日本，就不要来了吧……"

然而并没有心诚则灵，我依旧感觉它们仿佛就在我身边，在我头上，在我背后。

我简直想大哭一场。

不知道陆风那家伙会不会也怕鬼，现在也在瑟瑟发抖，这样一想我不禁幸灾乐祸起来。

但问题是，他有保镖，我没有啊！

人比人，气死人！

我孤单寂寞冷地，硬着头皮，心怀鬼胎地敲响了卓文扬的房门。

房门很快打开了，卓文扬看见我，像是愣了一愣，而后温和地问："怎么了？"

他居然还没睡，床头点着蜡烛，放了本书。

戴了框架眼镜的时候，他的样子显得有些疏离和难测。

我一脸讪笑："那什么，来陪我聊个天呗。"

他有些意外，但很快便冰雪聪明地反应过来，微笑道："你还在怕啊？"

被看穿了，我只能干笑道："哈哈哈。"

他说："去你房间吧。"

我为他这么一句居然心神荡漾了一下。

他说："免得你等下回自己房间又害怕。"

他把蜡烛和书也一并拿了过来，虽然是我先声称要找他聊天的，然而进屋之后，我心头小鹿乱撞，竟不知道跟他能聊什么。

对视了片刻，我讪讪道："要不，你继续看书吧？也能给我壮胆。"

他看看我，点一点头，坐在椅子上又继续翻书。

屋外依旧风狂雨暴，但我安心了不少，有个人在旁边，感觉就好多了。

而且卓文扬，真的是，从头到脚一身正气。

我觉得，他一定是恐怖片里可以活到最后的那种人。

要是穿到恐怖小说里，我绝对要牢牢跟在他身边，以保证自己活得久一点。

我问："哎，你不怕鬼吗？"

他看了我一眼："不怕。"

"因为被辰叔吓大的吗？"

提及他父亲，他就笑了，说："算是吧。从小听得比较多。再说，假的东西，有什么好怕。"

我想了想，说："但，你怎么就知道那些鬼神之说不是真的呢？"

他看着我，说："嗯？"

"人都只相信自己看得到的、感受到的。可能有些东西，我们之所谓坚信是假的，只是因为感受不到而已，而事实上它真的存在呢？"

他挑起眉毛，道："有道理。"

"……"我倒没想到他这么轻易就妥协，接受了我的反驳。就跟程亦辰一样。

而后他又淡淡道："不过，就算是真的，我也不觉得鬼会可怕。这世上，人比鬼要可怕得多了。"

不知为何，他这么说，我觉得更毛骨悚然了。

我在被子里瑟瑟发抖了一会儿，说："你给我讲讲故事呗。"

"要听什么？"

"不会让人害怕的那种。"

他说："那我给你讲讲射手座的守护星，木星。"

"嗯嗯。"

他讲起这颗太阳系里最大的行星，讲起它表面的强大风暴，讲起它差一点点就可以成为恒星，讲起它虽然不是离地球最近的行星，但一直保护着地球，用强大的引力和自己的身躯，为地球承受了许多次小行星的撞击……

我靠着枕头看着他，听着他，他讲得很有趣，但他的声音让人太舒服了，不知不觉，我眼皮越来越重，越来越看不清他的模样。

我做了个梦，在梦里我看见了浩瀚的宇宙，满天的星星，硕大而遗憾的木星，被呵护而不自知的地球，还有卓文扬。

睡得太沉，次日我起得晚，不仅错过早餐，卓文扬也不在了，家里空荡荡的，我只能透过敞着的书房门，看见程亦辰正在里面伏案而作。

我在门上敲了敲，程亦辰回过头，见是我，笑道："起来啦？午饭还没好，我先煮点东西给你垫垫？"

"不用啦，我喝点豆浆就好。"

他桌上用个读书架将一本书立起来夹着，前面铺着宣纸，看起来是顺便在练字的样子。

我好奇道："这什么书呀？"

程亦辰给我看了看封面，《一个无足轻重的女人》，奥斯卡·王尔德。

"这人写的书好看吗？"

他好像有挺多这个作者的书。

程亦辰笑道："你一定看过他的作品，比如《快乐王子》。"

梦回小学生水平的我顿时恍然大悟地"哦"了一声。这个我倒是记得，快乐王子有宝石做的眼睛，身上贴着黄金，最后却变得光秃秃的什么也没有，只剩一只冻死在他脚下的傻燕子。

我看了看他正在写的字。

纸上反反复复都是一句字迹清秀的摘抄："每个圣人都有不可告人的过去，每个罪人都有纯洁无瑕的未来。"

"这是书上写的哦？"我琢磨起来，"前半句也就算了，后半句会不会太一厢情愿了？"

他微微垂下眼睛，说："是吧。"

"对了，辰叔，"我想起自己琢磨了半天的事，"我是想要找你帮我推荐点书。"

他抬起眼睛，温和道："好呀，什么方面的？"

"天文学方面的。"

程亦辰愣了愣，不掩饰他的惊讶："天文学吗？怎么会对这个有兴趣？"

我挠挠头："卓文扬讲得很有趣，我就想找点书看，了解了解。"

他笑了："好，过几天我给你找来。"

过了两天，我去程亦辰的书店，他果真把几本书摆在我面前。

"刚起步，我不准备给你太多书，免得让你有压力。克里斯托弗·加尔法德的《极简宇宙史》，这本是不错的科普书，作为入门我觉得蛮好的，《基础天文学》入门，《夜观星空》观测，还有一本，"他犹豫了一下，说，"我觉得是入门最合适的。"

我看着封面上那可爱的标题字体和底下那行"儿童阅读类 XXX"。

程亦辰说："这本其实挺有趣的，是很专业的儿童天文书，信息挺丰富的，语言也浅显，不至于在入门就把人劝退。我不知道你介不介意，文扬小时候是很喜欢。"

我立刻说："讲真，童书还挺适合我看的。"

他笑了。

不知道为什么，在他面前，我能放松地把自己当作一个小孩子。

他给我倒了杯茶，放了一小碟糖果，说："你先在这儿看，有问题喊我。"

"嗯。"

虽然是我主动要求他找几本书给我读的，但这些一摆在我面前，我就难免头皮发麻，尿意顿生。

想想我们那教科书，一天才上那么十几页内容，都得袁可可劝着推着骂着，我才能勉强跟上进度。我也是膨胀了，居然还敢挑战自我？

我怀疑除了那本面向儿童的，其他的搞不好就跟背英语单词似的第一页就是 abandon 伺候了。

程亦辰看看我，笑道："没事，慢慢读，不懂也不用急。"

"读一本好书的感觉呢，就像是，"他想了想，说，"像含了一颗夹心硬糖，等它渐渐化开，嘴里全是好的味道。"

"嗯……"

因为卓文扬和程亦辰，那些原本我避之不及的事情，似乎都有望慢慢变得美好。

我发现了一件神奇的事，那就是，在这里生活，我的时间似乎变得多起来了。

以往每日打打游戏，刷刷各路 APP，看看凌晨 4 点的洛杉矶，然后睡到中午 12 点，起来吃吃饭，继续睡，起来再吃吃饭，再打打游戏，一天就迅速过去了。

2 年也不过弹指一挥间。

现在我游戏也照打，又开了直播，有时候听卓文扬跟我讲故事，有时候跟柯洛出去玩，有时候去程亦辰书店坐坐，感觉玩的部分也没少，乐子挺多的。

而我居然还能老老实实不翘课，在卓文扬和袁可可两个学霸的加持下，半写半抄地完成作业跟小论文，勉勉强强撑过这个学期。

同样是 24 小时，能做的事怎么就差别那么大呢？

人生有时候，好像只要稍微偏转一点方向，道路就会全然不同。

进入期末考试周了，我咬牙切齿地痛并快乐着，只要熬过这段最黑暗的日子，就可以迎接长达两个月的黎明曙光。

这日我爸突然打电话来询问我暑假的打算，问需要不需要亲自来接我回家。我很意外，当即表示不想回他那儿去，短住可以，久住不行。我爸也表示很意外。

别说他了，我都没想到自己会在此乐不思蜀，毕竟一开始我那么愁云惨淡，宛如被发配流放。

结果不到半年，我就如鱼得水了起来，并遗弃了自己的老父亲。

当然，我也不是完全不想见我爸，毕竟他是我在这世界上唯一有血缘关系并还保持着联系的亲人。

纯粹是我不想跟他和他的那位好友一起待着。

人多的时候也就罢了，时间短的话我也能忍受。

我爸倒没有批评我，更没有对我这个不孝子发出"爸爸不要你了"的声音。

然而令我惊恐的是，他居然跟他的那位好友来 T 城来看望我。

这是前所未有的事。以前他巴不得一整个学期——最好一整个学年都不要见到我，因为我像动物幼崽一样在他身边团团转地索取温暖的行径令他厌烦。把我送出门的时候，即使年幼的我，也能很清楚地辨认出他眼里那种松了口气的神色。

而今我早已成年，二十来岁，翅膀硬了，心智也全了，除了缺钱之外生活皆可自理，他大可以从此放手不再管我，他却反而愿意主动来找我了。

难道是到了空巢老人开始需要子女温暖的阶段了？

这四十来岁年纪也不至于啊。

家中这回四个房间都住了人，没得空闲地方给他们，因而他们便订了这附近的五星级酒店，也就一公里不到的距离，他们每日来这里吃饭，寒暄闲聊，再回酒店休息。

我爸是来看我的，程亦晨则是顺便来看他哥哥，倒也算一举两得。

但不知为何，他在兄友弟恭之余，对我也颇为关怀。

这天过来的时候，他甚至还给我带了礼物。

"小竟，"他递来一个大盒子，似乎在观察我的脸色，"听说你爱玩游戏，外接键盘应该方便一点。"

我有点意外，接过一看，哟，这款机械键盘还是挺炫酷的，也算送得正中下怀，但看着我爸在旁边探头探脑的样子，我觉得应该是我爸挑的，他借花献佛吧。

要是两三年前的我，面对这点殷勤，很大概率是根本不理他，或者阴阳怪气地嘲讽两句，毕竟我爸妈都是老"阴阳大师"了，我也甚得真传。

现在的我，似乎戾气少了一些，甚至有点讲文明讲礼貌。

于是我礼节性道谢："谢谢你啊。"

他像是松了口气，微笑了："不客气。"

我爸也不失时机地窜出来说："我们出去吃饭吧，顺便逛一下，给你买点换季的衣服。"

"嗯？"

卓文扬不在，程亦辰去书店了，我这几天读线性代数读得太苦，刚考完这门，正需要放松放松。想想也没什么其他事做，出去溜达总不会比在家跟这两人面面相觑来得更糟吧，我于是说："行啊。"

我们驱车去了一处名品购物中心。

进去随便走走就是扑面而来的国际大品牌，空气中到处都弥漫着金钱的味道。

说真的我感觉自己好久没来这种地方消费了，恍如隔世。

想想仅仅半年前，我都是很热衷于奢侈品和潮牌的，有了新款就抓心挠肺地想要入手，生怕自己赶不上潮流比别人少了一点时髦。价格四位数以下的衣服鞋子我不用的，不然就觉得比人矮了一截。

但前阵子我的鞋突然坏了，在袁可可的推荐下，去店里买了双几百块的国货，我也穿得挺欢，甚至觉得脚感不差呢。

完了，我的消费观念已经严重降级了。

程亦晨问我："你有特别喜欢哪个牌子吗？"

"都行。"

"那我们就先随便逛逛吧。"

大概我身上穿了件某品牌的旧T恤，他们就先带着我进了那个品牌的店门，我扫视一圈，目光在某件上面稍作停留，程亦晨便让店员取来，拿在手里帮我比画。

"好像挺不错的，"他颇为殷勤道，"要不要去试试看？"

我："……"我就随便多看了那么一眼啊。

我爸也怂恿："去试试吧，看起来挺好。"

我只得进试衣间，换了这件上衣。

程亦晨笑道："很好看，很适合你。"

真的吗？它家这几款 T 恤穿起来都差不多啊，跟我身上这个比也就是胸前 LOGO 的图案不一样而已。

结果他们还是不由分说地给我买下，还一黑一白两个色都拿了，又拿了条棉布短裤来配。

一万多块钱买了个寂寞，这钱给我在 steam 上买游戏不香吗？

然后他们又给我买了个背包，买了双鞋。

我说："也不用买这么多他家的东西啦。"

程亦晨像是幡然醒悟，说："哦，对，不然风格太单调了，那咱们再逛下一家，多看看，多买点不一样的。"

他俩又把我拉到另一家，用营销诈骗般的鼓吹之辞，硬给我挑了衬衫和裤子。

我试穿好了别别扭扭地走出来，而程亦晨看着我，睁大眼睛，他的眼里像是有光。

"呀，我们小竟，是大孩子了啊。"

我爸说："对啊。"

"都长这么高了，长开长大了。"

"对啊！"

我爸这是应声虫转世吗？

程亦晨一脸的欣慰和快乐，又继续埋首于为我挑衣服的大事业："这个你穿着应该挺好看，这个也是。"

我纳闷了。

怎么着，他们这是在跟我玩真人版换装游戏吗？

但感觉也不坏，他们在不计较价钱地帮我精挑细选。

从小到大，并没有没什么人会陪我买衣服。LEE 和我关系那么好，LEE 最大的温柔也就是把卡给我让我自己去店里随便刷。

而这疯狂购物的过程里，我爸全程只会毫无原则地频频点头称是，程亦晨则一直在夸我。

虽然我的外表不是没人肯定过，但这不一样。他是不带任何其他意味地由衷褒奖，他的目光始终都在我身上，是欣喜的、快乐的，甚至满足的。

这感觉很陌生，也有点奇怪。

但并不讨人厌。

眼看他们要买得停不下来，仿佛攒了多年的钱急着要一下子花光的购物狂，我赶紧说："我饿了。"

程亦晨如梦初醒："是哦，都这时间了，先吃饭先吃饭。我们小竟想吃什么？"

我随口说："泰国菜吧。"

没别的原因，纯粹是因为他们一口一个"刷我的卡"，让人很难不联想到泰语。

他们挑了个颇为别致的餐厅，两层小楼，还带了个露天花园。

里面布置着金色佛像和舞者壁画，浓浓的暹罗风情，装修让人眼里满是泰式经典的深红和橄榄绿，配上饱含凉意的竹帘和木质屏风，在这季节，令人只觉得既禅意，又清凉。

终于坐下来吃饭了，点好菜，我爸突然声称要去洗手间，便离开了，留下我和程亦晨独处。

他看着我，我有点莫名其妙，于是也看着他。

他长得有点像程亦辰，又有点不像。主要是那双眼睛特别相似，而气质是浑然不同的。即使在这个大多数人棱角已磨平，傲气已收敛的年纪，也看得出来他个性比程亦辰张扬得多。

而此刻坐在我对面，他显得很安静。

他突然问："你在这边，过得还习惯吧？"

"嗯，"这问题没什么刁钻之处，我便老老实实回答，"辰叔对我很好，我跟柯洛文扬也挺玩得来。"

他像是有点欣慰："那就好。"

安静片刻，他又说："秦朗，呃，你爸，之前不给你留钱，你别怪他，那不是他的主意，是我建议他那么做的。我倒不是想苛待你，就是想让你换一种生活方式。你看，你适应得挺好的。你爸和我都很高兴。"

不要用这种口气跟我讲话啦……

我说："你们高兴就好。"

他顿了顿，问："等毕业以后，你会打算回 S 城吗？"

"这个，"我说，"能不能顺利毕业还是个问题吧。"

他一笑，又道："我觉得你挺喜欢待在这里。"

"这里是不错呀。"

"我们经常来看你的话，你不介意吧？"

我说："随便你们啊。"

他不说话了，只端详着我。

我被他看得有点毛骨悚然。

我感觉得出来他在小心翼翼地想接近我，试图和我熟络起来。

但我其实很想跟他说，他不需要刻意来讨好我，我和他是相处不来的。

对着又安静地坐了一会儿，我开始坐立难安了。原来比我们三人在家里面面相觑更尴尬的，是我们两人在这里面面相觑。

我爸怎么还不回来啊，难道是掉进马桶了吗？

等菜都上好的时候，我爸终于从洗手间胜利归来了。真不知道他去的是哪里的洗手间，或者是不是有什么隐疾，一趟需要这么久。

"不好意思久等了，赶紧吃饭吧，都饿了吧，"他观察着我俩，"你们聊得挺好啊？"

我不置可否地"嗯"了一声，专心啃起面前的泰式咖喱大头虾。

这家泰餐味道还是很值得夸奖的，咖喱都分了三道，大头虾的绿咖喱、鸡肉的黄咖喱、牛肉的红咖喱，加上里头放了鸡蛋和咖喱蟹肉的蟹肉饼，青柠蒸鱼，冬阴功汤，烤椰子沙拉，令人胃口大开。

我也确实饿了，在他们面前又没什么打算维持形象的考量，于是索性敞开来吃得稀里呼噜。

我在那专注地一通扫荡，程亦晨看着我，笑了："你这脸花得——"

他拿起餐巾，伸过手来，给我擦了擦脸。

我未想过他会突然有这样亲昵的动作。碰触之下，我本能地立刻向另一旁躲闪，手边装了咖喱的碗被我带翻了，泼了我一身。

桌上安静了一瞬，程亦晨的手僵在半空中，我也有点尴尬。

我爸立刻说："衣服脏啦？没事没事，不是刚买了新的吗，正好，赶紧去换上吧。"

"哦。好。"我站起来，随手挑了两个袋子，去洗手间换衣服，也趁机离开这气氛凝滞的地方。

去洗手间的路程根本就几步路而已，不知道我爸刚才究竟是去了哪个次元才耽搁那么久。我看了看自己拿的衣服，一条牛仔裤，一件短 T，一件衬衫。

我并不打算和程亦晨交好，但他方才一瞬间脸上褪去血色的样子，又让我觉得倒也不必如此。于是想了想，我还是穿上那件饱受他夸赞的衬衫。而后将脏了的衣服卷一卷，塞进袋子里。

　　这衬衫配牛仔裤，我从镜子里自视倒也有点好莱坞明星街拍的味道。回到餐桌前，程亦晨原本脸色黯然，而抬头看见我的模样，他眼里的光又瞬间亮了起来。

　　他说："小竟，是真的长大了啊。一下子有大人的样子了！"

　　我挠挠头，说："谢谢。"

　　待得吃过饭，拎着大包小包回去，天色已晚，其他人都已经在家了。

　　看见我，程亦辰也愣了愣，而后笑道："小竟这样穿很好看啊！像个大人了！"

　　一个两个都这么说，我不由琢磨起来，难道我之前很小孩吗？

　　柯洛说："咦，居然穿起衬衫来了？小竟你变了！难道是文扬的症状已经出现了人传人的现象？"

　　卓文扬也看着我。

　　有模仿他之嫌的我，顿时不由自惭形秽，只得说："我这是向衬衫大师卓文扬致敬。这叫近朱者赤。"

　　卓文扬微笑道："我觉得林竟穿得比我好看。"

　　柯洛立刻哈哈大笑，并意味深长地"哟"了一声。

　　而我这回并没有抓着柯洛跟他扭打要他解释这"哈哈"是什么意思，因为我已经在被卓文扬夸奖的云端上飘着，完全下不来了。

　　我爸他们待了一阵子，终于回去了。说实话这几天他们对我挺好的，可谓关怀备至，但就是太过关怀了，反而让我十分不自在。尤其是程亦晨，他到底跟我热络个什么劲啊。

　　最后一门课终于考完，复习到让我嘤嘤哭泣着怀疑人生的考试周终于结束了。

　　按理我已经完成了一个浩大工程，理应神气活现，放飞自我。

　　但我平生第一次，在考完之后，开始焦虑地思考一个问题，那就是，我到底过了没啊？

　　交论文的课程我是不怕的，毕竟我的论文有"大神"加持，但笔试的课程我百爪挠心。

　　以前我从没在意过这个。毕竟"鸡汤"都说了，重要的是过程，结果什么的不重要嘛。

　　而如今前有卓文扬，后有袁可可。

卓文扬可是把他的线代笔记都亲传给我了，挂科就太说不过去了吧？

袁可可的笔记也没少帮我复印，期末更是疯狂催逼敲打我的功课，还丧心病狂地把我们三人群名改成"林竟不挂科监督群"，并得到了卓文扬的支持。

都到这份上了，我就好比被两位武林宗师亲自教化的门派新人一样，人家都恨不得直接渡真气给我了，我还连初级关卡都过不去，那也废柴得太不像话，怕是要把宗师气死。

我每日狂刷学校 APP 查成绩。其实老师们效率颇高，考得早的科目，成绩早已先出来了，虽然分数不高，但字体不是红色的，这就足够了，至于考得晚的几门，就还得等。

等待的过程之煎熬，我算是体会到了。连玩游戏时，一听见同是大学生的队友提及"考试"两个字，我就触发关键字一般，立刻长吁短叹，甚是沧桑。

DV 看我如此神伤，便安慰我："你别怕，挂科还能算个事？我们这里谁没挂过科？不挂科的大学生活才是不完整的！补考重修又是一条好汉！"

"别说得我好像挂定了一样！"

"努力过就行了嘛，难不成他们还能骂你？"

我突然意识到，我这么忧心于成绩，不是真的怕挨卓文扬和袁可可的骂，而正是因为我努力了。

不努力的时候，对于结果自然可以无所谓。但努力了，就有了牵挂。

我不记得自己曾像这样努力过，所以不能不在意。

只有未付出的人，才能有不回头看的潇洒，对吧？

成绩陆陆续续出来，最后只剩一门大学英语的查询结果还是显示"未知"。

说实话卷子我答得并不怎么样，很有点连蒙带猜的意思。

按理当年能考上 T 大，英语就算不强，至少也不能扯后腿，无奈车祸过后我是真的受到不小的影响。想短时间恶补那么多门功课，再有学霸学神加持也还是有点扯。

于是我也只能死马当活马医。能背的我反正已经被按着头背过了，不能背的部分，就真的是对错全凭缘分，作文更是写了个寂寞。

这天正吃着午饭，突然看见班级群里大家在排队感谢老师不杀之恩，我一个激灵，赶紧扔了筷子，打开校园 APP 一通极限操作。

点进去的瞬间我闭上眼睛，祈祷数秒，而后小心翼翼睁开一只眼睛。

屏幕正中刚刚好好的一个"60"。

这是我见过最美好的数字。

我差点热泪盈眶，当即举着手机疯狂打CALL（电话），上蹿下跳，手舞足蹈。

"60！我考了60！"

桌上另外四个人都看着我，一脸的疑问。

好吧，考60分的快乐你们这些人不懂。

程亦辰说："小竟这是全过了吗？"

我连连点头说："对！没挂科！全过了！"

程亦辰笑道："那很厉害了，是值得好好庆祝呀。"

柯洛咀嚼着牛肉，大惑不解："庆祝？"

卓文扬看着我："你想怎么庆祝？"

我发出了被困已久的恶龙咆哮："我要出去玩！我要出去玩！"

说来也是挺羞涩的，除了陆风我不知道他当年成绩怎么样，程亦辰、卓文扬和柯洛都是学霸起跳，然而要为我考了60分而捧场地庆祝喝彩，也是难为他们了。

没事，就让我这个学渣带领他们感受一下他们从未体验过的低空飞过的快乐吧！

说到出去玩，柯洛来了精神："好呀，咱们去哪儿？"

于是我们热烈探讨了一会儿，从日韩到新马泰到欧美，从北海道到济州岛到苏梅岛到马丘皮丘到非洲大草原。只有陆风在煞风景地专注于掰断蟹壳，十分不合群。

于是程亦辰伸出一根手指，捅了捅这在我心中已经从霸主转型为饭桶的男人。

陆风立刻说："我都好，你们选，我付钱。"

可以，他不需要做太多，只要做这一件事就足够了。

最后我选择了去海岛上欢度这个"林竟考试不挂科"的假期。

虽然程亦辰兴致勃勃地表示去哪里他都配合，但大家心照不宣地明白他的身体并不好，亚马孙丛林、东非大裂谷什么的那是不做考虑的了，不如就找个风景绝美的海岛，一起去对着海景吃吃喝喝，闲时游泳浮潜，累了就能随时回去休息。

当然，如果不带他，我们年轻人那是爱去哪儿就能去哪儿。但那样我又觉得像是少了点什么，变得没意思。

我倒是宁可在海岛上跟他们一起晒太阳睡大觉，提前过上"佛系"生活。

对于此行，原本陆风说要不然干脆包个岛省事，被程亦辰严厉地一口否决了。

我发现程亦辰虽然对我们很大方，会尽量提供给我们好品质的享受，但非常不喜欢那些不必要的挥霍和浮夸。

在马累机场降落的时候，我还有点昏昏欲睡，毕竟起得早，路程又漫长。

待得搭乘水上飞机前往度假村，透过舷窗，视野从半睁半闭的乏味，慢慢拓展到一望无际，达到几千米高空后，俯瞰底下那一片碧蓝的海水，雪白的珍珠沙，一座座被热带植物覆盖的，为浅蓝色光晕所环绕的珊瑚礁岛，我瞬间就清醒了过来。

我也不是没见过世面的人，但这让我明白到了什么是上帝的眼泪，什么是印度洋上的珍珠，什么是美到心醉。

我立刻觉得不虚此行了。

二十多分钟的航程过后，靠近了我们所预订的岛屿，从上面看，这个小岛的海水蓝得不像是真的，大片大片透明的蓝，纯净的蓝，平静的蓝，无限的蓝，仿佛可蔓延至整个世界。

面对这令人叹为观止的蔚蓝景象，我只能由衷地感慨出一句："天哪！"

唉，吃了没文化的亏啊。

岛上推崇鼓励客人不要穿鞋，我一下子就乐了。

平时在家我脚就跟不粘鞋似的，程亦辰总提醒我不要总光着脚，念叨我不穿鞋子脚会脏会受凉。这下拿我没办法了。

我大摇大摆地在他面前光着脚跑来跑去，感觉自己就很调皮。

程亦辰无奈地看着我说："就知道你。开心了吧？"

我绕着他跑圈圈说："嘿嘿嘿。"

岛上四处绿意盎然，皆是郁郁葱葱，跟着接待我们的管家越往别墅方向走，就越觉得深入丛林。别墅周围也是茂密的灌木丛和原始的椰树，我光着脚，踩在略带湿润的泥土上，感受着脚底传来的微妙触感，双足的解放让我觉得自己仿佛是林间的小鹿，蹦蹦跳跳，妙不可言，自由自在。

我为了程亦辰选择海岛度假，他又何尝不是为了我推荐了这个岛呢？

入住妥当，接下来的都尽是悠闲时光了。

我草草吃了点东西，打满防晒，便打算飞奔去海边玩耍。

结果因为这里的氛围实在是太慵懒太好睡了，导致我整天并没有下水，只赖在私人沙滩的床上，废人一样地快乐晒太阳，直至看着夕阳一点点地落下。

这天剩下的时间我都没怎么看手机，也忘了要打游戏。

甚至一反熬夜的常态，我早早就不管三七二十一，窝在雪白帐幔笼罩下的大床上，

潘多拉的魔盒

在茂密丛林的包覆里，听着虫鸣，趁着月光，美美睡了一大觉。

因为睡得太早，次日清晨我便醒来了，洗漱过后，走出房门的时候，发现卓文扬也早已经起来了。

看见我，他微笑道："这么早。"

"早啊。"

看他已经衣着整齐，不像是我这样准备继续赖在床上等别墅管家送餐来喂食的模样，我便问："你要去哪里吗？"

"我打算去走一走，顺便吃早餐，"他看看我，又说，"这里还有个有机菜园，可以去里面自己摘新鲜的蔬菜瓜果，你要一起去吗？"

我立刻精神为之一振说："好啊好啊。"

但出了门，我就犯愁了，这岛非常非常大，设计得一副地广人稀的模样，光陆风订的这套别墅就大得离谱，让我觉得楼下走完一圈就快累死了。往外边走，那肯定得更远。

"我们怎么去啊？"

"骑车就好。"卓文扬指指别墅边上停着的，供住客自由使用的自行车。

我愣了愣，和卓文扬一起，并肩骑着自行车，穿梭在林间小径上，任微风拂面的画面固然很美好，但是……

"我不会这个。"

卓文扬"啊"了一声。

我突然有点羞赧起来，说："我不会骑自行车。"

应该没多少人不会骑车。毕竟大部分人的童年里，都有父母在后面抓着尾架，自己死死把着车头使劲蹬着脚踏，摇摇晃晃跌跌撞撞学骑自行车的回忆。

但我没有。没有人教过我这个。

卓文扬看看我。他没有像其他人那样，听说我不会骑车就来一句"怎么不会呢，这很简单呀"，他只看着我，就好像了然一般，而后道："我载你就好。"

"嗯？"

卓文扬取了车子，骑上去，长腿轻而易举地撑着地，招呼我："上来吧。"

我一时竟不知道该怎么坐，现在就一屁股坐上去，还是等他开始骑了，再跳上去？是少女一样双腿同侧那样坐，还是大剌剌地分开腿坐？

我僵在那里，和卓文扬面面相觑。

140

我小时候第一次坐 LEE 的超跑都没这么紧张露怯过。

见我杵着不动，卓文扬略微疑惑地偏了偏头："怎么了？"

我终于挪过去，鼻尖对着卓文扬的脊背，小心翼翼地把屁股放到那窄小的后座上。

卓文扬说："走啦。"而后他稳稳地一脚踩下去，车子承载着我们两个人，发出轻微的吱嘎声，悠悠上路了。

一开始我还胡乱担心，一会儿担心自己会不会太重了，一会儿担心自己是不是坐得不端正影响他骑车……很快这些乱七八糟的念头就在这和卓文扬共骑的美好清晨里，被晨风吹到九霄云外去了。

路上时不时有林中跳出来的小兔子，小鸟在不知道什么地方啾啁，迎面而来的清风里有浓重的树叶香气。

这比坐在陆风的劳斯莱斯后座，让大佬为我开车，还要快乐一百倍。

我们来得早，露天餐厅还没什么人。

这餐厅也是尽享海风沙滩与椰林之美，风格却是相当简朴。

没有装修得金碧辉煌的台面，没有光怪陆离的摆设，桌椅都是原木的，就那么直接摆在沙地上，盆盆罐罐则是粗陶的，炉子看着很像乡下生火的那种。

跟奢华的价钱比起来，这模样实在跟奢华没什么关系。

不过这都无所谓了，跟卓文扬坐在一起吃饭，那感觉就比什么都奢华。

卓文扬笑道："是不是觉得不值那个钱？"

这家伙是不是有读心术啊。

我老实道："东西还是好吃的啦。"

食物本身一点都不敷衍，光水果就有二十来种，哈密瓜、番石榴、青柠檬、红毛丹、百香果、菠萝、木瓜、石榴、椰肉、山竹……可谓应有尽有，摆得如同水果摊一般满满当当。

何况早餐有很对我胃口的米粉、虾饺、炒蛋、烤鳗鱼，还有非常甜美新鲜各色果汁果酱。

卓文扬微笑着说："主要是，整个度假村的设计理念其实就不是奢侈路线，追求的是自然和环保，看起来就会比较朴素了。你有没有发现，都没见到那种瓶装水？这里的水都是自主淡化处理过的海水，玻璃杯也都是通过玻璃废品转化而来的。为的是减少碳排放和一次性塑料瓶的消耗。"

我似懂非懂地说："塑料瓶怎么了吗？"

"塑料这东西，"他想了想，说，"你知道吗，第一个塑料袋被制作出来的时候，发明者以为它可以拯救地球，因为人们不再需要为了纸袋而砍伐树木，毕竟制作一个纸袋的能源可以制作一千个塑料袋。但他没想到塑料袋会被用完即弃……"

接下来他给我讲起了微塑料污染，讲起它产生的永久毒性，讲起如今人类体内摄入的微塑料，讲起这是怎样一个循环，讲起米达斯王……

我连果汁都忘了喝，一直呆呆看着他。

他像是有点不好意思了："我说这些，会不会太扫兴？"

我把头摇成拨浪鼓："怎么会！"

跟他在一起，什么都能讲成一个引人入胜的故事，什么都能开启一个新鲜的世界，有他在，我永远不觉得无聊。

慢悠悠吃过早餐，因为吃得意外久，时间已不早，我们便放弃了去有机菜园采摘蔬果的计划，骑车原路返回。

回到酒店别墅，才走至楼下泳池边，便听得二楼露台传来一声"呜呼"——

抬头就看到柯洛从露台那直达泳池的滑梯嗖地滑下来，炮弹一样掉进水里，水花溅了我俩一头一脸。

都几岁了啊，还这么皮。

柯洛从水底冒出头来，将嘴里的水吐出来，湿漉漉地朝我们大喊："你们两个！上哪儿去吃独食啦！"

我哼哼着说："谁让你起得晚。"

柯洛摇头晃脑地叹道："早起的鸟儿有独食。"

而后他从水里起来，上岸拿了条毛巾，擦擦头脸，笑道："这滑梯还挺有意思，等等一起玩啊。"

滑梯不滑梯的我不在意，倒是柯洛的肌肉把我给惊到了。

虽然我知道他身材不错，但一来之前天还不热，二来我们在家里没有人会光着膀子到处跑，都老老实实穿个 T 恤衫或背心。

这是我第一次见到柯洛这么直截了当地只穿个泳裤，裸着上身。

"你看柯洛这线条，"我对着卓文扬啧啧有声，"怎么练的啊，而且穿上衣服没看出来胳膊有这么壮。还有这腹肌，真的牛了……"

卓文扬突然说："其实我们这自带的泳池是真的还

不错。"

"嗯？"当然不错啦，那么贵怎么会错。

"要游会儿泳吗？游完刚好去吃午餐。"

"啊？"他还会游泳的吗？

说话间，柯洛又爬到二楼，炫耀着他的肌肉，热热闹闹地重新滑了下来。

我："……"

不说话的时候，柯洛光看样子，也像是个高冷难以接近的"高冷"少年，实际上他内心比我还能闹。

正想吐槽，回头却发现我身边的卓文扬不见了。

"哎？上哪儿去了？"

我左右张望了一阵，而后就看到了此行我最难忘的一幕。

卓文扬也换上泳裤，从屋内走了出来。

他永远都穿衬衫，只有居家休息的时候才会换上棉质睡衣，也是斯斯文文一丝不苟的样子。

而现在他也跟柯洛一样裸着上身，只穿泳裤，大大方方站在太阳底下。

和柯洛最近新晒出来的小麦色不一样，卓文扬长得非常白，太白皙了，身上的皮肤在明亮阳光下也发着冷白的光，仿佛一尊玉石雕成的塑像。

我未想过他也是在运动的。毕竟他那么白，白得不像是会流汗、会急喘的人，平日穿着衬衫，他甚至显得清瘦。

但他身体的线条明明白白地告诉我，我白瞎了那一双阅尽美色的眼。

他的身材和肌肉，一点也不输给柯洛。我方才所感慨艳羡的，他身上也应有尽有。

这视觉冲击力太过强大，我居然第一次，在男性的肉体面前，觉得手足无措地害羞了。

卓文扬随后娴熟地跳进水里，轻快地游动起来。

他的动作非常舒展流畅，看起来游得优美又轻松，似乎毫不费劲，却又充满力量。

柯洛原本双肘架在池沿看热闹，此刻笑道："哇，很可以啊文扬！"而后他也双腿一蹬，跟着游了过去。

两人一起在水里"劈波斩浪"，像两条颜色不同的，灵活的鱼。

卓文扬也就游了不到半小时，但我的恍惚持续一整个下午。

晚上陆风带我们去沙滩上的日料餐厅吃饭，因为这里有最美的日落和最好的鱼生。

席间有个男人过来我们这桌，笑道："这么巧啊，陆先生，没想到能在这里遇见您。"

他带着含蓄的讨好向陆风打招呼，而陆风面无表情，毫无寒暄之意。

陆风就是这样，对于他觉得没必要客套的，他都不假辞色。

我觉得这习性挺讨人厌的，也得罪人。但既然是陆风，那确实没什么好怕得罪人。

男人遇了冷，倒也不尴尬，依旧笑脸如初，又看了看我，而后礼貌而识相地笑着告辞了。

这晚的鱼生非常之温润鲜美，足以连不热衷生冷的人的味蕾也一并征服，以至于我迅速忘了这个小小的插曲。

然而这种快乐也只维持了一天，次日早上，卓文扬就对我们宣布："我得回去一趟。"

"啊？不是说好放假一星期的吗？这才来了不到两天啊。"

卓文扬歉然道："公司有点事。"

嘁，来这里不就是为了完美避世的吗？岛上还挂着"no shoes, no news（无鞋无新闻）"的牌子呢，怎么会有人在这儿还处理工作啊，陆风和柯洛都没在管事了，就他特别忙。

我十分失落，无比哀怨。

"我现在就去马累，应该还赶得上去 T 城的航班，"他看着我，说，"我会尽快再赶回来的。"

我整个人都泄了气一样全身无力，看着晨光里他独自离去的背影，突然又替他觉得疲惫和委屈。

在这个一般人还在象牙塔里不问世事的年纪，他却连一周的假期都如此奢侈。

为什么会这么辛苦呢？

而我什么忙也帮不上。

我看看程亦辰，他看着儿子的眼神里是无声的担忧和心疼。

半晌，他像是叹了口气，才说："文扬太紧绷了。"

我心有戚戚焉地"唉"了一声。

"还好有你在。"

"啊？"

"和你相处让他很开心，他很放松，"他看着我，微笑道，"你来了真好。"

是吗？

潘多拉的魔盒

　　卓文扬不在，虽然还有陆风、程亦辰和柯洛，但我一下子就觉得无聊了，各种热闹欢笑都和我没什么关系了似的。

　　没人骑车载我了，我只能呼叫管家用电瓶车来送我去那个昨天吃了早餐的自助餐厅。我正兴致缺缺地戳着盘子里的柴烧比萨，时而捅捅面前的唐杜里烤鸡，隐隐感觉到有个男人一直在看着我，我转过头，迎着他的视线，也看了回去。

　　见我不闪不避，他微笑了，朝我挥手致意，而后走近过来。

　　我意识到他就是那晚来跟陆风打招呼的男人。我从他的脸上并看不出熟人的面容来，然而他问我："你是林竟吗？"

　　我有些意外，说："哎？"

　　"果然是，"他说，"你变了一点，但还是很好认。"

　　"呃，"我问，"我们认识吗？"

　　他笑道："你对我没印象是吗？我当年倒是对你印象深刻。"

　　伸手不打笑脸人，对方看着颇为友善，我便也回以礼貌："不好意思，我之前生病，影响了一点记忆力，可能导致不记得一些人了。"

　　"哦，是吗，"他顿时挑起眉，若有所思，随即便笑道，"难怪了。"

　　"怎么一个人出来吃饭，不想和他们一起吗？"

　　我回答："哦，陆叔叔他们嫌热，中午就在别墅里吃了。"

　　他说："陆叔叔？"而后他又笑了，"挺好的。"

　　一个女人袅袅婷婷过来，目测是他的女伴，依到他身边，挽住了他的胳膊，撒娇地耳语，他便再次朝我笑道："我先走一步，不打扰了，有机会再聊。"

　　这一日我过得有些乏味，无非又是晒太阳睡午觉，醒来吃吃喝喝，再继续犯困。

　　我从未想过自己会这么迅速地腻味了这蓝天碧海椰林白沙。

　　主要是少了卓文扬，就好像一碗好汤里少了盐一样。

　　晚上陆风和程亦辰早早上楼休息，柯洛和我就在楼下偌大的客厅里坐着，边喝啤酒边重操旧业，玩起了游戏。

　　这把我们在毒圈过来之前，率先将一栋建筑物里的东西搜洗劫一空，把自己的包包装好装满，走之前还礼貌地关好门，才从窗口飘逸地跳了出去。

　　毕竟只要建筑物关着门，后面赶来的玩家都会以为这是没人动过的房子，然后进来白搜一遍。随手关门是迷惑敌人保护自己的好习惯。

　　正准备离开的时候，突然从耳机里隐约传来吉普车的动静，我俩果断找了个地

146

方躲好，看着一辆车子开过来。车子停下，里面的人果然按部就班下了车，冲进房子。

我问："要把他们干掉吗？"

柯洛居然很慈悲为怀地说："不用吧，我们已经够肥了，他们看起来也怪穷的，估计没什么好东西。

"至于车子嘛……

"当然要偷走啦，比我们的'蹦蹦'来得强啊。"

我们迅速过去，在屋内人发现之前，就跳上车，发动车子。

偷车固然气人，但在这游戏里实属常规操作，然而柯洛在开走之前，还非得猛按长按喇叭。

屋内的人听见动静立刻冲到窗口，柯洛还开了全屏语音喊："你们的车我开走啦！"

然后在他们愤怒的乱射里，我们扬长而去。

至于我们留下的那辆"蹦蹦"，轮胎也被柯洛先下手为强，就地打爆了，完全不给他们留后路。眼看毒圈缩小，柯洛发出恶魔般的笑声："哇哈哈哈哈。"

"你好欠揍哦。文扬在的话一定会说你。"

柯洛当然是个好孩子好学生，但他骨子里绝不是卓文扬那种一本正经的人，他还是很喜欢搞事的，带了那么点"坏"。

每每都是我跟他在那儿无恶不作：阴人、爆胎、在防空洞堵人、噪音扰民、调戏良民。卓文扬就一脸无奈。

柯洛笑嘻嘻地说："文扬要是警察，头一个就把我们俩抓起来。"

说话间却突然见得陆风下了楼，径自往厨房的方向去。

柯洛立刻放下电脑，问："怎么了？需要帮忙吗？"

陆风说："我开个椰子就好，你玩你的。"

陆风会算得上温和地跟人一口气说这么多话，我还真有点不习惯。

我好奇道："干吗还你亲自下来弄啊，让管家送去不就好了吗？"

过了会儿，陆风果然捧着个徒手开过的椰子，一脸高兴地上楼去了。

我们继续打游戏，这把排到了两个路人队友，其中一个老哥特别暴躁，还什么都要，动不动就说脏话。

我一路被他污染耳朵，已经有点不耐烦，在想要不要干脆退队算了。

而后柯洛在空投里摸了把AWM，他又觍着脸追着要，一口一个自己枪法多准多好，柯洛只当没听见。

于是暴躁老哥又骂骂咧咧："什么玩意儿，孤儿。"还带问候家人的。

我顿时心头火起，正想开语音爆喷他一顿，一言不发的柯洛却突然抬手一枪，直接就把他的头爆了。

场上安静了一刻，剩下的那个路人队友目瞪口呆，我也有点被他吓住了。

我提醒他："杀队友是会被举报的。"

"无所谓，"他说，"没人能骂我妈。"

柯洛退出了游戏，面色阴沉。

我知道他是被那人的脏话给气到了，赶紧又拿了点零食，倒了杯啤酒给他，劝道："来，喝点吃点，游戏里什么人都有，咱们别被那种垃圾人影响心情。"

柯洛说："他说得没错，我就是孤儿。"

我不由自主地替他难过起来。

我们一起玩的时候多多少少聊过，知道彼此背景是个什么情况。

我虽然从小爹不疼娘不爱的，起码父母健在，而且都一副岁月静好，还有几十年好活的模样。

而柯洛还真是从孤儿院被领回去的。

他母亲也算身出名门，原本是柯家最受宠的小女儿，为情所伤离家出走，生下他不久后就抑郁去世了。至于父亲，不知道是谁，他没见过，也没人敢提。

这在八卦里只是不起眼的一页，而在个人身上，就是沉重的一生了。

看着他咕咚咕咚地喝啤酒，我一时不知道怎么安慰他。

比惨的话，他显然比我惨得多。

"不要这样想，你还有我们，"我说，"我和文扬，都拿你当亲人啊。"

我们三人虽然性格迥异，却是真的相得好。我俩有臭味相投沆瀣一气的一面，那就不用说了，文扬虽然嘴上时不时唱我俩的反调，但谁都感觉得到他在爱护照顾着我们，而柯洛也敬重和欣赏他的那种正经。

大家在同一屋檐下，虽然认识时日尚浅，我却已经认定他是我交心的朋友。

柯洛脸色温和了一些。

我又说："而且陆风和辰叔也都把你当自己的孩子一样照顾，不是吗？"

他又沉默了。

"你知道吗，"过了许久，他才低声说，"我想过，陆风可能是我爸爸。"

"扑哧！"

我喷出了惊天的一口酒。

这一口呛得太狠了，鼻腔和喉咙都火辣辣，差点没把我咳死。

半天我才缓过来，怒道："柯洛你是想害死我！"

柯洛正色道："我说真的。没在开玩笑。"

我惊了。

在面面相觑的静默里，我压抑住自己一口否决的冲动，镇定下来努力咀嚼笑话他的这个假设。

不说的话从未想过。但一被提醒，仔细想想，我突然意识到，柯洛和陆风的相似之处，确实无处不在。

只是平日没人会往这方向去揣摩，去点醒，它们就因为两人气场的巨大差异，而被覆于一层薄雾之中似的。

而今这云雾被人吹了一口气散去，他们所共有的轮廓，就渐渐鲜明起来了。

他们的眼睛、鼻子、下巴，甚至抬眉毛的动作，其实是一模一样的。

柯洛就像是个去除黑化痕迹后，再打上厚厚一层青春阳光滤镜的，年轻明朗正常版的陆风。或者说还未开始"变态"的陆风。

这里的"变态"并不是骂人词汇。

"你不觉得吗？"他说，"我想了很久，怎么会有人莫名其妙对我这么好，这么悉心栽培我，还把我留在身边，朝夕相对？这不合理，这世界上不会有无缘无故的示好。我问过他，他的说法是，因为他认识我爸，我爸是他以前的……"

我俩对视了一眼，异口同声道："一个朋友。"

我又想了想："可是这么说的话，程亦辰也无缘无故对我很好啊。"

他也想了想："那说不定程亦辰也是你爸？"

我操起电脑作势要砸他，柯洛立刻举手投降："我开玩笑的！"

就算开玩笑我也生气。

那卓文扬是我弟！

"但说真的，你不恨他吗？不管怎么说，他这个爹都当得极其失职啊，至少他欠你和你妈一个道歉吧？"

柯洛垂下睫毛："怎么可能不恨呢？

"从我开始懂得思考，懂得恨的时候，我就恨着他了。别人不敢提我爸，不敢

潘多拉的魔盒

回答我关于他的所有问题，我只能在脑子里拼凑他的样子，幻想将来站在他面前，我要怎么向他宣战，怎么向他报复。

"可是等我真的遇到他了，那感觉完全不一样。"

他不再说话了，那张年轻的脸上交织着一些我所看不懂的，陌生的情绪。

沉默了良久，他说："你能明白吗？有时候，恨一个人的心情，不是只有恨那么简单。"

我不太明白，至少现在还不明白。

他叹了口气，说："就当我没出息吧。有时候我会在梦里，叫他爸爸。"

我突然有点心疼他了。

我没想过他简单开朗的躯壳里，要藏着这样隐忍复杂的情绪。

"你为什么不找他说清楚呢？"

柯洛又叹了口气："他如果想认我，根本不需要我去找他。他如果不想认我，那我去找他，也没有任何意义，白白让自己尴尬罢了。"

也是啊。倘若主动去摊牌认亲，却被对方一口否认的话，那算什么事呢？搁谁身上都受不了。

柯洛仰在沙发靠背上，看着高高的天花板，说："他大概就是觉得我还不配吧。我和他实在差得太远了，也许我永远无法成为他那样的男人。"

我说："你哪里不配了？"

干吗要向陆风看齐？啊！变成陆风那样有什么值得向往的，做个普通人不好吗？

"我就是不配啊，"柯洛淡淡道，"他这样的人，如果有一个于他来说不够格的儿子，可能还不如不要。"

"别乱想，你够优秀了，我看他对你也明显很关心很在意，不是吗？"我说，"也许他只是觉得有愧于心，不敢对你坦白而已呢？"

柯洛露出些许迷惘的表情，过了会儿说："你觉得，'有愧于心''不敢'这样的词，用在他身上，是合适的吗？"

我顿时也迷惘了。

两人一时相对无言，过了一阵，柯洛笑道："无所谓了，别替我纠结啦。反正我一直都挺失败的。"

"哈？你还叫失败？"

说童年悲惨那是真的，但长着这样一张脸，有着这样一副身材，走到哪里都少不了有路人一脸小鹿乱撞地盯着他看，球打得顶尖，游戏也玩得贼好，又是 T 大高才生，去过 UCLA（加利福尼亚大学洛杉矶分校），还握着柯氏那让他吃喝不愁的股份。这要是算失败，那我也想拥有这种失败啊。

我愤愤道："你有什么失败的经历，说来听听啊。我们玩夹娃娃机没夹上来那个不算。"

柯洛笑道："不瞒你说，我到现在都没好好谈过一场恋爱。"

"那也还好吧，我们几个谁不是单身啊，而且你这种人的单身，只会是你看不上别人，不是别人看不上你。"

柯洛摇摇头说："不，真的是别人看不上我。"

"哈？"

"我的初恋就是这样，我喜欢的那个人，毫不留情地拒绝了我。"

我惊了，说："她眼光是有多高啊？"

"眼光嘛，倒也还好，她是因为心里装着别人，"柯洛挑挑眉毛，"但她一心喜欢的那个人，我觉得也就一般吧。"

"那她到底是长得多美啊？"

柯洛笑道："她是非常非常温柔和善良的一个人。"

这我就大致懂了。像我们这般长大的小孩，对于温柔善良这个特性，完全没有抵抗力。后面我们简单聊了一下感情问题，我大概安慰一下他就结束了今晚的坦白大会。

我突然想起，LEE 好久没跟我联络了。

自从 LEE 有了对象，跟我的来往就愈发淡了。直到前段时间，连着几天都没回我的消息，我也就不再找 LEE 闲聊了。

这也是正常的吧，人心里容得下的东西，本来就有限。

缘分尽了，人就会渐渐地相忘于江湖。

但有些人悄无声息离开了，有些人却会日夜兼程到来。

没有卓文扬的海岛之旅进行到第三天，吃过午饭，我照旧无聊地在沙滩躺椅上晒着太阳，然后又四脚朝天地睡了过去。

午睡到迷迷糊糊醒来的时候，朦胧的视野里有一个挺拔的人影。

我睡眼惺忪地瞅着他，心想这又是做梦吗。真！白日做梦。

那个人影轻声问我："醒了吗？"

我瞬间清醒过来，一个咸鱼打挺就试图从躺椅上坐起，说："哎！"

"嗯？"

"你怎么来了？"

他问："我不该来吗？"

"不该来啊！你前天晚上才到的 T 城，今天早上 6

点的飞机过来？这样不会太累吗？而且我们后天就要回去了，你这样跑，也太奔波了吧！"

卓文扬看着我。我嘴上强行埋怨，嘴角却控制不住地疯狂上扬。

卓文扬微笑道："我说过要带你去摘菜的啊。"

我从未觉得"摘菜"两个字听起来如此美好，仿佛我是只爱吃萝卜和青菜的小白兔。

蹦蹦跳跳地回到别墅，卓文扬又提议说："我们还可以在那里的菜园餐厅吃晚餐，那餐厅旁边有个天文台，看得到木星和土星，但需要预约。你想去吗？"

我不假思索连连点头："好啊好啊！"随便，吃什么都行，看什么都行。

柯洛在一边说："喂喂，我们可是已经预约好水上餐厅了啊。"

我只得问："那，问问辰叔，要改成一起去菜园餐厅吗？"

柯洛意味深长地说："算了，我们都不喜欢吃素，还是你们去吧。"

我于是跟着卓文扬，去体验了一把在菜园里穿梭摘采的悠闲。

信手采摘草莓，将蒲公英握在手里，随处遇见蹦跶的小白兔。绚烂的晚霞将一切染上了梦一样的颜色，夏日在这里仿佛是永恒的。

菜园餐厅建于菜园之上，需要通过一座吊桥，摇摇晃晃地走过去，四周为热带树林所环绕，视野十分开阔。极目远眺，目光所及之处皆是茫茫绿海。

餐厅虽然主打的是新鲜采摘的农产品，其实倒也不是柯洛说的那样真的蔬菜管饱，而是改良过的地中海菜。除了新鲜的有机蔬菜之外，还有裹着薄脆的三文鱼，煎到外皮焦酥、内里呈完美粉色的神户牛排，还有撒着橄榄油和海盐的巧克力奶油慕斯。

我们订到的座位是"月光"，旁边还有一组座位叫"星光"。待得夜幕降临，我就明白这名字有多么恰如其分了。

头顶是绚丽星空，满天星斗，银河壮观。灿烂的星河之下，是卓文扬冰雪一般的脸。在柔和的星光里，他的眼睛犹胜星月。

大概是看我一脸的神魂飘荡，卓文扬笑道："这里美吧？"

"嗯嗯，美！"我心想，不及你十分之一。

"等下我们去另一边的天文台看星星，会更美，"他说，"这是亚洲最大的私人天文台，位置本身也是难得的观星胜地，你会看到很多世界上其他地方所看不到的天体。"

而后这是我第一次用天文望远镜看星空。

潘多拉的魔盒

旁边有专业的解说员，但语言不通的缘故，我并不懂他在说什么，我也只听得进卓文扬为我讲解的声音。

看到月亮上的环形山，固然令我激动，但看到木星的光环时，我只能用"哇哦"来表达心情了。

内环外环都看得一清二楚，那神秘的光晕如此吸引我，虽然和清晰明了绚丽多姿的土星环相比，显得黯淡得多，却也足够令我震撼。

在这无边无际的苍穹之下，在这蕴含了人类顶级智慧的望远镜里，如此渺小的我，对着这浩瀚宇宙，敬畏油然而生。

观星的时间并不长，而直到坐着自行车慢悠悠回酒店别墅的路上，我还在想着这件事。

卓文扬在骑着车，他雪白衬衫之下的脊背笔挺，好像从来也不会弯腰似的。

我将鼻子凑近他，小心翼翼地偷偷闻着他身上不知从何而来的，若有若无的甜橙香气。

心潮起伏了好一会儿，我终于鼓足勇气，叫他："卓文扬。"

"嗯？"

我有点紧张。

"我想跟你说个事。"

"什么？"

"我想了很久，"我有点忐忑，"我打算转专业。"

"什么？"

"我想去读天文系。"

车子发出低沉的摩擦声，猛地刹住了，他一脚踩在地上撑着，回过头来看我，又问："什么？"

"我想改学天文。"

"为什么会有这种想法？转专业是有限制的，"他说，"你当年的入学成绩必须不能低于该专业的录取线。"

"我知道呀，我分数已经查过了，天文系的录取分数线在T大不算高，我的分数刚好够。"

天文不属于好就业的热门专业，相对就没那么难进。

我翻过学校论坛，讨论帖只有想借着天文系当跳板，进了天文系再往其他热门系别去转的。而像我这样非得从别的系往天文系里跳的选手，还没见到过。

"你下学期就大三了，通常转专业，大一下学期就开始准备，你现在才打算，学校很大概率不会批的。"

"我知道，但我可以降转，或者干脆跨考啊。考研总可以吧。"

看吧，我是认真做过功课的。

卓文扬下了车，我也跟着站到路边去，我俩面对面立着，他看着我。

"天文没有那么有趣的，不是看看星星那么简单，很多时候都非常枯燥。"

"我知道呀。"

"学术不是儿戏。这是要投入毕生精力去研究的，"他郑重其事地说，"你不能因为觉得它有点意思，就放弃自己正在学的东西，跑去学着玩。这样三心二意浅尝辄止，只会浪费你的时间。"

"我知道呀，"我说，"你说的我明白。我跟辰叔拿了好几本这方面的书，都看完了。我觉得很有趣。当然不是打游戏那种有趣，而是……我不知道怎么描述，但你应该理解的。

"而且，我自己一直没有什么喜欢做的事。现在我想去做你喜欢做的事。"

他望着我，过了一会儿才像叹气似的说："林竟，你不用替我去过我的人生。没有人能有动力去替别人追求理想。"

我也直视着他，说："你喜欢它，你也让我喜欢上它。这就是足够大的动力呀。"

卓文扬不说话了，他好像在微微颤抖，半晌，他才说："林竟，你不用这样为我。"

"为什么？"

他轻声说："这不值得。"

"怎么会呢。"

他不吭声，只笔挺地站着，月光下，他白皙得几乎和他的衬衫颜色融为一体。

我说："对了，我查过之前的入学成绩后，发现我的语文和英语比较一般，但我数理分数还真的很不错啊，我高中都没怎么读书，也能考成这样，所以我有这方面的天赋啊！"

我神气活现地仰着头："说不定我还是个小天才呢，我觉得我可以的。"

他像是不由自主微笑了："也是。"

"可惜我车祸以后，把之前学的都忘光了，"我叹了口气，"要是恢复记忆，我觉得我现在数理水平顶呱呱呢。"

他又沉默了。

这日是在海岛上可以完整度过的最后一天，我们这才想起，这趟过来，貌似没有安排任何正经的旅游项目。

我们一行人每天除了吃吃喝喝睡大觉，就是吃吃喝喝睡大觉，连照片都没拍，简直"游客失格"。

为了亡羊补牢，稍微体现一下到此一游的精神，于是早上大家组团去浮潜，由最有浮潜经验的柯洛掌镜，拍了一大堆水下照片。

之后热热闹闹地吃了顿午饭，下午再一起去玻璃艺术工坊看人家做玻璃手工。

这工坊的造型非常可爱，酷似一个蘑菇，又很有原始风情。

里面摆着许多意大利工艺的玻璃制品，多是各式各样的杯盏瓶罐，每一件都独特又别致。一眼望去，各种颜色造型的通透玻璃，给人一种夏日喝了冰水般的清凉美感。

欣赏了一会儿老板那来自意大利威尼斯的正宗玻璃工艺，对方表示我们可以尝试自己做一个。

我十分心动，并毫不犹豫地拒绝了。毕竟看起来实在太热了，光是那个玻璃窑前扑面而来的热浪就十分劝退了，何况那又是裹又是滚又是吹的工序极其烦琐复杂。

打破玻璃瓶我还是很擅长的，制作就算了吧。

最后卓文扬跟陆风各做了一个。

陆风做出来那玩意儿就不多说了，勉强算是个碗或者盆吧。也只有程亦辰会一脸欣喜地夸它"独特"。

拜托，丑成那样能不独特吗？

卓文扬做了个深蓝色的杯子，却有着两粒墨蓝的玻璃珠，还带了三片额外的玻璃装饰，看着有点像鱼鳍和鱼尾。

我问："这是鲸鱼吗？"

卓文扬点点头："没做好。"

柯洛说："这能是鲸鱼？"

我怒道："这一看就是鲸鱼好吧！你看这深海梦幻的蓝色，这曲线优美的鱼尾，这波光粼粼的海波，这点出灵魂的鱼眼，这……"

柯洛听得直呼内行，说："行了行了，大可不必如此！"

海岛之旅结束，回到 T 城家里，大家都有些疲乏，又有种金窝银窝不如自家狗窝的放松。

忙着打开行李重新收拾的时候，卓文扬突然说："对了，那杯子，你要吗？"

我大喜过望："要送我？"

"嗯，可以摆在书架上。"

"真的送我吗！怎么好意思！"毕竟他在那挨了半天的烤，流程还那么复杂。

卓文扬笑道："当然。我就是照着你的样子做的。"

"嗯？"

所以这个肥嘟嘟的东西像我吗？

不论如何，我立即美滋滋地将它摆到了鲸鱼图案的置物架上。它和帆船模型、海星闹钟、这大海一般色调的房间，都非常般配。

它好像让这个房间对我而言不再幼稚，而整个灵动了起来。

就连这晚在睡梦里，我都变成一尾欢快的鱼。

度假结束，大家又按部就班地开始了忙碌。

对卓文扬和柯洛来说，暑假只是意味着多了点时间去公司干活，可以更尽职地当"社畜"罢了，真正能享受到无所事事的假期的只有我。

于是我这回一反常态，做了这辈子从没想过的事——准备在暑假倾情温书。

因为卓文扬完全不支持我读天文系的壮举，我只能去找袁可可。

暑假她没有回老家，而是留下来打工，以多存一些下学期的生活费。

以她的绩点，日后保研是百分百稳的。至于出不出国留学，她明确表示要看能不能拿到全奖，拿不到她就不去了，毕竟钱是她考虑的第一要素。

面对我的突发奇想，她表示很无语。

"你个学渣还想转专业！大三了还转什么啊！不如退学复读算了，我建议你再读一年高三。"

我卑微道："那我跨考总行了吧。"

"瞧你那成绩，本专业都读成这样，还想跨专业考研？你觉得你考得上吗？"

"哎，我就是本专业学不好，才想换专业去发光发热嘛。"

袁可可敲敲桌子："还发光发热呢，你这是辱天了啊，你当天文系是收容所吗，哪有那么容易上？"

"就是不容易，才需要你帮忙辅导嘛。"

袁可可撇了撇嘴。

"前阵子追你的那个谁，不就是天文系的学长嘛，帮我打听打听啊。"

袁可可又翻了个熟练的白眼："怎么的，还得我出卖色相助你考研？"

"出卖色相也不亏啊，那谁不是挺帅的吗？再说了，都请你吃饭了！四舍五入等于这事成了！"

袁可可赌气道："什么嘛，就这一顿麦当当，甚至连个金拱门桶都不是！"

"我的姑奶奶，我这不是又没钱了嘛，等我生活费下来，我天天给你点外卖可以吗？"

袁可可意义不明地哼了一声。

认识得越久，交情越深，她对我就越凶。人前知书达理小白兔，人后性情暴躁母老虎。

送走去打工的袁可可，我又去书店找程亦辰，顺便要了几本书。

对于我这种看书不给钱的，程亦辰倒是很欢迎。每回他看到我去，都挺高兴的样子。

"小竟越来越爱看书啦。"他甚是欣慰。

我有点心虚："看漫画也算吗？"

他笑道："当然算啊。漫画有什么不好？"

我随口问："辰叔，你二十二岁的时候，在做什么？"

"我吗？"他仔细想了想，"我大学毕业，工作两年了，哦，对了，那年我升了职，还跟家人一起庆祝来着！"

掐指一算，我这把年纪才刚摸爬滚打地读完大二，而程亦辰在这时候在职场都已经小有所成了。

我顿时陷入了忧愁。

"在想什么呢？"

我有点感慨："你当年真的是学霸啊。"

他说："哈，还好啦，年轻的时候没什么娱乐，也就只能读书啦。"

"这么谦虚。"

"真的，"程亦辰挺正经，"小时候兜里没钱，长得又不帅，追不到女生，除了读书还能干吗？"

我怀着对程亦辰的同情，从书架上拿了本血型漫画，坐到窗口津津有味地看了起来。

那套漫画我最后拿回家去看了，虽然我觉得没有都很准，但还是挺有趣的。对号入座是人类的本性。

我问卓文扬："你是什么血型？"

卓文扬说："嗯？我 A 型。"

我乐了，说："那还挺符合的。"

"是吗？"

"你看这说得，多像你。循规蹈矩的好孩子，一级守法好公民，又很会照顾别人，还很会忍耐！"

卓文扬微笑道："我是这样的吗？"

"不过我觉得我的不太符合耶，我比较像 B 型，但我是 AB 型，"我又问，"辰叔呢？"

"我爸也是 A 型。"

我翻着书说："我爸是 O 型。他的求生欲是真的很强，呵呵。"

卓文扬看着我说："你记错了吧？"

"没错啊。"

"怎么可能。"

我疑惑地看他说："什么意思？"

他突然停住，表情有些莫测，而后说："没什么。是我理解错了。早点睡吧，快 12 点了，别拖得太晚。"

"哦……晚安。"

若以往常的我的智商，没什么也就没什么了。

但现在的我，在学霸氛围的耳濡目染里，变得稍微警敏了一点。

洗漱过后，回到卧室，在床上躺了一会儿，我想着卓文扬那个欲言又止的表情，不由又滑开了手机。

我在搜索引擎里随意输入"O 型血"和"AB 型血"的关键词，即时就跳出来一大堆相关资料。

前几条里就有一行"为什么说 O 型血跟任何血型都生不出 AB 型的孩子"。

答案来得太快，太直接，太轻易。我没有任何心理准备，就像毫无防御地被一拳狠狠打在脸上一样。

我僵硬地看着手机屏幕，半天没能动弹。

因为我全身都麻木了，没有知觉。

血液像是急速地从四肢百骸抽离，但又不知道究竟流向了什么地方，只剩下一片没有温度的空白。

我算是生动地理解了"如坠冰窟"这个词。

我不是我爸亲生的。

我连亲生的都不是。

为什么会这样？是我记错了吗？还是这科普有什么地方写错了？

这是玩笑吗？还是恶作剧？还是别的什么？

我又重新输入了一遍"O 型血真的生不出 AB 型的孩子吗"，然后在那一堆跳出来的链接里不停点击，飞快浏览。

答案都是一样的。

并没有弄错，也不是玩笑，更不是恶作剧。

我混乱了一会儿，突然害怕起来。

我除了吃喝玩乐，什么都不会，没有一技之长，没有人生规划

靠着我爸给的钱，我无忧无虑地当了一阵子二世祖。

我不是他亲生的，那他还受得了让我这样当个二世祖吗？

说真的，以往我种种随心所欲，有恃无恐，都不过是仗着我是他的儿子，流着他的血液罢了。

而我其实不是他亲生的。

那只要他完全厌烦我了，他就随时可以不管我。他年纪也不算太大，觉得我这

个小号彻底养废了，随时能再养一个，那我到时候怎么办？我就玩完了吧？连家都没有了吧？

我直挺挺地，万念俱灰地，死人一般地躺了一会儿，突然跳起来，冲出卧室。

我也不管这时候到底已经几点，就去敲响了卓文扬的房门。

门几乎是立刻就打开了。

说着该早睡的卓文扬，此刻却还醒着，脸上也没有丝毫睡意，一副在等着什么的样子。

他看着我，我也看着他。

沉默了一会儿，我们几乎是异口同声："你知道了？"

我突然全身无力，颓然坐到椅子上："你会告诉别人吗？"

他不假思索道："当然不会。"

"嗯……"

即使这种自欺欺人并没意义，我也想给自己尽量多保留一点尊严。

抱着头，发了会儿呆，我问："你觉得，我爸知道吗？"

他保持着站立的姿势，想了想："这不好说，都有可能。"

我努力想要从往事里找出一些蛛丝马迹，而此刻脑子里却是乱糟糟的，什么也记不清。

我在这种困境里，突然萌发出一股怒意："他应该早就知道了吧，不然不会从小看我不顺眼！"

卓文扬却说："往好处想，即使他知道这一点，他也还是一直供养着你，不是吗？"

我笑了："哟，这是值得高兴的事吗？"

卓文扬冷静地说："这是表示，他对你有感情。"

"他要是对我有感情，"我忍不住讥讽道，"那我就不会是今天这样了吧？"

"你爸过去当然做得不好，但他也大可以做得更差，而他并没有。不是每个人都愿意替别人养几十年儿子又不说穿的。如果真的不想要你，那在你父母离婚的时候，他完全有机会摆脱你，不是吗？你那时还小，正常抚养权会在母亲手里的。"

我"哈"了一声："那当然是因为我妈根本不想要我，他只能委曲求全接下这个盘啊。"

卓文扬摇摇头："不是的，如果双方都不想要抚养权，那通常情况下还是会判归女方抚养。除非双方经济条件差距过大，但这情况显然不存在。所以是他主动争取，要求留下了你。"

"这你们读书人就不懂了，"我笑道，"这属于书本上没有的知识——双方都不想要，那不是看法律条款，是看谁不想要的意愿更强烈，看谁更不讲理。我妈脾气比他大，个性比他泼，他闹不过呗。他那么要面子，抹不下脸，闹得过谁啊？这世界就是按闹分配的。闹不赢，那就得认栽。就是这么回事而已。你懂吗？"

这样公式化地探讨梳理，于我却是可悲又疼痛。

"他要是心甘情愿留下我，他要是'主动争取'我，他能是那种态度？搞笑吗？我告诉你吧，我们这父子关系，只有三个字能形容，就是'不得已'！"

卓文扬看着我，说："我觉得你们之间是有羁绊在的……"

我打断了他，说："别了吧，我不及你聪明，但我绝对比你更了解我爸。他如果想要我，那绝对不会是这样。他就是不想要我，又不能不要，才造就了今天的我。他不过就是维持体面罢了。"

卓文扬又说："其实，从逻辑上来讲，光是为了维持体面的话，这动机不足以……"

我提高了声音："能停止一次你的逻辑推理吗？逻辑大师！"

卓文扬闭上了嘴。

我控制不住自己满腹的讥讽，说："对，你博学多才，你知道很多我不知道的事，但这世界上有些我知道的事，也是你所不知道的。

"你爸和你妈都那么爱你，你又是他们亲生的，所以你懂什么啊？你靠什么来懂啊？凭想象？凭书上的知识？没挨过饿的人对着书能想象出挨饿的滋味吗？你不会真以为自己无所不知吧？这种事上，你到底有什么资格教我啊？

"你知道他为什么要把我丢到这个破地方吗？他就是觉得我没救了，又大了，不能再用'还是个孩子'来当借口，那就只能流放劳改呗。最近大概觉得我好像又没那么无可救药吧，所以来验收看看成果如何。"

我越说越想笑，却又笑不出来，直憋得满面通红道："一旦他不需要我来维持体面，或者断定我只会破坏他的体面，那我就得滚了，他不会再容得下我了，我也不会有家了。你懂吗？"

卓文扬保持沉默，我结束了我的感言，过了一会儿，他才低声说："你说得对，有些事，我没有那么了解，我也不如你有发言权。

"但我之所以想跟你辩论，不是为了输赢，是希望你明白一件事——无论怎么样，你都不会没有家的。

"你把我爸这里，称为'这个破地方'。我理解你不喜欢这里的原因。但于我来说，我喜欢这个地方，我也觉得它很好。只要你愿意，这里可以是你的家。"

我突然像泄了气的河豚一样，软弱地瘪了下来。

我自己心里也明白。我的剑拔弩张，夹枪带棒，不过是无能狂怒而已。

而不管我怎么情绪失控，怎么阴阳怪气，怎么胡乱迁怒，卓文扬都保持着他对我的耐心与温和。

我又有了那种又酸又软的感觉，好像心脏被腌渍过一样。

我想到我那时候还同情柯洛，心疼他不能认自己的亲生父亲。但柯洛至少找到了亲生父亲，而我甚至不知道我的亲生父亲在哪里。

我想起年幼的我向我爸苦苦索取父爱而不得，却不知他根本不是我该索取的对象，又怎么能给我我想要的呢？

我突然有点想流眼泪，但我忍住了，只咬牙切齿地说："为什么你们都有爸爸呢？"

卓文扬没说话，过了一会儿，他走过来，把手放在我的肩膀上。

没有只言片语，我却能感觉得到他小心翼翼的同情和安慰，这让我泄掉了最后一口强撑着的硬气。

我无力地将额头顶在他的胸口，在这能不被看到的角度，让眼泪从我眼角不争气地涌出来。

他不作声，而后把另一只手也轻轻搭在我的肩头。

这是我所得到的，来自他的，第一次接近于拥抱的碰触。

次日我起来，感觉有点睁不开眼，去洗手间一照镜子，发现自己脸肿得好像被打过一样。

至此我的心情是完全挫败的。

昨晚虽然盘算着低头掉泪就不会被发现，然而很快就把卓文扬的衬衫弄湿了。

也算是失败的自欺欺人吧。

好在卓文扬也并没有说什么，只默默让我把眼泪鼻涕都糊在他的衣服上。并且在我临走拿纸巾抹脸，不小心吹出一个大鼻涕泡的时候，还维持了礼貌的若无其事。

我去厨房打开冰箱，找了点冰块，用毛巾包一包，给自己的肿眼泡冷敷。幸而其他人都出门了，家里就剩我一个在，并不需要向人解释我的惨状。

我躺在沙发上，脸上盖着冰毛巾，发着呆。

以往在怨天尤人，自怨自艾的时候，以为我的生活够糟了。

结果其实并不是。

因为实际上还能更糟。

连坚信了二十多年的唯一的"亲爸"都是假的了，还剩什么是真的？

我开始思考每个身世存疑的人都会思考的问题——我到底是谁的孩子呢？

不论那个人是谁，可以确定的是他跟我妈多半没什么感情，不然冤有头债有主，何必让我爸接手。

也许是意外？我爸也是因为这件事，所以耿耿于怀？

然而如果是这样的话，我爸对我的态度就算得上太客气了，他简直算是大善人，毕竟有几个男人咽得下给情敌养孩子这口气啊？

所以应该比出轨好一点，是吧？他俩是奉子成婚的，内情我自然不清楚，但是……

我脑子里猛地闪过一道灵光，犹如雷霆轰顶，震得我从沙发上坐了起来。

难道，程亦辰真的是我爸爸？

不然他为什么对我这么好呢？

正如柯洛所说的，世界上不会有人无缘无故地对你好。

即使程亦辰是个事事与人为善的老好人，他对我的关怀疼爱也有点过头，甚至比对亲儿子卓文扬都来得更宠溺，更偏心。仔细回味起来，有时候隐隐还有那么点愧疚的意味。

所以，是他吗？

这念头一起来，我顿时就坐不住了。

拿到程亦辰的DNA样本很容易，浴室里有他的牙刷，还有梳子，一切都唾手可得。

通过万能的网络，我迅速找了家DNA检测中心，毫不耽搁地杀了过去。

我知道这有点疯狂，但这种可能性在我心里熊熊燃烧，就跟把我放在火上烤着似的，我已经刹不住车了。

咨询了一下，送检的流程和要求都很简单，但费用和时间挂钩，有等七天的，等三天的，还有当天等几个小时即可出结果的。我实在无法有等上几天的耐心，直接给卓文扬发消息："卓文扬，借我点钱钱。"

卓文扬一句话也没问，立刻就给我转了账。

人家做私人鉴定的，都是从家里匿名邮寄样本，而我一个人亲自站在这里，要求鉴定亲子关系。这太直接太赤裸了，我替自己感到尴尬。

我以微弱的自尊心说："我要做父系亲缘关系鉴定。"

等待的几个小时里，我去逛了一圈，让自己坐下来吃了顿饭，但全然食不知味。

心急火燎地熬过了等待的时间，终于拿到结果了，然而我发现这写得文绉绉的，以我的文化程度，并不敢保证百分百领会。

我想起 DV 是个医学生，赶紧拍下照片，发给他。

"帮我一个朋友看看，这什么意思！"

DV 很快回我了："就是没有关系的意思啊。"

我追问道："是两人一点亲戚关系都没有吗？"

"完全没有血缘关系啊，这就是纯路人吧。怎么了？" DV 立刻兴奋起来，"有八卦？谁啊？"

我在松了口气之余，又隐隐有些失落。

不管我有多想知道我的亲生父亲是谁，也不管他究竟是谁，找到他的时候，我都难免会咬牙切齿地恨他的。

而我不想恨程亦辰。

所以不是程亦辰，这很好。

然而我究竟是从哪里来的呢？

他究竟是谁呢？他知道我的存在吗？他见过我吗？他在意我吗？他会喜欢我吗？

一切都不得而知，无迹可寻。

就像遥远天边浅淡的云影。

我无精打采地回到了家，却发现已经有人先我一步在家了。

是卓文扬。

我有些意外地说："今天怎么这么早？"

他说："我有点担心你，就想回来看看。"

"抱歉，耽误你工作了。"

"这没关系。不过，你去哪儿？"问完他又立刻说，"不想讲的话也不用勉强。"

对着他，我没什么想隐瞒的。叹了口气，我说："我去了趟 DNA 鉴定中心。"

卓文扬挑高了眉毛，看着我："什么？"

"我去查了一下，我和辰叔的亲缘关系，"我慢吞吞地说，"我还以为，你爸有可能是我爸。"

卓文扬像是被呛到了，半天才说："那是不可能的。我爸绝对没有第二个孩子。"

"哦。"能独享一份完整的爱，真好。

"他不是你爸爸，这点我可以确定。"

我本想说，你怎么知道呢？算起来也是我先他一步出生的啊，对于自己之前的世界那么笃定，他哪来的自信啊？

但转念想想，这种对父亲全然的信任和维护，就像流淌在他血液骨骼里一样。

这其实是很让人羡慕的。

当然于我，这结果也是好事。程亦辰如果是我爸，那我就多了个便宜弟弟。

卓文扬不是我弟，我当然松了口气。

过了一阵，听得开门的动静，是程亦辰拎着大包小包的菜回来了。见得我俩在，他在玄关边换鞋，边笑道："文扬今天这么早？是不是知道我今晚要给你们弄烤肉吃啊？"

待得看清我的样子，他觉察到什么似的，问："怎么了？"

我故作轻松地说："没有呀。"

"怎么了吗，小竟？"他走近，端详着我，"你是哭过了？"

卓文扬立刻识相地悄然走开。

程亦辰在我身边坐下，仔细瞧了我一会儿，脸色严肃起来说："发生什么事了？谁欺负你？文扬吗？我马上让他给你道歉。"

"没人欺负我。"

在要不要对他说实话这件事上，我只犹豫了一秒钟。

我尽量用轻松的口气说："我只是刚发现，我不是我爸亲生的。"

程亦辰放在我脸上的手瞬间僵住了。

他一脸错愕地望着我，像是反应不过来似的，半晌没接话。

我问他："你知道这件事吗？"

他明显地迟疑了一下说："这……"

以我爸和他的交情，他对此知情，也不是什么意料之外的事。

我有些难过，但还是故作轻快道："所以这是众所皆知的秘密吗？哎，不瞒你说，我昨晚到现在，一直在琢磨这事，我还想过，会不会你才是我的亲爸。"

程亦辰愣了愣，睁大眼睛说："啊？我、我吗？"

"所以我还偷了你的牙刷去检测。"

他突然紧绷起来，盯住我。

他问："那，检测结果，出来了吗？"

"出来了啊，"我耸耸肩，"结果显示我跟你也没有任何血缘关系。"

他像是怔住了。过了片刻，他才反问我："你确定吗？"

我说："确定啊。"

"那个，"他谨慎地说，"检测报告，能给我看看吗？"

我有点莫名其妙，但还是从口袋里抽出那折叠起来的报告，递给他。

他仔细审视着上面的文字，脸上的惊讶不减反增，我感觉得到他声音里有着轻微的颤抖。

"我们真的，一点血缘关系，都没有吗？"

我说："啊？"

几个意思啊？难道他也以为他会是我爸？

这天的晚饭我们吃了一顿乱七八糟的烤肉。除了陆风吃得浑然不觉，倾情投入之外，其他人都嚼着那熟过头调味又莫名其妙的羊肉串，不敢声张，一脸蒙。

看来这混乱的一天，不只是对我一个人而言。

这晚睡前，卓文扬又来找我。

"我知道你一定有很多疑问等着被解答，"他说，"无论你想知道什么，我都会去帮你打听来。

"但我也希望你能冷静下来，好好想一想，关于你确定想知道的东西，以及要怎么面对。"

我假装满不在乎地说："有什么好想的？面对啥啊。兵来将挡，水来土掩呗。"

他摇摇头说："这次就是因为发生得太突然，你完全没有防备，才会受到这么大的打击。"

他轻声地说："所以我希望接下来的一切，在到来前，都能尽量让你先做好准备。我不想再看到你那么难过了。"

这天晚上我四仰八叉躺着，想了很多的事情，想起很多的人。

这一切交织成一个混沌而庞大的宇宙，而我在其中那般渺小。

我始终没有想好，因而我也没让卓文扬去帮我打听什么。

这晚吃过饭，我在卧室里对着电脑屏幕上的无聊吃播发呆，突然听得有人敲了敲我的门。

门原本就没关，我抬起头，看见程亦辰端着盘切好的西瓜，站在门边。

"会打扰你吗？"

我摇摇头。

他进来，轻轻放下盘子。

"我想和你谈谈，你爸爸的事。"

我不自觉坐直了。

"你应该，有很多问题想问我吧？"

"嗯。"

"无论你想问什么，我都会把我所知道的都告诉你，"他顿了顿，"只是，你需要认真想一想，自己打算问的问题。"

他和卓文扬真的是亲父子。

我确实想了很久。关于我生父，我完全勾勒不出他的影像。

比起他是个什么样的人，我更在意的是，他为什么从不来找我。

为什么这么多年了，也不打算到我面前来——哪怕暗示也好——让我意识到他才是我的父亲？

就连陆风这么无情的人，起码都能让柯洛感受到他们之间的联系。

而我的生父却像是一点痕迹也不打算为我留下。

假如他不知道这个世界上有我这么个人，那我可以理解这么多年的不闻不问。而如果他明明对一切知情，只是不愿意面对，那算什么呢？我还有必要去找他吗？

我沉默了一会儿，才开口："他知道我的存在吗？"

程亦辰迟疑了一下，说："知道。"

"那他知道我在哪里吗？"

"知道。"

我的心沉了下去。

"我不想问了。"

程亦辰愣了愣。

我说："我不想知道更多关于他的事了。就这样吧。"

程亦辰看着我。

"既然什么都知道，也不来找我，那就没什么好说的了吧。我也不打算去找他。到此这事就算完了。"

他急切地说："不要这样，小竟，他不是不关心你。"

我反问："那他是怎么关心我的呢？

"请问到底有什么事情，阻挡他来对我坦白呢？有人不让他来吗？还是他腿断了不能来？

"没有，对吧？他就是并不想那么做而已，不是吗？"

程亦辰低声说："不是的，他只是不想伤害你……"

我笑了，说："所以我看起来，像是没被伤害过的样子吗？"

"我建议他，别打着'不想伤害'的名头，来为自己的逃避责任找借口了。

"知道有我这个孩子，也知道自己没尽父亲的责任，那就好好地来和我相见，谈一谈，这才是男人所为吧？躲起来说什么'关心'，算什么？不会太虚伪了吗？

"麻烦他搞搞清楚，从生下我又不管我的那一刻起，就是在伤害我了，现在反而说什么'不想伤害'。怎样是伤害，他心里没数吗？"

程亦辰的喉头艰难地动了动，半天才说："小竟，他对你很内疚。至于和你坦白，他不是不想，是不敢……"

"所以他是个懦夫喽？

"他不就是在逃避吗？自己做过的事，有什么好不承认的？如果对我有愧于心，那就该好好向我道歉，不是吗？就算我的出生对他来说是个错误，也请他堂堂正正站出来承认这个错误吧。这很难吗？这真的有那么难吗？"

我说着气势汹汹的质问之辞，却有些哽咽："你们大人，都是这么胆小又虚伪的吗？"

程亦辰不再说话了，他看起来非常难过，而我不知道他是在为谁难过。

这晚我睡得非常差，即使吃了褪黑素，睡眠也是反反复复，极不安稳。

朦朦胧胧间，又像做梦一般，似乎有人在床边看着我，他轻轻摸我的头，喃喃地说"可怜的孩子"，他好像也要哭了。

次日醒来，我就告诉自己，不要再去想这件事了。

我不想做那个追寻的人。追寻自己得不到的东西太痛苦了，我小时候就深刻地体会过。

我的生父如果不愿意来我面前承认这一切，而要继续用种种借口来逃避面对我这个孩子，那我也一样可以当没有他这个父亲。

这样很好，彼此都没烦恼。

放弃探寻生父这件事，我想对我来说不算什么。

这种程度的放弃，于我这种见过大风大浪的成年人来说，应该不值一提吧。

兴许是移情作用，对"父亲"这个角色既然彻底失望，我就愈发地和程亦辰亲近了。

毕竟他是一个和我没有任何血缘关系，也没有什么维持脸面的"不得已"，却给予我最多疼爱的人。

我想，也许他就只是单纯地真心地喜欢我呢？

他比我的任何一个"爸爸"都来得了解我，靠近我。

他会耐心地听我大发牢骚；会仔细听我各种不着边际的奇思妙想，甚至认真和我探讨；他还会因为知道我开游戏直播，而去平台注册了一个账号，似懂非懂又兴致勃勃地关注我的战绩和热度。

大多时候他都非常温和与包容，而该严厉的时候他也毫不让步。

在他身上，我几乎找到了我对"父亲"这个词的所有想象。

也难怪他能养出卓文扬这样的孩子。

我更频繁地去程亦辰的书店，在那里打发我的白日时光。

因为独自在家太过寂静。那种孤身一人的寂静，现在显得有点难以承受。

我又不能打太多游戏来逃避现实，毕竟我是做好打算要认真温书的，我才不是那种嘴上说说而已的年轻人。

程亦辰的书店于我而言刚刚好。它有着恰到好处的并不沉闷的安静，时不时有客人进来挑书，那些响动带来生机，却也是斯文的，轻柔的。

我喜欢这里的气味、光线和程亦辰给我泡的茶，门口风铃的清脆声响。

一切都让我心平气和。

靠窗的小沙发被我长期霸占，隔着这玻璃，外面是烈日炙烤，里面却清凉安逸。像是有什么魔法，把所有的焦虑和烦扰都隔在那窗门之外似的。

程亦辰笑道："最近生意很好呢，来了不少新客人。"

"是吗？所以晚饭我有多一点烤牛五花可以吃吗？"

"当然有，"程亦辰笑着说，"就是因为你天天坐在窗口，招揽了很多路人来店里呢。"

我问："真的吗？"

"真的呀，"店员小杨也说，"你坐在那儿看书，就是我们店的活广告。最近多了好多妹子买书哦。"

我吃了一惊。

不学无术如我，竟然为书店打起了广告，

可能是那种"看起来那么"文盲"都读得下去，这店里的书一定都很好看"的反向效果吧。

中午时间，程亦辰都让小杨先去吃饭休息，等小杨回来，他自己才去吃饭。

我问他："你都去哪儿吃啊？"

"隔壁就有便当店呀。"

"哦……"

吃方面我是一直不让自己遭罪的。即使一个人吃午饭，我也是找个钱包能负荷的好餐厅，舒舒服服地叫几个大菜，或者"单挑"火锅、烤肉、铁板烧什么的。便当这个东西，离我确实有点遥远了，除了囊中羞涩的时候，我基本不会去碰简餐。

"你不要吃那个吧，我们去吃点好的，我请你啊。"

我厚颜无耻地邀请着。也不想想我的零花钱是哪儿来的。

程亦辰笑道："这家其实挺好吃的呢，我是老客人了，诚挚推荐，你要不要也试试？"

为了和程亦辰共进午餐，我勉为其难地去了隔壁。

招牌的样子其实还不错，但写着"曲记便当店"，这种名字毫无设计感，随便得像是想都没想过一样。

要是在学校外边，小街小巷，这样的餐厅也就算了，但落在这种地段，就很有"违和感"。

这家和程亦辰的书店，应该是整条街上最不赚钱的店吧。

好在店里倒是十分干净整洁，也足够明亮，装潢很简约，甚至谈得上优雅，而没有我想象中的油腻。

老板是个清秀面善的男人，看起来很是和气，见了程亦辰就笑着和他打招呼："你来啦，今天也要豆乳鸡饭吗？"

程亦辰也一副熟客的自在样子，说："是呢，然后再来一份油鸡烧鸭双拼饭。"

豆乳鸡饭先上了，程亦辰问："你先尝一点看看？"

"哎？"

程亦辰笑道："这个豆乳鸡我总是做得不够好，就没做给你们吃过。你尝尝看，

潘多拉的魔盒

曲老板做得很好吃。"

我不以为然地拿起筷子。区区鸡肉罢了，何足挂齿。最好不要太难吃。

尝了一口，我有点惊讶。

我一直以为便当店的炸鸡都是软塌塌的，但首先这层炸粉就很薄，又极酥。

内里是用豆腐乳调制的酱料腌过的去骨鸡腿肉，因为炸粉够薄，完全不会掩盖豆腐乳那淡淡的独特的香味，此外还加了芝麻和九层塔，香气更进一层。

而且鸡腿肉在外皮的酥脆之下，里面还保持着鲜嫩多汁的口感，在一个不起眼的便当店里，这样的炸鸡水平很难得了。

"不错吧？"程亦辰说，"我炸得就没这么好，火候和油温的控制是门学问啊。"

我的双拼饭也随即送来了，配菜看起来就是简单的包菜切丝，加一些酸菜，尝了一下，意外地清爽。

而后我试了试主角们。凭良心说，油鸡做得很不差，皮很薄，油葱的比例调得很好，肉质也处理得恰到好处。

而烧鸭的皮还保持着酥脆的口感，咬下去，香气和些许油脂一起在口腔里爆开的感觉，既满足，又不腻味，难得的是鸭肉也完全不柴。

我没话可说了。

以平价简餐的定位来说，这真心非常有水平。

程亦辰问："做得挺好的吧？"

我无法昧着良心，只得点头承认："很好吃。"

程亦辰笑道："和你吃过的那些高级餐厅虽然不能比，但这个性价比绝对是一流的。"

说话间，忙忙碌碌的老板又出来了，他和程亦辰打了个招呼："你们慢用，我先去送个外卖。小珂今天来帮忙，有需要跟她讲啊。"

我看着他把装着满满便当的保温箱，放进宝马7系的后备厢里。

这装备去送外卖有点过分了吧？开个电瓶车不香吗？

所以这便当店原来是这么挣钱啊？

吃得差不多的时候，桌上突然多了两小碟切好的西瓜。

将碟子放下的女孩子笑靥如花道："这是我爸特别招待你们的水果。"

程亦辰笑着说："呀，那我就不客气啦。"

等看清给我们送水果的女孩子的脸，我顿时觉得这碟子里的西瓜不同凡响，身价百倍了起来。

我认得她。

虽然没有任何交集，但我胜在够八卦。博览群网，熟混学校论坛贴吧各个板块。

T大难追的"女神们"，榜上有名的，除了袁可可，还有曲珂。

曲珂年纪太小了，也不太理会学校里的男生，而功课又绝顶厉害，还特别懂股票，一年级就在T城的高校炒股模拟大赛里拿了第一名。

然后她在这里帮她爹的便当店端盘子。

太神奇了。

真是让人心情复杂。

我不由纳闷起来，是不是孩子不是学霸的，就没资格在这街上开店啊？

在书店里度过一个忙碌的下午，傍晚我们一起买了菜，待得回到，程亦辰又开始一轮新的忙碌。

说实话我都觉得他这样挺累的，书店不大但琐事也不少，回来还得洗菜切菜煎炒蒸饭煲汤，间隙里还要搞一下家里的卫生。我也会帮忙，但水平有限，并且有添乱的嫌疑，只能打打下手，他一个人基本就把里里外外的事都忙完了。

在短暂的休息时间里，程亦辰就擦净双手，拿出本书开始小心翻看。

他真的是爱书之人，每每合上书页，都会露出心满意足的表情。

通常我是吃了顿特别好的，或者游戏又打出好的战绩的时候，才会露出这种表情。

"看书有那么享受吗？"

程亦辰笑了，说："书籍是可以安抚心灵的。疲惫的时候读一读书，就能得到休憩。痛苦的时候，想让心情获得平静，最有效的办法，也是读书。"

我若有所思地说："我还以为缓解痛苦心情的有效方法是疯狂购物呢。"

他笑道："那可太花钱了啊！"

我不由想到，除去维持我们几个年轻人生活品质的部分之外，程亦辰自己的生活习惯，真的当得起"简朴"二字了。他几乎是个没什么欲望的人。

他的消费结构很简单，开支几乎都在吃饭上，主要也是我们吃的，恩格尔系数接近百分百。

出门他也喜欢靠步行，或者骑个共享单车，距离比较远才会开车。

他基本不添置衣服，几套衣服来来回回反复穿。之前我他就笑着说："我穿什么都差不多啊。"

衬衫，衬衫加毛衣，衬衫加毛衣加外套，囊括了他的春夏秋冬。

虽然他这样简单穿就挺好看，但也太朴素了。

思及此，我忍不住问他："辰叔，你就没有想过，要过奢侈点的生活吗？"

程亦辰也不至于缺乏见识，活在T城这样的繁华都市，待在陆风这种人身边，见过形形色色的穷奢极欲，灯红酒绿。耳濡目染，总会想用点好东西吧？

只要他愿意，钱根本不是问题。

程亦辰说："哎？我现在的生活就很奢侈啊。"

我惊呆了："这哪奢侈了啊！"

他看着我，微微笑了，他的笑容里有种雾一样的惆怅。

他摸一摸我的头："傻孩子。我能像这样一天天过日子，就已经非常非常奢侈了。"

说实话我不能理解他的标准，他把我说得都快不认识"奢侈"这个词了。

但可以的话，我希望能让程亦辰过上最奢侈的生活。

这日我突然又收到我爸的消息。

"最近怎么样啊？"

"挺好的。"

"那就好那就好，多喝点热水啊。"

"……"

"吃饭了吗？"

"吃了。"

"吃的什么呀？饭吗？"

"对。"

前阵子我爸也找我"尬聊"过几次，而并不谈什么实事，只各种支支吾吾地顾左右而言他。

我知道他这是旁敲侧击地在试探我的反应。程亦辰一定把我的发现告诉他了，这很正常。我对于他们彼此之间的坦诚没什么意见。

而我也希望他们对我坦诚。

不管我爸到底想干什么，我都愿意直接面对结果，即使结果可能让我很难接受。

毕竟我已经是成年人了，这短短半年我觉得我也学会了很多，成长了不少。就算他觉得没必要继续上演父子戏码，不再愿意管我，我想，我也能有办法找到我自己的生存之道。

大不了去申请助学贷款，然后向袁可可学习打工心得呗。

不过奇怪的是，我爸至今都没有表现出冷淡来，反而有了种小心翼翼的殷勤，以至于词不达意，胡言乱语。

言辞闪烁地东拉西扯了半天，他又说："过两天，我和你亦晨叔叔要再去一趟 T 城，你看你有什么想要的，我们给你带过去？"

"……"

这就是问题所在了。谁是我"亦晨叔叔"啊？

我不算讨厌程亦晨这个人，但这种强行套近乎的说法还是很让人反感。

而我爸这次和程亦晨一起来 T 城，现场的气氛比上回更僵硬了。

大概因为我已经知道他不是我亲爸，他也知道我知道自己不是他亲儿子了，两人坐在一起，不言自明的尴尬交织成了巨大的沉默。

他毕竟把我养这么大，没有血缘关系也不会抹去我对他那种微妙的依恋。然而很多仗着是父子可以做的小动作，耍的小脾气，现在彼此都无法随意做出来、耍起来。

打破这片沉默的是程亦晨，他突然开口问我："小竟，电脑要多配台新的吗？"

"不用吧。"

"台式机打游戏性能更好，配个双屏幕，你直播起来也更方便。"

我爸连连点头："对啊对啊。"

"嗯？"是有哪里不对劲？

"等等吃过晚饭，我们就去店里选台你喜欢的机器吧。"

我爸又是无脑附和："好啊好啊。"

"……"

我意识到不对劲在哪里了，程亦晨在主导这场对话。

这让我对他的排斥感迅速被放大了。

他基本就是个局外人啊，管什么闲事呢？

这本该是我和我爸单独相处，推心置腹谈一谈的时候。他不识相，在这里赖着不走也就罢了，还指手画脚，是要刷什么存在感呢？

我憋了一肚子的气去找程亦辰，他正在厨房里和陆风一起煮东西。见我眉毛眼睛满脸跑的样子，他就盛了碗汤让陆风先端出去，而后问我："怎么啦？"

潘多拉的魔盒

"辰叔，你能不能去跟你弟弟说一下，他真没必要跟我搞好关系。"

程亦辰放下手里的勺子，看着我："我弟弟，他怎么了吗？"

"我不懂他干吗老在我眼前晃，人真的不需要讨所有人喜欢的。"

程亦辰安静一刻，而后说："他可能，纯粹只是想亲近你，他喜欢你……"

我赶紧摆摆手："谢谢他了啊，我真不需要他的喜欢，我觉得他挺烦的。"

程亦辰叹了口气，说："小竟，其实……"

我突然好像感应到什么，忙转过头去。

程亦晨站在厨房门口，维持着端住盘子的动作，僵硬了似的。

"……"

很少背后谈人是非，一说就被逮个正着，我有点尴尬。而他好像比我更不知所措。

我俩面面相觑，他用力地看着我，嘴唇动了又动，像是要对我说点什么。

而他终究没说出话来，只转过身，匆匆走开了。

我心里突然有点不是滋味。

第二天我爸他们就动身回去了，走得好像逃荒一般。

我有了一丝愧疚。

我虽然有我的反叛和愤怒，但我并不想要这样伤害谁。

在他们回 S 城之后，过了一阵子，我突然收到顺丰送来的一个大包裹。

里面有台新出的手机，还是 512G 顶配，此外还有好几件 G 牌的秋装、两双鞋子以及一个新包。

我不由纳闷了。

这也太以德报怨了吧？

卓文扬回来，见我对着这一堆东西发呆，问道："嗯？你买的？"

"不是，这是我爸刚给我寄的。"

到现在我还是习惯叫秦朗"我爸"，毕竟我也不知道这个称呼还能用来叫谁了。

卓文扬把包和电脑放下，去泡了茶拿过来，给我倒好，我还在琢磨："他们到底干吗还给我买东西啊？"

我还以为我出言不逊得罪了程亦晨，他们这一回去就打算不要我了呢。

冥思苦想了好一会儿，我问卓文扬："你说，我爸他会不会是其实不能生育啊？"

卓文扬喷了一口茶。

"为什么这么说？"

"不然他干吗现在这么在意我这个并不是亲生的孩子呢？随便再生一个就好了啊。都这样了还跟我培养感情，到底图什么呢？只能是因为生不出来吧？"

卓文扬说："林竟，你不该这么想他。不是每个人对你的好，都是有所图的。"

我立刻为我的习惯性思维，而觉得不好意思了。

"不管怎样，你爸都不指望你养老，以他的经济能力，应该不至于需要依赖你，"他看着我，"你要明白，会有人只是想对你好，而不一定要你给他们什么好处的。"

我看着他的侧脸，他总是那么干净又好看，又聪明优雅，像只孤傲的天鹅。

这段时间以来，卓文扬陪我的时间很多，多到我都替他觉得奢侈了。

眼看暑假余额已不足，睡到自然醒的好日子又快要到头了。这天陆风和柯洛都要去参加晚宴，事先说过不回家吃饭，而程亦辰和卓文扬却比平常更早回来。

我一个懒散漫长的午觉醒来，就发现他俩都已经在家了，并且一脸同款神秘地在等着我。

"怎么了吗？"

程亦辰笑微微地对我说："快开学啦，我给你买了个礼物。"

我睡眼惺忪地揉着眼睛，信口道："什么礼物？开学难道是要送我一辆车吗？"

程亦辰笑道："还真是车，不过不是你想的那种车。"

他从房间里给我搬出来一辆崭新的自行车。

我："……"

这是辆公路车，平把，流线型车身，看着颇为轻巧，灰黑配色也挺酷的。但在我而言，这跟共享单车只有颜色的区别罢了。

程亦辰问："样子还喜欢吗？我让文扬帮忙挑的。年轻人应该比较懂年轻人的喜好。"

我只得敷衍道："是挺好看的，但我不会骑这个啊。"

程亦辰兴致勃勃地说："我知道呀，文扬跟我说起你不会骑车，所以我想趁现在教教你。走吧，下楼去附近公园试试。"

我立刻朝着卓文扬狂甩"救我"的眼色。卓文扬却微笑着说:"练一练吧,很简单的。"

啊,他果然是站在他老爸那边的!

两人一左一右地带着我和车出了门,我仿佛被绑架。

楼下遇到了邻居,他还跟我们打招呼:"天气这么好,去骑车啊?"

我拼命朝他眨眼,然而他无动于衷地走开了。可恶,难道他看不出来这是赶鸭子上架吗!

公园里的场地还是挺空旷的,人也少,只有几个小孩子在儿童游乐区域滑滑梯,玩沙池。

我友好地朝他们露出笑容。

毕竟等一会儿他们就会是围观我出洋相的主力观众了。

卓文扬说:"座椅高度已经帮你调好了,你先直接坐上去就好,反正你现在脚已经可以着地,不怕摔。"

程亦辰也说:"给你找了这个地方,是稍微有点坡度的,你先不急骑,两脚一起蹬地,借着坡度,先练习滑行就好,这是为了帮你熟悉靠控制把手来控制平衡的感觉。

"你这么大了,我就不给你扶后座了。免得拉扯反而给你造成阻力。自己掌握平衡启动,这是第一步。"

我双脚狗刨一样地一起在地上蹬着,感觉自己苦心经营的时尚潇洒的形象已经全然崩塌。

这看起来会不会太搞笑了啊!

"慢慢来,重心放低一点,你会找到感觉的。"

我的感觉是我已经完了!

借着下坡的坡度,我使劲刨了一会儿,倒也能滑起来,似乎没那么东倒西歪了,看来我平衡感还是可以的嘛,莫非是个小天才?

程亦辰也表示满意,于是我们换了场地。

我再次跨上去,脚点车,深呼吸,平复了一下紧张的心情。

"要把车骑起来,需要的只是一个初速度,"程亦辰解说道,"这初速度完全不需要多快,很容易达到的。"

"哦。"

"所以你第一脚一定要用力，用力就有了速度。另一只脚不要急着跟上，先配合着往后蹬一下地，这也是为了助力，提供速度。先别心急，你等能稳定滑行个几秒不倒，再开始把另一只脚也放到脚蹬上去。"

滑行的时候觉得保持平衡好像也不过如此，而自己真正开始骑，一脚下去，我整个人都慌了。哎哎哎，怎么回事？怎么这就倒了呢？这真的骑得起来吗？两个轮子真的稳吗？莫不是骗我的吧？

幸好我已经长大成人，脚能够着地，这要是小时候，我得摔多少次啊？

程亦辰说："如果感觉车子不稳，你不要太急着脚踩地，可以先继续蹬车子，只要有速度，就容易保持平衡。实在快要摔了再踩地都来得及的。多练几次就好，如果车一歪你就踩地，那永远也进步不了。"

不行，我不能摔，不能冒险！不能伤了我的脸！

我想跟卓文扬求救，却见他正拿着手机专心致志地录像。

竟然隔岸观火。

就不能干点正事吗？

想到这一切都被无情的机器记录了下来，我只能硬着头皮继续我的使命。

好，预备，走！哎，怎么又要倒了，赶紧踩地！

走！哎，这次没倒！没倒没倒没倒！快快快！另一只脚上去！我蹬！啊哟厉害了！哎哎哎，怎么又要倒了？赶紧刹车！落地！往后一看，我的天哪，太猛了吧我，居然已经走了六七米了呢，厉害厉害！我一定是个小天才！

我再蹬！哎，又没倒！另一只脚赶紧上来！哎哎，还是没倒！太棒了吧！一直在走耶！不错不错！哎哎，车把有点晃！稳住稳住！好点了！再踩两圈！可以啊我！继续！哎哎哎，歪了歪了！

"哐当"一下我就形象全无地摔在地上了。

程亦辰立刻跑过来："没事吧？"

"没事没事。"

都怪自己太投入，本来一只脚都会警惕地不肯完全离开地面，结果骑起来一上头，就忘了要及时落地了。

我骑得慢，摔了也伤不着，痛是有点痛，但感觉还真爽。

我爬起来，然后愉快地继续我东倒西歪的踩踏运动。

程亦辰在旁边跟着我，边耐心指导。

"你骑直线的时候，手不需要太用力，太用力车把反而会偏离方向的。就算感觉车把歪了，也不要慌，小臂和手腕发力，稍微修正一下方向就可以，不会影响平衡的。"

程亦辰让我下车，他又自己演示了一遍给我看。

"你手指太紧张了，手劲越大，车子越失灵。你放松一点，实在感觉控制不住，捏一下刹车，脚踩地就好。"

在反复教学之下，我歪歪扭扭左晃右拐地，总算能勉强骑个几十米，但骑得跟拧麻花似的，完全无法走直线，更不用说转弯了。

偶尔路过的吃瓜群众都在用滑稽的眼神看我。

我为公园提供了一道亮丽的风景线，闲着没事的各位老头老太都过来看热闹了，目送我一次次地冲向墙壁和灌木丛。

有个大爷还嘀咕："这么大了还不会骑车啊？"

咋的，我看你也不会开车啊！

几个小学生更是骑着儿童自行车在我身边转圈圈，疯狂释放嘲讽技能。

是暑假作业太少了是吧，不在家写作业，在这儿干吗呢？

在老老少少的围观中，我决定高高扬起头，坦然面对这一切。

论脸皮厚，我是专业的！

摸爬滚打了快三个小时，终于可以平稳地，不乱扭地骑出去挺长一段了。

我努力管理自己的面部表情，让自己不要笑得太傻。

但是会骑自行车真是太爽了啊哈哈哈哈！

我在公园草地上慢悠悠蹬着车子，晚风轻拂在我脸上，这种感觉非常舒服，好像是某种方式的飞翔。

这让人觉得之前出丑的一切都值得了。

得意扬扬骑了一大圈回来，卓文扬举着手机边录边说："恭喜你，现在会骑自行车了。"

程亦辰笑着："你真的学得很快呢，是个聪明孩子！"

旁边的小学生立刻发出不屑的声音。

程亦辰笑道："可惜四个轮子的车，现在我还没法买给你。"

只花他自己的钱的话，确实买不起。程亦辰自己开的那辆车，我都看不上，

181

万一给我买个代步车，那我还不如骑自行车呢。

"先给你两个轮子，剩下的以后再补上吧。"

我一点都不跟他客气："那我等着啦！"

卓文扬收起手机，说："为了庆祝林竟喜提自行车，我们出去吃饭吧。"

OK，这个我欣然接受！

于是我们三人去吃了顿和牛火锅，我快乐地吃了很多美国顶级牛小排和 A5 日本宫崎和牛，还有剥好的波士顿龙虾。

更快乐的是，这顿是卓文扬掏的钱。卓文扬买给我们吃的，当然不同凡响！

吃饱喝足美滋滋地回了家，不多时，我就看见卓文扬把我练车的精华视频剪完发到三人群里。

柯洛阅后迅速发表感言："难怪了，每次打游戏，林竟一开摩托车载我，就出事故。敢情你原来是无证驾驶！"

我将视频转发给袁可可，袁可可表示笑死："你也太菜了吧！"

"我觉得我学得很快了，进步神速好吗！我一定是个天才！"

"咳、退！"

说实话我自己也觉得很好笑。

于是睡前我躺在被窝里，又看了一遍。

视频里我真的很像个傻子，我简直佩服卓文扬，录的时候居然能不笑出声。

而我在像个无脑苍蝇一样到处瞎冲乱撞的时候，程亦辰其实一直在我的视线范围里。

我知道他这是为了给我安全感。练习的时候视野里能有个自己信任的人，会镇定很多。

骑车时我过于紧张，并无法去看他的脸。而现在我看着视频，他所有的动作、神情，一览无遗。

他的引导，他的关注，他的紧张，他的欣慰，他开怀大笑的表情。

他好像在一点点为我补上父亲这个角色在我生命里的空白。

而我，也不自觉地，在他身上寻求我缺乏的父爱。

此后我还真的经常美滋滋地出去骑车，在公园里和那些老头老太为伍，和小学生们竞速。

虽然日益老年化，但不得不说，这是我生活模式最健康的一段日子了。

时间平静地流逝，很快到了中秋节。

往年我对于过节都毫无感觉。毕竟没什么可过的，节日不就是商家骗群众多花钱的借口嘛。我平日都在已经在各种乱花钱，过个节还能有什么不同吗？

而今年的中秋，我竟然前所未有地充满期待，学校又是放假，大家又是聚起来吃吃喝喝，想想就很快乐。

逛花灯什么的就不去凑那个热闹了，我们这一伙没一个喜欢人挤人的，多数是糙汉子，缺乏那种体验"蓦然回首，那人却在灯火阑珊处"的浪漫情怀。

唯一的活动就是，为了让程亦辰可以休息，预约了节日当天知名烤肉店的上门服务。

还有比这更实在，更皆大欢喜的吗！

节前一天的最后两节课，上完了就开启美滋滋放假模式了，我问袁可可："对了，明天中秋，你还得去餐厅打工吗？"

"不去了，"袁可可无精打采地说，"最近我一直反复感冒，店长怕影响客人，叫我请几天假，就都没给我排班。"

"那，你要怎么过节呢？"

"还能怎么过啊，去图书馆呗。"

学霸的生活就是这么朴实无华又枯燥。

我说："别这么紧绷，你这动不动感冒，也是休息不够，身体抵抗力太差了。过节好歹出去放松放松，你们宿舍难道没聚餐吗？"

她没好气地说："聚什么呀。钱都没赚上，难道还能去花钱啊。"

我摸摸鼻子。过了一刻，袁可可说："抱歉啊，我太暴躁了。"

"没有啊，"我安慰她说，"你平时也都这么凶的。"

"怎么了？又有人骚扰你了？"

她摇摇头："没有，什么事都没有。我只是感冒太久有点累吧。好讨厌过节哦。"

"啊？"

"过节就得应付家里人的关心啊。明天晚上得给家里打电话，他们一定会担心我，会问我有没有好好过节，有没有跟同学一起玩，有没有吃上好吃的。"

"我只能自己一边吃方便面，一边笑着跟他们说我这边很好呀，吃得可丰盛了，玩得超开心。"

"其实没什么啦，老北京方便面真挺好吃的，"她说，"只是还要装得很热闹，情绪很饱满，满口谎言，还得担心被他们识破，就，有点累吧。还不如不要过节。"

她沉默了一会儿，吸着鼻子说："感冒好烦哦。"

从我认识她到现在，她好像一次都没回过家。火车耗时太久，机票太贵，机场所在的城市跟她老家还隔得远呢，还得辗转颠簸很久才能回到那个小县城。

无论从时间上还是从金钱上考虑，"回家"这事对她来说都过于奢侈了。毕竟节假日留在 T 城还能打工赚一点。

她这样自己赚学费，时不时还给家里上中学的妹妹寄点钱的女孩子，怎么可能真的不想家呢。

虽然我也有过在异国他乡待上两年没回国的经历，但实在没脸跟她说什么同病相怜。

我那不愁花销乐不思蜀的日子，和袁可可的这种背井离乡哪里是一回事啊。

我挠了挠头。

"要不，明晚来我们家吃饭啊，我们中秋吃烤肉，你一定喜欢，对了，你偶像卓文扬也在！"

她有些惊讶："我吗？"

"对啊，来嘛，人多热闹，加上你，也才刚好六个人。我们约了 8-10 人分量的服务呢。"

为了防止陆风那种饭桶以及我这种肚里能撑床的大胃王吃不饱，大过节的，分量的预备上是宁多不少。

"素不相识，无缘无故去蹭饭吃，不合适吧？"她说，"还有，不是我说你啊，傻乎乎的，不能慷他人之慨，知道吗？又不是你家，乱大方什么啊，难道还能是你付的钱？"

"啊，不是我家，也跟我家差不多啊，"我大言不惭，"辰叔不拿我当外人，我干吗拿自己当外人啊。"

袁可可被我的厚颜无耻惊呆了。

"不信我现在就打给辰叔。"

程亦辰很快就接听了："怎么啦小竟？"

我把声音外放："辰叔，明晚我能带个同学回去一起吃饭吗？就是那个袁可可，过节她一个人没什么活动，我想一起热闹一下。要是不方便的话就不用，不勉强啊。"

"哎？你那个朋友是吗？"程亦辰在那边清晰地说着话，"当然可以呀，能有什么不方便。她喜欢吃什么，你跟我讲一讲，我等等加到菜单里。有忌口的也记得告诉我。"

我挂了电话，袁可可一脸无语。

"放心了吧？卓文扬认识你，辰叔也听我提过你。同学来家里吃个饭不是很正常嘛，没人那么小鼻子小眼睛，谁在意你蹭的那点肉啊，"我说，"就是男人会比较多，你不介意就好了。"

我拍着胸脯说："不过你放心，虽然是大老爷们，但绝对不会有人对你动歪心思的！"

袁可可看起来想打人。

"对了，千万别为了客气带东西上门啊，都那么穷了还带什么东西。"

袁可可操起课本暴打我。

这晚我们在顶楼的大露台烤肉，烤肉店的一男一女两名店员早早就带着设备来了。

露台很开阔，搭了个舒适的小棚子，布置好了桌椅，烤肉架也都已经摆放妥当。灯光明亮，四处通透。这时间已经去了最后一丝燥热，又不至于觉着冷，是最舒服的温度，皓月当空，夜风清凉，空气里都是快乐的味道。

炭火烧起来了，店员的忙碌里，温暖又诱人的香气渐渐弥漫开来。

陆风在陪程亦辰用电脑追他最近喜欢看的一部古装剧，卓文扬又在录视频，柯洛在好学地跟店员探讨肉质和烧烤的手法，而我搬来了我的新宠自行车，来回炫耀我突飞猛进的车技。

不要问我们为什么可以在这里为所欲为，不怕影响楼下住户。

因为陆风早已经把顶楼整层买下了，也不住，就为了随时可以给程亦辰毫无心理压力地上楼顶来看风景，散散步。你说气人不气人。

袁可可磨磨蹭蹭，终于还是发消息告诉我她来了。我下去接她，她明显有点扭捏，好在这地方不是什么豪宅，不然应该在门口就直接将她劝退了。

我带她上来露台，程亦辰一眼见了她，露出有些吃惊的表情。

"呀，这就是你朋友吗？"

"是呢，"我大方地给他俩互相介绍，"这是辰叔，这是袁可可。我不挂科的功劳，有卓文扬的一半，也有她的一半。"

程亦辰仔细地看着她，露出微笑："那得好好感谢人家。"

大家都和她打了招呼，连陆风都默不作声地点点头——这简直是他对陌生人最高礼节的友好了。

只要程亦辰在旁边"镇着"，陆风就十分情绪稳定，人畜无害。谁想得到他甚至有讲文明讲礼貌的一面呢。

袁可可一开始有点拘谨，逐渐就放松了，毕竟我帮她拿来的烤肉都太过好吃。恰到好处的厚切牛舌，入口即化的 A5 和牛肋眼，多汁的和牛横膈膜，还有去骨牛小排，肋眼上盖……

大多时间她都在"好好吃""太好吃了吧""怎么会这么好吃"地叽叽喳喳乱叫，把客套礼节都抛到九霄云外去了。

"天哪，你也太能吃了吧！简直是台碎肉机！"我叹为观止，自叹不如，"上次在卓文扬面前你可不是这样的啊！"

袁可可又主动去装了一盘的肉，超然道："现在又不一样。"

"有什么不一样？"我琢磨着，"主要还是餐厅格调太高，以至于限制了你的实力。我们这儿的居家气氛比较放松，可以让人充分发挥吧？"

袁可可白了我一眼："你懂什么？"

我恍然大悟："难怪我这么懂你！"

我哈哈大笑着避开袁可可的暴打，回头，却见得程亦辰愣怔地看着我俩打闹。他脸上没了惯有的笑容，而微微皱着眉，似乎若有所思的样子。

趁着袁可可走开去接电话的时候，我悄悄问卓文扬："怎么了吗？辰叔不喜欢袁可可吗？"

"当然不是，"卓文扬道，"大概，让我爸有点想起我妈吧。"

"啥？"

我看过卓文扬母亲的照片，倒也确实明眸善睐，有着一双灵动的大眼睛。不过她看起来那么温柔婉约，优雅内敛，和袁可可不是一类人。

"袁可可那种母老虎，跟你妈妈那种仙女有什么相似之处吗？"

卓文扬想起什么似的，一时微笑了起来："你怎么知道我妈不是母老虎？"

我差点喷了一口茶。

我没想到他会这么调侃自己去世的妈妈。

意外之余又觉得有点羡慕。这是真的感情深刻，充满了爱意，才说得出来的玩笑话。

很多生在破碎家庭的人，似乎穷尽一生都难以与自己的父母和解，而卓文扬却像是早早达成了他的通透，对他俩只剩下提纯过的热爱和依恋。

袁可可在边上忙着和家里视频通话，情绪高昂地又是笑又是聊，其间还跑过来对着镜头兴冲冲地展示我们的烤肉架跟餐桌。

"没骗你们吧！我真的吃了超多肉，蔬菜也有呀，你看这沙拉……都很好吃哦！以后你们来 T 城玩，也带你们去吃烤肉！"

等视频通话结束，袁可可也安静了，独自在角落站着，背对着众人发着呆。

我过去拍她肩膀："干吗，电量耗光啦？"

她默不作声地回过头来，脸上的眼泪把我吓了一大跳。

"你哭了？怎么了？没吃饱？还是你妈骂你了？"

她摇摇头说："不是啦。只是，我今天，终于让我爸妈放心了。他们今晚是真的相信我过得很好，不会替我担心了。"

袁可可用袖子胡乱擦了脸，说："哎，谢谢你邀请我来啊。"

我有点心疼，手伸出去，悬了半天，最后还是轻轻拍了拍她的头。

烤肉吃到最后，大家还烤了几块月饼，切开来一起吃，作为一个颇为圆满的中秋节的尾声。

送走店员和袁可可，我们自觉地把剩下的东西收拾整齐，将场地打理干净，才下楼回家。

我突然留意到，最近我的游戏直播间里，好像多了一个一直默默给我打赏的观众。

这人不活跃，我几乎没见过他在聊天频道里说话，即使是我打出极限操作，围观群众疯狂刷"6666"的时候，他也不附和。但系统跳出的"某某某送出了一个火箭""某某某送出了一个飞机"的送礼提示里，通常会有他的一份。

我之所以注意到他，也是因为他的 ID 都已经爬到了贡献榜上，但又跟那些经常捧场的老哥不同，看起来相当眼生。

通常这种送礼大户，都会私聊我要个"房管"，再要个微信，而他也没这种要求。

这人就像个沉默的刷礼物机器，要不是我知道自己请不起，我都要怀疑他是我请来的托了。

观察了一阵子之后，我终于忍不住主动私聊了他。

"多谢你经常打赏啊。"

对方回得很快："不用客气。"

"好像都没见过你在频道说话？"

他过了会儿回我："我看就好了，我也不太懂，不知道该说什么。"

看样子是个老实人。

"不太懂吗？"我好奇地问他，"你是刚玩这游戏吗？"

他说："我不会玩。"

"那你看我直播，不会无聊吗？"

"不会，你玩得挺好的，"他说，"看你玩就很有意思。"

这哥们真心是个实在人，而且一板一眼，让我有那么点想起刚认识时候的卓文扬。

于是我第一次向我的粉丝主动发出邀请："要加个微信吗兄弟？"

对方不回话了，好久都没再有动静。

我不由纳闷了，怎么，我被嫌弃了吗？这怕不是个假粉丝吧。

过了老半天，他的消息终于发过来了："好的。"

于是我和这位老哥加上了好友，加完我顺便瞄了一眼，发现他的朋友圈没对我开放。不过我并不介意，他是我的直播粉丝，不等于他就得对我敞开心扉。每个人的性子不同，对于陌生人多少抱着警惕之心，这没毛病。

"你以后要是开始玩这游戏了，想找人玩的话可以叫我一声啊，我有空就带你一起排。"

他说："好。"

我把这位 ID 叫 "X" 的兄弟拉进我的直播私聊群，里面都是相熟的朋友和老粉丝，算是给他一个该有的待遇，这事也就暂告一段落了。

周末下午，X 君突然发来消息："我下载了游戏。"

我立刻心领神会："要一起排吗？"

"可以吗？"他问，"我今天练了一会儿，还是玩得不好。"

"有什么关系，"我十分大气地说，"走起！"

迅速排进了游戏，跳伞之前，我提醒他："等等你跟着我就好。"

"嗯。"

然而我已经落地迅速搜刮了一轮，左右张望还是没见着他的人影。

"难道……"

一抬头，就见得他还挂在降落伞上晃晃悠悠，在风中飘来荡去。

我 "……"

看这架势我就知道要糟，果不其然他在半空中飘着飘着，被人一枪打死了。

"抱歉。"

我虽然看呆了，但还是安慰他："没事，新手嘛，别对自己有太高要求。"

"嗯。"

"下次你记得视角向下，按 W 键，会加快落地，不然在空中容易被人当鸟打的。"

"好。"

这哥们人傻话不多，反应也慢，基本落地就死，好点的时候是发会儿呆，跟着我跑两步再死，然后就躺着以观战模式看着我玩。

全程他打字说得最多的就是"抱歉""对不起"，说了太多次，搞得我反而有点不好意思了。

"别客气呀，不用老道歉，"我说，"这有什么大不了的，不就是躺地板嘛，游戏而已，你又不是真欠了我什么。"

他没再打字了。

怕他躺着无聊，我边玩边跟他闲聊："你也是学生吗？"

他又打字回我："不是，已经工作了。"

"职场新鲜人吗？"

"不是。"

"那是前辈啊。"

这样还好点，不然他要是学生的话，花那些钱给我打赏，我会挺不安的。

带着他玩了几场，并没有"吃"到"鸡"，因为我光顾着杀人了，冲锋陷阵地没能"苟"到最后。既没"吃鸡"，又早早死在地上全程观战，他的游戏体验应该极差，但他好像还挺高兴的，退出游戏之前，一直打字跟我说"谢谢"。

下了游戏，我微信上跟他聊："客气啥啊，又没能带你'吃鸡'。"

他回："哈哈。"

然后又说："今天玩得很开心，谢谢。"

"我去吃晚饭啦，有空一起玩啊。"

"还能再一起玩吗？"

"当然可以啊。"

他又说："谢谢！"

这老哥真的过于有礼貌，简直算得上卑微，但不惹人讨厌。

我不知道他为什么那么小心翼翼，也许这就是打工人吧，在职场压力之下养成的惯性，想想还有点心疼呢。

晚上卓文扬来家里，看了会儿我直播，突然说："你的人气一直稳定上涨，真的不考虑跟平台签约吗？"

"啊？"我愣住了，"我要签约吗？"

因为我的直播成绩还不错，从第一拨人气上涨开始，就收到平台方的消息，问我是否有意签约，一开始我也挺兴奋的，毕竟这证明自己的表现得到了认可，而且签约了就会有底薪，好歹是个有稳定收入的人了。

起初是卓文扬不建议我签约，他觉得合同条款不合理，给的待遇也不高，没必要签。

而现在我觉得，直播时长要求是个坎。放在以前，这点时长不在话下，但我现在是要好好学习天天向上的人，每月固定要播那么多个小时的话，肯定影响我的跨专业考研计划。

"他们现在愿意给你的待遇还不错，你是可以考虑往这方面发展。"

"是吗……"

卓文扬说："合同我可以让律师帮你看，细节我去帮你谈。这些你不用担心。"

"但是，直播时长要求有点高啊，我觉得我没那么多时间。"

"时长可以谈，当然不能给你造成压力，也不能影响你拿学分，"卓文扬说，"这点我心里有数。"

"但是，我不只是要拿到学分啊，我要跨专业考研的，现在偶尔玩玩还行，往后就挤不出时间了吧。"

卓文扬沉默了一下："你是认真要跨专业考研的？"

"当然呀。"

他说："那不适合你。

"那不是你该做的事。你应该把时间用来做你自己真正热爱的事。"

"那，"我看着他，"你觉得，我该去做什么呢？"

"我个人认为你在电竞相关的这一块真的可以有所发展，你有天赋，这个行业也发展得迅速……"

我有点茫然。

卓文扬对于我跨专业考研的不赞成，强烈得超乎我的想象。

按理，作为一位对学习研究有着最大热情的学霸，他会是最希望我学好的人。

而他现在却致力于打消我的热情。

"当然，我也希望你把目前的学业完成，因为这本身就可以培养你的学习能力、自律和坚忍，让你学会不要半途而废。但差不多就可以了。学天文只是你一时兴起，完全没有必要。电竞才是你的最长久的兴趣所在，虽然你过了打职业的最优年龄，但你也可以成为一个优秀的主播或者解说，甚至你有打职业的心的话，我也可以帮你安排……"

他这简直是用生命在鼓励我打游戏。

我有点难以理解他的动机。

这是来自他的不动声色的拒绝吗？

我想替他去读他梦想的专业，这对他来说太冒犯、太靠近了？

大概是因为已过了立冬，天真的转冷了，但供暖又还没开始，屋子里的空气随着入夜逐渐冰凉。

我于是起身去把暖气调得大了点。

"对了，"我想跟他聊点高兴的事，"最近多了个金主老哥，一直给我打赏！"

卓文扬挑起眉毛："那个 X 君吗？"

"对啊。你也知道他哦？"

"你怎么就知道他是个老哥？"

想想我确实没听过 X 君开口说话，他从来不开麦，哪怕被对面打成筛子，也坚持站着打字。我奇道："难道还能是妹子？"

"他现在已经是榜一了，还甩第二名老大一截！说实话我有点担心，他要是个普通上班族的话，这么乱花钱，会有经济压力吧。"

卓文扬微笑着说："你就不用替他担心了。兴许人家就不差钱呢。"

我不是什么大主播，能拥有如此肯"氪金"又不求回报的粉丝，感觉像是被天上掉下来的馅饼砸了一样，不由感慨道："不知道这位老哥是看上我什么了，对我这么大手笔。"

卓文扬笑道："那当然是因为他真心喜欢你，很想对你好啊。"

我看了看他，虽然这话有说笑的成分，但他说得那么自然又大方。

我试探着开了个玩笑说："哟，他喜欢我，真金白银地打赏，你不怕我被骗跑了吗？"

卓文扬笑了，他脸上是真实的无畏和磊落，说："没事，你想多了。"

我用尽力气保持住了我脸上的云淡风轻。

这种时候如果不能表现得若无其事，事情就会迅速变得尴尬了。

我笑着说："你好歹也打赏一点嘛，这么明显的暗示都不懂吗？"

卓文扬后知后觉地"哦"了一声，立即识相地打开手机："好的。"

我的电脑屏幕上随之跳出收到超级火箭的提醒，还有弹幕上水友们一连串的"666"，我朝卓文扬龇牙笑了笑："多谢啊。"

这拨送礼过后，弹幕纷纷吐槽："主播在挂机居然也有人打赏。"

"这把划水的时间也太长了吧，怎么还不排啊。也没声音，主播是睡着了吗？"

"消极怠工啊。"

"打赏就是催他开搞的意思吧。"

于是我重新开了语音，口气欢快道："再来一把，水友一起排啊。"

大家纷纷踊跃申请，其中也有 X 君。

我果断选择了 X 君，还有另外两个水友，一起四排。

X 君玩得依旧不好，游戏里反应也慢，不管是捡装备还是上车跑路，都比别人慢半拍，时常需要我提醒他。

我在那儿满口的"叉君"来"叉君"去，卓文扬终于说："他那不是叉。"

"不是叉是什么？"

卓文扬笑道："是英文字母 X 吧。"

X 君打字说："X 代表无限可能。"

哦，听着还挺浪漫的呢。

我讪讪地说："是埃克斯君啊。我还是觉得叉君喊起来比较顺口呢。"

X 君立刻又打字说："那就念'叉'吧，你觉得顺口就好。"

弹幕纷纷说："哟，这宠溺啊。"

"宠溺不是很正常吗，人家这是打赏榜第一的金主。"

被他们一提醒，我灵光一闪，对 X 君的关爱友善立刻翻了倍。

平常我对卓文扬的游戏关怀包容程度是 120% 的话，这回我简直拿出了 200% 的水平。嘘寒问暖，忙前忙后，给枪给子弹给三级头给急救包，呵护暖心到了极致。

X 君显然受宠若惊。弹幕也跟着疯狂刷起来，吐槽我的辣眼睛。

"这待遇，真的没人能比了。"

"规格太高了吧，我们也想拥有。"

我看了一眼坐在旁边观战的人，卓文扬一脸不以为意的微笑。

弹幕还在没完没了："你对象不吃醋吗？"

哪壶不开提哪壶，我没好气道："哪来的对象，我就一单身。"

我彻底丧气了，道："你们说什么啊，这是我爹，行了吧。"

弹幕一串调侃，而 X 君却突然不动了。

我们都已经把房子里里外外搜刮过一遍，撤退准备上车了，他还在楼梯口呆呆站着。

"X 君？"

"是掉线了吗？"

我听见耳机里传来细微的脚步声，忙提醒队友们："有人来了！"

果然我们刚躲到墙后，另一支队伍就摸过来，一照面便毫不客气地把在那儿发呆的 X 君一枪打死了。

等我们随后突袭，将这伙人打掉给 X 君报仇，死在地上的 X 君才回过魂来一样，打字说："不好意思。"

我十分善解人意地说："卡住了吧？"

"嗯嗯。"

"挂了"的 X 君只能全程观战，打字和我们聊天。

平日里他但凡早早死了，总是很自责内疚于自己玩得差，十分自闭。这次他反而像是挺开心的样子，一直运指如飞，额外活跃地接着我们的话茬。

我瞄瞄卓文扬，他也看得格外高兴。

这一场打完，时间不早，卓文扬也起身告辞了。他明天有趟差要出，得回去收拾行李，今晚就不在这边过夜。

卓文扬在的时候，我玩得心不在焉，三心二意。而他一走，我的那点三心两意也干脆都跟着走了。

我于是跟观众们交代了句"头有点痛，不玩了"，便在弹幕一片"什么，没吃鸡还想收工""耻辱下播啊""再一把再一把"的挽留话语里，匆匆关了游戏。

刚下线，微信上 X 君的消息就来了："头痛吗？是哪种痛？家里有备药吗？"

我没想到他会这么在意我随口说的话，于是回复："没事，就是游戏玩多了有点累而已，睡一觉就好了。"

"那就好，早些休息吧，别太辛苦了。明天会降温，晚上记得盖多点。"

我觉得有点好玩，水友大多是小屁孩，就算是年纪大点的社会人士，也没人会这么老气横秋地跟我说话。

整得真跟我爹似的。

在床上躺着胡思乱想了会儿，我也终于盼到卓文扬的消息："我到家了。"

我盯着那几个字来回看了半天，嘴边有千言万语，最后还是催他："你赶紧收拾收拾，然后早点睡。"

他回："不急睡。"

"你不是早班机吗？"

他只说："还不想睡。飞机上可以补眠。"

我捏着手机，瞪了会儿天花板。我也不想睡。

我突兀地问："卓文扬，你有喜欢的人吗？"

这问题没头没脑的，他果然愣住了，半天没有回应。

他说："怎么突然问这个？"

"好奇嘛，感觉你看起来清心寡欲的，哈哈。"

过了很久，他才回了一个字："有。"

我一口气没吸上来，心里突然凉了半截。

"哦。"

他有喜欢的人了。他居然有喜欢的人了。

难怪其他人，比如袁可可，比如我，他都不会往心里去。

我说："哟，原来默不作声地就谈起恋爱了啊，太不够意思了吧。"

"没谈恋爱。"

我反应了过来："你是在暗恋人家吗？"

"嗯。"

"哇……"我心情复杂地继续打听，"多久了？"

"好几年了。"

我憋了一会儿，还是忍不住嘴贱，又问："怎么不去表白呀？"

他又沉默了一会儿，才说："不合适吧。"

"啊？"

"我这情况，感觉不会有好结果。"

"哦……"

怪不得没听他提过。

我强颜欢笑："你也太怂了吧，哈哈。"

"嗯。"

我挤对他："不像个男人啊。"

不知道是什么样的神仙人物，能让卓文扬这样胆怯。

我等凡夫俗子，实在想象不出来。

我很想继续问下去，但话到嘴边，还是算了，适可而止吧。

关了手机，一晚上我翻来覆去，直到快天亮才无精打采地睡去。

次日中午醒来，我整个人还是魂魄飞了一半的状态，浑浑噩噩地爬起身洗漱，而后循着求生本能去客厅找东西吃。

柯洛正坐在桌前对着笔记本电脑做事，听见动静，便抬头看我，而后"哟"了一声，道："怎么了你，看起来像条被车碾过的老狗一样。"

柯洛这阵子在家的时间愈发少，感觉十分忙碌，有时还夜不归宿。

多半是见色忘友的缘故。

相比之下我愈发显得凄风苦雨。

我精神涣散地坐到桌边，把盛油条煎饼的盘子拉过来，没滋没味地吃了起来。

柯洛端详着我说："怎么了，脸色这么惨淡，游戏输了一晚上？"

我一脸麻木地咀嚼着油条。

"辰叔呢？"大概需要程亦辰煮的饭菜才能给我恢复精力吧。

柯洛说："陆叔叔他们出门去了，叫我们中午自己点外卖。"

"干什么去了啊？"

"你管他们干什么去了，"柯洛说，"你这么大一个人天天在家。哪像我会经常出去走走，懂事点。"

听见这话我可不答应了："你那是懂事吗？你是在外面乐不思蜀吧。"

柯洛立刻露出被说中的尴尬。

柯洛突然说："我打算冬至前夜请我朋友过来吃饭。"

"嗯？"

"不是，就，过节嘛，人多热闹。吃个饭，也没什么关系吧，就添双筷子的事……"

我的手机上弹出消息提醒，卓文扬给我发送了张照片。

我立刻忘却了柯洛，赶紧点开手机信息。

本来幻想着是自拍之类，结果映入眼帘的是双球鞋。卓文扬问我："这双好看吗？"

我一边骂自己又在想"peach"，一边回："挺好的，配色很有张力。"

原来是买鞋让我帮忙参考。也不错啦，起码表示我的审美是得到认可的。

"是吗，那太好了，"卓文扬说，"给你买的，还怕你不喜欢。"

我说："为什么买这个给我，辰叔又让你帮我买鞋吗？"

"没有，我刚才经过橱窗的时候一眼看到，觉得特别适合你，"他说，"因为赶时间，没问你意见就先买了。"

最近我跟 X 君倒是变得熟络起来。

X 君是我粉丝里比较特别的一个，主要体现在比其他人成熟。

以我的直播风格，吸引的大部分都是同龄人，还有不少小学生。在一群咋咋呼呼的"中二"少年里，他那种成功社会人士的画风就显得格外清奇，但又不至于有代沟。

我猜他可能也就大我十岁左右吧。除了关心我的时候有那么点像程亦辰的老派，平日锋芒还挺锐利，年轻人的时髦也都跟得上趟。

他真心是我的铁杆粉丝，不管我游戏发挥得多失常，都铁了心地维护我，从没说过我半句不好。在我的直播间封那些黑粉的时候更是手疾眼快，毫不留情。

"人又不是机器，怎么可能不犯错？不犯错的那是外挂。"

要不就是："缺点你当然有，没缺点的主播那都是在立人设，太假了。有了缺点才可爱。"

千穿万穿，马屁不穿。不得不说我对此还是很受用的，谁能拒绝一个懂分寸识大体，又无条件地包容你的铁粉呢？

而且 X 君是个挺有内涵的人，他似乎很懂音乐，程亦辰收藏了很多书，他则是收藏了海量的 CD 和黑胶唱片。

熟了之后，他就推荐了不少老歌给我。我听音乐就是赶个流行凑个热闹，整体是个没啥文化的粗人，他推荐的那些大部分于我都语言不通，但听着就让我觉得特别上头。经过时光洗礼依旧光芒不败，这就是经典啊。

姜还是老的辣，歌是老的强，人也是老的香。

我渐渐在X君这里找到了另一种层面的心灵归宿。有些话，对着身边最亲近的人，很难说出口，也不敢说出口，怕他们操心牵挂，但能轻易地对网络上的陌生人倾吐。

隔着虚拟的网络，遥远的距离反而让人很有安全感。

我跟X君吐槽我的学业烦恼，甚至语焉不详地倾诉感情困扰，他始终安安静静地听着，这让我有点安心。

因为如果听众是DV他们，我讲得遮遮掩掩，他们一定东问西问，不八卦到底不罢休。而X君从不多嘴。

以至于我都忍不住问："你不给我点建议吗？"

X君说："啊？还是不了吧。这方面我不擅长，我以前试图插手别人的感情来着，结果很糟。"

我被他的实诚逗笑了："有多糟？"

"非常糟，"他像是不愿多提，只说，"而且，我觉得你也不是真的需要建议。你是个很有自己想法的人，你只是需要有人倾听而已。"

我有点意外，他也太懂我了吧。

X君又说："虽然给不了什么有用的意见，不过，你就坚持做自己想做的吧。喜欢就继续喜欢，不想喜欢了就放弃，无论你怎么打算，我都会支持你的。"

来自这位粉丝的无脑拥护，让我突然轻松了很多。

大概人都需要有一个人可以这样毫无原则地认同自己吧。

铁杆粉丝是多么宝贵的生物啊，我感激地想。

这天卓文扬终于出完差回来，正赶上冬至前夜。

飞机延误了两个多小时，我一直很心焦，把航班动态来回好一通刷。

好在卓文扬登机起飞都会发消息给我，伴随着航旅APP的航班抵达通知一同响起的，也是他的信息："落地了，还在滑行。"再过一阵就是："上车了，大概45分钟后到家。"

我算着时间差不多了，在屋里也待不住，干脆提前下去等。

外面还是挺冷的，大楼门口风还大，我揣着手，在柱子后面躲风，蹦蹦跳跳地取着暖，样子十分滑稽。

车子开近停稳，卓文扬推开车门下来了。他面带倦色，一贯地没什么表情。待他走近，我从柱子后边窜出去，瓜兮兮地朝他"汪"了一声。

卓文扬略微讶异地挑高眉毛，而后露出微笑。这笑容就像碎冰的春风一样，整个小区的空气似乎都因为他而瞬间明亮暖和起来。

"怎么在这儿，来等我的吗？"

"是啊，"我又怕暴露了自己的心思，忙搓着手说，"急着要礼物呢我，嘿嘿。"

他明了地笑了："在行李箱里，回去拿给你。"

一路并肩上楼，我都是连蹦带跳的。奇怪他长得那么清冷，但在他身边，我就觉得暖洋洋。

到家跟厨房里忙碌的程亦辰他们打过招呼，放好行李，他就递给我一个包好的盒子。

虽然早就知道这是鞋子，但它还是被特意漂亮地包了起来，还配着丝带和绢花。

我笑了："直接给我不就得了，还费这包装钱啊。"

他说："啊，我看人家都说什么需要仪式感。"

我感觉开心，非常开心，捡到颗糖偷吃了般开心。但为了掩饰，裂到耳根的嘴里还是说着："我俩还要啥仪式感啊。"

独自偷着美滋滋了一会儿，我又没话找话地问："那什么，你和那个你暗恋的人，有啥进展吗？"

卓文扬愣了愣，看着我说："没有吧？"

"那就好，"我说，"哦，不是，我意思是，那也挺好。慢慢来，顺其自然，细水长流嘛。"

卓文扬说："嗯。"

程亦辰端了盘蚝汁鲍鱼出来，后面跟着捧了锅清炖羊肉汤的陆风。桌上快被程亦辰的各种拿手菜占满了，香得我啧啧有声："这鲍鱼可真大！夺钱（多少钱）哪？哎，鲍鱼怎么有六只？"

通常这种菜我们家都是按人头配个数的。

程亦辰笑道："小洛等等会带个朋友来。"

"哦哟！"

听见门铃响的时候，我就知道今晚的好戏来了。

我一个箭步抢先于所有人："我来开门我来开门！"

门一打开，来的果然是柯洛，原本以为他带的朋友会是个大美女，门口连女生影子都没有，我失望地正要开口询问，却一眼瞥见他身边站着的一个人。

我的嘴巴迅速扩大并定格在足以将他生吞的状态。

我看到了谁？

我看到谁了？我差点要揉揉眼睛。

我发出土拨鼠尖叫："啊！"

对方这把年纪还光滑得一根皱纹都没有，眼角一阵抽搐。

"LEE！你怎么来了！啊！"

这不正是我那失联了大半年的老朋友 LEE 吗？

当他不再联系我的时候，我就只好跟自己说，人跟人迟早是要走散的，没什么大不了，我已经成熟了，淡定了，无所谓了。

然而再次猝不及防地见到他的这一瞬间，决堤潮水一般奔涌出来的情绪，连我自己都预料不到。

他乡遇故知，原来就是这种感觉吗？

我眼前竟有点模糊。

LEE 也略显慌乱地朝我伸出手："小竟……"

我一蹦就蹿到 LEE 身上，抱住 LEE 哽咽道："你瘦了！"

LEE 因为我的冲势而往后跟跄了一步。

我号啕道："也老了啊！"

旁边的柯洛发出十分惊诧的声音："你们俩认识啊？"

我还树袋熊状紧紧扣在 LEE 身上，激动道："岂止认识！"

"哦？"

"我们……"

等等，我突然意识到有什么不对了。

LEE 这措手不及的反应，显然不是特意来看我的，所以……

柯洛微笑着问："你们什么？"

LEE 轻松道："我们认识好多年，老交情了。"

柯洛看看我，又看看 LEE，说："哦。"

我缓缓从 LEE 身上滑了下来。

所以 LEE 就是柯洛带回来蹭饭的，你们认识吗？！

我脑内顿时连着劈过好几道闪电，雷声轰隆作响，震得我又是耳鸣又是面瘫的。

两位大家长拿了碗筷出来，程亦辰边摆碗筷边热情地招呼我们："怎么还站着，快过来吃饭吧。"

大家纷纷坐下来用餐，程亦辰看我一脸麻木，还特意把菜给我夹到碗里："不吃吗小竟？你不是喜欢这个吗？"

我被内心的惊涛骇浪掀翻，被五雷轰顶劈成几乎全麻，已无暇顾及那肥美的鲍鱼了。

柯洛一直看着我，这会儿突然说："想不到你俩居然认识。"

待得冷静下来，我左看右看，眼睛咕噜噜打转，大脑急速运行，分析着目前形势。

终于吃过饭，那两对父子在我的怂恿之下打起牌来，我趁机赶紧拉着 LEE 进了卧室叙旧。正聊得起劲外面突然传来敲门声，把我吓了一跳。

程亦辰的声音在问："我要煮些汤圆，你们想吃什么馅的？"

开门出来，见得客厅里的牌局已经结束了，陆风在认真地收拾桌子，卓文扬进厨房帮忙，柯洛则坐在沙发上看着我，似笑非笑。

柯洛微笑着招呼我："来玩游戏啊，小竟。"

我唯唯诺诺地坐过去，接过手柄，跟他玩起了网球对战。

正常来说柯洛的游戏水平并不及我，平时是抱着我叫"大腿"的程度。

然而大概因为他运动细胞比我好，玩起这勉强算运动竞技的游戏，平时的腿部挂件居然怒变疯狗流，甚至屡屡阴险地用扣球把我击晕，抽得我找不着北。

LEE 和陆风去阳台上抽烟谈事情去了，柯洛突然问我："你们刚才关着门，在聊什么呢？"

我立刻警觉道："没啥啊，就叙叙旧而已。"

"是吗，"柯洛目不转睛地盯着屏幕，"叙的什么旧呢？"

我害怕地说："也没什么旧啦，主要还是畅谈美好的现在，展望崭新的未来！"

柯洛说："那你们畅谈现在展望未来的时候，聊到我了吗？"

"有是有啦……"

"说我什么了？"

"呃，说你挺好。"

柯洛挑起眉毛道："我哪里好？"

能不能不要这样打破砂锅问到底啊！

我支吾了半天，还是只能实话实说："你的身材好。"

等 LEE 回到客厅，我忍不住立刻找他哭诉："你也管管柯洛啊，太狠了，哪有人这样玩游戏的！"

柯洛不仅不收敛，还更来劲了，拍打着手柄热情地邀请我："怕什么，再来一局啊。"

总算熬到 LEE 要回家了，柯洛立刻主动提出送他，一副周到的模样，我一边在心中暗暗鄙视，一边庆幸自己得以解脱，又不由得十分羡慕。

想必他这一去今晚是不会回来了，生活可真美好啊。

反观卓文扬，他则是一直挺平静。

他似乎对我和 LEE 认识这件事，既不意外，也无反弹，更不评价。

我试探着找他说话："说来，你知道我跟 LEE 认识啊？"

"嗯。"

"难怪你一点也不惊讶，哈哈。"

他看了看我，微笑道："林竟，我们高中三年都是同桌。"

"也对哈。"我挠挠头。

我那点破事，在南高无人不知无人不晓，何况他当时还是我的好朋友。

"其实也没什么特别的啦，你懂的，那时候'中二'嘛，对这种成熟的成功人士就没什么抵抗力……"

他表示理解地点点头。

我突然觉得好像也没有什么解释掩饰的余地。

我叛逆期的那些荒唐"黑历史"，想必他都十分清楚。

他比失忆的我，更了解我的过去，也比大多数人，更清楚我的现在。

这天晚上陆风带着程亦辰参加一场电影的首映式，柯洛也出席了，家里就剩下我一个人。

他们倒是叫我一起去，只不过我淡然地表示自己成长了，对这种场合已经没有兴趣，追星对于如此成熟的我来说只是浮云罢了。

还有就是，其实我明天要交的论文还没写完。

顶级名校里，底层学渣的日子可真是太艰难了啊。

程亦辰一再叮嘱我记得叫份有营养的外卖，实际上我泡了个杯面，就蹲在凳子上翻着资料，绞尽脑汁搜肠刮肚地凑字数。

搁以前，打死我也不会相信我竟然为了交作业而放弃凑这么大的热闹的机会。

而如今我已渐渐长成了"学畜"的模样。

生活是台打磨机啊。

我边咀嚼着泡发了的面，边长吁短叹地敲着键盘，而后听见有人开门的声音。正想着莫非首映式取消了，一转头，我和卓文扬四目相对。

卓文扬一脸严肃："就知道你不会好好吃饭。"

我挨了批评，却控制不住地喜上眉梢："你怎么来了？"

卓文扬将手里的袋子放在桌上，道："我爸说你没跟他们去看电影，我想你可能需要人陪。

"别吃泡面了，我买了舒味楼的炖罐和将军鸭。"

我只得说："我怕我论文交不了。方老师实在太凶了……"

卓文扬面露不解地说："有我在，论文怎么会交不了？"

于是我舒舒服服地吃了顿饭，又把原本快要进棺材的论文抬出来妙手回春，还续了个精彩绝伦的貂尾，甚至还有空琢磨剩下的时间要怎么打发。

而卓文扬指导完我的论文，则打开自己的笔记本电脑，开始对着屏幕专心工作。

我本来想看电视，这下也不好意思将他用他自己的宝贵时间为我换来的闲暇时光随意虚度了。为了提升自己的文化水平，尽量拉近我俩的层次，我只能硬着头皮捧了本书看起来。

这本从程亦辰书架上拉下来的大部头读起来真是异常艰涩，但有卓文扬在，读书这苦差事似乎也变得美好起来了。

于我而言，卓文扬就是这样一个能令一切事物都得到升华的存在，哪怕他不说话，没动作，甚至不看我，只要他那么静静坐着，他身边也像能开出大片大片繁盛夺目的花来，连这本看两行就能让人心如死灰的书都镀上了华丽的光彩。

就那么美滋滋地边努力看书，边偷瞄卓文扬，慢慢地，我的眼皮越来越重，意识逐渐飘散、飘远，而后在远处织成破碎散乱的梦境。

待得梦境终结，意识突然归来的时候，我才意识到自己刚刚是睡着了。

我猛地睁开眼，一骨碌爬起来，不知道什么时候盖在身上的毯子也跟着滑落于地上。

卓文扬依旧在对面坐着，姿势像是没变过，只除了面前的电脑换成我刚才拿的那本书。听见动静，他抬头看我，点点头道："醒了？"

肉眼可见他脸上的困倦，我看一看墙上的时钟，发现竟然快 12 点了。

"这么晚了啊？"我有点诧异道，"哎，我睡了这么久！"

"也还好。"

"你怎么不去睡呢？"完成了工作，他明明可以去休息的。

他愣了愣，说："啊，我要是进屋睡了，你醒来发现只有自己一个人，会有点孤单吧？"

一个人的沉默寡言和表情匮乏之下，怎么会有这么多细腻无声的温柔呢？

我突然第一次，有点遗憾于我的失忆。

在我遗忘的那几年里，多少也会有一些我和他之间零零碎碎的美好记忆吧，毕竟他是这么好的人。

我坐在沙发上抱着腿，叫他："卓文扬。"

"嗯？"

"你可以跟我说点我们那时候的事吗？"

他略微困惑地挑起眉说："什么时候？"

"我高二到大学的那段时间。"

卓文扬愣了愣，像是有了稍纵即逝的迟疑。

"你想知道什么？"

我兴致勃勃地说："随便什么都好啊。毕竟我都不记得了。"

我的那段记忆，就像被橡皮擦来回擦过一样，清除得干干净净。

医生在向我解释康复方案的时候，跟我谈过，这种记忆缺失，恢复的概率和时机都说不准，也许永远都想不起来，也许几十年后想起来，也许突然就想起来了。

于我而言，我当时真的没什么所谓。

我的日子过得差不多就那样，每日无非就是那些套路的重复罢了。

记忆虽然少了一段，但前后的连起来也感觉不到有什么缺失，就像一条一眼望得到头的管子，少一两截其实并没什么差别。

而现在因为卓文扬，我突然开始在意了。

　　就好像是遗失了一包原本扔进垃圾堆也无所谓的旧物，而一旦意识到里面其实有一些珍贵的碎片，就蠢蠢欲动地想回头去将它翻找出来。

　　卓文扬沉默了，像是想了一会儿，说："那时候，你常会来我家做功课。"

　　我大感新奇地说："是吗？"

　　我居然会做功课！居然还是去他家！

　　我突然想到了什么，说："所以我见过你妈妈哦？"

　　他点点头说："是的。"

　　我讪讪地说："那我应该挺让她头疼的吧，一个学渣，还老上门骚扰她儿子。"

　　他微笑道："不是的。我妈很喜欢你过来，还会准备点心给我们。"

　　"是吗？"

　　"我在学校一直独来独往，没什么朋友，"他说，"你是第一个上门找我的同学，我妈很高兴。她一直担心我自闭，小时候她怀疑我有亚斯伯格综合征。"

　　"什么是亚斯伯格综合征？"

　　问出这句话的时候，我突然有了一瞬微妙的"既视感"，好像自己什么时候说过同样的话。

　　卓文扬看了我一眼。

　　我只想到，原来我和卓伯母真实地相处过。我听过她说话，见过她微笑，而不只是见过那么一张照片而已。

　　而连那段记忆，也了无痕迹。

　　心头那种遗憾的情绪变得更浓重了。

　　我想了想，又问："那我以前见过辰叔吗？"

　　他又愣了愣，过了一刻，才点点头说："见过。"

　　"是吗？"

　　程亦辰没跟我提过这个。不过，若是在家里碰到儿子的同学，确实也不是需要特意提的事，搞不好他都不记得见过我。

　　"也是去你家做功课的时候见到的吗？"

　　卓文扬瞬间又沉默了。他安静了良久，过于久，像是毫无预兆地"宕机"了似的，而后才缓缓地说："不是。"

我正要再问，门口突然传来声响。

转头望去，是程亦辰他们参加完电影首映式回来了，在玄关换鞋脱外套的动静都带着愉快的气息，看来今晚的活动挺令人满意。

果然柯洛开口就冲着我笑嘻嘻地说："你今晚没跟我们去，可真是亏大了。提前看这片子真心过瘾。"

我表示对此一点都不羡慕，说："不亏啊，我也是有收获的。"

柯洛说："我懂，论文嘛。让你平时不干活，非得拖到最后一天才写。"

我心想，哼，你懂个啥。

程亦辰也笑着说："是个好片子。"

"8K 巨幕的效果真牛，对了，我跟常嫣女神合影了，要了签名，还加了微信！"

我有点诧异地说："哟，你什么时候成常嫣的粉丝了？"

柯洛喜欢的明星，是徐衍那样同龄人中的翘楚，年年霸榜的当红歌手、流行天王。常嫣固然是一代影后，但如今已经不活跃在第一线，而且她年近四十，受众相对成熟，不像是柯洛会仰慕的对象。

柯洛愣了愣，而后说："LEE 是她的忠实影迷，我也受到了 LEE 的，呃，熏陶。"

卓文扬突然开口说："你觉得，常嫣能靠这个片子再度'封后'吗？"

他没有带上人称，但大家都知道他问的是谁，这里面也只有程亦辰一个人是去认真看电影的。

程亦辰想了想，认真道："这有点不好说。我个人是很喜欢的，这电影的感情非常真挚，很能打动我。但严格来讲，导演毕竟不是科班出身，技巧不够纯熟，立意方面，也少了点企图心，探讨的主题挖得不够深。当然了，我是觉得没必要非得追求多么深刻的主题，能把爱这件事情讲好，就足够了，真情实感足以动人，不过可能打不动那些评委……"

陆风在边上像模像样地听着，还频频一脸严肃地点头。

我在心里大翻白眼，装什么懂啊，好像你真的看得明白似的。

程亦辰确实是文化人，日常喜好就是看书看电影，冷门的也看，大热的也看，喜欢的作品反反复复不厌其烦地欣赏，我能感觉到他是发自内心地享受和热爱这些东西。

而陆风就是个粗人，目测比我还肤浅。

我见过他两在客厅看电影，程亦辰对着屏幕无声无息地泪流满面，而陆风在旁边无声无息地睡得不省人事。

这令我感受到了世界的参差。

随后接下来的话题都围绕着电影展开，程亦辰和卓文扬分析比较常嫣主演过的几部电影，柯洛认真，陆风和我一脸诚恳地假装在听。

而我在又过了一阵子之后，才重新想起那天被中断的话题。

于是我颠颠儿地又去找卓文扬。

卓文扬正在程亦辰的书店里帮忙。隔着玻璃窗，我看见他在仔细整理着新进的书。他伸手从书架上取出书本的姿势，可以作为任何校园电影的经典场景。

听见门口风铃的动静，卓文扬转过头来，见到我，他便露出一点微笑，说："这么急着过来找我，是要做什么吗？想我给你推荐本书？"

我嘿嘿一笑，挠挠头说："我是想起，咱们那天还没聊完呢。"

卓文扬看着我说："什么？"

"就是我以前的事啊，"我笑嘻嘻地说，"我想不起来的那一段。"

卓文扬沉默了一下，轻声说："你最近，为什么突然这么想知道过去的事？"

"啊这……

"少了段记忆多少是有缺憾的，会想找回来也是人之常情。"

他认真听着，点了点头。

我缠着他："你知道些什么，就跟我说说呗。"

他又安静了很长一段时间，像是在回想，或者思考。

"你说过，我们曾经是很好的朋友，"我提醒他，"那除了总去你家做功课，还有什么别的故事吗？"

卓文扬想了一会儿，说："上大学以后，在外面租了房子。"

"是吗？！"

本地学生大多都是选择走读，而卓文扬却放弃回去住家中的豪宅，竟然在外租房子！

虽然我知道他肯定是为了减少通勤时间，专心学业，将高效发挥到极致。

但这不影响我天马行空地做个美梦嘛。

"好玩吗？"我按捺着内心的澎湃，追问道，"在外面住得开心不？"

于是卓文扬耐心地给我讲了一些我们在同一屋檐下时的生活琐事。都是鸡毛蒜皮，我却听得津津有味，觉得每一个细节都十分有趣。

我正听得兴致勃勃，门口风铃却又响了。一看是有客人进来，卓文扬立即说了句"不好意思"，便站起身来，前去招待。

我不免有些失落，虽然程亦辰今天有事不在店里，但小杨明明在柜台值班的啊，哪需要卓文扬那么积极地亲自招呼客人。

就算刻意忽略，我也已经感觉到了，比起我的一腔热情，卓文扬似乎并不愿意多聊那些。

是我表现得太烦人了吗？

我也知道这样急，难免给人带来不适感，尤其在卓文扬心有所属的情况下。

换成我自己，满心只惦记着卓文扬，却来个不识相的老同学总缠着我，要我讲那过去的故事，我也烦啊。

但从遗忘的角落里捡糖吃真的很快乐，让人欲罢不能。

听着听着，我惊喜地发现，原来我居然忘了还有这些美好。

这感觉就像从去年冬天穿过的大衣口袋里摸出 20 块钱一样。

不想让卓文扬觉得我烦，我琢磨了一下，知道我那段过去的人，除了卓文扬，也只有 LEE 和我的那些狐朋狗友了。

于是我约了 LEE 出来喝东西。

LEE 现在已经不怎么喝酒了，年纪大了日益养生，于是我干脆买了奶茶。

"要半糖，去冰。"LEE 严肃地说。

我们坐下来，LEE 问："怎么突然花钱请我？无事献殷勤，非奸即盗。"

"这话说得，咱们的交情还不值一杯奶茶吗？"我热情道，"其实就是找你问点事。"

LEE 立刻警惕地说："干吗，想跟我聊柯洛？"

谁稀罕你们那点八卦啊。

"我是想问问，我忘掉的那几年里，发生的事，你知道多少？"我笑嘻嘻地，"我指我跟卓文扬之间的。"

LEE 却没有笑，看着我，说："你为什么突然问这个？"

他怎么和卓文扬一样反应。

"好奇呀，"我说，"人会想找回自己失落的记忆，不是很正常吗？"

LEE 笑了，说："你自己之前不是说无所谓吗？"

我突然意识到，LEE 也不愿意聊这个话题。

LEE 在问我为什么想知道的时候，其实就是在告诉我，他并不希望我知道。

为什么呢？

我看着 LEE，LEE 也看着我。

我们太熟悉彼此了，以至于都能看懂对方的情绪。

我问："我的那段过去，并不好吗？"

与此同时，LEE 也说："如果是不好的回忆，你也想找回来吗？"

我俩一同开口，而后又一起沉默了。

我的心变得很重很重，悄悄地往下沉。

这是我没料到过的。

我以为自己的人生已经够荒诞不经了，"不好"是常态，而这样的常态之下，LEE 所不想让我知道的"不好"，到底"不好"到了什么程度？

所以我那几年，到底是做了什么呢？

我故作轻松道："我是做了什么令人发指的荒唐事啊？这么不堪回首的吗？"

LEE 静默了半晌，说："其实你也没做什么荒唐事。你只是遇到一些倒霉事。"

210

"是吗？"

"而且，在你完全失忆的情况下，别人所告诉你的，你都会相信、都会接受吗？"LEE看着我，"有心的话，串通起来替你伪造记忆也是很容易的。你要如何辨别真假呢？"

我一时有些迷惘。

"所以，你有没有想过，关于过去的那些事，可能重点不在于别人告诉你发生了什么，而在于你能接受什么。

"比如我要是告诉你，其实卓文扬不是什么好人，你能接受吗？"

我立即对着LEE目露凶光。

LEE立刻说："我只是举个例子！"

"这种情况下，你会不会觉得干脆不要管以前发生过什么才比较好呢？"

我瞪着LEE，说："你说的都是真的？"

LEE马上说："没有"

我依旧狐疑地盯着LEE。

LEE说："看吧，连我告诉你的，你都未必愿意信。那还有谁在你心里，是比我更可信的呢？

"所以耗费大量精力追寻过往，没有多大意义，而只会折损你对于身边人的信任。

"我个人觉得，现在这样的你很好，很快乐。你应当这样过下去，往前看，而不需要被不快乐的回忆打扰。"

手里的奶茶渐渐地失去了那种冰凉怡人，甚至发起烫来。我问他："我的那段回忆，真有那么糟吗？"

LEE沉默了一下，说："我不是当事人，没有资格替你评判。但我想，你失忆，也许就是因为，你自己潜意识并不希望想起来。是你自己选择封锁那段记忆的。那是你的自我保护机制。

"既然如此，为什么要去破解它呢？

"我知道，人不可能没有好奇心，我越是劝阻你，你就越想知道真相。即使我拒绝告诉你的，你也会去询问其他人。但我希望你明白，别人告诉你的，有可能是假的。

"而你现在的生活，是真的。"

和LEE这一面过后，我心头始终有种沉甸甸的感觉。

我明白LEE说的是对的。

虽然 LEE 有过诸多不靠谱的时候，但他说找回记忆对我没好处，那就一定没好处。

只是，人真的可以因为好奇的事情对自己没好处，就忍得住不去想吗？

我挑那些还留在好友名单里的旧日的酒肉朋友，问了一问。

不出意料，他们对于我那阵子生活的印象，无非就是无忧无虑地吃喝玩乐，不务正业。和我能记得的，之前的每一天，并没有什么区别。

既然如此，那究竟有什么不可言说的"不好"呢？

还是说，知情人只有 LEE 和卓文扬而已？

所能触及的部分越是这样风平浪静，越是引人猜想那水面之下的暗涌从何而来。

我一边坚定地不再对 LEE 和卓文扬提及往事，一边又忍不住"暗搓搓"地四处打听。

就像那个守着魔盒的潘多拉一样，终日对抗着自己蠢蠢欲动的好奇心。

这天晚上，我鬼鬼祟祟站在了酒吧门前。

我对家里谎称要跟同学去宣孔桥那边看烟花大典而溜了出来。程亦辰也没起疑，只叮嘱我晚上出门务必小心，人多的地方注意安全。

前思后想了一番，我终于推开门，踏进去。

在经过保安检查，又走过一条长长的、设计感十足的通道之后，铺天盖地的热闹和亮色扑面而来，我猝不及防地，仿佛瞬间进入了一个全新世界。

目之所及皆是美人美酒，顶上灯光如同繁星洒落，一切都美轮美奂，令人迷醉。

而在那光怪陆离之中，我的眼睛和耳朵居然有了轻微的不适应。

我感受到了不安和拘束，还有一种莫名其妙的，本能逃离一般的胆怯。

好奇怪，当年据说如鱼得水的夜店小达人如我，如今竟出现了"水土不服"的症状。

难道是因为我跟程亦辰他们生活得太久，提前老年化了吗？

我不太自在地走到吧台前，坐了下来。调酒师是个清秀俊美的年轻男生，对我业务性地微笑："喝什么？"

我不由想起了家里喝得最多的健康饮料——白开水，以及 LEE 保温杯里的枸杞。

其实我不是来喝酒，也不是来猎艳的。

我只是想到，自己一度作为这里的常客，过来看看，说不定能找回一点遗忘了的东西。

其实，关于我是这家酒吧的常客这件事，我还是从旧日朋友嘴里听来的。这也不难想象，因为我也记得我很早就眼巴巴地想要混进来，碍于年龄和门路而不可得罢了。我还记得我缠了 LEE 很久，要 LEE 带我来这里，LEE 最终也答应了。

然而从 LEE 带我去见识夜店的那一天起，到车祸那天为止，其间的事，我就全都不记得了。

而据说车祸那天，我也是从店里出来以后出的事。大概喝多了吧，才会稀里糊涂走到马路中间去。这听起来很像当年的我会做的事。

想来，我失去的那段记忆，是从这里起，而止于这里。

以至于我记忆里和推开那扇门之后相关的一切，都消失殆尽。这真是有点奇妙。

也正因为如此，我觉得这地方可能对我而言意味着什么。可能这里有过一些令我不想回忆的关键所在呢？

我要了一杯长岛冰茶，谨慎地浅浅啜了一小口，就开始左顾右盼。

店里有些眼光在我身上稍作停留，也有人过来和我搭讪两句，我知道是因为我的样子还过得去，但他们并没有露出对我似曾相识的神色来。

也许是因为几年过去，店里的客人都换过一批了，又或者当年的我，并没有什么给他们留下印象的地方？

我干坐了一会儿，眼看时间越来越晚，生物钟甚至令我打起了呵欠，也没什么收获。

在我打算放弃，站起身来准备离场的时候，隐约觉察到有道视线追随着我。

我转头看向那个光线不甚明亮的角落，四目相对，那人不闪不避，还冲着我举起杯子，笑了笑。

我在脑子里迅速搜索了一遍那张脸，突然意识到，这个人认识我。

这是之前我们一家人去海岛度假的时候，遇到过的那个男人。

在我念头急转的时候，那人朝我笑道："来喝一杯？"

我略微迟疑，但还是故作大方地走了过去。

那人挥手便将坐在旁边斟酒的人打发了。我于是在他对面坐下，他十分和气地："你怎么会来这里？"

我说："来喝喝酒呗，我以前不是也常来吗？"

他笑了："所以你是想起来了吗？"

不知道为什么，我心中警铃大作。

我不动声色道："想起来什么？"

他还是笑："看来是没有。不过你会到这里来，是不是表示，你想知道以前的事呢？"

我不回答他，只说："怎么，我以前的事，你知道得很多吗？"

他说："我以前认识你，但你显然忘记了。"

"哦……"

"看得出来，你忘了一些重要的事，"他看起来十分真挚，"你有疑问的话，我可以知无不言，言无不尽。"

我冷淡地说："还好吧，我也没有什么强烈意愿。我现在不是过得挺好嘛，有些事既然忘了也不影响生活，那也不是多重要的事了。而且，你说的，就一定是真的吗？"

他笑了："挺有道理。"

而后他又说："那如果你想起来了，发现身边的人是恶魔呢？"

"啊？"

"我只是假设而已，"他笑道，"我说的，也不一定是真的。"

他正了脸色说："或者你可以去跟陆风求证，我想以他的自尊，还不屑于对你说谎。"

我眼睛蓦然睁大。

他又笑了，说："我开玩笑的，你没必要打草惊蛇，那对你没好处。

"我建议你不要跟任何人提这事，对你我都好。

"等你打算相信我了，再来找我，我会尽我所能帮助你，"他笑道，"当然你也可以永远都不相信我。但有一个要求，就是别出卖我。我可不想因为好心招来杀身之祸。而且，那不仅害我，也会害了你自己。"

我临走前，他硬塞给了我一张名片，和蔼地笑着说："你可以留着，毕竟我是诚心和你交朋友。"

　　我逃一样走出店门，飞快地走到马路上去，才觉得心里踏实了一些。

　　深夜的街道还是热闹的，这座城市的中心即使在这个时间，也是灯火通明，甚至亮如白昼，像是永不入夜。

　　但那灯光并没有任何热度，明亮光线之下的空气异常冰冷，让人避无可避地瑟缩，连骨髓里都透着寒意。

　　我疾步走了很久，却丝毫也暖和不起来。

　　这男人所说的，和 LEE 所说的，都不多，也很隐晦。

　　然而只言片语结合起来，再加上我隐约记得的那些蛛丝马迹，就在我脑子里惊涛骇浪地翻腾出了模糊的轮廓。

　　是陆风吗？

　　能让他们这样忌讳的，就只有陆风了吧。

　　我记得早年陆风表露过对我的注意。只不过回想起来的时候，我并不把这当一回事，毕竟陆风周围人才济济，我又这么平凡，未必值得他多留意。

　　但那不代表当年的我是安全的。

　　要是陆风真对我做了什么呢？

　　我想起那时候的陆风……

　　如果我被他折磨过，那潜意识自我封闭起来，抛弃那段记忆，也是正常的。

我背上又湿又冷，像有蛇在蜿蜒地爬过。

我想起我初来程亦辰家里的时候，陆风在夜里挨的那些耳光；我想起那段时间程亦辰的失常；我想起 LEE 说"陆风以前做过些事，被发现了，惹急了程亦辰"；我想起他对我说"你还是不知道比较好，等你知道的时候，你就会后悔知道了"。

只可能是陆风了吧。

我在路边长椅上坐下。

潮水一样疯狂涌上来的憎恨和厌恶过后，黑夜般的恐惧又席卷了我。

我不知道陆风具体对我做过什么，我也庆幸自己不记得他对我做过什么。但我明白，那一定曾经让我非常痛苦。

光是想象可能的过程和场景，就让我的胃部像被揪紧了一样，身上起了一层密密麻麻的鸡皮疙瘩。

而想象出来的和实际经历的，又怎么能相比呢？人能准确想象出被狮子撕扯吞食的感觉吗？

我可怜那时候更弱小的自己，也憎恨那时候残暴疯狂的陆风。

但我那种咬牙切齿的恨意却无法回敬给对方。

我能对陆风做什么呢？

我甚至想不出来自己能怎么报复他。

即使他现在表现得安静、安全，像一只完全被驯化的家养巨兽，我也不会忘记他的本性是多么森然可怖。

只要他愿意，他仅仅动两个指头就可以轻易地捏死我。

到时候谁会站在我身边，帮我去向他讨回公道呢？

他是柯洛的父亲，LEE 的顶头上司衣食父母，程亦辰的挚友。

我其实才是这个家里的外人。

我在这刀割般的夜风里，坐到自己的脸颊都失去知觉。

回到家的时候，已经不知是几点。我用冻得发僵的手摸索着开了门，客厅里却并非一片漆黑，而还亮着小夜灯。

我有些意外。

而后对面卧室的门轻轻打开了，程亦辰披着厚睡袍出来。

他反手又将门拉上，悄声道："你回来啦？"

"嗯……"

他是在等我回家吗？

程亦辰边怕冷地将睡袍扣好，边说："饿了吧，要不要我给你煮点东西吃了再睡？"

我问："我把你吵醒了吗？"

程亦辰说："没有，是我自己睡眠浅。想到忘了让你带件厚点的外套出门，就一直睡不踏实。今晚大降温，外面天寒地冻的。"

他说着，伸手握一握我的手，随即吃惊道："怎么这么冰？"

"这样不行，会生病，"他立刻催促，"赶紧去洗个热水澡，再喝点热的。"

我摇摇头。

他略微无奈道："不洗澡也行，那你快把这袍子穿上，我去给你煮姜汤。"

程亦辰不容分说去厨房忙活了。我坐着又发了会儿呆。

陆风也就罢了，可我不能不考虑程亦辰的感受。

再次直面这件事，再次替我讨伐陆风，一定让他很痛苦。这就好像要他亲手痛打自己驯养的一条老狗一样。

何况他都已经为了我，试图去杀陆风了。我还能要求更多吗？

陆风固然可恨，但也罪不至死。程亦辰对我不说视如己出，也是仁至义尽，我不应该把他逼到没有退路。

而程亦辰所受的煎熬，也是会放大投射到卓文扬身上的。

我清楚地知道，只要我开口提起往事，这个家里的安宁平和，就再也不会回来了。

而他和陆风日常相处的样子，让我觉得，如果破坏了他们晚年这点来之不易的平淡生活，那我才是残酷的罪人。

是吗？

程亦辰端了碗红糖姜水出来，放在我面前，催我："快喝吧，别感冒了。"

我没有伸手端碗，只软弱地靠过去，把脸贴在他肚子上。

他愣了愣，忙伸手摸了摸我的头，我感觉得到他的不安。

大约他觉察到了我浸透他睡衣的泪水，我听见他的声音紧绷起来。

"怎么了吗？"他说，"受什么委屈了？"

我摇摇头，过了一阵才低声说，"我只是，今晚听说了一个朋友以前的事，很替他难过。但我又做不了什么。"

程亦辰抱着我的头，让我就那样把脸埋在他腹部。

我听见他轻声叹息："小竟，你是善良的孩子。"

这一晚我睡得很不安稳，反反复复在被强行折磨的噩梦里挣扎，在放下和不甘之间来回拉扯。

睡到半夜，我觉得冷得异常难熬，即使把被子努力塞在颈窝缝隙里，还是一直发抖。

不知道断断续续地睡了多久，浑浑噩噩里，我仿佛听见有人在叫我的名字。

我勉强睁开眼睛，模糊的视野里，似乎是卓文扬的轮廓。

一只手放在我额头，我感觉到那清凉的触感。舒适又渴求。

他说："你发烧了。"

我迷迷糊糊地，把脸贴在他手心里磨蹭，说："你怎么来了啊。"

"我爸出门去见书商了，他不放心你，叫我过来看看，"他弯下腰来，像是仔细地注视我，"你起得来吗？我带你去看医生。"

我说："卓文扬，我好冷。"

"那，我让医生过来？"

我摇摇头，只说："卓文扬，我好冷。"

他用被子将我裹紧，轻声问："要不然，先吃个退烧药？"

我突然有些哽咽："我很烂吗，卓文扬？"

"怎么会？"他立刻说，"你怎么会这么问？"

"那我以前很烂吗？"

他低声说："当然不是。"

他真是个好人，我在心里想。

他这么踏实的一个人，居然还会撒谎，来给予我这样的温柔。

虽然，也许他能给我的，也只有这样而已，但我还是觉得很幸福。

有这样的幸福也很好了吧。

我试图自我开解。也许还是要怪当年自己不务正业，如果我规规矩矩上学，像卓文扬一样，根本不出入那些场所，也就不会遇到陆风。

只不过，一个人因为不务正业，就活该承受那种折磨吗？

我不知道。

我只知道，只要我能跟自己和解，对此释怀，一切就能过去，所有人现在的小幸福就都不会被破坏。

我闭上眼睛，小声说："那就好。"

日子过得很平静，我表现得若无其事，除了会本能地回避陆风之外。

而那也没什么奇怪，没有人觉察异样，因为我和陆风原本就不亲近。

确切地说，除了程亦辰和柯洛，没有人会主动和他亲近。他对此也不以为意，只安静地在这屋檐下过着他和程亦辰的生活，像是这世界上所有其他事情，都和他无关。

这天轮到 LEE 约我出来了。

LEE 比我大方，请客的地方是高级海鲜城。

大中午的清蒸了帝王蟹、东星斑、大澳龙、鲜鲍鱼、斑节虾，摆了满满一桌，一副要让我吃饱送我上路的样子。

我说："怎么这么丰盛？这是要最后给我吃顿好的吗？"

"那不能，最后一顿肯定给你吃更贵的，" LEE 说，"我就是想提醒你，关于以前你忘记的那些事，你想好了吗？有哪些需要问我的吗？"

我感觉得到 LEE 故作淡定的语气里，那略微的紧绷。

我口气轻松地说："不用啦，我想通了，我不纠结以前的事了。"

"是吗？"

"像你说的，现在的生活才是真的，不是吗？"我咀嚼着帝王蟹腿肉，"现在这日子不是过得挺好吗，惦记以前干什么？"

LEE 端详着我。我知道他看得出我是不是在撒谎。

过了一会儿，他像是松了口气说："那就好。"

那就好。

一切就这样过去吧。

我看着外面，窗外的天空很蓝、很高、很远。

我突然有点心酸，但又释然。

我觉得我很好，很成熟地渡过了这一关。

唯一剩下的难过是，所有这些，我都只能悄悄地自己消化。

我无法开口向任何一个人诉说。

这让我觉得从未有过的孤独。

这天我总算想起搁置多日的游戏直播。意识到那件事已经严重影响日常生活了，我赶紧爬起来收拾心情，重操旧业。

直播一开，随之而来的自然是一堆"啊，诈尸啊""奶奶，你追的直播主终于开播啦""失踪人口回归了""主播前阵子上哪浪去啦"之类的弹幕吐槽。而后猝不及防地，噼里啪啦跳出来一堆打赏。

我："谢谢 X 君送的五十个飞机！！"

太有钱了吧这位老哥。

之前也是靠着他的豪爽打赏，我过上了零花钱无忧的日子，还能时不时大方地买点蛋糕巧克力回家孝敬程亦辰。

这一复工，就直接豪礼伺候，X 君简直是我的衣食父母啊。

我看着那一排打赏礼物，感动地想，这叫声爹也不为过吧？

为了回报老铁们的礼物，我勤勤恳恳玩了一晚上游戏，连"吃"九"鸡"，直到深夜才下播休息。

吃着偷偷叫来的烧烤夜宵外卖的时候，我收到 X 君的私聊消息。

他问："这阵子你都没开播，是在忙吗？"

我突然意识到，我不开直播的日子里，X 君似乎都不敢找我说话。

平日我若要闲聊，他几乎是随叫随到，但如果我不主动找他，他就都只是安静地等着，生怕打扰我似的。

像 X 君这么体贴周全又懂事的铁杆粉丝，我却因为这些日子的心烦意乱，完全把他给忘了。

我不由生出些愧疚来，于是解释道："前些时候发生了些事情，把我弄得有点心烦，就没心思直播了。"

过了会儿，他回复："有我能帮上忙的地方吗？"

看惯了诸如"大大，我好喜欢你，你能帮我个举手之劳吗""我是你的老粉了，你能借我点钱吗，请你不要不识抬举"的小学生发言，X 君这样成熟的人文关怀，简直就是一股清流。

"有需要我帮忙的，你尽管说。或者你要是只想找个人倾诉，我也可以，虽然我可能不太擅长开解。"

我斟酌了一会儿，尝试着开口："我刚知道，有个朋友之前被不良混混霸凌了。"

"什么？！"X 君明显吓了一大跳，"报警了吗？"

"没有，报不了警。"

"为什么？"

"事情已经过去一段时间，证据早没了。情况也比较复杂。总之，她什么也做不了。"

X君立刻问："没办法讨回公道了吗？不能让对方付出代价吗？"

"应该是没办法，"我说，"其实，她也不想要什么公道。她只是想摆脱这层心理阴影，毕竟这事情让她很难过。"

我又说："你也不用替她担心，这阵子她消化得差不多了，我想很快就能恢复啦。她唯一心存纠结的就是，那个伤害她的人，还是会出现在她的生活里。"

"什么？"X君又震惊地说，"难道他还在威胁她吗？"

"不是的，那个人，算是改邪归正了吧，他现在不会对她造成任何伤害了，我们都能确定这一点。只不过，她不知道要怎样才能对这个人做到不计前嫌。"

"一定得不计前嫌吗？跟那种人有什么好不计前嫌的？"

感受到X君穿透屏幕的义愤填膺，我反而觉得有点轻松和好笑。

"需要的吧。不放下的话，没法继续向前过日子啊。"

X君沉默了一会儿，说："这让我想起我的一个朋友，他以前也受到过来自认识的人的严重伤害。"

我小心地问："是生理的，还是心理的？"

"有生理的，也有心理的，"X君说，"他差一点终身残疾了。他本来是个很骄傲自信，还有点嚣张的人。年纪轻轻，意气风发，以为自己前途无量。突然瘫痪让他受到巨大打击，那阵子他严重抑郁，时不时就想到死。"

"天哪……"那可比我惨多了。

"幸好他的爱人一直非常坚定地陪伴着他，在治疗他身体的残疾之前，至少先治愈了他的心灵，让他不至于彻底崩坏。"

"后来呢？"

"后来在多方求医的过程里，他的身体也好转了，终于又过上了正常的生活。但和你那位朋友差不多，伤害他的人，多年后，也重新出现在他的生活里。"

"哇！"仇人相见，分外眼红啊！

我激动地问："他报复那个人了吗？！"

"那倒没有，"X君说，"报复不了，他也不想报复了吧，太多年过去了，很多事情都变得不是那么执着，连仇恨的感觉也被时间冲淡了。他现在甚至能做到和伤害他的那个人和平共处。"

"这都行？"我十分震惊，"他是怎么做到原谅那个人的啊？"

潘多拉的魔盒

"也谈不上原谅吧，应该说是一种和解，"他说，"毕竟，如果过分沉溺于过去，那他也过不好现在和未来了。"

"嗯……"我也是这样想的。

"而且，很多时候，爱的力量，终究还是会大过恨。"

我再度震惊："你是说他爱上那个伤害他的人？""斯德哥尔摩"吗？

"当然不是！"X君字里行间都散发出浓浓的嫌弃和拒绝，"怎么可能！"

他说："只是，人会为了自己所爱的，而放弃自己所恨的。"

X君好像说了一句很有哲理的话。

我边吃着烧烤，边沉思了起来。

吃完烤茄子，我开始吃香肠炒泡面。

知道这世界上有人经历了比我更沉重的痛苦，而做出了和我相似的选择，这让我觉得人类的悲欢其实还是相通的，我也不是那么孤单的一个人。

这给了我许多安慰，就连冷掉的泡面也似乎变得好吃了。

安静了一会儿，X君突然说："我那个朋友，其实还遇到一件事。"

"什么事？"

"我说了，你可不要嘲笑他。"

"怎么会呢？"

X君说："他在瘫痪期间，被一个女人给那啥了。"

炒面差点从我的鼻孔里喷出来。

"听起来很难接受对吧？他也是那样觉得的。所以这事情让他一度非常崩溃，也羞于回想，更不想提起。"

我小心翼翼道："他应该已经消化了吧？毕竟他连更痛苦的事都挺过去了。"

"是的，他现在已经释怀了。但当年有很长一段时间，他都无法面对。因为那于他而言，不是普通的被侵犯，而是在绝望无力的时候，还落到背上的最后一根稻草，让他亲眼见证自己无能到了何种程度。对别的人来说这种事情可能没那么糟，但对他来说是那段日子最黑暗的一道阴影。"

我想象了一下，觉得可以理解。

"但这件事情复杂在于，后来那女人怀孕了，还生下一个孩子。"

我顿时觉得这事态的发展无法理解了，说："是……他的孩子吗？"

"是的。"

这也太一波三折了吧！

狗血小说都不敢这么写！

"那，后来呢？总不会从此一家三口过着快乐的生活吧？"

"当然没有，"X君说，"孩子的妈妈很快就抛下孩子离开了，大概对她来说，那是她一时冲动疯狂的产物，是一段不堪回首的回忆，她也不想面对。"

"啊？"我惊呆了，"那，孩子呢？孩子怎么办？"

什么叫一时冲动的产物？对她来说不过是一时冲动，对小孩子来说是无法选择的一生啊！

这些大人都这么不负责任的吗？

"孩子由另外一个人代为抚养。这件事一直瞒着我那个朋友。他是在很多年以后，才知道自己有这么个孩子。"

"那，他们相认了吗？"

"没有，"X君说，"一开始，我朋友无法接受，而等他终于打开心结之后，又意识到自己不配接受。那孩子现在挺好的，健康可爱，聪明优秀。我朋友觉得，他自己这么多年来都没尽过父亲的责任，现在贸然去打扰对方，应该会不受欢迎吧。"

"那是肯定的啊。"

我说："虽然我不了解情况，但以常理来说，那孩子这些年的日子，多半过得不算好。自小没有得到过父母的爱，好不容易挣扎着长成一个身心健康的人，突然有个人跳出来宣称'我是你爸爸'，这太多余了吧，还不如不要。"

X君沉默了很久，才说："我想也是的。"

我三口两口吃完炒面，突然想起来，便提醒X君："我刚才想你讲的我朋友的事情，你可不要跟其他人说哦。"

"嗯，我知道。"

"这事我只跟你一个人讲而已。"

"是吗？"X君好像有点高兴起来，过了一刻又说，"我朋友的事，我也只告诉了你一个人。"

"哈哈哈，你放心，我肯定不会往外说，我嘴很严的。"

"嗯嗯。"

我与X君，似乎变得更亲近了一些。交换秘密果然是人与人拉近距离的捷径。

门外传来了程亦辰的声音："小竟，还没睡吗？都要3点了。别忘了明天还有早课。"

完了，熬夜被当场抓获。

我赶紧跟 X 君说了声晚安，就火速摁掉电脑关了灯，夹起尾巴进入假死状态。

这天程亦辰提早回来了，在厨房里忙着煮东西。我在客厅都能闻到那有着浓浓苦味的草药气息。

我不由害怕地问："辰叔，这是在煮什么呢？"

这不会就是我们的晚餐吧？

程亦辰倒出一大碗绿色的液体："陆风最近上火，我给他熬点这个草药，很败火的。"

"哪儿来的啊？"

"阳台上种着呢，"程亦辰解释道，"那天我们去散步的时候，草丛里看到两棵，就拔回来养了。我小时候一上火，不管是嘴里起泡还是喉咙肿痛，我妈就给我熬这个喝，虽然特别苦，但效果是真的好。"

陆风回家以后，果真逆来顺受地把那一海碗看起来就很邪恶的药汤端起来，一仰脖就咕噜咕噜地喝干净了，而后额外得到了一颗冰糖作为奖励。

我在一旁啧啧称奇。

这也太不现代化了吧，活得完全没有富人的样子。

程亦辰就算了，听他平日闲谈，他这辈子都没大富大贵过，加上性格平和，好像理所当然是个对物质欲望不强烈的食草系老好人。

而陆风完全不同，他好像生来就是个站在食物链顶端的猎食者，骄奢淫逸才该是他的本性。

我深知道由奢入俭难。高人一等的滋味是会上瘾的，享受过当人上人的感觉，就很难愿意跌落凡间。

而陆风现在住在这地段和格调都普普通通的公寓里，甚至还要自己打扫卫生。

他那栋大豪宅是什么穷奢极侈的风光，我多少有点印象，和这套房子相比，大概就是飞机头等舱和火车绿皮车吧。

到底为什么会有人放弃那样的居住环境，而蜗居于这种地方啊？

没有私人泳池没有私人花园也就算了，连上个卫生间都时不时得站在门外，双手抱胸等着里面的人先用完。

至于受这罪吗？

主要里面那个人通常是我。但凡知道陆风在等，我就会吓到赶紧草草了事。

长此以往，我真的是很疑惑。

有钱人的想法就是这么让我们猜不透的吗？

陆风这晚早早就去睡下了，最近他似乎都如此，一副疲惫不堪的样子。而程亦辰在客厅，关了电视的声音，专心致志地以无声模式追他喜欢的电视剧的大结局。

插播广告的间隙里，我出来拿水果吃，顺便跟他聊天："陆风最近都很早睡啊。"

程亦辰压低声音说："他近来很累。"

"为什么要这么累呢？"我说，"他早就不缺钱了吧。"

既然安心于过这种恩格尔系数接近百分百的生活，那陆风现在就能原地退休了。

别说目前的生活模式花不了多少钱，我看他也不像能再活一百年的样子。

他名下的资产拿去变现，就算我伸出援手用尽全力帮他花，努力到下辈子估计我还花不完。

他到底还拼什么呢？

程亦辰沉默了片刻，说："不是钱的问题。"

"那是什么问题？"钱的问题都解决了，还有什么解决不了的！

程亦辰说："他年轻的时候气盛冲动，得罪太多人了。他现在如果成为普通人，那些人一定会报复他的。"

"要金盆洗手，也得别人放过他才行，"程亦辰看着电视屏幕，轻声道，"谈何容易呢。"

电视剧又开始了，程亦辰没再多说，但我此刻一下子体会到了"人在江湖，身不由己"的含义。

只要一脚踏进来，就很难择干净了。

并不是想退出，想过上与世无争的安稳生活，就能被成全的。

我第一次觉得有点可怜陆风。

这世界上也存在普通人能拥有，他却求之而不可得的东西。

很快就到年关了。

我之所以意识到这一点，是因为平日人头攒动的 T 城，一下子像是突然冷清了下来。

快递停收了，淘宝买的东西也暂停发货；有些我喜欢的餐厅大门紧闭；往市中心那儿去，人流量小了许多，路上也不再堵车。

因为许多平日在 T 城勤勤恳恳打拼的外地人，都回老家准备过年了。

连袁可可都跟我说："我买了大年三十中午的机票，才三折！我爸说那天有个亲戚刚好也要去机场接人，能把我捎回去，我晚上就能到家呢！"

一年没回家乡的她，喜气洋洋。

我也一年没回 S 城，但我就不一样了。

我压根没有回去找我爸的打算。整个寒假我就留在 T 城混日子，我爸也没什么异议。

毕竟不是亲生的嘛。

春节越近，日子却好像越没趣味。几个经常一起打游戏的朋友陆续不再上线，问就说是回爸妈家过节，老家电脑配置太差玩不来。我爱看的主播也请假了，直播室标题明晃晃写着"回家过年，初七开播"。

大年三十这天，我还发现耳机出了点问题，听游戏里的脚步声不能那么清晰地辨出方位。

然而因为电商已经不派送了，我只能亲自出一趟门，去给自己买副新耳机。

街上人很少，广场上虽然张灯结彩，但十分清静。

常去的那片外设区，只有一家店在营业，店员还提醒我："4点我们就要关门了哦。"

这让我觉得很没劲。

大过节的反而不方便，不热闹，还不如平时。

所以过年到底有什么意思呢？

我挑完备用的耳机，在店员急切想送别我的眼光里施施然走出大门，又去附近超市逛了一圈，习惯性买了几包零食，准备留着晚上打游戏的时候吃。

傍晚时分，天色已经暗了，街道空荡荡的，没有路人，商店也不营业，光线在这寂静之中显得格外昏黄。

而雪从天空中落下来了。

这个城市的空旷寂寥，正在寒风中扑面袭来。

我只能拉上卫衣的帽子，缩起脖子，在路边苦苦等着。因为司机数量骤减，不知道什么时候才能叫到网约车。

过年到底有什么意思啊？

精神萎靡地推开家门的时候，室内的热闹和暖气差点掀了我一个跟头。

柯洛和卓文扬已经来了，在帮忙收拾，布置桌子，程亦辰朝着我说："赶紧洗手，等等要吃团圆饭了。"

我愣了愣。

"团圆饭"这个词，我当然知道是什么意思，但对我来说又好像太过陌生。

我略微迟疑地放下袋子，环视了一下四周。

我突然意识到，家里其实已经有过年的气氛了。

春联、窗花都红艳艳地贴好了；茶几上摆了许多坚果、蜜饯和巧克力，那是之前置办的一部分年货；门后面甚至还顶着一对粗壮高大的连叶甘蔗，上面对称地贴了红纸，一看就是出自程亦辰之手。

这就是过年吗？

程亦辰还在指挥："文扬，帮我拿那个盘子过来。陆风你把汤端出去，太满了，你小心一点。"

陆风是家里最好的上菜工，毕竟他孔武有力，四平八稳，还任劳任怨。

桌上的菜色看起来异常丰盛，其实平常家里也吃得很不差，程亦辰在伙食上是尽量善待我们的，但今天好像花样特别多。客厅的可伸缩餐桌已经拉伸成最大的宴客用模式了，也是摆得满满当当。

"看起来就很好吃吧？这么大的锦绣龙虾可不多见，"柯洛邀功道，"这只是我负责杀的，这玩意儿真心刚烈，力气又大，差点被它扎破手。壳还特别硬，剁得我胳膊都酸了。"

卓文扬看着我说："今天还有皇帝蟹，蟹黄做了个你喜欢的芙蓉蒸蛋。"

"今晚的菜是陆风订的，"程亦辰笑道，"下午才送来，都是鲜活的好东西呢。"

柯洛"啧啧"道："我们忙了半天，你回来就吃现成的。"

我本想说点什么跟柯洛斗斗嘴，但口水的疯狂分泌阻止了我的发言。

一家人围着桌子坐下吃饭，电视开着，过年节目锣鼓喧天成了最好的背景音乐。

不知道为什么，可能是食材确实格外新鲜和优质的关系，这顿饭吃起来似乎比我享受过的任何一次盛宴都来得更快乐，卓文扬还帮我敲开了个皇帝蟹的钳子，那饱满扎实的蟹腿肉，好吃得我语无伦次。

席间欢声笑语，虽然节目本身比较无聊，但柯洛和我一唱一和地吐槽令精彩程度直线上升。

我觉得我要是以后找不到工作也打不动游戏了，可以跟柯洛去讲相声。

程亦辰笑得不行，我的心情也前所未有地明朗，连陆风看起来都很开心——因为特许他多开了瓶酒。

吃过饭，程亦辰又招呼我们："来，每个人吃一节甘蔗。"

"为什么要吃甘蔗啊？"

卓文扬说："是我爸以前老家那边的习俗。"

程亦辰笑道："步步高升，苦尽甘来。"

一家人宛如啃竹子的熊猫一般排排坐着啃完甘蔗，外面又噼里啪啦热闹起来了——快零点了。

柯洛说："看，烟火！"

我抬起头，窗外一朵绚丽的烟火恰好绽放开来，而后接二连三地，大片大片的璀璨炸开又落下，将夜空渲染得五彩缤纷。

这边居然有定点放烟火的地方，果然是郊区。

但不得不说，这样的泼金撒银，火树银花，真的让年味浓厚了起来。

我长到这么大，第一次觉得，过年还是有点意思的。

陆风他们也一起朝外看着。

程亦辰突然叹息似的，低声说："又一年了。"

陆风也说："又一年了。"

待得热闹过去，程亦辰转过身来，笑道："好久没这么热闹地过个年了。"

他把手放在我肩上，温柔地看着我说："谢谢你，小竟。"

零点的那拨烟火过后，程亦辰把我们三个都叫到跟前，然后挨个给我们发红包，每个人两封。

"一封是我给的，一封是你们陆叔叔给的。"

有钱可拿，我立刻十分乖巧："谢谢辰叔，谢谢陆叔叔。"

程亦辰笑道："晚上放在枕头底下，这样一年到头，顺顺溜溜……"

这还是我第一次这样收红包。

这就是领压岁钱的感觉吗?

当个小孩子可真好啊。

待得他们俩先去睡了，柯洛立刻叫我跟他排游戏，准备"吃"个新年第一"鸡"——他最近大约是为情所困，心情都不是特别开朗，是时候需要游戏舒压了。

卓文扬突然叫住我："林竟。"

"嗯?"

他从口袋里抽出一封红包，说："这个是给你的。"

"啊?"

他微笑道："我老家的规矩，已经工作了的，是要给还在读书的发压岁钱的。"

"是吗?"我十分震惊地伸手接过，脸上莫名就开始发热，我赶紧转向柯洛："那你的呢?"

柯洛说："你年纪比我大，还要我给你压岁钱? 我们那儿没这规矩啊。"

"入乡随俗，少废话，赶紧的。你还想不想'吃鸡'了?"

柯洛嘀嘀咕咕地回房间，而后弄个红包出来给我："收了我的压岁钱，那你是不是得叫我哥了啊?"

我一看那厚度，不禁当场打开，抽出那绝无仅有的一张。

"才 20 元? 连 100 都不是?"

柯洛一脸无辜地说："入乡随俗啊，我老家都只包这么多。"

"你少糊弄我。"

"我祖上是 G 城的，红包都长这样，还有 10 元的哦。"

"最好是啦！"

柯洛说："你不能只拆我的啊，不公平，卓文扬那包怎么不拆开看看？"

我立刻说："他的那么大包，不用点。"

不知道为什么，领了他们的压岁钱，我跟柯洛可以嬉笑怒骂，却不好意思和卓文扬对视。

"哦，"柯洛说，"你怎么知道……"

我恶狠狠地说："赶紧开游戏！"

卓文扬闻言便开口道："那你们好好玩吧。我去睡了，晚安。"

我甚至不敢回头看他表情，只能用后脑勺跟他说："晚安！"

待得打完游戏，睡前我还是忍不住打开了卓文扬给的红包。

是 6600 元，承载了六六大顺的寓意。

我抽走一些夹进钱包，把剩下的放回去，塞到枕头底下，以便让自己做个好梦。

次日被程亦辰敲门叫起来，洗漱过后，便看见客厅的餐桌上已经摆好热腾腾的早餐。又是饺子又是面的，十分南北结合。

围坐下来吃过大年初一的饺子和面，大家还沉浸在这浓厚的春节气氛里，都喜悦而精神，充满了新一年的活力。

程亦辰突然问："正好大家都有假期，要一起出去玩吗？"

我立即响应："行啊，去哪里？"

"可以找个气候暖的海边城市，去放松放松，吃吃海鲜。"

众人都表示没有异议。

谁能拒绝这个天寒地冻的季节，逃到暖和得能穿单衣的城市避寒呢，何况还有现捞海鲜可以吃。

一旦敲定了出行计划，便开始收拾行李了，机票酒店交给陆风，程亦辰负责整理些琐碎的日用品，而我只需要带上我的笔记本电脑。

真是趟说走就走的旅行啊！

程亦辰来我房间确认我带好了换洗衣物。末了，他略微讨好地看着我："小竟，我能去问下你爸他们要不要来吗？"

"啊？"

见我略微迟疑，他立刻又说："你不愿意的话也没关系，我就是问问。"

其实我对我爸和那个程亦晨，纯粹就是热络不起来，在发现自己不是我爸亲生的之后，那种隔阂感就更强了。

但也仅此而已。

要论厌恶反感记恨这类情绪，那早已经没有了。正如 X 君说的那样，爱是可以让人忘记恨的。

我现在过得很快乐，足够快乐，仿佛已经可以把我童年的那些缺失补满。因而我不再为了过去的"得不到"而耿耿于怀。

我大方道："当然可以啊。"

程亦辰的眼睛立刻亮了起来："真的吗？好、好、好！"他喜形于色地望着我，说了一连串的"好"字，喜气洋洋地出去。

我也被他的快乐感染得心情开朗了起来。

对他来说，春节能和自己唯一的弟弟一起度过，肯定是他的心愿吧，我也乐意让他的心愿实现。

等我们搭乘最近一趟航班，落地 Y 城的时候，发现我爸他们居然比我们先一步到了，已经在酒店大堂等着我们。

见我们进来，程亦晨立刻站起身来，两眼闪闪发光，脸上的期盼和喜悦之情简直要溢出来了，而我爸一脸傻乎乎地乐和，仿佛一只二哈。

看到我那甚至谈不上让步的允许，就能让他们这么开心，我又觉得有些心虚和心软。

虽然一度我对大人们心怀怨意，但其实我自己也做得很不好啊。

我爸固然不算好父亲，而我又何尝是个好孩子呢？

大家互相打招呼，兄弟俩给了彼此一个有力的拥抱，而后程亦晨看着我说："小竟。"

"嗯？"

他脸上的表情肉眼可见地紧绷，而他望了我半天，却只说："新年快乐。"

我也回以吉祥话："新年快乐，恭喜发财。"

他又赶紧伸手从口袋里掏出两封厚厚的红包："这是我和你爸给你的，压岁钱。

不多，就是图个吉利。"

"……"真该让柯洛感受下什么叫"不多"。

我已经能接受他这种模式了。反正我爸也一副没什么出息的样子，话语权他想要，那就给他吧。至少他不是个坏人，也挺愿意跟我搞好关系。

于是我坦然接过，笑着说："谢谢程叔叔。"

他连连说："不客气不客气不客气！"

卓文扬跟柯洛跟着也拿了新年红包，一番恭贺新禧的寒暄过后，一行人在酒店工作人员的陪同下，前往我们订的别墅。

谈笑声中，新的一年就在这温暖如春的城市开始了。

很快我发现我大意了，这何止是温暖如春，简直炎热如夏，我就去了趟海边玩玩水，毫不设防地就被蚊子叮出几个包。

于是我去找附近的商店买止痒药膏，路上接到程亦辰的电话，说他弟也需要驱蚊水，让我帮忙给捎一瓶。

我爽快道："行啊，回头我给他送去。"

程亦辰又说："好、好、好！"

他们兄弟俩最近说话都有复读机的趋势啊。

我拎着购物袋回酒店，去按了程亦晨房间的门铃。

门立刻就开了，反应之迅速让我愣了愣。

程亦晨站在门口，他嘴角是微笑的弧度，却又因为紧张而绷着，这让他的脸上呈现出一种滑稽的表情。

我将东西递过去，礼貌笑道："给你的驱蚊水。"

"进来坐进来坐！"

他招呼道："我这有开好的大椰子，非常清甜，外面很热吧，你喝一点！"

"哦，好。"

我进了屋，在椅子上坐下，喝他推过来的椰子水。

我爸不在，他平常都在程亦晨身边亦步亦趋，这会儿不知道上哪儿去了。

只有我俩独处，气氛不可避免地沉默了一刻。

我感觉得到他欲言又止。

即使他什么都没说，我也能大致猜到他想说什么。

于是我打断了他的煎熬。

我主动说："我没有讨厌你。"

他看着我。

"我只是还不习惯。"

"慢慢来吧。"

他瞬间快乐得好像要立刻笑出来，但又拼命要控制自己的表情，看起来就像有两个人在同时反向拉扯他的脸一样，变化多端又精彩纷呈。

"那我们以后，能经常去 T 城看看你们吗？"他又迅速补充，"也不会太经常。"

我其实有点莫名，那又不是我的房子，我更不是一家之主，为什么会征求我的同意啊？

但我还是爽快道："行啊，只是家里房间不够，你还得订酒店。"

他立即喜笑颜开："可以的可以的！"

在 Y 城慵懒地吃吃喝喝晒太阳的日子里，几个长辈心情都很好的样子，陆风因为表情匮乏，其实我看不出来他情绪好不好。

而卓文扬总算也度过了安稳的假期，没有发生上次那样突然需要返程的情况。每天都能跟他一起玩，这令我心满意足。

每个人都开开心心地延续着过年的喜气，除了柯洛有点消沉。

我猜他消沉的原因是感情问题。

这晚我跟卓文扬一起去游了趟泳，回来神清气爽，想起这阵子又有点怠工，就打开了游戏直播。

和水友们一通互道新年好，我提供了几个游戏皮肤给大家抽奖，又说："我现在在 Y 城，等等也给你们抽点伴手礼，水果干椰子饼什么的，看你们喜欢吃的还是喜欢工艺品。"

"主播出门旅行了啊。"

"快开个摄像头给我们看看酒店房间长啥样。"

"顺便给我们看看你长啥样。"

"JUMP 老师到底什么时候能开摄像头啊？"

"对啊，十年老粉了还不知道 JUMP 老师长什么样。"

观众都是有好奇心的。我播了一段时间，有一定粉丝基础之后，他们就会时常被起哄着要我开摄像头。当然都是玩笑性质的，我这种技术主播，露不露脸都没关系。

我对于露脸并没什么意见，纯粹是后来多配了一台电脑，在家都用那部台式机来做直播，毕竟性能更好。那机器没配摄像头，我也懒得专门弄一个。

心情正好，我就说："大过年的，我就开下摄像头让你们高兴高兴。"

"确定能让我们高兴吗？"

"长得好看值得高兴，长得丑更值得高兴啊！"

"好像真的不亏。"

我边和水友们打嘴仗，边打开了笔记本电脑自带的摄像头。

"能看清吗？"

弹幕突然沸腾了，老铁们义愤填膺。

"说好的丑呢？"

"这颜值和想象不符啊，欺骗感情！"

"想不到 JUMP 老湿竟然不丑！"

"滚吧，你已经脱离了群众。"

"你已经失去了我这个粉丝。我单方面宣布今天起你就是我对象。"

"话说 JUMP 老师有对象吗？"

"没有的话可以在水友里挑挑，条件不用卡得太死。"

"赶紧来个人把 JUMP 老师收了，省得给我们制造竞争压力。"

这晚的直播分外热闹，弹幕密密麻麻，打赏也水涨船高，"傲娇"的水友老哥们虽然说话不中听，行动上的支持还是很实在的。此外我还涨了不少粉。

说实话我有点受宠若惊。

虽然我知道自己是长得不丑，"中二"时期尤其觉得自己魅力四射独一无二花见花开。但年纪长了点，见过世面以后，就会清楚我只是"中等偏上"。

毕竟外表卓越的人太多了，身边老的少的，哪个不赢我一大截。

人一旦认识到了别人的牛，就会摆脱自己的傻。

而在那种样貌上目空一切的优越感彻底消失之后，却突然得到了许多友善的认可和吹捧。这感觉还挺微妙。

下了播，我兴冲冲地转头看卓文扬，准备和他分享这快乐，卓文扬却先说："今天你的直播热度非常高，我帮你对比过数据，你自己开个摄像头所带来的正面反馈，比大主播为你引流的效果还要好。"

老铁们在那俏皮话连篇的时候我的脸皮固若金汤，被他这么一说，我还是立刻满脸通红地说："他们只是会搞气氛而已啦，都是气氛组。"

"估计明天会有一拨后续热度，你还能涨更多粉。"

"不至于啦。"

"会的，"他点点头，"如果接下去的直播多开摄像头，你的流量会迅速上一个台阶。"

我连连摆手："哪有那么夸张。我也就是比那些不修边幅的技术主播稍微端正一点，基本上是平平无奇。比我长得好看的主播大有人在，比如小酒，我看人家也没多红啊。"

"不是单纯的长相问题，"卓文扬认真道，"是观众能看到更完整的你，而不仅仅局限于声音，他们就会更深刻地体会到你的个人魅力。"

我惊了，说："我还能有什么个人魅力？"

我的魅力不就是来自一张会说俏皮话的嘴吗？

他露出略微惊讶的表情说："你没意识到吗？你是那种可以轻易抓住别人目光的人，平常大家都会不自觉地注视着你。这是一种很了不起的特质。"

这话如果不是从卓文扬这种正经人嘴里说出来，我一定会认为是在嘲讽，但从卓文扬这样自身才是光芒万丈万众瞩目的人嘴里说出来，却又似乎更像嘲讽。

我干笑两声，说："真的吗，我真没觉得啊，大家为什么要注视我？因为我看起来特别傻吗？"

他张了张嘴，过了一刻才说："是因为你很可爱。"

我一脸麻木地说："我要睡了。"

再多说一个字我都怕我绷不住表情。

卓文扬愣了愣，看着我，轻声说："那我不打扰你了，晚安。"

门一关上，我就扑到床上，意犹未尽地打了几个滚，再打开手机相册里的收藏夹。

卓文扬之前作为优秀毕业生代表致辞的视频，前阵子袁可可分享给我。

他站在台上，高大挺拔，唇红齿白，剑眉星目。在那一身单调的黑白颜色里，他也显得那么明亮、清爽、璀璨。

他才是那个一出现就让人不自觉注视，一开口就让人不自觉聆听，永远像个发光体一般的存在。

而他竟然给予我那么大方的赞美。

我美滋滋地想，卓文扬真是个谦逊的人，自己那么耀眼，却还能看见别人的闪光点。

这样平和快乐的新年开局，让我觉得这一年必然是如程亦辰说的那样，顺顺利利。

时间流淌得很迅速，也很平顺。

甚至我对陆风的恐惧和疏离，也已经消退了。

因为那段记忆并没有回到我身上，所以留下的痕迹淡得多，不需要太长的时间就可以治愈。

最主要是，现在的陆风，真的和往日大为不同了。他依旧高大、冷漠，略显阴沉，但在日常生活里全然无害，甚至还非常有用。

比如他正左右开弓地帮我们拿着超市的购物袋，而我就施施然走在程亦辰身边，还左手一根糖葫芦，右手一个吹糖人。

但不得不说，陆风即使拎着一只拔了毛的鸡、一包萝卜玉米土豆葱和两条活鱼，看起来也像杂志封面上走下来的男模。

我也佩服他的毅力，这把年纪了，体格保持成那样，别说压根没有中年男人标配的啤酒肚，他甚至还有八块腹肌，体能也是一等一。

我跟着去蹭过他们常去的健身房，陆风的抓举让我目瞪口呆，瑟瑟发抖。而他还练格斗、拳击。

我知道陆风有很多或明或暗的保镖，但我十分怀疑他们没有自己的老板能打。

我们回去做了饭，菜都摆上桌了，却不见柯洛回来。

我发消息给他不回，打语音电话也不接，估计是在忙吧。我也不好太操心，毕竟这么大个人了。

到9点多光景，陆风的手机响了，他瞥了一眼，又看了看我，就把模式按成免提。

"陆叔叔。"

"你上哪儿去了？让人担心你。"

柯洛的声音里透着焦虑和疲惫："舒念被绑架了。"

在场三人以不同的音量异口同声："什么？"

舒念是柯洛的旧友，虽然我个人与舒念没有来往，但我知道舒念和这家人交情匪浅。

柯洛低声说："陆叔叔，我需要您的帮忙。"

陆风平静地回应："好，你先别急，回来慢慢说。"

柯洛回到家的时候，一身奔波过后的消沉和不安。陆风和他聊了一会儿，他终于渐渐镇定了下来。

我感受到了陆风那种接近无情的冷静，还有极度强大的自信所带来的感染力。

他能让人莫名地觉得胸有成竹，心情笃定，似乎没有什么是解决不了的。

"不用担心，去睡一觉，"陆风最后说，"很快就会有消息。"

柯洛果然听话地去睡了。他到底能不能睡着我不知道，但家中气氛平静，并没有那种至亲好友遭人劫持的惊恐慌乱。

陆风这种"怪物"，有时候却反而能驱散阴云，让旁人获得一份安宁。这让我感觉有点微妙。

我一觉醒来的时候，柯洛已经不见。问程亦辰，程亦辰说他一早得到消息，就赶出门去了。

陆风说话还是很靠得住的吗？

事情解决得很快，也很顺利。当日我就听说他们把舒念解救出来了，并安全转移到陆家别墅去。

我于是放下心来，等着柯洛回来吃个大餐庆祝。

结果这晚柯洛也没回来吃饭，不仅找不到他人，家里的气氛甚至还有那么点凝重的意味。

陆风一如既往地面无表情，但看起来若有所思。我不知道他在想什么，也不敢问，只能悄悄问程亦辰："柯洛呢？"

程亦辰像是犹豫了一下才说："他去处理一些事情。晚点会回来。"

未等我再问，程亦辰拍拍我的手背："不用替他担心，早点去睡吧。"

到深夜柯洛才回来，他敲响我的房门，把我从睡梦中拉起来。

我睡眼蒙眬，意识模糊："怎、怎么了吗？"

他说："小竟，我跟你说个事，你先不要慌。"

我略微清醒了几分，但还是困得不行："慌啥？"

他神色严肃说："是 LEE。"

"什么？"

"LEE 是内奸，和童善勾结，还绑架了舒念。"

我彻底清醒过来了，说："什么？！"

"真的假的？不可能吧？是不是误会啊？"

柯洛脸上没有笑容道："是当场被抓住的。同去的人都认得他，那么多双眼睛看着。而且他自己也承认了。"

我第一反应是，LEE 死定了。

绝对死定了。

抛开绑架舒念这件事，光是当内奸，陆风就绝对不可能容得下 LEE。

我想起今晚陆风那心事重重的阴沉模样，只觉得背上瞬间凉透。

我没有心思去琢磨 LEE 到底在搞什么，只本能问道："LEE 呢？还活着吗？"

我很怕 LEE 已经被抓住了。

柯洛说："还活着，目前没事。"

"是被关起来了吗？现在还好吗？你们会不会打 LEE 啊？"

柯洛低声说："我放跑了。

"他从三楼的窗户爬出去，安全逃离了。"

我松了口气。

"我告诉你这些，是为了让你有心理准备。LEE 应该不会联系你，应该不敢联系跟我们有关联的任何人。但万一他联系你，你一定要第一时间告诉我。"

我略微迟疑道："好……"

"现在谢家在到处找他算账，被抓到就完了。童善多半也要被灭口。LEE 的处境很不妙，问题是 LEE 很可能意识不到。"

我心脏还在狂跳，过了一阵才能说："柯洛，你、你会记恨 LEE 吗？"

柯洛沉声说："你说呢？"

我也觉得自己问得很蠢。LEE 这又是"二五仔"又是绑架的，谁能不记恨啊。

说实话陆风待他不薄吧，LEE 自己都跟我说，在美国走投无路的时候，被陆风叫回国。陆风算是拉了 LEE 一把，让 LEE 空降高层，给的待遇什么的都不错，甚至有柯洛给他打下手。

我不知道 LEE 在想什么。虽然有时候他不正经，不着调，会使坏，不是那么纯正的好人，但也没有到背信弃义荒诞无耻的地步。

为什么要做这种混账事呢？

我一边气 LEE 脑袋被门夹了，一边又担心 LEE 的安危，我期期艾艾地问柯洛："那你，会对付 LEE 吗？"

柯洛静默了一会儿，说："那我又何必让人跑掉呢。"

我略微松了口气，而后又迅速地觉得我这个朋友当得不地道，我的天平明显是偏向 LEE 的。

真难啊。

幸好柯洛并不计较我这点偏心的小心思。

潘多拉的魔盒

我想了想，还是觉得不安，柯洛宅心仁厚，可陆风不是啊。

我问："那，陆风呢？他知道LEE干的那些事吗？"

柯洛又沉默了一下，才说："你觉得，我能知道的事，陆叔叔有可能不知道吗？"

我心又凉了半截，LEE还能有小命在吗？

"那、那……"

我"那"了半天，"那"不出个所以然来，柯洛说："不过这个，你不用担心。"

"啊？"

"我向陆叔叔求过情了。"

"是吗？"我兴奋过后，又不由狐疑，"但，有用吗？"

倒不是我怀疑他在陆风心里的地位，问题在于，吃里爬外这种事情是大忌。

陆风固然珍视柯洛，也不可能容忍有人开这个头。

背叛如果不受到惩罚，那一切规则都将毫无意义。

"嗯，他答应了。"

我大为震惊地说："真的吗？"

柯洛点点头："嗯。"

"不是，"我表示百思不得其解，"陆风怎么可能这么好说话？这真的是他本人吗？还是谁假扮的啊？是被程亦辰附身了？我知道了！他其实是在忽悠你，先让你放松警惕，再出其不意！"

柯洛打断了我的胡思乱想："不是。他当然一言九鼎。"

我表示完全看不透。

"你说得对，他不可能那么好说话，所以一开始他拒绝了。"

"啊？那然后呢？"

柯洛沉默了良久，才开口："我对他说，如果他对我心中有愧，那么，这次就是他补偿我的机会。"

我惊呆了。

我不敢相信自己的耳朵。

我没想到他会在这种时候摊牌，我更没想到他会为了LEE向陆风摊牌。

呆若木鸡了好一会儿，我才能嗫嚅道："那、那他什么反应？"

柯洛自嘲般地笑了笑："他和你一样愣住了。

"过了很久，他才说，LEE这件事我想怎么处理就可以怎么处理，他会给我所

240

有的权限，他不插手。"

我一时完全不知道说什么好。

原来陆风这样的人，也会有愧于心，有所退让。

柯洛又轻声说："我想象过很多次我和他挑明关系的场景。只是我没想过，会是以这样当作筹码。他答应的时候，我其实很难受。我也不知道是恨他还是恨我自己。"

我不由自主地，将手轻轻放到柯洛的肩膀上。

"然后他对我说，关于我妈妈，他需要让我知道的一件事就是，她不像别人说的那样是个蠢女人。她其实绝顶聪明，是他见过头脑最优秀的女性。她仅有的犯过的错误，都来自他。"

我感觉得到我手掌之下那肩膀的略微颤抖。

过了一阵，我听得他低声说："那一刻，我就完全原谅他了。"

我眼里也突然有些温热。

不管这对不对、该不该，但人生能有多少次这样的和解啊。

我有点替柯洛开心，也有点替他难过。

"那，你们俩的关系，打算公开吗？"

柯洛摇摇头。

"我不想引来其他人的注视。什么样的眼光我都不想要。我和陆叔叔……"

我打断他说："现在反正又没外人，你就不用一口一个叔叔了吧，我听着都别扭了。"

柯洛迟疑了一下，露出有点羞涩的微妙表情，才继续说："我和我爸两个人的事，就让它只存在于我们俩之间吧。"

"但这样，没有被公开承认的关系，你会觉得委屈吗？"

"不会，"柯洛说，"我其实还挺喜欢这种，我和他一起，心照不宣地保守着共同的秘密的感觉。"

我看着他逐渐和陆风愈发神似的面孔，心想，这在以后真的还能是个秘密吗？

不管怎么说，他俩能达成默契，那就是种圆满。

我爬下床，倒了杯水给他，我俩对坐了一会儿，柯洛脸色比刚进门时放松了许多，他说："谢谢你，小竟。不然这些事，我都不知道该跟谁说。"

"嗯？文扬也会很乐意听你倾诉啦。他家里也比较复杂，一定能理解你的感受，他比我更懂得安慰人呢。"

柯洛摇摇头说："不光是我自己的事，也是 LEE 的事。LEE 现在这样，我找不到第二个会站在他那边的人。"

我默然了一刻，拍拍他肩膀，说："客气啥，你关心的，就是我关心的。咱俩啥关系啊。"

LEE 消失了几天，没有任何音信，我试图联系过他，自然是联系不上的。

我理解他现在东躲西藏的状态，也相信他东躲西藏的本事，但还是担心。

我只能从柯洛那里知道事情的进展。柯洛终于和谢家交涉成功，他们不再对 LEE 穷追不舍，谢炎也终于回 S 城了。

我不清楚这需要付出什么代价，柯洛也不会说，但我知道这一定让他相当为难。

虽然这事陆风交给他全权处理，但为了保住一个叛徒而费力气和资源，必然是很难服众的。

这日我约了柯洛吃饭，菜上来才吃了两口，手机响了。柯洛拿起来，只看了一眼，面色就肉眼可见地沉了下来。

"怎么了？有 LEE 的消息？"

他说："LEE 去找童善了。"

我震惊地说出了脏话。

"不知道他怎么想的，难道还以为童善会保他？"柯洛咬牙切齿道，"平时一副聪明样，这种时候脑子锈住了？"

我想起之前柯洛说的"灭口"，快吓出汗来："那现在怎么办？我陪你去找 LEE！"

柯洛摇摇头说："你吃完快去上课吧，我来处理。"

"我哪还吃得下啊？"

"这事你帮不上什么忙，"柯洛道，"而且，那帮人不是善类，我不想把你牵扯进来。"

我明白他说的是实话。

我可以说是对他们那个世界一无所知。以前浪荡的时候我只知道吃喝玩乐，现在收心了，正经了，也就是多懂了点教科书里的事。

虽然过年时候跟他要红包是开玩笑的，但他确实比我成熟得多，卓文扬也是。

年纪最大的我，如今反而活得最幼稚。这让我生出些羞愧的感觉来。

我好像也该努力一点去成长了。

童善似乎比谢家难缠得多，那几天柯洛脸色都很不好看，即使他不和我抱怨什么，我也感受得到他的心力交瘁和愤怒。

终于有一天，柯洛告诉我："他们下午会把 LEE 送回来。"

"真的吗？"我大喜过望之余，赶紧又确认，"是完整的、活着的那种吗？！"

柯洛笑道："是完整的、活着的那种。"

近来第一次看到柯洛的笑容，我也舒了口气。

但这笑容背后的疲惫，却是不言自明的。

LEE 这回可真是让人下血本了，LEE 这辈子应该没想过自己这么值钱吧。这次能平安回来，还不得好好谢谢柯洛？

我以为这会是个喜相逢合家欢的结局，哪知道柯洛去见过 LEE 之后，回来又是眉头深锁的消沉模样。

我忙问："怎么了吗？LEE 没事吧？"

"没事。"

"那，"我小心翼翼地说，"你们吵架了？"

柯洛闷闷道："谈不上。"

"那怎么不高兴？LEE 没有感谢你的救命之恩吗？大恩大德无以为报，对你感恩戴德各种讨好才对啊。"

柯洛说："没有。我跟他说这事我没告诉陆叔叔，放宽心。"

我有点意外道："为什么不说实话？这样 LEE 哪知道你费了多少力气啊？"

"我就是不想让他有这样的心理负担。反正事情过去了，我也不想挟恩图报。"

"哎……"

也不知道是该说他实心眼，还是该说他傻。

"我只让他跟舒念道歉，并且保证以后不再去骚扰舒念。"

"这很合理啊。"虽然谢家不再追责，但受害人得到一个道歉，也是理所应当的。

柯洛又摇摇头道："他拒绝了。"

我一脸蒙，说："为什么？"

"不知道，"柯洛耸耸肩说，"可能就是任性吧。"

我很想帮 LEE 说几句，但琢磨半天，也只能说："也许他只是因为之前的事，一时有点想不开？"

柯洛皱眉道："这就是伤害无辜的人，并且毫无悔意的理由吗？"

哎，确实不合适。

何况舒念并没参与到这场竞争里来。心中怀恨是一回事，出手绑架折磨是另一回事啊。

我心情很复杂。我所认识的 LEE，并不是如此小心眼的人。

我不明白为什么他这次要这么纠结，这么放不下，以至于不肯放过舒念。

我只能在心里叹了口气。我问："你骂 LEE 了吗？"

柯洛说："没有。我只是很失望。"

这种万念俱灰的说法，听得我很慌，他还不如干脆大骂 LEE 一顿呢。

虽然我不知道 LEE 对柯洛到底是什么想法，他俩各方面也不是特别合拍，但不知为什么，我还是挺希望他俩能和好。

我试着再找了一次 LEE，这回终于联系上他了。

他的口气听起来一如既往地玩世不恭，并没有任何死里逃生过后的情绪，更没有懊恼、悔恨，仿佛什么也没有发生过。

我有一肚子话要对他说，但想到柯洛应该并不愿意我胡乱多嘴，斟酌了半天，只是问 LEE："你为什么要做那些事啊？"

LEE 沉默了一下，才笑着说："大概因为我就是混账吧。"

"你不后悔吗？"

"我后悔啊。但重来一遍，我多半还是会犯这个错，"LEE 说，"有些混账事就是命，是逃不过去的。"

之后的很长一段时间，柯洛都没再和我提过 LEE。我觉得他应该是放弃劝 LEE，或者劝自己放弃了。

虽然很惋惜，但这种事并没有我插手的份。柯洛已经尽力了，如果 LEE 不领情，那为什么要劝他吊死在一棵树上呢？

至于 LEE，居然回公司上班了，又过上了若无其事心平气和朝九晚五的生活。

这个走向是我万万想不到的，只能佩服柯洛的能耐，膜拜 LEE 的心理素质。

一次不忠，百次不容。再怎么求贤若渴，"二五仔"也是不会被纳入考量的，何况陆风压根儿不是大善人。但这事既然交给柯洛全权负责，那只要他能顶住压力，要用谁就还是由他说了算。

而看 LEE 云淡风轻，没事人一样，我深深觉得姜还是老的辣，老江湖是真的牛。

换成是我，估计得远走高飞躲个好几年，才能迈过心里这个坎。

柯洛开始时不时往 S 城跑，因为舒念好像身体不好。

我觉得他的心情变得更差，笑容也日益减少，不知道是因为 LEE 让他心灰意冷，还是因为舒念的病情。

舒念具体什么情况，柯洛没跟我说，我知道是因为我帮不上什么忙，而且大部分事情，谢家都能解决，没必要带回来探讨。但他确实从爽朗张扬，变得黯淡沉闷了。

"舒念是急性白血病，需要骨髓移植。"

这日柯洛敲开我的房门，口气平平地说出这句话的时候，我正在打游戏，眼看就要"吃鸡"，闻言吓了一跳，一梭子子弹全打在对面的树上。

我立刻取下耳机退出游戏，转头瞪着他说："这么严重？！"

"嗯，"柯洛说，"之前在骨髓库里找到过初步配型成功的。"

我大喜过望地说："是吗？！"

柯洛淡淡地说："但对方反悔了。"

这大起大落过山车般的体验，可真不好受。

我问："现在怎么办？"

"只能重新找了，"柯洛声调毫无起伏地说，"或者去求那个志愿者，希望他能回心转意。"

这两者的概率一样低。

我想了想说："要不，我也去做做看？"死马权当活马医了。

柯洛摇摇头说："我们都去做过了，白费劲。你跟他匹配的概率，跟被雷劈了差不多，没这个必要。"

"那他有什么亲属吗？亲属的匹配概率高很多吧？"

柯洛低声说："舒念是孤儿。"

他也太苦了吧。

我跟舒念不甚熟稔，只知道是个温和好脾气的人。

断断续续听柯洛说过一些片段，大致了解到，舒念过得挺不容易，之前又遭遇过车祸，脸因此半边破了相，脚还瘸了。后来终于谢炎在他身边，也算有个照料。

然而才过上几天好日子，突然又被查出这个病，又回到走投无路的绝境里了。

舒念这辈子好像都无法安稳平顺。

这难道就是命吗？

我心里不禁替他觉得黯然。

这晚睡觉前，我很认真地祈祷了一会儿。

虽然有点迷信，也多半没什么用，但万一呢？

也许天上有神灵正在注视着人间，恰好能听见我为那个可怜人所作的祈祷呢。

接下来的这段时日里，大家都在为舒念的事奔波。毕竟是生死攸关的事，两家在生意人情上又素有往来，自然是尽心尽力。只可惜并没有什么进展。

舒念转来了 T 城的医院，我去探过病。他精神尚好，还笑着礼貌地感谢了我带来的果篮，并没有怨天尤人愤懑难平的样子。

就是人特别瘦，脱了形的那种，以至于我从舒念脸上都看不出他和 LEE 所谓的相似之处了。

我陪着舒念聊了会儿，因为不擅长应对这种场合，我只能说些笑话给舒念听，倒也把人逗得一直笑。

末了要离开，舒念突然对我说："小竟，以后你要是有空的话，能麻烦你多找谢炎聊聊天吗？"

"啊？"

舒念笑道："你好有趣，能让身边的人都开心起来。"

我有点不好意思了说："哪里哪里，过奖过奖。"

"我希望，你也能带给谢炎快乐，"舒念轻声说，"我怕我走了以后，短时间谢炎会想不开。你们要是能多陪陪他，让他早点放下，就好了。"

这晚我心情沉重，翻来覆去到半夜，才勉勉强强睡着。

神智渐模糊，铃声突然大作，又把那刚飘远的意识猛地拉了回来。我摸到手机，眯着眼一看，是 LEE 的来电。

刚接起来，就听见 LEE 在那头说："林竟，如果我有一天不在了，你会不会想我？"

我睡眼蒙眬地说："你不在，是要去哪儿啊？"

"人终有一死嘛。"

"啊？"

怎么一个两个都说自己要死了啊？

不就是之前做了个阑尾炎切除手术吗？切了阑尾，会影响寿命吗？

"什么死啊活的，"我打着呵欠说，"想喝酒我就过去陪你。"

我在酒吧见到了 LEE，看得出来他确实心情不好，因为难得地不修边幅。

不过 LEE 的不修边幅，也只是相对而言的，毕竟平常他是个讲究到每一根头发丝的人。

我们东拉西扯地聊了一会儿，我毕竟心里沉甸甸的，聊着聊着，话题就不由自主地往那沉重的方向滑去了。

"舒念也是惨，能找到匹配的骨髓就已经把运气花光了，对方却临阵反悔，这样会害死人的啊。"

LEE 挑挑眉："反悔也不能说他有错啊，人类都有畏惧之心。帮人是仁义，不帮也是天经地义。舒念如果死了，那并不是他害的。这你不能道德绑架。"

"问题是，他给了希望，让别人去为这点希望努力做好了准备，却又把希望一脚踩烂，"我紧皱着眉，"这种感觉太毁灭了，还不如一开始就不要给呢。"

LEE 闻言笑了说："这样就毁灭了吗？小屁孩，这种事，咱们的人生里还多着呢。"

这话听起来也太无情太沧桑了。我忍不住看了他一眼。

LEE 还是十分好看的，眉眼间是种满不在乎的洒脱和疏离，这让他显得更加迷人。

我不知道自己到了年近四十的时候，还能不能有这样的状态。

我肯定没有 LEE 这份潇洒。

而在我快要心灰意冷的时候，事态却突然急转直上。

"什么！配上了吗？"接到柯洛消息的时候，我难以置信，以至于在图书馆里当众喧哗，立刻被赶了出去。

"有新的志愿者？高分辨率配型都相合吗？啊啊啊太好了！"

舒念居然找到了新的匹配的骨髓，而且这回的捐赠方态度坚定，高度配合。

这简直是绝处逢生啊。

难道是我的祈祷生效了？

接下来的一切就像是按了快放键一样，极其高效地运转了起来。

舒念很快就被安排了手术，大家都怕夜长梦多，身体也等不了。

这回一切都异常顺利——捐献者十分配合，捐赠的骨髓也十分配合，手术很成功，术后没有出现任何排异反应。

每个人都喜气洋洋，为了迎接舒念出院做准备。

能目睹一条生命挣脱了死神的阴影，留在亲人身边，是件让人感动又快乐的事。

但我在确认庆祝流程的时候，不由对柯洛发出了疑问："你连 LEE 也邀请了？"

"对。"

我大惑不解："为啥呢？首先 LEE 是很讨厌这种场合的，其次他俩还不对盘，你这是要给双方都添堵吗？"

"你确定 LEE 会讨厌吗？其实 LEE 还挺喜欢热闹的。"

我说："能让 LEE 心甘情愿出现在医院的可能只有一种，那就是躺病床上的是 LEE 自己。"

柯洛想了想，说："可能是不合适吧。只不过，我还是想让他多参与到我们这些事情里来，不然会变得越来越像个外人。而且，要是真的不想来的话，LEE 自然会拒绝的。"

这倒也是呢，没人勉强得了 LEE。

让我意外的是，舒念出院的那天，LEE 真的来了。

而且没人拿刀逼着 LEE，还真是他自己愿意来的。

然而人是来了，看起来心却又好像完全不在。

LEE 看起来不打算也无法融入现场的欢乐气氛。

大家庆祝的时候也不呼应，始终站得离人群远远的，一直贴在门边，心不在焉地慢吞吞吃着分到手的那块蛋糕，一副随时都准备逃离现场的样子。

而后病房门突然开了，拍在 LEE 脸上。

我差点笑出声。

进来的人行色匆匆，到柯洛耳边说了几句。

柯洛略微皱眉，而后对着我们道："我本来想把那位捐献骨髓的人请来，结果用尽办法也找不到。那个人不仅跟医生要求保密，就连登记的资料也是假的。"

LEE 默默把门上，摸了摸鼻子，继续吃着蛋糕。

大家议论起来。

"也许对方就是不想被人打扰，所以才防了那么一手吧。"

"但这样，我们会觉得有所亏欠啊，总该表示一下心意。"

"有的人就只是想做好事而已，并不求回报。"

舒念感慨地说："是无名英雄呢。"

我看到 LEE 在门边翻了个生动而长久的大白眼，不知道是不是被蛋糕噎得慌。

门再次打开，又把 LEE 和他的蛋糕拍在门后。

我："……"

进来的是负责手术的刘主任，笑容可掬地跟大家打招呼："不好意思，我来晚了！"

LEE 还没来得及从门后出来，就再一次被拍在墙上——门又开了，又进来一位医生。

接连被夹的 LEE 终于发出虚弱的声音："你……"

我："……"

不是我没良心，实在是这太好笑了。

刘主任忙说："不好意思，这位是帮忙采集骨髓的朱医生……"

年轻的医生对着 LEE 连声道歉："对不起对不起！"待得四目相对，他"啊"了一声，笑道，"你也来啦？怎么也联系不到你，我还以为你是不想跟病人见面才留假地址呢。"

LEE 像是定格了几秒钟，然后才冷漠地说："你弄错人了吧。"

朱医生一愣，而后立刻面露尴尬之色，赶紧说："啊，太抱歉了！是我记性不太好，哈哈……"

室内安静了片刻，LEE 猛然迅速道："我有点事，先走了！"

不等大家有所反应，他几乎是夺门而出——是字面的意思，因为 LEE 差点把门也给撞飞扛走了。

LEE 走得突然又飞快，留下一屋子人面面相觑，鸦雀无声。

气氛莫名地变得怪异了起来，我嘴里那块蛋糕上的草莓巧克力片，我也不敢咀嚼了。

还是柯洛先开了口："所以，是 LEE 吗？"

一时没人接话，只有卓文扬静静地说："照这样看，LEE 就是捐骨髓的人吧。"

我含着的巧克力片缓缓落到盘子里。

接下来的情况我也不知道该如何描述，总之柯洛立刻追了出去，剩下我们这些人陷入了更深的沉默和迷茫。

柯洛追上 LEE 之后，两人具体交流得怎么样，交流了些什么，我虽然满腔八卦之心但是不得而知。反正他来找我的时候又是一脸跟 LEE 吵过架的郁卒。

不过他俩仿佛是照一日三餐吵架的，我表示习以为常。

而这回柯洛在郁闷之余，又多了一层隐隐的兴奋。

柯洛问我："你不觉得这很奇怪吗？"

我连连点头说："对啊，我都不知道 LEE 居然会跑去捐赠，LEE 不是恨死舒念了吗？"

"不是这个，"柯洛说，"重点是，LEE 为什么会去做这个匹配呢？

"匹配的概率实在太低了，一般人，非亲非故，并不会去撞这种大运，不是吗？

柯洛斩钉截铁道："所以，他是知道自己有可能跟舒念匹配。"

我瞪圆了眼睛。

"你的意思是……"

狗血小说都不敢这么写！

柯洛眼中闪闪发亮，说："这不会是纯粹的巧合，对吧？他们长得像，也不是无缘无故。"

"哦哦哦！"我兴奋了起来。这太刺激了！

"LEE 这家伙，口风可真紧！这么大件事，跟谁都没说啊！"

"LEE 就是这样，很多事情都只有自己知道，"柯洛道，"LEE 的世界好像谁都进不去，你我都是。"

"那舒念能进去吗？"

柯洛沉默了一下："这是个好问题。"

"搞不好舒念对 LEE 来说，真的不一样呢，"我分析起来，"不是我说，LEE 这个人其实挺独特的，他绝对不是爱做慈善的人。一来怕吃亏，二来怕痛。这次为了舒念，两个苦头他都吃了。你想吧，人家配上的都能临时反悔，LEE 还赶着往上送！要是这都不算血浓于水，那我就再也不相信世间有爱了！"

柯洛想了想，问："那你觉得，LEE 会承认自己和舒念的关系吗？"

"我不知道，"初时的兴奋劲头过去，冷静下来，我也有了些微的犹疑，"毕竟是瞒着所有人去做的捐赠。要不是意外被拆穿，他一辈子都不打算让人知道吧？"

柯洛露出若有所思的样子。

"等等，你把这事告诉舒念了吗？"

"还没有，但我后来去找了他旁敲侧击，舒念好像不记得自己有个哥哥。当初进孤儿院的时候年纪太小，可能才两三岁，不太记得事。"

"难怪 LEE 不愿意大方承认。毕竟对方完全不记得他了，"我有点唏嘘，"舒念是 LEE 在这世界上最后的亲人吧？"

我只知道 LEE 当年出身颇为贫苦，因为有一次 LEE 喝醉的时候，在我面前骂过自己那个早死的赌鬼亲爹。

他那时咬牙切齿，又有点要流泪的样子，我以为 LEE 始终没说出话的那段短暂的哽咽，是因为那个把家里东西卖尽了的赌鬼父亲。

现在看来也许并不是。

柯洛问："你觉得，要让他们俩相认吗？"

我也有点不确定了，说："你觉得呢？"

"我觉得，人是需要亲情的。"

"是吗？"

"以前我也觉得也许不需要，但和我爸相认以后，感觉真的不同，"柯洛缓缓地说，"我对这个世界，多了很多归属感。怎么说呢，就好像人生里有了一条可以回家的路。"

我想到了自己。

想到在意识到我爸并不是我亲生父亲的时候，我的那种迷惘和失落。

虽然程亦辰对我很好，在很多事情上都可以弥补我感情上父爱的缺失，但终究还是不够，我心里知道他和我没有血缘关系。

在这世上没有了血缘羁绊，让我在夜深人静醒来的时候，会有种飘忽的孤独感，隐隐觉得自己好像没了归宿。

如果有和生父和解的机会，即使会有所抗拒，我心里就真的不渴望吗？

LEE 总是一副什么也不在乎的样子，看起来并不需要这些世俗的牵挂。

但我自己不也一样吊儿郎当吗？

如果 LEE 和我是一类人，那应该是想要的。

柯洛又问了一次："你觉得呢？"

我们对视了一会儿，都从对方眼里看到了答案。

"但 LEE 不可能主动去挑破这层窗户纸吧。"

"山不到智者那边去，就让智者到山这边来啊。"

柯洛说："那明天我去劝 LEE。"

我自告奋勇："我去找舒念。"

柯洛点点头："好。你到时候直接把舒念带到 LEE 家里来，我们当场解决这个问题。"

舒念刚出院，还在 T 城休养，次日我上门拜访，舒念是个细腻体贴的人，大约是觉察出我无事不登三宝殿，为了能让我放松点说话，还把谢炎打发走了。

待我把我们的猜测说了一遍，舒念很惊讶："所以，我们有血缘关系？"

"很有可能的。当然了，还需要进一步验证。我想你们俩可以当面谈一谈，不知道你愿吗？"

舒念整个人都有了光彩，那张瘦削平淡的脸都变得生动了起来："当然愿意啊！"

"不过，LEE 不一定会配合，"我小心道，"LEE 这个人呢，心是很好的，就是嘴巴比较坏，又别扭。可能会说些很伤人的话，你千万不要介意……"

舒念笑了笑说："不要把我想得那么脆弱。"

在去 LEE 的公寓的车上，我和舒念畅想了一路亲人见面的场景，有冷淡的，有热情的，有尴尬的，舒念反复地提前排演到时候的应对，那么认真，弄得我都跟着紧张起来了。

而后舒念的电话突然响了，我看了一眼来电显示，是柯洛。

我突然兴奋地说："是有什么进展了吗？"

舒念接通电话，开了免提："喂？"

那边传来一声："舒念……"

而后一阵异响，通话毫无征兆地就中断了。

我大为奇怪地说："怎么了吗？"

舒念再回拨过去，已经是无法接通的状态。我打 LEE 的电话，也无人接听。

"出什么事了？"

"他俩不会是打起来了吧？"

舒念很惊讶地说："会吗？我看 LEE 是个斯文人啊。"

我只能说："他俩分开确实都是斯文人，放在一起就跟猫狗似的经常打架。"

车里的气氛在紧绷之余，又多了一丝诡异。

到了 LEE 的公寓门口，我狂按门铃，却也无人回应，我干脆直接掏钥匙开了门——前阵子 LEE 怕自己丢三落四忘带钥匙，在我这儿寄放了一把备用的。

门一打开，我和舒念都惊呆了。

他俩确实是在打架。

LEE 笑道："小竟，帮我个忙。"

"嗯？"

他脸上发白，但还是带着笑容："我的伤口好像裂开了。"

我们又十万火急地把 LEE 送到医院，LEE 之前阑尾炎手术在肚子上留的伤口果然崩开了，于是又进手术室，重新缝了一回。

LEE 的手术和术后昏睡期间，轮到我们和舒念在外面等着。

我和舒念还时不时聊上两句，而柯洛始终保持沉默。

这尴尬的气氛里，我也不好意思和他说话，甚至避免和他对视。

他俩到底为什么打起来，在这期间到底发生什么事，我是不知道也不敢问啊。

LEE 醒来以后，我去探望过一轮，跟 LEE 聊了会儿天，又把带去的食物吃了一大半，LEE 看起来一副不痛不痒的样子，以至于我都有点担心，LEE 真的会需要舒念吗？

轮到舒念打算进去探视的时候，柯洛才终于开口："你不用怀疑，LEE 就是你的亲人。"

我悄悄地从百叶窗缝隙里偷看里面那两个人的互动。前面很长一段都相当无聊，舒念坐在那里安静又耐心地削苹果，LEE 也在忍耐着装睡，看得我呵欠连天。

直到后来 LEE 好像终于装不下去了。

我听不清那两个人说什么，但最后我看到两人和好，LEE 好像还哭了。

我脸上不由自主地浮起"姨母笑"。

真好啊。

这比我想象中的，要幸福得多呢。

我也能有这样的一天吗？

　　和舒念相认之后，没过多久，LEE 便豪气干云地宣布他打算跟着舒念搬去 S 城发展。

　　这消息在我的意料之外，却也在情理之中。

　　虽然我们有点舍不得，但至亲所在的地方，对 LEE 来说当然是最好的归宿。于是我大方地祝福 LEE 在 S 城开始新生活。

　　而至于 LEE 和柯洛，两人既然分隔两地，不再欢喜冤家日日相争，那么生活便渐渐归于平静，如同水面荡尽了的涟漪一般。

　　现在的我而是实在没工夫继续跟着"吃瓜"了。

　　我读的毕竟是 T 大，课程强度自不用说，即使比一般人聪明，仗着聪明就任性散漫，也随时会掉队——时不时就有"高考状元"因为挂科太多或者绩点太低而崩溃退学的新闻出现。

　　随便读读就想顺利混过去那是不太可能的。

　　而从去年年末开始，打破日常平静的事情有点多，大多时间我不是心事重重就是忧心忡忡。心思没能好好用在读书上，成绩自然又滑到安全线之下。测试的时候我发现卷子有一大半我不会做，就知道情况糟糕。

　　眼看临近期末，挂科近在眼前，我已经管不了别人的感情生活，一心只求自己泥菩萨过得了江。

潘多拉的魔盒

袁可可边恨铁不成钢地骂我临时抱佛脚，边无私分享了大量整理过的精华笔记给我，甚至把作业给我抄，可谓是菩萨挥洒甘露。

然而甘露的神力也是要靠自己消化的。

为了能吸收神力，我在直播平台早就请假了，游戏压根儿就不敢开，每日除了吃饭上课就是背书做题，睡也睡不了几个小时，满心只有学海无涯苦作舟，只读得披头散发，面黄肌瘦。

这日我正做题做到精神涣散，突然听得有人敲门。

我奄奄一息地回应："进来。"

门开了，来人道："我爸说你连晚饭都还没吃？"

是卓文扬！

我放下笔，转头眼巴巴望着他说："你来啦？你这阵子都没来家里吃饭了。"

对方那清俊的脸上浮现出抱歉的神色道："这段时间太多事情了。"

我知道他忙，连我这种混日子的学渣都有忙得四脚朝天的时候，何况是踏踏实实肩负重任如他呢。

但好几天没能见到他真人，我感觉心里特别空虚，读书这事也显得分外苦了。

"你先去把饭吃了吧，吃完才有力气温习。"

我哭丧着脸说："我想把这题做完再去吃，不然思路就断了。"

卓文扬轻轻拉了把椅子，在我旁边坐下说："那我陪你一会儿。"

这题始终处于快要解出来又差那么一点解不出来的状态，我感受到了类似便秘的痛苦，面容逐渐狰狞。

卓文扬说："你想不出来的话，我可以稍微帮你讲讲。"

"真的吗？"我不由略微狐疑，因为这并不是通识科目的，我俩念的是不同专业，卓文扬固然书读得好，但他难道什么都会吗？

等卓文扬在草稿纸上轻车熟路地把解题思路写出来，我只能说，他真的什么都会。

这就是"学神"的世界吗？

做完题，总算可以去客厅吃饭了。

程亦辰他们已经吃过，但给我留的那份饭菜整整齐齐地摆在大号保温便当盒里，看起来还是色香味俱全。

我问："辰叔他们呢？"

256

卓文扬道："我来了以后，他们就出去散步了，在家看电视的话他们怕影响你温书。"

我又感动又觉得不好意思。

一个学渣罢了，还搞得全家围着我转。

我稀里呼噜地吃着饭。读书读得太惨，一度连吃饭都不香了，但卓文扬一来，我就立刻胃口全开，感觉自己能吞下一整头牛。

我把饭菜呼噜噜往嘴里扒的时候，卓文扬则坐在旁边静静翻着我的复习材料。

"等等让我看一下你的复习情况，还有你们各科的考试时间。"

我咽下嘴里的叉烧，十分沮丧："我觉得我时日无多了。"

果然老老实实向卓文扬交代了进度以后，卓文扬也若有所思地说："看样子是有点悬。"

"是吧？"连他都这么说，那我基本是完犊子了。

我问："T大是不是补考以后只有一次重修机会，重修挂了就拿不到两证啦？"

"对。"

"那完了，"我大惊失色，"拿不到两证我还能找到工作吗？"

"那……"卓文扬挑了挑眉，"你要放弃了吗？"

"那怎么行？"我立刻正色道，"还是要碰碰运气的！万一'苟'到最后全过了呢？"

"不是都准备重修了吗？"

"话是那么说，梦想也是要有的，说不定就能出现奇迹呢，我这方面幸运值很高的，"我理直气壮，"我可是高中混了两年，还能考上T大的人！"

卓文扬挑眉道："我还以为，你会觉得反正来不及，不如放松一下，一起出去看场电影。"

真的吗？

不对，万一他是在考验我呢？

我一手按住左胸，肃然道："我现在心里只有学习。"

卓文扬笑了。

过了一会儿，他说："你比我预想中的更坚定呢。下决心努力的时候你真的可以很努力。"

我不由得抓抓头说："过奖过奖。"

"你心态很好，这点很可贵，"他说，"在我们学院，我见过太多人心态失衡。精神状态崩盘，那可就什么都没有了。"

这我倒是知道的，别说卓文扬所在的学院属于著名的"疯人院"范畴，我的专业相对比较养老，也已经有"双培"进来的同学受不了压力而选择退学了。

这学校里已经有太多超乎想象的天才，普通人在这里念书，可能会发现你跟上铺同学的差距比狗跟人的差距还大，以至于开始怀疑自己是不是智障。

即使是天赋达不到 T 大平均线的所谓"普通人"，在中学时代也多半是人群的佼佼者，除了我这种靠运气的。这里他们即使十分努力，分数可能也只在六七十分徘徊，从而受到成吨的精神伤害。

相当一部分人会在自信心被摧毁之后，就开始自暴自弃。T 大对于天赋没有那么高的普通人来说，真的挺严酷的。

我就是天赋不高的普通人之一，但不同的是，我早就完成自我怀疑阶段。知道自己是学渣，期待值就很低，也没什么挫败感。

在"学神"面前表现得像个智障，那不是理所当然的吗？

就像我现在在卓文扬面前一样。

卓文扬说："我最近有时间的话，就都来陪你复习吧。"

我喜出望外道："真的吗？"

他微笑道："我也希望奇迹发生。"

于是卓文扬以一人之力，把我考前昏天黑地复习的这段时间从地狱变成了天堂。

因为知道我在挂科边缘岌岌可危，程亦辰他们都尽量不打扰我，把空间留给我和卓文扬。

而我也想在卓文扬抽空前来帮我的时候，尽量表现得好点。为了不让他失望，不浪费他的时间，我格外努力地把他给我布置的作业都认真完成。这段时间我简直达到了人生高效的巅峰。

这晚卓文扬来检查我的功课的时候，表现得有些惊讶："你掌握得很好。我还担心昨天那些题型你会消化不了，结果一点就透呢。"

"真的吗？"

他看着我，欣慰道："你其实真是很聪明的，小竟。"

等我终于放下笔，不知不觉已经凌晨 2 点了。

外面静悄悄的，小区里的上班族早已经沉睡，四下漆黑，颇有万灯皆灭我独明的感觉。

仿佛这城市里只剩下我和卓文扬两个人醒着。

还有比这更棒的吗？

以往熬夜是苦不自胜，而现在我简直甘之如饴，十分满足。

然后我就听见我的肚子发出如雷鸣般的响声。

精神上虽然比较饱足，肉体上还是会饥饿的。

卓文扬露出一点微笑："饿了吗？我去煮点面给你垫垫。"

我鼓起勇气说："卓文扬啊，要不，我们出去吃个夜宵吧。我想吃烤串和小龙虾。"

这么晚还大吃大喝，又是浓油重盐的东西，这显然超级不健康。我怀疑以他自律到极致的生活理念，会直接否决。

但卓文扬看了看我，点点头说："好。"

而后我们便悄悄收拾好了准备出门。生怕吵醒家里已经酣然入眠的其他人，我俩都不约而同地放轻了手脚。

偏偏在经过客厅的时候，我不小心一脚踢到了椅子。

静谧里这一声响动显得称得上是巨响了，我们都立即停下动作，屏住呼吸。等了几十秒，没听到程亦辰房间里有动静，我俩才对视一眼，逃一般出了大门。

一出门，我就忍不住笑了起来。

和卓文扬在一起，这种做贼般的体验竟然都这么快乐。

卓文扬也微笑地看着我："偷吃点独食是不容易。"

让程亦辰知道我们这么晚不抓紧时间睡觉还出去"撸串"，一定会念叨的。

我"嘿嘿"笑："你要被我带坏了。"

卓文扬笑道："那也挺好的。"

我们很默契地没有去开车，并不打算走得太远。一起散了会儿步，有一搭没一搭地聊着天，而后在路边一人扫了一辆共享单车，我们就在这深夜清爽了许多的空气里，迎着凉风并肩骑行了起来。

眼见前面有家还在营业的大排档，颇为热闹的样子，店内店外都坐了人，风里还夹着他家烧烤架上传来的香气，我侧过头问卓文扬："这家你觉得可以吗？"

我有点担心他接受不了这种过于"接地气"的街边小店，毕竟连张像样的椅子都没有，都是塑料凳子。

他很随和地微笑道："你可以我就可以。"

这个时间，白日的炎热已经散去，夜风带来的清凉，让露天吃吃喝喝这件事变得愉快了很多。

大排档的生意很不错，有好几桌吃得热火朝天的客人，有打着赤膊或者穿着汗衫的中年男人在聊天划拳，也有小青年带着身材火辣的女朋友吃夜宵。

大家桌上都是几瓶啤酒、数根烤串，再加一盆红彤彤的小龙虾，或者炒花甲炒钉螺，散发着大排档独有的烟火气。

我们找了张桌子坐了下来，点了些菜。我还好，虽然我吃过很多贵价餐厅，"装"起来头头是道，但路边摊大排档我也是十分熟悉和享受的。

此刻的我穿着发皱的T恤，踩着拖鞋，一头因为读书过度而数日未打理的乱发，和这简陋朴素、杯盘狼藉的背景融为一体。

而卓文扬永远都那么整洁笔挺，从头到脚一丝不苟，他甚至还穿着扣子扣到脖子底下的雪白衬衫。光是安静地坐在这里，他就因为格格不入而显得十分扎眼。

这种扎眼是属于异类的，不讨喜。邻桌小青年们故而特别看了他几眼——用并不友善的眼光。

至于与他们同行的两个女孩子，眼光就友善得多。俩女孩子边往这边瞄，边窃窃私语，小声谈笑，好像还悄悄举起了手机。

这些我们都感受到了，但也并不介意。不相干的旁人多看两眼，不论是排斥还是欣赏，其实都不算什么事。

老板娘利索地将烤好的牛羊肉串送上来，一大把肥瘦相间的肉串烤得金黄焦香，在盘子里还吱吱冒着油。

我着实饿了，干脆不客气地就先"撸"了一串，吃得满嘴流油，边咀嚼又边赶紧倒了一大杯泡沫满溢的冰啤酒。

卓文扬看着我，问："好吃吗？"

我咕咚咕咚喝完，放下杯子，长长出了口气，说："这可真好吃，我都看了好吃三十分的考卷。"

卓文扬微微挑起眉毛："那是什么意思？"

我一拍大腿："好吃惨了啊！"

卓文扬想了一下，没忍住似的笑出声来。这种烂梗笑话能让他笑得那么开怀，他可真可爱。

于是桌上我讲了许多烂段子。博览群书如卓文扬，对冷笑话显然涉猎不广，不管我说什么于他都是新鲜的，都能把他逗笑。

跟不经常上论坛八卦的读书人相处，可真好玩。

而且他笑起来实在是太好看啦！

回到家时，家中还是静悄悄的，一片熟睡的安宁气氛。我摸索着开了客厅的灯，刚开口说了半句"你渴"，卓文扬就立刻做出嘘声的手势。

我意识到自己有点控制不住音量，赶紧闭上嘴，乖乖踮起脚尖，小心翼翼地走回卧室。

卓文扬也随之进来，关上门，才松了口气似的，笑道："都叫你别全喝了。"

"不能浪费嘛……"我笑嘻嘻地说，"我又没醉。"

卓文扬摇摇头说："你啊，到时候我爸又得骂我惯着你了。你得收拾一下，赶紧睡，不然明天没法起来复习。"

我耍起赖皮来，说："我不睡，卓文扬，我渴。"

他看看我说："那，我去给你倒水。"

他轻轻地出去又回来，端来一杯柠檬水。

我歪着头，问他："卓文扬，为什么我都喝了那么多啤酒，还会口渴啊？"

他看着我，解释道："那是因为酒精破坏了你身体里的水盐平衡，你喝点矿泉水会比较好。"

"哇！"我开心地说，"卓文扬，你怎么什么都知道，你怎么这么厉害！"

等我慢吞吞喝过水，卓文扬道："该去洗脸刷牙了吧？"

我赖在椅子上不动，嘴里嘟嘟囔囔道："我还不想睡……"

"还要做什么呢？"

我嘿嘿笑，说："就是不想睡！"

"该睡了，不然真的太晚，"他的口气还是很温和地说，"你明天最多睡到中午，下午就得抓紧时间复习了。"

我那属于学渣的哀怨，在酒后不由真情流露道："复习好累哦，我想玩……"

他倒也不恼，只说："等考完了再好好玩。暑假想怎么玩都行。"

他耐心的样子真可爱。

总算换好睡衣，又洗漱完毕，爬上床乖乖准备躺平，我却感觉自己的大脑愈发兴奋了。

卓文扬还站在床边，我趁势拉住他的衣角道："卓文扬，我一个人不敢睡！"

他低声说："有什么不敢的。"

我理直气壮地说："一个人睡过头，明天起不来怎么办？"

他说："那我明天来敲门叫你。"

看我还是不愿意放他走，他口气还是温和地说："你赶紧睡吧。旁边多个人影响你的睡眠质量。"

我十分坚决地说："我不要睡眠质量啊！我要跟你聊天，我们好久没一起聊天了！"

"林竟，"他挺无奈地说，"你先好好睡。等考完了，我陪你聊通宵。"

"不等了，我就要现在聊！"

"我不能陪你聊，"他说，"已经4点了，你看看。"

我不知道是什么时候睡过去的，我睡得并不久，醒来也只是几个小时后的事。窗帘没拉上，刺眼的晨光从窗口进来，照在我眼皮上，也扎破了我香甜的梦境。

卓文扬说："你醒了。"

我只觉头皮发麻，怔忪了半晌才干笑两声说："卓文扬。"

他抬眼看我说："嗯？"

"昨晚真是不好意思啊。"

印象中我昨晚喝多了对着他发酒疯。

我不敢就这个话题再说下去，只能随手摸了本桌上的书，进入自我检讨环节："我错了，今天起得太晚，影响复习进度，是我太堕落了！"

"不用自责，"卓文扬说，"偶尔堕落一下，也是可以接受的。但明天就要严格遵守复习时间了。"

我严肃地朝他敬了个礼道："遵命！"

接下来的时日里，卓文扬照旧认真而严格地陪我复习，我也老老实实，专心读书，不敢造次。

考试周，卓文扬每天都来，即使他自己有事忙到深夜，也会特意过来一趟，帮我看题。

他真的是个负责又克己的好人。

多亏了卓文扬的指导，就剩最后一门考试了，晚上我无聊点开微信，正看见"T大非精英小分队"群里几个复习得死去活来的同学嚷嚷着明天考完要"浪"一把，去吃烤肉，再上网吧连座玩通宵或者唱K。

我想了想，打了个"+1"，并圈了袁可可："一起去啊，我请你，报答你的借笔记之恩！"

袁可可立刻私发消息问我："你考完要跟他们去吃饭？不叫上卓文扬吗？"

"不了吧。他那么忙。再说他也不喜欢这种热闹。"

袁可可发了个唾弃的表情："你良心呢？人家帮你复习这么久，不该第一时间想着他？"

我不好意思向她解释我前段时间发酒疯现在搞得有点尴尬。

我说："改天再请他，也是一样的啦。"

考试当天，我跟程亦辰报备了不回来吃晚饭，他略微有些意外，但还是叮嘱我："玩得开心点，小心安全。"

"好的！对了，我会比较晚回家，不用为我留门啊。"

一考完，我强行将心事甩到脑后，跟大伙出去胡吃海喝了。

餐桌上我侃侃而谈，完全没有初次和大家聚会时的拘谨，更不似上课时作为学渣的呆若木鸡。

几罐啤酒下去，我开始大聊我所亲身经历以及道听途说来的奇闻轶事，把一桌子人都听得一愣一愣地，连旁边帮忙烤肉的服务生都听呆了，以至于忘了给牛小排翻面。

我突然意识到，他们固然学问比我好，知识储备比我多，但这世界上也有很多我所熟悉，而他们并不了解的东西。

我于是发消息给卓文扬，给他传了各种烤肉美图，向他展示我今天玩得多开心，并分享了我的心得体会。如 LEE 所说的那样，让他看到我有别的生活，新的追求。

卓文扬发来一个微笑的表情。

一顿饭连烤带聊，吃了两个多小时，吃完出来，余兴未尽的几个人又约着去网吧打游戏。

"林竟去吗？"

"走吧走吧，可可说过你'吃鸡'玩得很好。"

"对啊，让我们见识见识。"

"我们韬哥也是高手啊，你俩要不要切磋切磋？"

他们嘴里的韬哥大名韦远韬，土生土长的 T 城人，属于比较高傲的那一类，但人家各方面确实都挺出色，有高傲的资本，因而平常不是特别待见我这等学渣。

闻言他淡淡道："切磋就不用了吧。"

我其实有点想回家了，因为我没出息地又开始想念卓文扬。程亦辰说他今晚会来家里吃饭，我回去得早的话，他有可能还没走。

但意识到我这是在往犯错的回头路上走，我就赶紧叫停自己的胡思乱想，笑着应道："好啊，一起去玩两把。"

大伙在网吧里连排坐，我身为娱乐主播，小号不少，于是随便掏出一个段位跟他们差不多的号来陪他们一起四排。韦远韬则表示他的号段位太高没法排，就在边上看热闹。

虽然有点不好意思，但我觉得基本上我是在脚踢幼儿园，拳打敬老院。把把都是我一个人在兴风作浪，大杀特杀，对面有人甚至气到骂我是外挂。

带着他们连"吃"了几把"鸡"，耳边此起彼伏的"竟神威武""竟神牛"令我十分汗颜，但也相当快乐。

大家玩到尽兴，准备散场各自回去的时候，韦远韬突然对我说："加个好友吧。"

旁人笑道："韬哥是要虚心求教了吗？"

韦远韬说："是切磋切磋。"

待得回到家，已经夜深了，我还是兴致勃勃。

推开家门，见得屋里的灯却还是亮着的，我不由纳闷，不是让程亦辰不用留门了吗。

定睛一看，我发现卓文扬坐在客厅沙发里，正盯着我。

我蓦然打了个哆嗦，不由自主地站直了。

看见他，我发自心底地快乐，但他的表情，又让我那刚探出头的雀跃缩了回去。

"你回来了。"

我站得笔挺："是的！"

"今天考得如何？"

"会的都认真写了，"我老老实实地说，"选择题不会的我都选C了。"

他微微皱眉，道："为什么都选C？"

我说："因为物以C为贵！"

卓文扬没有笑。

一直很捧场的他，对我的这个冷笑话没反应。

他站起身来，走到我面前，微微皱眉道："你又喝酒了。"

他眉间的纹路变深了，说："怎么回事，不是答应过不随便在人前喝酒吗？"

一瞬间，我觉察到了来自他的压迫感。

这是在此之前我从未体会过的。他一直是个温和冷静的人，连不悦的情绪似乎都很少有。

我没见过他发火，也没想过他会发火。

而他这样站在我身前，审判者一般，我竟本能地不由自主地觉得心虚和胆怯。

我突然意识到，我是怕他的。

不知为什么，我会对他心生畏惧。就像面对狮子的羚羊一样。

明明他很自制，我也没亲眼见过他被激怒的样子。

而这心底冒出来的战栗，就好像我曾经感受过他的怒火似的。

"抱、抱歉。"

默不作声了一会儿，他突然对我伸出手来。

不知道为什么，我有种他会对我动手的错觉。

还没来得及思考，我已经本能恐惧地抬手护住头说："我错了！"

他愣了愣。

我急促地说："我错了！"

他的手悬在空中，终究没有触碰到我。

过了一刻，他把手慢慢放了下去，然后低声说："你没错。"

我还是不敢动。

"对不起，"怕我没听清似的，他又说了一遍，"你没错。"

他说："对不起，林竟。"

卓文扬走了。

我以为他原本是打算在这边过夜的，但他不知为什么，突然就那样离开了，一言不发。

第二天他没再来，第三天他也没来。

整个星期，他都没在家里出现过。

这让我很难受，也让所有人都觉察出异样，连程亦辰都悄悄问我："文扬和你吵架了吗？"

对此我不能理解。他这样做，是因为我又喝了酒吗？虽然言而无信确实令人生气，我得到惩罚也是应该的，但不至于如此吧？

抑或我的所作所为，对他这种讲原则的人来说，真的就是不可原谅的？

在这无限自我怀疑自我谴责的痛苦里，我急切地需要别的事和人转移我的注意力。

然而柯洛的一颗心都在S城，看起来比我还受折磨，跟他聊起来就跟比惨大会似的。

于是袁可可成了我缓解情绪的出口。

袁可可出于母性的温柔和人性的光辉，会在我深夜失眠找她诉苦的时候，强打精神给予我安抚，耐心回应我那些不明所以的哀号。

266

只不过我很快意识到她没有那么多时间。她太忙了，暑假里她打工赚学费的行程排得满满的，我不再好意思总在半夜三更把她吵起来。

幸而有个真正的闲人出现了——韦远韬开始来找我打游戏。

以往见了我就面无表情的他，在跟我打过游戏之后，态度明显友善了起来。

他甚至来捧场我的直播，偶尔挺大方地打赏几个飞机火箭，还捞了个房管当当，时不时在我直播间里大讲俏皮话，屡屡夸我："这个家伙有点东西。"

跟韦远韬接触得多了以后，就会发现他其实没有高傲得那么讨人厌。因为他技不如人的时候，至少愿意甘拜下风，虽然那张嘴说话不中听，心眼还是颇实在的。

而在游戏里和对手周旋，精神高度紧张，肾上腺素飙升的时候，这种感觉让我迅速沉迷了。

这天韦远韬问我："你今晚怎么还没开上线，要'鸽'我？"

"不是我想'鸽'啊兄弟，我显卡出问题了。"

"那什么时候能好？"

"这就不知道了，我还在想办法修复。"

韦远韬听起来十分不耐烦道："真麻烦，我去给你看看。"

我十分惊讶地说："什么？你还会修显卡？"

他说："本少爷有什么不会的？"

韦远韬到了楼下，第一句话就是："你住的这地方有点偏啊。"

"还行吧。"

老 T 城人总觉得二环以外都是乡下。

开门进去，陆风和程亦辰正在沙发上挨在一起聚精会神地看电视。

见我带人进来，程亦辰笑着打招呼："小竟的同学吗？"

"他来帮我修一下电脑，"我赶紧拉着韦远韬往卧室走，"你们继续看电影啊。"

韦远韬直勾勾地盯着陆风，半天没说话。

进了房间，关上门，他才小声说："我刚刚没看错吧？！"

我知道他指的是什么，内心毫无波澜："没看错。"

"是陆风吗？真人吗？他来这种地方干吗？

"你别忘了你是来帮底层老百姓修电脑的，"我说，"赶紧干活吧你！"

韦远韬从包里掏出个盒子："把这装上不就行了。"

原来所谓的修，就是拿块新的显卡来换上。

完成了"钞能力"式修理，电脑画面恢复正常了，韦远韬又从包里拿出他的电脑："速度点，搞起来，快点拉我进队伍！"

"你这瘾也太大了，"我对于他日益暴露的真面目有点哭笑不得，"没看出来你是这样的网瘾少年。"

韦远韬沉默了一下，说："其实我读中学的时候，就一心想搞电竞。"

我有点意外道："是吗？"

"结果我爸不让，他觉得这行没前途。但你看这几年，发展得多快啊。他现在心动了，想搞个电竞俱乐部，"韦远韬叹了口气，"可惜我的年纪已经不可能打职业了。"

有钱人就是这么任性的吗？

上线玩了两把，第三把刚开局，手机突然响了，一看是袁可可打来的，我腾不出手来拿手机，便点开了扬声器。

"怎么啦？"

袁可可的声音在那边清脆地念叨："你还好吗？看你超过二十四小时没发病了，反而令人担心呢。"

我含糊其词道："还行吧。我今天心理状态比较健康。"

"那行。我今天接了个大单，心情好，请你吃夜宵啊。"

"真的吗？没想到有生之前还能花上你的钱！"我说，"韦远韬也在我这儿，要连他一起请吗？"

袁可可问："那他吃得多吗？"

我笑着转头喊韦远韬："袁可可问你吃得多不多。"

韦远韬一脸紧绷，没说话。

不等他回答，袁可可又说："地址我发给你了，我大概还有半个小时到，你俩差不多就过来啊，别让我等你们，来得晚的自己掏钱。"

挂断了通话，我一看，韦远韬已经被人一梭子撂倒在树后面，都凉透了。

"不是，你这把也玩得太菜了吧。拿脚玩的啊？"

"怎么，你不想去吗？"我端详着他发僵的脸色说，"不想去说一声就好，不用勉强啊。"

"不是。"

"还是你讨厌袁可可？"

韦远韬又不说话了。

我突然反应过来："我的天！你暗恋袁可可！"

韦远韬立刻恼羞成怒："小声点！"

"哈哈哈哈哈哈……"

"笑个头啊你。"

我是没想过韦远韬这种眼睛长在头顶上的人，居然也会暗恋别人，而且对象还是袁可可。

不是说袁可可不好，而是她压根就是恋爱绝缘体。

除了拼命读书之外，她的兴趣只有搞钱，男人算什么东西，男人只会影响她搞钱的速度。

"你要去跟她表白吗？"

"别开玩笑了！"韦远韬说，"表白从来是胜利的凯歌，而不是冲锋的号角！"

哦，我忘了那天就是他说的这句话。

原来那是来自他灵魂的呐喊啊，太惨了。

"你觉得自己没希望吗？"

韦远韬木然地说："除非我长得像人民币吧。"

"哈哈哈哈……"

虽然不应该，但幸灾乐祸真是太快乐了。

我琢磨着，思路逐渐开朗道："所以一开始你看我不顺眼，难道是你以为我对她有点什么？"

"是的，"韦远韬说，"但后来我发现电子竞技没有爱情。"

我笑得不行。

正笑闹着，突然外面有人敲了敲我的房门。

我笑着打开门。

卓文扬身形笔挺地站在我面前。

猝不及防地，我感觉到自己的脸也僵住了。

卓文扬看了看呆若木鸡的我，又看了看韦远韬。

"我打扰你们了吗？"

韦远韬立刻从椅子上站了起来，毕恭毕敬道："卓学长！"

卓文扬礼貌地朝他点点头："我爸问你们要不要吃夜宵，他去煮点馄饨。"

我还在见到他的震惊里。我完全不知道他什么时候来的，我也根本不知道他今晚会来。

韦远韬一反常态地表现得十分谦逊礼貌道："啊，太谢谢伯父了，但很不巧，我们正准备出去吃夜宵。"

卓文扬又点点头说："好的。"而后他便转身走开了。

他没有再看过我一眼。

韦远韬还在目送卓文扬的背影，有些肃然起敬的意思："我居然在这里看到卓学长！原来可可不是在替你吹牛，你跟他真的有交情！"

他又把我打量了一番，啧啧称奇道："你俩是怎么认识的？你看着不像是他朋友圈里的人啊。"

我刚要说"我们是高中同学，以前关系很好的"之类的话来炫耀，一想起卓文扬方才那种冷漠，就觉得话在嗓子里噎住了。

我只能讪讪地说："哦，是因为他爸跟我爸是朋友，我家里也有人跟他们有亲戚关系。"

"可以啊你，有点东西，"韦远韬回过神来，又立刻面目狰狞地说，"袁可可发的地址是哪里？赶紧给我！"

对卓文扬的敬仰，在对袁可可的痴恋面前，根本不堪一击呢。

被韦远韬心急火燎地拖着离开家的时候，我看了一眼在客厅的卓文扬。

他还是面无表情地垂着眼睫，似乎连抬起眼的关心都缺乏。

我已经没有心情吃夜宵了，但想到自己可能要肩负帮那两只"单身汪"拉郎配的重任，还是勉强打起精神。

说实话我不觉得韦远韬和袁可可般配，因为他俩完全就不是一类人。

但韦远韬身家清白，人品不差，对朋友也仗义，除了优越感强了一些之外，没其他毛病。我还是想给他一点机会，也给母胎单身的袁可可一点机会。

万一他们能擦出火花呢？

吃饭的时候，我只觉得我心里噌噌地冒着火花。

韦远韬一直面无表情，闷头使劲吃摆在他面前的小龙虾，压根就不跟袁可可交谈。

就算我努力给他抛话题，想方设法让袁可可主动问他话了，他也还是不接话。

这人平常装高冷，私下是个很逗的人，可在袁可可面前就像个傻了一样。

袁可可对他的表现倒是不甚在意，只眉飞色舞地和我聊着她刚发现的生财之道。

我忍不住拿眼角余光射向韦远韬："别光吃小龙虾了，倒是留几只给可可啊，你不会剥给她吗？"

韦远韬立刻停住动作，像被中止了程序一样，愣在那里。

我看不下去他那蠢样，塞了个烤玉米到他手里，他又默默地继续咀嚼起来。

我感觉自己血压有点高，只能说："我去买个奶茶。可可你想喝什么？暴打柠檬茶吗？韦远韬你跟我一起去。"

离开了袁可可的视线范围，韦远韬才像脱离心控一样，神志清醒了过来，遂哀号："完了，我刚刚表现是不是很糟？"

"你说呢？"我恨铁不成钢地说，"光顾着自己吃就算了，你还净挑最贵的吃！是真有那么馋吗？"

"我不是我没有，"韦远韬哭丧着脸，"我就是太紧张了，我只能一直拼命吃离我最近的菜，压根儿管不了那是什么！"

"这下好了，可可多半觉得你这人情商低，也不知道客气，更不知道照顾女孩子。她一共就点了三斤小龙虾，全给你一个人吃了。"

"怎么办啊，"韦远韬十分无措，"我现在吐出来还来得及吗？"

爱情这东西真的是降智。

"等等给你制造个机会，你送她回去。"

韦远韬两眼放光："可以的吗？她肯吗？"

"同学之间，顺路送一下，有什么不肯的。你不要太做贼心虚了。路上你就把握机会，多跟她聊一聊，"我鼓励他，"你可以的！"

买好奶茶，回去我就跟袁可可说："有点晚了，等等让韬哥送你。"

袁可可有些惊讶地说："啊？这方便吗？"

"他开车来的，他有什么不方便，"我说，"只有需要骑共享单车回家的我才不方便，不过我不介意！"

等我慢悠悠踩着单车回到家，韦远韬的电话也来了。

他的声音听起来如丧考妣："我一句话也没跟她说上。"

"平时你不是挺会聊天的吗？"

他垂头丧气地说："我没跟她独处过，脑子空白，想不出来能说什么。"

我都给他气蒙了，说："怎么回事啊你，你在别的女生面前可不是这么没出息的！"

"那又不一样，"韦远韬说，"她是袁可可啊。"

271

潘多拉的魔盒

我去找袁可可旁敲侧击："韦远韬今晚表现得挺反常啊，哈哈。"

袁可可回："嗯？反常吗？他不是一直都这样吗？"

"是吗？"怎么听起来更糟呢。

"就高冷嘛，老T城人都这样啦，习惯了。"

"其实熟了就会发现他也不高冷，他还挺逗的。"

"那是跟你相处不高冷。我想说搭他的车子，出于礼貌，怎么也得没话找话聊几句，结果他就只'嗯'两声，"袁可可说，"跟我这种乡下人就聊不到一起啊，不是一路人。"

太惨了吧韦远韬。

我哭笑不得之余，想到这世界上有人的暗恋比我的还悲惨，心情不由得平复了一些呢。

这天之后，卓文扬又从家里消失了一段时间。

我只能想，他应该已经不愿意出现在有我的地方了。只有看在程亦辰的分儿上，他才勉强肯来。

按理来说，再过半年就要考研了，从去年开始就雄心壮志筹备着的我，现在该到了冲刺阶段。暑假必须潜心攻读，悬梁刺股。

然而自从卓文扬不再来家里了之后，被他带走的，除了快乐，好像还有我的学习能力。

我每天摊开书本，即使强打精神，脑子里也是乱糟糟的，全然学不进去。

我心里明白，我自己不是读书的料，苦读这事对我这种凡人来说是很痛苦的。

能让我克服这种痛苦的只要动力，来自卓文扬。

他一旦疏远我，我就失去那种支撑，不再拥有挑战自我的追求和能力了。

为了去念天文学而准备的书籍材料在桌上成了比摆设更糟的累赘——读又读不进去，每日对着它们打游戏又只会令我心生羞愧。

因而我将它们收起来，锁进柜子里。

再次能见到卓文扬，是得益于程亦辰的生日聚会。

一年一度的生日，程亦辰决意不肯铺张，要求在家里随便过就好。

话是这样讲，我们当然是不能"随便"的。

我爸他们为此特意飞来T城，带了精心挑选的礼物；近来常驻S城，替陆风打理当地生意的柯洛也赶回来了；陆风则预约了一家程亦辰很喜欢但平日总嫌贵的餐厅的主厨，请人家带着助手和食材亲自上门烹饪。

大家欢欢喜喜地，要齐聚一堂。

这是个非常好的、接近卓文扬的时机。

有一阵子没见了，我积攒了很多很多的话想对他说。

他看起来好像清瘦了一点，脸上也有些疲态，想来最近一定是很忙很累的。

他说着说着，脸上有了笑容，而后抬起头，像是扫视屋里的其他客人。在他的视线即将要落到我身上的时候，有人拍了拍我的肩膀："嗨！"

是柯洛。

"你要喝什么？我等等要让人送酒水过来了。"

"随便吧。"

柯洛又问："你最近跟 LEE 有联络吗？"

"有啊，怎么了？"

"你知道他最近的动态吗？"

"谁能不知道啊，他有事没事就在朋友圈秀恩爱，塞狗粮，还好我已经瞎了。"

柯洛说："嗯，回头我们聊聊。"

吃饭的时候，我没能如愿坐在卓文扬的旁边。

整晚我找不到间隙去跟卓文扬搭话，这顿饭我也忙碌得很，看起来算是左右逢源。

程亦晨时不时给我夹菜，小心翼翼问我一些学校里的事，我感觉得到他那种想和我搞好关系的努力，也不太忍心在这样的场合冷落他的殷勤。

等应付完这边，柯洛又找我诉说他的烦恼——LEE 最近和新欢打得火热，而他觉得那个人非常有问题。

"我和他们一起吃过饭，"柯洛说，"你猜怎么着，人家全程向我献殷勤，回去以后还时不时发消息给我。"

"什么，居然找你聊？"

"对，还约我出去喝酒，单独地。"

我说："你得赶紧告诉 LEE 啊！"

柯洛摇摇头："我跟他说了，但他不相信我。他说我只是想破坏他的幸福生活。"

"那我去……"

柯洛立刻道："你千万别找他谈这个，不然他只会更嫌我嘴碎。"

潘多拉的魔盒

LEE 是个在情场混迹过多年的人精，不至于像个初恋少女一般恋爱脑，我是很相信 LEE 这方面的情商的。

但从前阵子勾结童善出事开始，他就表现得很反常了。而我不知道其中的原因。

"LEE 如果主动找你的话，你试试旁敲侧击一下吧，"柯洛说，"我就是不想他所托非人。那个人真的不对劲，不只是花心那么简单。"

等终于和柯洛聊完，我鼓起勇气，朝着卓文扬的方向走过去。

他在角落里靠窗站着，安静地远远看着他的父亲在和亲友愉快热络地聊天玩笑。他的腿很长，又莫名地显得孤独，像只遗世独立的鹤一样。

我喉咙里翻腾了很久，终于把酝酿了一晚上的台词说出口："这阵子挺忙的吧？你都没来家里吃饭了。"

他转过头看着我，微微颔首："是的，最近很多事。"

我紧张地分析着他神情和语气里的信息，他应该有点不自在，但似乎没有嫌恶和排斥的意味。

"嗯嗯，你看起来就很累。"

他愣了愣，抬手摸了一下脸，说："我看起来很糟吗？"

"不不不，不是那个意思，"恨自己发挥不出聊天水平，我赶紧换话题，"辰叔今天很开心呢。"

他的神色柔和了，说："嗯，我爸就喜欢大家能聚在一起。"

我壮起胆，趁热打铁道："那你有空的话，也要多过来啊。"

他又愣了一下，说："我……"

手机在裤兜里不合时宜地响了，我只得掏出来看，是韦远韬。

"……"虽然有点讨人嫌，但他没事也不会打电话。

犹豫之间，卓文扬开口了："你不接？"

我只得按下接听键。韦远韬的声音在那头显得鬼哭狼嚎，震耳欲聋。

"怎么办怎么办？我完了我要死了！"

这种亢奋得要升天的调调，把我尴尬得当场头皮发麻。我赶紧一手捂住手机，快步走到外面阳台上，才问："怎么了？"

他上气不接下气："我爸给我弟找了个新的家教！"

"那怎么了，又不是新鲜事了。"我知道他弟弟挺顽劣的，家教都做不了太久。

他气喘吁吁地说："我今晚回来遇到她了，是袁可可。"

在家里跟袁可可狭路相逢，对他来说可能过于刺激了。

"怎么办怎么办，我刚一句话都说不出来，我觉得我要缺氧了……"韦远韬喘过气来，说，"我要去跟她搭话吗？她会不会觉得尴尬？还是要假装不认识？她会觉得我不礼貌吗？"

花了半天时间，终于给惊慌又幸福得不知所措的韦远韬支完着儿，我回到客厅。

客厅里的气氛很好，程亦晨席地而坐，居然在弹吉他，我都不知道他会弹吉他，而且甚至算得上弹得很好。

他弹奏着一段在我听来很陌生但又颇为动听的音乐，我爸在旁边伴着旋律哼唱。我爸唱歌居然也不难听。

程亦辰则盘腿在他俩对面坐着，背靠沙发，微微歪着头，带着认真而沉醉的笑容。

卓文扬依旧在原来的那个位置站着，然而方才中断的那个话题却像是进行不下去了。

我"嘿嘿"笑了两声："不好意思，刚韦远韬找我有点事。"

他抬起眼看我，眼神里像是有些询问的意味。

我待要解释，又想起韦远韬千叮咛万嘱咐不能让人知道他暗恋袁可可这档子事，为了对得起韬哥的信任，我只能讪笑："一点私事。"

他"嗯"了一声。

一时间我俩又像是无话可说了。

气氛僵硬了一刻，我说："对啦，我考试全过了，谢谢你期末的时候帮我复习。"

"不客气，应该的。"

"哈哈，没有你的话，我恐怕早就被挂成风筝了。"

他没有接话，也没笑。

我的心就此沉了下去。

他突然说："失陪了。"随即转身要离开。

我忙喊他："卓文扬！"

他的脚步顿了一下。

我叫住了他，却又不知道说什么好，只得说："卓文扬，我放弃跨专业考研了。"

他转过头来，看着我，而后点了点头："看得出来。也是正确的选择。"

我尴尬地挠了挠头说："我不是读书的料，觉得还是毕业直接找份工作比较合适。"

　　"嗯。早点就业没什么不好的。"

　　沉默了一会儿，我再次鼓起我所有的勇气。

　　"卓文扬，我很抱歉。"

　　他像是有些意外地说："什么？"

　　"我不知道我具体做错了哪些事，但我感觉得出来你不太想理我，那就一定是我做错了，"我急切地说，"有时候我是无心的，有时候是我以为没那么严重，但无论如何，我都没有恶意。我比较愚钝，如果我哪里惹你生气了，希望你能告诉我，提醒我，让我改正。请你原谅我。"

　　他安静了很久，久到我以为时间都停滞了。

　　终于，他轻声说："不，你不用道歉。尤其不用对我道歉。

　　"不是你的问题，从来都不是你的问题。"

　　要不是他的表情，我会以为这番话是在赌气。

　　他看起来有种奇怪的悲哀，还有灰心。

　　而我读不懂这种情绪。

　　但我明白的一点是，他拒绝了我。不管怎么样，这都是拒人于千里之外的回答。

　　曾经对我敞开过的那扇门，他还是决定对我关上了。

这天之后，我失眠了好一阵子。

我不知道要怎么处理这种失落。

换成以前，我无非就是把自己喝得烂醉，用游戏花丛来给黯淡的生活打上兴奋剂。

但现在的我不能那么做了。即使没有了向上的能力，我也不想往下堕落。因为那样只会离那个人越来越远。

我只有选择格外投入地打游戏，卓文扬曾经说过看好我做电竞直播，如果我能把这件事做好，也许他也会对我另眼相看呢？

陪我一起在游戏里大杀四方的还有韦远韬。

"听可可说，你不想考天文系的研了？"

"嗯……"我边瞄准边说，"我都玩成这样了，还考什么？想读研的哪个这时候还在玩游戏？"

韦远韬"啧"了一声："玩游戏不影响的啊。"

我怒道："你这种开挂选手别发言。"

虽然韦远韬也玩得起早贪黑，但我自知我俩不一样。

韦远韬即使不及卓文扬，也绝对是天才级别的学霸了，他是那种边玩游戏还能边算数学难题的人，虽然那把玩得挺烂，但题目好歹是成功解出来了。

以他的绩点，想申请去哪儿就能去哪儿。

至于我这种凡人，如果不拼尽全力，还想考 T 大的研，

潘多拉的魔盒

就太没有自知之明了。

但我毕竟也是花了许多心思准备的，半途而废，还是有点难过。而那种酸涩还一直滞留在心头上，挥之不去。

我想，大概人生里的那些"未完成"，都让人觉得遗憾吧。

暑假快结束的时候，LEE 跟新欢分手了。

原因是 LEE 发现新欢在外拈花惹草，私生活不检点。具体怎么发现的，LEE 没跟我讲述，但毫不留情地将其骂得狗血淋头。

只能说这位前任确实不是个好东西。柯洛看人的眼光果然准确。

待到开学，学渣的生活又手忙脚乱起来，我也没很多时间可以伤春悲秋了。

这天柯洛回来了一趟。

他现在停留 T 城的时间愈发地短，我俩聚少离多，我还挺想念他的，更想念那段他跟我还有卓文扬三个人毫无嫌隙地打打闹闹的时光。

吃过饭，我被韦远韬催着上线，便问柯洛："要一起来玩两把吗？"

LEE 回国这一年来，柯洛渐渐连游戏都不怎么上线了。

"先看你们玩吧，"他摇摇头，说，"我太久没练，手都生了。"

"最近怎么样了？"

这事我不敢向 LEE 打听，因为但凡在他面前提起柯洛，他的态度就会变得很生硬。

柯洛的表情有点微妙说："没怎么样。"

柯洛说："对了，LEE 好像和那个人复合了。"

"啊？"

"前阵子，他又带那个人回家里吃饭，还不是一次两次，"柯洛道，"具体不清楚，我问过谢炎，他也就含糊其词，可能不方便对我说吧。"

我边开电脑边问："你这次回来待多久？"

"两个星期吧。"

"那挺好，有空咱们去打打球，吃吃夜宵。"

登上游戏，一组队，那边韦远韬就开了语音："你可算来了啊。"

男生肉麻起来真的很可怕。

"有这么急吗？"

"赶紧赶紧，"韦远韬疯狂发出排队请求。

韦远韬一直都在叽叽喳喳，废话贼多。游戏里的他和线下的他真实地判若两人，生活里他高冷寡言，游戏里聒噪又热情。

只要帮他狙倒对手，抢到空投，就能得到他源源不断的爱。

柯洛说："你这朋友，挺有意思的啊。"

我正仔细地瞄准对面房顶上的那个人影，闻言笑道："是啊。"

"刚认识的吗？以前好像没这号人。"

我精准地开了一枪，直接将对面那人爆头，而后自然又得到了韦远韬的夸赞。

"是我同班同学，前阵子熟起来的。整个暑假他都在陪我练枪。"

过了会儿，柯洛又说："这都开学了，你俩还是玩得挺热络啊。那什么，卓文扬没来帮你辅导，你最近功课，还跟得上吗？"

"还行吧，"提到卓文扬，我的心脏依旧会猛地往下一沉，但还是笑道，"这学期我的成绩都靠韦远韬了。别看他瘾这么大，书读得那是真好。"

这大半个学期以来，都是我带韦远韬玩游戏，他帮我讲题，也算是种互帮互助了。

柯洛过了会儿才说："那、那也挺好啊。"

是挺好啊，不然我真的怕自己不能依赖卓文扬之后，就没出息地拿不到毕业证书，更让他看不起。

柯洛在 T 城的时间里，也是十分忙碌，回到家还时常打开笔记本电脑加班，因而并没能和我玩游戏。

虽然我还是两耳不闻窗外事的学生党一枚，但也隐约感觉得到，近来生意场上的形势好像有些紧绷。

这天我玩着手机，突然在我关注的"S 城发布"官方账号下，刷到一条新闻。

不，应该说是旧闻，这已经是几天之前的事了，由于平台时间线混乱的缘故，我刚刚才刷到。新闻说某某小区停车场发生爆炸事故，造成一名李姓男子受伤，以及数辆车受损，警方对此正在调查云云。

这算不上什么大事，吸引不了什么流量，篇幅因而也很短，淹没在之后的各种大小新闻推送里。

但问题是，这小区的名字，看起来很眼熟。

我问柯洛："LEE 跟舒念他们住的那个小区，叫什么来着？"

柯洛正专注地对着电脑，闻言便回我："紫云国际。怎么了？"

我说："奇怪，LEE 怎么没跟我聊起过这事，舒念跟你说过吗？"

"什么事？"

我把手机递过去，给他看了那条新闻。

柯洛立刻皱起眉。

我忐忑道："李这个姓太常见了。应该……没那么巧吧？真有什么事，肯定会告诉我们啊。"

柯洛沉下脸说："如果是 LEE 的话，还真不一定。

"我问问舒念。"

打完一个电话回来，柯洛的脸色十分难看。

我震惊了道："还真是 LEE 吗？"

但这家伙这几天还在跟我发消息聊天，一副若无其事的样子啊。

柯洛叹了口气，道："我现在就去机场。"

"哎……好，"我只能说，"你去替我骂他两句。"都住院了还守口如瓶，算什么朋友。

不知道什么时候起，曾经无话不说的朋友们，都因为有了会瞒着彼此的秘密，疏远。

而我自己也一样。

柯洛去了 S 城之后，传回来的，有好消息也有坏消息。

坏消息是，LEE 是遭人报复，被人在汽车上安了炸弹。虽然 LEE 警觉自救了一下，受伤还是难免的，最麻烦的是脸部伤得不轻。而这个一直以样貌为傲的人，这回居然拒不修复。

好消息是，LEE 并没有跟那个人复合。之前的种种亲近，只是发现对方是商业间谍之后故意为之的烟幕弹罢了。

当然，那汽车炸弹出自谁之手也不言自明了。

LEE 恢复得还是不错，唯独脸部的修复手术迟迟不做，柯洛为此操碎了心。

"LEE 说自己不想修复成以前的脸，想整成别的样子。"

我："哈？"

LEE 虽然不能说是天姿国色，但对自己的脸是相当满意的，毕竟又好看又有辨识度。

所以想整成什么样子，网红脸吗?

"我觉得，LEE 是单纯就是想换一张脸吧，"柯洛说。

"那……你们对这事的态度呢?"

"舒念很生气，竭力反对，谢炎听舒念的。我算中立吧。从手术风险角度，还有亲友的心理接受程度考虑，当然是照原来的样子修复比较好。但我觉得还是以 LEE 的意愿为主。整成什么模样都行，只要 LEE 喜欢就可以，"柯洛说，"只是，我是那个让 LEE 想放弃自己脸的罪魁祸首。

"LEE 好像不会原谅我了。"

其实我所熟悉的那个 LEE，并不是这般记仇的人。一直很潇洒，对过去种种既不留恋也不记恨，因为 LEE 的世界很大，心也很大。能在 LEE 心里留下痕迹是一件难事，大多事情之于他都是风过无痕。

为什么会变成这样呢?

柯洛中途只回来过一次 T 城，为了处理公司的事，结果还抽空去庙里给 LEE 求了个平安符。

讲科学有文化的大好青年柯洛兴冲冲地向我展示: "听说这个特别灵验，找大师开过光了。"

我挺酸地说: "你好迷信哦。"

我也好想有人为了我去迷信起来。

过了不多时，柯洛打电话给我。

"LEE 决定把脸修复回原来的样子了。"

"真的吗? 看来 LEE 心里跨过了这个坎了。"

柯洛像是叹了一口气，低声说: "希望他真能对那事释怀吧。"

过了一些时日，我又收到柯洛报忧的消息。

"舒念和谢炎吵架了。"

我事不关己地吃着饼干说："是吗？"

那天深夜我终于又等到了柯洛的消息。

一看消息预览显示着："LEE 心脏病发，进医院了，不过情况已经稳定了。"

临毕业的时候，其他的事都有了挺不错的进展。

最近跟柯洛混得多，我确实是学到了不少东西，感觉已经为当一名合格打工人打下了坚实的基础，随时都可以准备好接受压榨了。

此外，最重要的是，在修改了无数版毕业论文之后，我终于顺利通过了答辩。

历时六年，竟能从 T 大毕业，换成以前的我，想都不敢想。

我的人生好像快要有一个圆满的收尾了。

毕业典礼这天，我的亲属团来了浩浩荡荡的一伙人。

程亦辰兴致勃勃带着陆风来见证我的毕业时刻，这自不必说。我爸和程亦晨也从 S 城赶来了，到场的甚至还有柯洛和 LEE，以及卓文扬。

一口气来了七个人观礼，不免过于拖家带口，但在这浩大的亲友团的簇拥下，我又觉得很快乐。

仪式过后，我兴冲冲地带着他们满学校合影留念，西校门来个全家福，每栋教学楼前都来几张，图书馆也必须拍照留念，还有体育场……

"我就是差点在这里英年早逝的！"考 1000 米可太可怕啦！

大家都在笑，只有卓文扬不怎么说话，安静地拿他的相机，认真为我们拍照。

一片热闹之中，我看到了韦远韬。

今早刚遇到他的时候，他一脸晦气，浑身都散发着生无可恋的气息，连学位授予仪式上那属于他的宝贵 30 秒，他都笑不出来。

现在他看起来没那么丧了，但是一脸痴呆。

我过去招呼他："韬哥！"

他目光呆滞了一会儿，才转动眼珠，看了我一眼，而后如梦初醒一般，忙把我拉到一边。

我问他："你怎么了？生病了吗？"

他左右看看，压低声音说："昨晚我向袁可可表白了。"

我瞳孔地震，说："表白了？你？昨晚？你约她出来了？可以啊你！"

"没有，"他说，"我给她发了个 PPT。"

"什么？"我挖了挖耳朵，"发了个什么？"

"我做了个 PPT 向她告白。"

"哈？"

"我想要向她好好解释一下她该选择我的原因以及介绍我的优势所在嘛。这些东西太复杂了，三言两语讲不好的，还是 PPT 比较能清楚展示。"

我活了二十几年，没见过傻得让我这么无语的。

我木然问道："她拒绝了？"

"对……"

他看起来倒也没有受到过度打击的悲痛欲绝，大概是因为做足了心理准备。

我说："这……"

对于一个做 PPT 表白的傻子，我还能说什么呢？

韦远韬又说："然后刚刚，她也传了个 PPT 给我。"

"什么？"

"主题是告诉我具体有哪些地方让她觉得我俩不合适。"

我真无语了。

韦远韬说："你要不要帮我看一下，虽然她的 PPT 做得很完美，但我觉得还是有

283

辩驳的空间……"

他推了推我："喂，你觉得我还有戏吗？"

"有吧，"我麻木地说，"很难找到一个跟你一样傻的人了。你俩也太般配了。"

韦远韬好像忽略了我的前半句，只专注于般配二字，两眼顿时闪闪发光地说："真的吗？"

"真的。"

爱情这东西真的降智。

被逼着在手机上欣赏完袁可可的 PPT 大作，再把欣喜若狂的韦远韬打发走，我回头一看，我的亲友团大部队已经不见了。只剩下卓文扬还远远站在树底下，仿佛在等着我。

我紧张了一下，带上笑容朝他走过去，他礼貌对着我点点头说："柯洛先带我爸他们去咖啡厅坐一坐。"

这天气在户外，要他们一直站着等我跟韦远韬聊完，即使有荫凉，也是会被热烘烘的地面烤得够呛。

卓文扬又轻轻说："走吧。"

我庆幸于卓文扬这种留下来等队友的体贴，还有韦远韬的这番耽误。

托韦远韬的福，我在过了如此之久以后，终于有了能跟卓文扬并肩走这样一段路的机会。

这可不能白白浪费啊！我按捺着激动，在脑子里迅速寻找适宜的话题。

聊什么好呢？记住了，不能给对方制造压力，也不要丢出问题等回答，更别说无意义的废话，千万杜绝尬聊！

我疯狂地琢磨起来，边不停地拿眼角余光偷瞄他。

卓文扬在我身边慢慢走着，他个子很高，脊背很直，双腿修长，皮肤雪白。

我鬼鬼祟祟的视线里，有汗珠顺着他的额角，生动地流了下来，仿佛一座冰雕些微融化了一般。

我决定出卖韦远韬。

"跟你说个好笑的事。"

他轻轻"嗯"了一声。

"韦远韬做了个 PPT 向袁可可表白。"

卓文扬停住脚步，我看见他的双眼略微睁大了。

吸引注意力的第一步达成了！

我乘胜追击道："很震惊吧？"

他说："嗯。"

"PPT 这种操作，笑死。"

卓文扬终于开口了说："韦远韬，他喜欢袁可可吗？"

"意外吧？我刚知道的时候也是跟你一样的反应。"

卓文扬问："所以，他一直喜欢袁可可？"

"对啊，太惨了，活生生暗恋到毕业。我怂恿他好多次，让他积极一点，去追追人家，示示好。套路都帮他想好了，他死活不敢去。结果憋到毕业前一天，给人家精心做了个 PPT，"我说着自己都觉得好笑，"然后呢，袁可可虽然拒绝了，但她也给他做了个 PPT，你别说，还真做得挺好。"

不知道是不是我的错觉，卓文扬的表情好像变得放松而柔和了。

所以他喜欢听这种八卦吗？

于是我滔滔不绝起来："他俩也是怪有意思的。我一开始也觉得完全不般配，你知道的，袁可可是那种山沟沟里飞出来的金凤凰，家里困难，人就特别刻苦踏实。韦远韬又是那种 T 城本地富二代，优越感拉满，天天看不起这个看不起那个，没事就瞎花钱，基本上就是袁可可最讨厌的类型，我一直没看出来他俩能有什么合拍的地方。但现在又觉得搞不好他就是为对方准备的，天造地设……"

卓文扬安静地听着，不时点头赞同我的发言。

他话依旧不多，但很奇怪，我们之间的气氛，似乎又回到了以往那种融洽和愉悦。好像有一些隔在他和我之间的，紧绷的东西，悄悄消失了。

在 T 大逛了一天，拍了无数照片，离开的时候大家都挺累的，但心情很好，程亦辰说："要不我们先去按个脚吧？"

此提议完全符合大家的需求，因而立刻得到了一致的拥护。

我们在一家影院式养生会所里占了个包间，对着宽阔的弧形巨幕，边美滋滋地吃东西，边看喜剧电影，边等着按脚。

说真的，我没想过按摩的地方饭能这么好吃，已经搞不清这里到底是做足疗还是做餐饮了。大家热热闹闹地吃喝着，海阔天空闲聊着，莫名有种合家欢的感觉。

柯洛突然问："林竟，从今往后，你也是有证的人了，要继续在我们那儿上班吗？"

潘多拉的魔盒

　　我警惕起来说："还想继续压榨我吗？"虽然毕业前为了交差，早早签了三方协议，但本质上我还是自由的。

　　柯洛一本正经道："你做直播的话，也是要被平台'吸血的'，一样是被'吸血'，当然肥水不流外人田。"

　　柯洛一手钩住我的脖子，笑道："还是你不想给我吸，要让别人吸？"

　　我说："不要讲得好像你是蚊子似的。"

　　卓文扬突然开口说："如果有意愿，来我们公司也是可以的。"

　　我和柯洛一起看向他。

　　他又立刻道："我们给新人的福利和培养机制会比较好一点。"

　　我按捺住内心的激烈澎湃和四肢的不住颤抖，矜持道："我会考虑考虑的。"

　　我不知道是发生了什么，也不知道到底是为什么，但卓文扬好像把对我严严实实关上的那扇门，又打开了。

　　我没有立刻从陆风公司跳槽。

　　毕竟，跟柯洛共事其实是很愉快的，我俩彼此信任，默契十足。他又依仗着我来任劳任怨地随时顶上，好让他能抽身去S城。能为朋友的幸福爱情生活出一分力，贡献一些光和热，我觉得也算是发挥我的剩余价值了。

　　最重要的是，我自己也不太敢真的就满腔欢喜地跑到卓文扬的公司去应聘。

　　说不定他只是客套而已。

　　即使他似乎对我放下心防，那也不表示我可以贸然激进。

　　我们之间好不容易修复的平和关系，很可能只薄如一张纸。

　　万一他还是不想让我靠得太近呢？

　　这天上班的时候，手机突然跳出两条短信，我定睛一看，是这个月工资到账了，并且还多了笔奖金。余额数字有所上升，作为一个新鲜"社畜"，我心里美滋滋的。

　　我正美着，柯洛过来，瞧见我的手机页面，便拍拍我肩膀，说："怎么样，哥们待你不薄吧？"

　　我正色道："讲真，我中学时候的零用钱都比这个多。"

　　柯洛不为所动地露出微笑："那不是自然的吗？老板和老爸怎么会一样呢？"

　　我酸溜溜地说："那不一定，你的老板和老爸不就是一样的吗？"

　　柯洛赶紧咳了一声，又说："对了，我今晚的飞机去S城。"

我说："啊……"

"下班我就要直接去机场，不能载你回去了。"

"什么？"我痛心疾首，"我竟然得自己打车回去了吗？那也太贵了吧！"

柯洛十分友善："你也可以选择加班，这样的话交通费公司报销。"

"倒也不是不行。"

柯洛笑道："讲真，你不打算买个车吗？"

"我有我的爱车啊。"

"那是两个轮的，上不了高速。"

我叹了口气说："没钱买四个轮的啊，老板，你看是不是该给我加点薪……"

柯洛立刻连连摆手说："想都不要想，一毛钱薪水都不能给你加。不过辰叔随时都愿意掏钱给你买一辆。"

我大翻白眼说："他哪儿来的钱啊？"

"你这话说得，看不起谁呢。不是有陆叔叔兜底吗？"

这就是我觉得柯洛可爱的地方了。即便陆风是他亲生父亲，并承认了他的身份，他也不会认为那些是属于他的财产。

我做出思考的样子道："那不行，我还是更喜欢薅公司羊毛。"

柯洛笑着拍拍我肩膀说："说真的，挑辆喜欢的车吧，不然你这通勤有点费劲。"

这点我明白，而且，其实不只是程亦辰他们有替我买车的好意，我爸和程亦晨也早就殷勤地提了好几次，问我喜欢什么车，说是要作为我的毕业礼物。

我很有志气地婉拒了。

学生时代大花特花长辈们的钱，尚且算是理直气壮的话，而今当了社会人，我就不太好意思继续啃老了。

何况我还不是我爸亲生的。

我打算靠自己存钱买一辆车。

这几年直播的收入，加上近来被柯洛"压榨"换来的血汗钱，在吃住都不用大的花销的情况下，我其实也有了一笔不菲的存款。

这个事实让我自己都十分惊讶——我居然存得下钱？

我不是跟柯洛开玩笑，中学时代我爸给我的零用钱，确实比我这份打工人的薪资多得多。

然而那时候的我还是动辄不够花，得找 LEE 救济。

如今到我手里的钱变少了，能留下来的反而变多了。

储蓄的感觉真奇妙啊。

当然这存款的数额，离买辆符合我审美和要求的新车，肯定是有距离的，倒是可以考虑买个二手车。

不过达成目标之前就需要好好地薅公司羊毛。比如自愿留下来加班，赚了加班费的同时还能报销回家的打车钱。

抠门的感觉真是令人快乐并且上瘾啊。

快下班的时候，我接到程亦辰的电话。

"小竟，刚看到你的消息，你今天不回来吃晚饭吗？"

"嗯嗯，有点工作没做完，想留下来加班。"

那边立刻隐约传来程亦辰骂陆风的声音："怎么回事呢你们公司，小竟才上班没多久呢，就得三天两头加班？"

陆风不知道说了什么，音量不大我没听清，程亦辰又骂他："还狡辩？要不是你们给的工作太多，哪需要自愿加班？谁不喜欢准点回家吃饭啊？

"有食堂？有食堂了不起吗？还提供夜宵？好啊，这不就更证明他们需要经常加班吗？"

我眼前自动浮现出了陆风唯唯诺诺挨骂的样子。

太惨了吧。

其实公司的食堂是真心蛮好吃的，超级物美价廉，各方面福利保障也都挺到位，比那些只知道让员工加班不管员工死活的公司好得多。

骂完陆风，程亦辰又来跟我说："你陆叔叔说了，不用加班，赶紧回来吧！有什么明天再做就行，做不完也行。"

我哭笑不得："好。"

柯洛随后在我们的三人小群里咆哮道："林竟坑我！"

"啊？"

"陆叔叔刚打来问我怎么无缘无故让你加班，是不是又把自己的工作甩给你。我觉得他想骂我！但我又不能说你只是为了能报销打车钱！"

我不由得"嘎嘎"大笑："笑死。"

柯洛愤愤不平："文扬你快替我管管他！"

"嗯？"

卓文扬说话了："我刚要离开公司，你稍等一下，我过去接你一起回去。"

我受宠若惊："哎？不太顺路吧。"

"没关系的。"

我一下子又是紧张慌乱，赶紧冲去洗手间对着镜子，把自己那一头睡到炸毛的乱发仔细地抓了又抓。

成为打工人以后我逐渐不修边幅，加上公司里反正又没有人认识我，我就心生散漫，连头发也懒得打理。今早睡过头，干脆洗了个脸就出门了。

哪知道居然要在这种情况下跟卓文扬见面。

尽最大努力把自己收拾了一通，我忐忑地下楼，在公司大门口等着，时不时借着玻璃门的反光，检视自己的模样。

远远我就认出卓文扬的车子，拉开车门坐上去。

这么久以来，还是第一次，我俩在密闭的空间里，这么近距离地独处。

卓文扬对我点了点头，开出一段路，他问："车里温度太高了吗？"

"没有没有。"

"但我看你在流汗。"

我只能尴尬地说："哈哈，是我外套太厚了。"

卓文扬调低了车内温度，而后问："现在都是柯洛顺便载你上下班吗？"

"嗯嗯。"

"那他不在的时候你就挺不方便的吧，"卓文扬问，"你需要买辆车吗？"

我老实道："要的，我有在存钱。"

他略微讶异地看了我一眼说："你打算自己买吗？"

"嗯嗯。"

他像是微笑了说："那你比我厉害。"

"是吗？"

"嗯，我人生第一辆车是我妈帮我买的，现在开的这辆，是外公送我的礼物，"他说，"我没靠自己买过车。"

虽说他靠自己，照样是想买什么就能买什么，但话这么讲，听起来倒也没毛病。

他这像是在故意哄我开心，因而我也高兴了起来，兴致勃勃地跟他分享了我的二手车大计。

卓文扬认真地听着，时不时给点建议，并没有看不起二手车，或者不把我的这点奋斗目标放在眼里的意思。

快到家的时候，卓文扬突然说："在你买到车之前，以后柯洛不方便的时候，我载你吧，不耽误事的。"

我大惊道："那怎么好意思，太麻烦你了吧。"

他看了我一眼说："没有什么麻烦的。"

开门见到我俩，程亦辰有点意外地说："文扬来啦？你不是说今晚有事，不过来吃饭吗？"

"嗯，我顺路送林竟回来一趟，"

"来都来了，真的不留下来吃一点吗？"

卓文扬笑道："应该来不及。明天吧，明晚多煮我一碗饭。"

打过招呼，卓文扬没进门就走了。

这天又到周五，我热情地问柯洛："按惯例，今晚下班，你又该去机场了吧？"

"啊？"柯洛说，"没有呢，这周事这么多，走不开了。"

柯洛奇怪道："你怎么看起来这么失望？以前不是我要提前开溜你才摆这种生无可恋脸吗？"

手机提示有消息，我看了一眼，群里卓文扬在说话："柯洛你今晚去S城吗？"

柯洛立刻说："哦，我突然想起来了，我得去买个礼物，不顺路。你让文扬捎你回家吧。"

卓文扬很快过来了，我坐上车的时候，他给了我一个温和的微笑。

我说："最近感觉大家都好忙哦，是不是该放松一下了？下个周末你有什么安排吗？"

"下周吗？"卓文扬想了想，"周末都有工作。"

"这么忙的吗？"我不死心，"晚上不会也要加班吧？"

"有个新项目在推进，周六晚上要和设计团队碰个面。周日晚上需要出席一个发布会。"

我说："哦哦，这样啊。"

他看看我说："怎么了吗？"

"啊，没什么，就，朋友送了我两张下周日晚上徐衍演唱会的票，位置很好，"

我讪讪道，"当然我知道你想买什么票都很容易啦，所以没差的。"

他看着我说："你是要，叫我一起去吗？"

"嗯嗯。没空就算啦，下次吧，反正 T 城多得是这种演唱会。"

他突然说："我会安排的。"

"啊？"

"演唱会是几点开始？"

"7 点半……"

"好，那我们 6 点到吧。"

"啊？"

他说："我也很久没去看演唱会了。"

接下来这周末大家都得加班，连着两周没法去 S 城的柯洛很哀怨，连陆风也因为不能在家追完晨间剧的大结局而十分悻悻，唯独我是漏网之鱼，不用去公司。

这就是程亦辰骂了陆风一顿以后给我要来的特权吧。

虽然有点不好意思，但我只能"笑纳"了呢。

晚上吃着饭，程亦辰说："明天我要出一趟门，去见书商。"

陆风表示不放心道："你一个人吗？我让人陪你去吧。"

"不用，"程亦辰皱眉道，"我这么大个人了，难道还能走丢？我真不喜欢你那些人跟着。再说了，也给人家放个假吧。"

见陆风欲言又止，操心又怕挨骂的模样，我毛遂自荐道："我送你去吧辰叔，反正我也闲着。咱们顺便逛逛，吃点好吃的。"

程亦辰笑了说："那也好，那一带好像还挺多你们年轻人喜欢的网红餐厅。"

自告奋勇之后，我想起我只拥有一辆两个轮的爱车。

我问："那咱们打车去吗？"

"开我的车去吧，"陆风说。

虽然早起有点痛苦，但周日的清晨还是很令人愉悦的，清新的空气，畅通的路况，怀抱着对今晚那场演唱会的期待，感觉这会是美好的一天。

路上程亦辰挑个歌单，旋律在车内荡漾开来，并不是当红热门抖音洗脑歌，但我听着竟都有点耳熟："这什么歌啊？"

程亦辰笑道："都是些挺老的经典，我的怀旧歌单。"

"我好像听过呢。"

291

"会吗？它们年纪都比你还大呢。"

播到其中一曲，我断定这确实是我听过的歌了："这首我会！"

我摇头晃脑地跟着哼了起来："Let me forget, all of the hate, all of the sadness（让我遗忘，所有怨恨，所有悲伤）……"

程亦辰有点惊讶："你还真的听过呀。"

我自豪地说："我还知道它叫 endless rain（《无尽的雨》）！"

程亦辰笑了说："摇滚史上的最伟大的三场雨之一。我还以为你们年轻人都不听这些了。"

我突然想起来了，这是 X 君推荐给我的，他分享过一个自己珍藏的歌单给我，我把它放到玩游戏时的 BGM 里，因而也记住了里面的一些歌。

"你也喜欢摇滚吗？"

"我其实倒是了解不多，不过我弟弟很喜欢，他推荐了很多摇滚经典给我，这歌单也是他分享的，"他笑道，"你知道吗，亦晨虽然学的是建筑，其实很有音乐方面的天赋，吉他弹得好，歌也唱得好，我原本以为他会去做音乐。可惜后来……"

他猛然顿了一下。

我好奇道："怎么了吗？"

程亦辰过了会儿，低声说："后来发生了点事，很多人的人生计划都被打乱了，包括他。"

"他怎么了吗？"

程亦辰犹豫了一下，才说："他受了伤，差点瘫痪，用了很长的时间才恢复。不过现在挺好的，"他忙又接着说，"大家都挺好的。"

我突然有了点奇怪的感觉，但又说不出来那是什么。

悲怆的男声还在撕裂式地歌唱："As I try to hold you, you're vanishing before me……I awake from my dream. I can't find my way without you（当我试图留住你，你却消失不见……当我从梦中醒来，没有你我找不到方向）……"主唱的歌声听起来像心碎后的裂片。

虽然外面是万里无云的晴天，却因为这旋律里挥之不去的遗憾，无可救药的孤独，而变得好像要下起雨来一般。

车内的气氛莫名低沉了下来。

我在脑内默默跟着哼唱，用半生不熟的蹩脚英文。一曲终了，从那种感伤里回过神，我突然意识到车况有些不对。

刹车好像有问题。

而我们已经在高速路上了。

我在短时间里用尽了我所能想到的操作，并没有任何作用，车子依旧在失控地飞速前行。

"辰叔。"

他也觉察出异样了，紧张地看着我："怎么了吗？"

我心跳得很快，说："刹车坏了。"

车里寂静了片刻。

我迅速说："后座有抱枕什么的吗？你拿一个抱着，把头低下来。"

他的声音有些颤抖："小竟……"

前面就是弯道了，本该在这里减速的。

没什么时间可以思考，也思考不出什么，我脑子里像是一片空白，又像是闪过很多很多东西。

卓文扬，他会怪我吗？

护栏在眼前越来越近，我猛打方向盘。

我的耳朵似乎听见了巨响，眼前却是一片黑暗。

无法形容那种感觉，有点疲惫，又迷惘。好像睡着了，又好像已经醒过来了。而感觉里虽然睁开了眼，却依旧只能看到黑色。

这似乎是在一个很黑很黑的地方，不仅漆黑，也安静。

辰叔呢？

我害怕了起来。

他去哪儿了？他还好吗？

我是把他弄丢了吗？

卓文扬会怪我吗？他们会怪我吗？

我摸索着往前走，不知道过去了多久，终于，远远地，前面似乎有了光亮。

我朝着那光亮加快了脚步。

那应该就是出口了。

出口有个人影站着，像是在等我。

我激动起来，是辰叔吗？

待得走近了，我发现那并不是辰叔，而是一位妇人。

她微笑着，望着我。她看起来很慈祥，很面善。

我从没见过她，但没来由地，我就觉得她很亲切。以至于我鬼使神差地，冒冒失失地开口问她："你是谁？你是我的奶奶吗？"

她笑着点点头。

我其实见过我奶奶的样子，我爸家里有他们秦家的全家福。照片中我奶奶一副雍容华贵珠光宝气的派头，高雅，又严厉，典型大户人家的主母。

而她却很朴素，很和蔼的模样。

但我在这时候，也无心去纠结这差异，我只是不知道为什么，觉得有点难过，又很脆弱。

我说："奶奶，你带我回去吧。"

我在这黑暗里，一个人走得好孤单，好累啊。

她摇摇头，温柔地说："那不行的，他们还在等着你。"

而后我像被用力推了一把。

我感觉自己从很高的地方摔了下来，无尽的失重感，但这掉落达到尽头之前，我就惊醒了过来。

我像溺水的人终于浮出水面一般，猛地喘过一口气。

眼前好像又有了光，但我睁不开眼，耳朵开始捕捉到嘈杂的声音，但我不太能分辨得出来那是什么。

好像有人在喊："有了！"

"……"

"有心跳了！"

而后我的意识又无力地，逐渐滑入了黑暗。

这回的黑暗里，我没有再遇见我的奶奶。但我遇见了小时候的自己。

意识反反复复地，来了又去，去了又回，我在一场又一场的梦境里翻腾，煎熬，却怎么也无法真正清醒过来，只能循环着那轮回地狱一般的痛苦。

直到隐约之中，我好像突然听到啾啁的鸟鸣，那声音十分婉转，清脆，像道亮光一般，驱散了笼罩我眼前的黑雾。

有人在轻声说："醒了。"

我迷迷糊糊了好一阵，才终于觉得自己的眼皮能动了。我拥有了将它抬起来的力气，我好像重新拿回了对自己身体的控制权。

"真的醒了！"

蒙眬的视野里，依稀是一些熟悉的脸的轮廓，但我看不清他们的表情，连耳朵捕捉到的动静也是乱糟糟的。

"小竟、小竟……"

"小声些，别吵着他。"

"呜呜呜……"

天哪，怎么会有人在哭？难道我已经死了，现在是以灵魂状态在听着这一切吗？

"你先别哭了，别太激动啊，快去擦把脸，他会吓到的。"这应该是我爸在说话。

我张了张嘴，试图说些什么，但嗓子还是使不上劲。

周围一下就安静下来。

"他要说话吗？"

有人轻声问："你想说什么？"

好像是卓文扬的声音。

我从喉咙里含糊地发出声音："辰……叔呢？"

"他没事，你放心。"

我松了口气。

而后我又想起另一件事。

"现在……几点了？"

"晚上 11 点，"他问我，"怎么了吗？"

"啊……"我突然觉得好失落，"演唱会……来不及了……"

他低声说："没关系的，下一次。"

有人在问："什么演唱会？"

我分辨出来了，这声音是程亦晨，刚才在嗷嗷哭的也是他。

卓文扬说："小竟本来和我约好，那天晚上要去看演唱会。"

我爸像是哭笑不得："傻孩子，这都过去多少天了。"

"啊……"

我这才后知后觉地想到，从车子撞上防护栏，到我清醒过来，应该并不是一天之内的事。

而我的意识却还停留在那一天，憧憬着跟卓文扬一起去看演唱会的那个清晨。

医生来帮我检查过之后，我爸和程亦晨终于愿意去休息了。卓文扬说他们这阵子基本就没能好好合过眼，因而力劝他们去睡一觉再来轮班，而他自己留下来陪我。

鉴于我目前不该说太多话，但我又一副什么都想问的求知模样，卓文扬就自发地根据我的面部表情跟我聊起了天。

我很少听他一口气讲这么多话。在他耐心的讲述里，我大致了解了这段时间以来的混乱和大家的不眠不休。

一开始家里乱成一团，我爸他们和LEE都当天从S城赶来，所有人待在医院里守着。后来出了点状况，意识到这样不是办法，就让柯洛回公司盯紧，LEE过去帮他的忙。

辰叔虽然已经脱离生命危险，但伤也不轻，因而陆风在陪着他。

我不由对辰叔内疚了起来。他的弟弟，他的儿子，都来我这里了，而他只有一个朋友。

"刚才我去我爸的病房看了看，他上过药，已经睡着了。陆风也睡了，"卓文扬说，"我就没叫他们起来。等明天吧，明早再告诉他们你醒了。"

我努力点头说："嗯嗯，让他们好好休息吧。"

我觉得这挺好的，比起他们的探望，我更渴望这样跟卓文扬相处。

卓文扬说："你昏迷的时候，陆风也来看过你几次。"

"是吗？"

我还挺意外的，我以为他眼里只会有程亦辰，才不在意其他人的死活。

卓文扬看出我的惊讶，轻轻道："他也没那么冷血了。至少他和我们一样希望你平安无事。而且，你受的伤比我爸爸重多了。"

"是吗？"

他说："通常车祸里，副驾受伤会比主驾严重得多。因为人有本能躲避反应，一定会用远离自己的一侧去迎接撞击，减少自身受到的直接伤害。但你那一侧的车头，都……"

他停住了，沉默了一会儿，才低声说："都撞烂了。"

我说："其实可能只是我技术太差了，来不及躲。"

他笑了："那不管，我就当你是战胜了本能的伟大英雄。"

我于是自豪地挺了挺胸："所以你要表扬我吗？"

他又笑了："当然了。还要给你小红花。"

他真的好温柔，又好可爱。

"还有一件事。"

"嗯？"

卓文扬收起笑容，道："你们的车祸其实不是单纯的意外，是人为的。"

我不由睁大了眼睛。

"刹车被做了手脚，这是冲着陆风去的，"他说，"但那天你们开走了他的车。

"所以这阵子，我们都很谨慎，可能会过度紧张，有点草木皆兵。你不要觉得奇怪。"

"嗯……"

"不过，你也不用害怕，"他忙又说，"不会发生第二次了。你现在很安全。"

我点点头。

有卓文扬在，我确实打心眼里觉得很安全。

我琢磨着这事，突然又听到卓文扬说："对了。"

"嗯？"

"我之前放了个东西，在你枕头底下，图个吉利，希望你不要介意。"

"哦？是什么呀？"

卓文扬伸手，略微迟疑地从枕头下摸出一个东西来，举到我眼前。

在灯光下我看清楚了，那是块通透莹润的祥云凤凰玉佩。

"我去一位大师那里求来的，据说很灵验，"他好像为自己的迷信而有点羞惭了，"你不管信不信，姑且留着吧，还是挺好看的。"

我心里瞬间乐开了花，嘴里却淡定地说："哇哦，看着挺值钱的，不错不错。"

我终究还是太虚弱，听卓文扬温柔地和我说着话，不知不觉，眼皮变得越来越沉重，意识渐渐地又飘远了。

我又做噩梦了。

这噩梦我不意外，也不陌生，但还是让我很痛苦。

我无法动弹，呜咽着任人鱼肉。我好像盲了一样，眼前皆是黑暗，压在我身上的人面目模糊，然而肢体的碰触却很清晰。

这一切又可怜，又可怕。

我只能一遍遍告诉自己，这是梦，这会结束的，会过去的。

终于从噩梦里挣脱出来，我猛然睁开眼，心脏还在通通地狂跳。

而后我看到一张熟悉的，但并不是我预期之中的脸。

对上我的视线，程亦晨一脸的如释重负。

"你醒啦？"

我不由问："我睡了很久吗？"

不会又是像上回次醒来一样，一晃眼月历都翻过一张了吧？

"倒没有，"他有些尴尬地说，"我就是有点怕……"

"怕我睡着了又醒不来吗？哈哈哈，"我宽慰他道，"不会的，我已经睡够了。"

他微笑起来，神色略微放松了。

"卓文扬呢？"

"我看见他坐在这儿打瞌睡，就劝他去休息了，"程亦晨说，"他这阵子天天熬得辛苦，你醒了，终于能放心了，也该轮到他好好睡一觉。"

所以卓文扬也是和他们一样，一直守着我吗？

程亦晨端详着我，小心翼翼道："你看起来，情绪不错呢。"

我喜笑颜开道："嗯嗯。"

"那就好，"他低声说，"刚才看你睡着的样子好像很痛苦，我有点担心。"

"啊，我那是，做了个噩梦而已。"

"什么噩梦？"

我只能说："我梦见……梦见车祸了。"

他神色一紧，眼圈竟像是红了，声音嘶哑道："哎，可怜的孩子……"

我赶紧说："没事的没事的，都过去了！"

我其实有点迷惑，虽然跟程亦晨接触得不多，但我印象里他不是这么多愁善感的人，他挺开朗的，比他哥还要阳光一些。

怎么突然就变得动不动就落泪地软弱起来了呢？

回想起我刚恢复意识的时候，居然是他真情流露地哭得最惨，我爸简直相形见绌。

我昨晚还听卓文扬说，前几天程亦晨完全是崩溃的状态，守在 ICU 门口不肯走。

我很感动，只不过，我也会想，至于这样吗？

我又不是他的孩子。

程亦晨陪了我一会儿，又迎来医生的检查。

结果是乐观的，我福大命大，已经成功渡过最危险的阶段，剩下的时间只要严遵医嘱，养伤复健就好。

病房的门被敲了敲，陆风扶着程亦辰进来。

我忙想支起身体："辰叔！"

他的面容虚弱苍白，但神色是欣喜的。

"哎……"

他过来就抓住我的手，紧紧地，却没说出话来。

我伸出另一只手，抱了抱他。

"我没事了，辰叔。"

我感觉得到，他是真的很担心我。

他点点头，忍耐着似的，过了一刻才小声说："没事就好。"

他哽咽了。

天哪，这兄弟俩不要轮流在我面前哭啊，我这人很容易被情绪传染，遭不住。

"真没事了，"我说，"你看我，从头到脚都很完整，哪儿都没缺！哎，不对，我头发被剃了……"

他终于笑了说："头发倒是还能再长的。"

我叹了口气说："完了，这下颜值一定严重下降，发型可太重要了。能拿个镜子给我瞧瞧吗？"

程亦辰看着我，目不转睛。

"怎么啦？"我惊恐地说，"难道我现在真的很丑吗？"

"不是，"他微笑了，又有些感慨，"是能再看到你这样活生生的，感觉特别……珍贵。那个时候，你真的快把我吓死了。"

我无辜道："我做了什么吗？"

"你什么也没做，"他苦笑道，"你只是心脏骤停了。"

所以我是真的已经死过一次了吗？

"幸好那两个人一直坚持给你做心肺复苏，"他回想着，表情有些恍惚，"做了好久，久到我以为已经没有希望了。"

我想起那段在黑暗里行走的梦境和那个被推落回去的瞬间。

他舒了口气说："真得好好去谢谢他们，他俩救了我们的命。"

陆风在旁边开口了："我会的。"

这倒是一枚很好用的"工具人"。

程亦辰又问："说来，你知道纪承彦吗？"

"咦？知道的。"

这人是个搞笑艺人，早期在一个综艺节目当常驻嘉宾，虽然不算红，但我还挺爱看那节目的。后来他跑去拍电视剧了，演得挺好，火了一把，袁可可还嗑（喜欢）过他跟那个谁的CP（组合）。

程亦辰说："把我们救出来的，就是他和他的助理。"

"哇，"我大喜，"这么巧的吗？这都能遇上明星，早知道顺便要个签名了。"

程亦辰又笑了："你啊。"

我了解他目睹我在生死之间走了一遭的阴影，他也明白我是在逗他开心。这就是我和这个胜似我亲生父亲的男人之间的默契。

陆风除了那一句之外，就没再开过口，只静静地看着我们。

他好像在观察我。

聊过一阵，见我面有疲色，他们便叮嘱我好好休息，在程家兄弟俩走出门之后，陆风停了下来。

他转过头，对着我说："你没事，这很好。小辰很担心你。在你的情况稳定之前，他根本就没有求生欲。"

"呃……"

我居然，变得这么重要了吗？

车祸这事，我可比一般人有经验。我上一次车祸，并没什么人在意的样子，而这回大家都这么关心我，令我非常受宠若惊。

我突发奇想问："如果那天我心跳就那么停了……"

他看了我一眼说："那我们应该都好不了。"

"呃……"有这么严重吗？

陆风看着我，突然又说："你的头受伤了。"

"嗯嗯，"我摸了摸头上严严实实的纱布，"不过医生说没有大碍的。"

"那就好。如果你有任何不舒服，或者有什么疑问、要求，都可以来找我，"他说，"直接来找我。"

"啊？"

找他干吗？他会看病？

陆风朝我点点头，关上门离开的时候，我突然意识到，他也许暗指的是我可能恢复记忆这件事。

他比其他所有人都来得更警觉和清醒。

但他不知道的是，虽然我没想起来，但我早已经猜出来过。并且在心里跟过去的自己，跟过去的他，悄悄和解了。

我呼出一口气，看着病房窗外不甚晴朗的天空。

过去的事情让我痛苦，但我可以努力消化。

像 X 君说的那样，人为了爱，是可以忘记恨的。

我又做梦了。

这是车祸的后遗症里，让我最痛苦的部分。

相同的梦境，相似的折磨。

我想尽办法，也无法让自己做其他的梦，或者不做梦。最可怕的是，梦境这种东西，根本控制不了，而这事情我也无法向任何人求助。

我每天都好像在炼狱里，夜夜煎熬，而不得解脱。

日复一日，我开始不敢睡觉了。

卓文扬来看我，端详了我半天，才斟酌着开口道："你看起来很憔悴。"

"嗯，最近有点睡不好。"

"怎么了吗？伤口疼？要不要请医生来看看？"

我摇摇头说："没有，我就是，会做点噩梦。"

"什么噩梦？"

我也只能对他说："梦见车祸的事。"

他的表情看起来有些怜惜地说："不会再有这种事了，你不要害怕。"

"嗯嗯。"我知道。

但让我困扰的是，我也并不觉得梦里发生的场景会重演，甚至这事情我已经释怀了，它却依旧反反复复在我梦里重演。

是我的潜意识在抓着它不放吗？

好像尽管我努力想忘记，但灵魂深处的另一个我却不愿意。

这种状况持续到我出院，也没有好转。

我本以为随着时间过去，积极调整心态，后遗症迟早会渐渐消失。然而事与愿违，只要我一睡着，那一切就都会回到我的梦里。而那噩梦不仅没有淡化，还越来越清晰。

那个人的动作越来越鲜明，轮廓也越来越清晰。像是他快要从我模糊的梦境里活过来，将这所有难堪的过程转化为现实一般。

我的失眠问题变得太严重了，即使不说，也以黑眼圈的方式显露在我脸上，以至于卓文扬几乎要绑架着我去看心理医生。

"你这种情况很常见的，"他说，"车祸以后有创伤性应激障碍，不是什么稀奇的事，你不用害怕，也不要逃避。"

我还兀自嘴硬道："我没事，真的……"

他看着我，说："你可以求助的，小竟。

"你不需要什么事情都靠自己消化。"

他真的好温柔，温柔到我完全无法抵抗。

卓文扬送我去看心理医生。预约的这位医生，是位模样很斯文的中年女性，说话非常平稳，柔和，如春风般抚慰人心，又像能将人催眠一般。但我还是有点紧张。

我绞尽脑汁地编造着自己关于车祸的噩梦，她也认真地倾听着，不时问我几个问题。

过了一阵，她放下手里的本子，温和地问："其实，你真正梦见的是什么呢？

"困扰你的并不是车祸，对吗？

"你不让我看到你真正的内心世界，我们的治疗进度就会慢很多，"她说，"我能理解你不想说真话，但我和你社交关系中的其他人是不同的。你不用担心我会对你评头论足，你甚至可以想象我只是台治疗仪，在X光面前，我们并不会遮挡自己的病灶，不是吗？"

我犹豫了一会儿，问："那，他会知道吗？"我指的是卓文扬。

"当然不会，我们有保密协议。你在我这里说的一切，都是保密的，安全的。"

我舔了舔嘴唇，小声说："我，几年前，被人霸凌过。"

她安静地听着，表情没有变化，并没有任何评判我或者怜悯我的意味，我于是安下心来，继续道："后来……"

我没有向人倾诉过，因而不很熟练，一开始的叙述断断续续，破碎又凌乱。我努力回忆着，整理着，那段并不打算回想的，已经褪色了的往事，在脑子里逐渐鲜活、流畅起来。

在这讲述的过程里，我突然有了些奇怪的感觉。就好像去敲了一道封锁已久的门，而那门背后，有了我所不知道的，模糊又蠢蠢欲动的回应。

告别医生出来，便见得卓文扬还坐在候诊室里等着我，他闻声望向我，问道："怎么样？"

我比了个OK的手势说："很顺利。"

"是吗？那很棒，"他看穿了我这个学渣的急于求成一般，微笑道，"不过这个不用急着有效果的，慢慢来，你别有压力。"

"嗯嗯。"

他又说："我们去走走吧，随便逛一逛。你太久没出来放松了，也是对情绪有影响的。"

这附近有个景区，因而也必不可少地有着小吃一条街，我们在黄昏的霞光里行走着，看着两侧各种各样的餐饮招牌和沿路摊位上吱吱作响的炸鸡排、铁板烧、章鱼小丸子……

大概是我眼珠子滴溜溜到处转得太明显了，卓文扬问："你有想吃什么吗？"

我故作矜持道："这些好像不健康吧，等会儿辰叔要骂我的。"

他微笑着说："偶尔破例没关系的。"

"那我想吃烤鱿鱼！"

他笑道："好。"

暮光里他带着浅浅笑容的脸和新烤好的鲜鱿鱼在唇舌上的滚烫触感，是这一天太阳沉下去之前最后的温暖。

白天的心理咨询做得不错，倾诉过后心情确实轻松了很多，因此我充满了不再做噩梦的自信。

然而等晚上睡意席卷了我，在困倦的浪潮里载浮载沉的时候，我又梦见了一样的场景。

这梦里我依旧被牢牢压着，呜咽着，所有的挣扎既徒增痛苦又徒劳，火烧般的感觉在四肢蔓延开来，我好像身在炼狱。

我拼命，用尽全身力气想睁开眼睛，想摆脱这黑暗。

而这一次，我睁开眼了。

我从噩梦里猛地挣脱出来，大口大口喘着气。

心跳得像要撞破胸膛，我手脚冰冷，却感觉得到汗从额头上淌了下来。

我听见自己的牙齿在打战。

梦里那个人的脸，并不是陆风。

他是程亦辰。

我全身僵硬地坐了很久，四肢像是无法动弹，却一直在打着冷战。

康复的那段时间里，我脑子里也曾闪回过很多奇怪的画面。我当时以为那只是无中生有的噩梦，或者幻象。

现在我明白了，那并不是。

那些碎片拼接起来，如此真实，又清晰。

那是我失去的记忆。

阴天的光线让房间里显得又暗又冷，架子投下来的阴影扭曲而诡异，使得这地方看起来像个什么怪物的巢穴。

我在这阴暗湿冷里，慢慢地想起了更多更多关于过去的事。

它们就像一群黑色的细蛇一样，无声地，陆续地，争先恐后地钻进了我的身体。

我的背上密密麻麻地爬满了鸡皮疙瘩。

所有的事情，突然之间都说得通了。一切都找到了它们的理由。

陆风的疏离和警惕；卓文扬的反反复复，讳莫如深；还有程亦辰对我那种难以解释的，近乎讨好的关切和热情。

他们的态度各不相同，但原因是一样的。

他们都在怕我。

他们害怕我有一天会想起来，他们对我做过的那些事。

我坐在没有开灯的愈发灰暗的房间里，渐渐笑出声来。

我换上衣服，离开了公寓。

我不清楚自己想去什么地方，该去什么地方。但我知道自己无法在这个空间里待下去了。

它的每一个角落都让我近乎窒息地汗毛倒竖，牙关打战。

我在街上咬着牙疾步走了很久，不知道到底走出多远，只感觉天色逐渐黑了下来，而我已经走得精疲力竭，脚底生疼，于是拦了一辆出租车。

司机问我要去哪儿，我靠在后座上，疲倦地回他："随便开吧，能开多远开多远。"

大约是见多了我这样半死不活的人，司机倒也并不大惊小怪，只以一副了然的口气，关切地问："年轻人，遇上闹心事啦？"

我闭上眼睛没说话，他也识趣地不再打探，过了会儿说："别太难过，日子长着呢，往后总会更好的。"

我闻言不由安静地微笑了。

并不会的。

往后只有更丑恶更龌龊更混乱而已。

手机响了，我摸出来看了一眼，是程亦辰发来的消息。

"小竟，你没在家休息啊，上哪儿去了？晚上回来吃饭吗？"

不知道是不是晕车的缘故，我有点反胃。为了不吐在车里，我只得又把眼睛闭上。

再次睁开眼睛的时候，我意识到车窗外的景色似曾相识。

司机应该是不敢真的开偏开远，只能煞费苦心地在市中心绕了一圈又一圈，也是难为他了。

我默默往外看了一会儿，说："这里停吧。"

司机随即停了车，给我打气似的："好咧，在这儿好好喝几杯，什么就都过去了。"

这条路上确实有不少酒吧，包括 narcissism。

我沿着街一家家走过去，最后还是停在 narcissism 门口。我双手插在口袋里，望着那扇大门。

这扇门后面，是我第一次看清卓文扬正脸的地方。

其实高中我和他一直是同桌，但这里，才是我认识他的地方，也是我最深刻的痛苦的开始。

从那一刻起的整段记忆，都被上一次遭遇车祸的我自己抹去了。

那时的我竭尽全力想忘记这个人，忘记和他相关的一切，忘记自己那几年里就像活在海里的人鱼奋不顾身地勇敢追逐海面上的光一样。

我想着想着，又微笑了起来。

我笑了一阵，平静下来，伸手用力推开酒吧的门，就像回到最初的起点一样。

Narcissism 里已经十分热闹，灯红酒绿，人头攒动。

只要拥有一定资本，无论是金钱还是美色，就能在这里寻找到属于你的快乐，一切都明码标价，银货两讫，没有什么会辜负你欺骗你。这么公平的地方，谁能不爱呢？

难怪年少的我对这里十分向往，一心沉迷，原来我早早就找到了人生真谛呢。

我安静地打量着这里充满了快乐气息的人们，而后一眼看见那个男人。

虽然上一次碰面他给的名片我早已经随手扔了，但他那种高深莫测的知情人姿态我还记得清清楚楚。

他有所感应似的，目光也准确地落到我脸上。

他随即露出笑容，再一次朝我举起了酒杯。

"没想到还能在这里见到你，"他热情地笑道，"怎么不打我电话呢？"

我说："我又不是对你有兴趣。"

他不以为然地又笑了，说："你啊，还是这么'刺'。"

"你倒不用一直这样，假装得好像以前跟我很熟似的，"我说，"我印象里，我们也没什么交集吧。"

他放下杯子，看着我说："你想起来了？"

我不置可否，在他面前坐下。

他问："以前的事，你想起来多少？"

我语气平平地问："跟你有关系吗？"

"跟我没什么关系，"他微笑着说，"我只是知道你遭受了什么，单纯地关怀和同情你。如果你记得的话，毕竟我们之间，这点关心也是可以理解的吧？"

"我知道，你不怎么信任我，也不喜欢我，"他热情地笑道，"但是，敌人的敌人就是朋友，不是吗？"

我看着他，他又说："你现在迫切需要一个我这样的同盟，因为没有其他人会站在你那一边，对吧？"

这个问题，我在走出那个公寓的时候，就已经想过了。

柯洛是不可能站到陆风对立面的。他连自己那么多年的苦和怨都能一声不响地咽下去，没名没分也心甘情愿跟在这个父亲身边，任劳任怨。又怎么可能因为一个外人而动摇。

至于 LEE 的选择，那并没什么悬念，LEE 一向遵循识时务者为俊杰。甚至我爸和程亦晨，对程亦辰的感情也远大于我。

一度我误以为自己周遭很热闹，有亲人，有朋友，有兄弟。而一旦我选择了清醒，一切就会瞬间散尽，剩下我独自一人。

我说："为什么你会觉得，我一定需要你这个同盟呢？"

他笑了说："怎么，你不想报复吗？以你一个人的力量，对付得了陆风吗？"

他端详着我的神色，像是看到什么稀奇的东西一般，大惊小怪地轻笑了起来："莫非，你不打算报复他？抱歉抱歉，是我格局小了，我以为一般人咽不下这口气。想不到你不是一般人。"

我感觉到那些黑色的细蛇又在我身体里怨毒地扭动起来。

"你不会是想就这么忍气吞声地逃走吧？"他摇摇头说，"你太懦弱了。难怪他们都糟践你，因为反正不需要付出任何代价。"

我站起身来说："你这要这么说，那我们也没什么可聊的了，告辞。"

他立刻拉住我的胳膊，和气地劝阻道："哎哎，别上火啊，我也就是说了几句大实话。怎么这样就激动了呢？"

我将手臂抽了回来，说："我不激动。我只是觉得你的自我定位很不正确。"

"哦？"

"如果你希望我找陆风报仇，那你就该好好求着我，哄着我，而不是这种态度，"我反手拍了拍他的肩膀说，"孙总，你是不是弄错什么了，怎么会没有其他人站在我这边呢？"

他看着我。

"想和陆风对着干的人多得是，不是吗？"我笑着说，"而能像我这样靠近陆风身边的，有几个呢？

"所以不是我需要你，是你需要我。"

他看了我一会儿，又笑了："很好、很好，确实是我需要你。"

他又说："我本来还担心你会太过冲动沉不住气，成不了事。现在看来不用了，你这么聪明。"

我无声地注视着他，他笑容可掬地说："我有帮得上你的能力，更有为你效劳的诚意。你可以相信我，毕竟我们的目标是一致的。"

第三十五章

我轻轻转动钥匙，无声地打开公寓的门。

已经是深夜了，客厅的灯却还亮着。

我心头一紧。我知道，这是程亦辰在等着我。

曾经我对这一幕会觉得温暖又感动——像我这样一贯无人等候的孤单的夜归人，能有一盏灯为我留着是多么值得感恩的事。而如今我却只在背上悄无声息地起了鸡皮疙瘩。

他是在静静地监视我吗？

程亦辰和我四目相对，脸色不太好看。

他打量着我，开口时带了明显的气恼意味说："为什么不回消息呢？没个交代，电话也不接。你知道这样我们有多担心你吗？"

担心我什么呢，是担心我的安全，还是担心我想起来什么？

心里不无嘲讽地想着，嘴上我还是说："抱歉，酒吧太吵了，没听见。"

他的脸色放缓了说："你这么大了，我也不是要管着你。但只要能交代一句，家里就不用替你担心。你也知道，那件事以后，我们神经都比较紧绷……"

我低头脱鞋子，"嗯"了一声。

程亦辰又说："大家都去找你了。我跟他们讲一声，让他们回来。"

他开始打电话，我则慢吞吞在玄关换好鞋子，悄无声息地走到卧室门前。

待要推门进屋的时候，他叫住我："饿了吗？我给你煮点夜宵。"

那种反胃的感觉又来了，我手疾眼快拉过垃圾桶，把这一晚上空腹喝的酒混着胆汁尽数呕了出来。

程亦辰像是愣住了，看我抱着那臭气熏天的垃圾桶，迟疑道："你……这是喝了多少啊？"

我没出声，他过来轻轻给我拍着背，要帮我顺气似的。这让我忍不住又搜肠刮肚地吐了一拨，甚至弄脏了他的裤脚。

程亦辰默默递上纸巾，说："你先去洗洗吧，我给你煮点解酒汤。"

"不用了，"我立刻拒绝道，"我睡一觉就好。"

为了不让他起疑，我还尽力做出一个微笑，有气无力道："喝多了，有点头痛。"

我的虚弱很真实。他像是叹了口气，而后低声说："那赶紧休息吧，你脸色很差。下次，少喝点。"

简单地洗漱过后，我迅速回房间，关上门，让自己和这个男人隔绝开来。

在床上躺了半天，脑袋虽然发晕，我却根本毫无睡意，脑子里尽是盘算和推演。

不知过了多久，外面隐约有动静，我听见有人在问："林竟人呢？"

程亦辰回答："我让小竟先去休息了。哎，你看看你，等我拿条毛巾给你擦擦。"

又有人开口："小竟还好吗？"

这是陆风和卓文扬他们回来了。

程亦辰问："你知道小竟这是怎么了吗？突然去酒吧酗酒。以前不会这样的。"

他们的交谈压低了声音，但在这万籁俱寂的深夜，我还是能听清。

沉默了一刻，卓文扬说："昨天我们去看了心理医生，小竟觉得效果很好，还挺开心地跟我说晚上肯定能睡个好觉。结果看来，昨晚还是做噩梦了。"

"还是梦见车祸吗？哎，都这么久了啊。"

"应该是的，这让小竟很受打击吧。噩梦这事持续时间太长了，于心理和生理都是很大的负担。"

程亦辰在叹气道："这车祸后遗症，不知道什么时候能治好。"

卓文扬说："这急不来。医生说小竟很配合，但心理治疗，不是一朝一夕能见效的事，咱们慢慢来吧。"

过了会儿，程亦辰说："被抑郁情绪困扰，是很痛苦的。天天睡不着觉，时间一长，任谁都受不了。小竟如果情绪不好，发发脾气，你们都担待一些。"

"嗯……"

我静静听着，心里毫无波澜，甚至有点想笑。

我平躺在这冷冰冰的床上，双手枕在脑后，望着天花板。

上方那月牙状的顶灯，在这蓝色调的房间里，仿佛大海上升起的一弯新月，皎洁，明亮。

然而虚假。

这一夜我居然安稳地睡着了。纠缠了我几个月的重复的梦境，于这一晚彻底消失了。

大概是那个不肯放手、不甘心被遗忘的自己，因为得到了想要的回应，而终于获得了平静。

起床以后，我等了一会儿，听着外面的动静，确定这公寓里又只有我一个人了，这才推门出去。

我淡定地刷着牙，看着镜子里的自己。那张脸显得苍白，虚弱，一副厌世的倦怠模样，我的心情却很轻松。

客厅的餐桌上给我留好了早餐，是一盘我以前很喜欢的港式西多士，还有杯阿华田。我把它们倒进垃圾袋，而后拎出门扔了，顺便给自己买了个煎饼果子。

柯洛在公司里见到我，他明显一脸的惊讶。

"你这是，要回来上班了？"

"是啊。"

他上下打量着我说："你已经没事了吗？昨天大家还在担心你呢。不多休息几天吗？"

"不了，"我微笑着说，"一直在家里待着，感觉状态变得更糟。出来活动活动，多跟人接触，说不定还能好一点。"

"也是，得换换环境，"他点点头说，"不过你也不用真开始干活啊。简单的工作，你有兴趣的话随便做一些好了，调剂放松为主。"

"嗯。"

他拍拍我的肩说："我柜子里有两种特别好的咖啡，朋友刚送的。你想喝的话随便拿。"

"好。"

"我先去忙了。你坐会儿，适应一下，"他笑道，"想摸鱼打游戏也是可以的。"

我瞧着柯洛的背影，心里有些难过。

他是唯一不知情的——那些人并不会把自己做过的丑事告诉他。

他也是唯一那个，一直以来都纯粹地真诚待我的。

到了下班时间，同事们纷纷打卡走人，但我坐在电脑前继续敲打键盘，不为所动。毕竟一想到要和那家人其乐融融地同一张桌子吃饭，我就觉得太考验我的演技了。

柯洛问我："不走吗？我载你回去呀，还是你要等卓文扬？"

我摇摇头："我要加班。"

"啊？"柯洛说，"你这么拼，我也不会给你加薪的。"

"没事，这不需要另外的价钱。"

"那干吗还不走？下班不积极，脑袋有问题。"

我笑道："你这是一个上司该说的话吗？"

"心里话心里话。"

"我想把事情做完，不然说不过去，"我说，"我已经休太久病假了，身体康复了也不上班，大家看在眼里，多少有意见的。"

柯洛想了想："不然我陪你吧，很快就做完了。"

"不用，你约了 LEE 吧，"我笑道，"你赶紧走，我不想挨骂。"

柯洛走后，我继续工作，而后慢条斯理地整理着文件。

作为新人，我的工作内容，其实接触不到公司核心的东西。

但柯洛并不防着我，而我也太了解他用电脑的习惯了。

正忙着的时候，我收到了卓文扬的消息。

"柯洛说你加班？"

"嗯，今晚就不回去吃饭了。公司食堂挺好的。"

"会很晚吗？我过去接你吧。"

"不用，"我一本正经地回复，"我想多些专注在工作上，这样可以分散自己的注意力，有助于调整心理状态。"

"嗯……"卓文扬很快又回，"我和医生约了周日复诊，这时间你可以吗？"

我发了一个笑脸："好。"

"渐渐会好转的，需要多一些时间，你别太有压力。"

"嗯。"

我点击返回，又回了另一个人的消息。

这晚回到公寓，虽然已经拖到尽可能晚了，程亦辰还是在耐心地等着我。

这让我又是厌烦，又是嫌恶。

他像是有点忧愁地看着我："怎么这么晚？第一天回去上班，不用这么辛苦，做不完都没事的。"

"没关系，我不累。"

"我给你煮了点馄饨……"

我立刻说："不用，我在公司吃过了。"

他又说："那，喝一点汤也是好的，我先盛一碗，你尝尝看……"

"我不想喝。"

他不说话了，屋里一时陷入了沉默。

他的表情有些落寞。我意识到，他已经感觉出来我对他的疏远了——情绪变化是瞒不住朝夕相处的人的。

于是我叫他："辰叔。"

他愣了一愣说："哎？"

"抱歉，最近情绪不太好。"

他忙说："道什么歉呢，你又没做错事。心情不好不想吃东西是正常的，我也就是顺手煮了一点，你别往心里去。"

"嗯，"我说，"要是能去海边走走就好了。"

他睁大眼睛："现在吗？"

我摇摇头："现在太晚了，海边又远。"

"那，明天？明天的天气好像不错。到海边散散心，空气好，心情也好。"

我沉默了一下，又问："你能陪我去吗？我不想一个人。"

他露出欣喜的表情："好啊！"而后他又问，"要叫文扬一起去吗？"

"不用，"我说，"文扬有工作安排吧。我也不想总麻烦他。周日他还要陪我复诊呢。"

"嗯嗯，那就我们俩吧，"程亦辰看起来挺开心的，"你有没有想吃的？我明早做一点带去，我们可以在海边野餐。"

我对着他，笑了笑。

次日我和程亦辰都起了个大早。海边不算近，得开挺久的车。

这是车祸以来我们第一次出远门，程亦辰看起来兴冲冲的样子，零食、饮料、围巾、风衣、防晒霜，用背包装了一大堆东西。

我看了一眼，说："用不上吧。"

他笑着说："用不着也没事，放车里又不重。"

"嗯。"

路上是程亦辰开车，他像忌惮我的"车祸后遗症"似的，开得十分谨慎，以至于时不时被后面的车子超过。

有人在超车的时候还挑衅地朝他比了个中指。程亦辰看见了，也并不发火，只有些羞惭，说："唉，我开得不太好……"

我没吱声。

程亦辰把车子停在海边停车场里，背上那只装得鼓鼓囊囊的背包，我们从堤上缓缓走下沙滩。

海滩上十分热闹，这时节虽然已经冷了，但前来放松的当地居民、慕名而至的外地游客，还是络绎不绝。

我们俩身上白色灰色的衣着，在人群里非常不显眼，很容易就淹没于那大片的相似色调里。

我们信步走了一会儿，看看辽阔的大海，看看零星的飞鸟，看看嬉闹的游人。我不太说话，但程亦辰还是兴致勃勃，不停地嘘寒问暖，努力想带动我的情绪，还帮我拍了一些照片。

走着走着，我突然惶恐地拉住他的衣角，说："辰叔！"

"怎么啦？"

我口气紧张地说："好像有人在跟踪我们。"

程亦辰露出尴尬的表情，他有点不好意思地轻声说："那是你陆叔叔的保镖。"

我"哦"了一声，神色随即暗淡下来。

程亦辰问："让你不舒服了是吗？"

我勉强笑了笑说："有一点。"

他为难道："抱歉，你陆叔叔过于紧张了……"

"嗯……"

我继续漫无目的似的走了一阵，程亦辰亦步亦趋地跟在我身后。我完全不说话了，一副兴致全无的模样。

程亦辰一路小心地观察我的神色，终于忍不住期期艾艾地解释："你陆叔叔仇家多，所以比较谨慎。其实咱们家周围一直都有他的保镖，但凡我一个人外出，暗处就总有人盯着。为了让他安心，我也都配合。不过当时我也跟他约法三章，有亲近的人作陪的时候，就不要再派人跟着。但前阵子出了事，他变得很敏感，这回连我俩一起出门，他都不放心了……"

我打断他说："没关系，是我的问题。陆叔叔那么重视你，想派人保护是正常的。是我自己精神状态不稳定，才会有过激反应。辰叔，我们早点回去吧，免得他担心。"

程亦辰叹了口气，道："你等等，我走开一下。"

他离开了一会儿，回来的时候，还是一脸歉意："我叫他们别跟着，他们说不行。"

我点点头说："也是可以理解的。"

"我让他们离远一些，别跟得太紧，"他小心翼翼地问，"这样会不会稍微好一点？"

"嗯……"

程亦辰跟着我又走了一段路，这一带的游人少了些，一些车子开到海滩上，有的在水线附近的硬沙上缓缓前行，有的停在那里拍照。

走到一台平平无奇的黑色车子附近，车后突然闪出来两个男人。

他们大步上前，以一种让人来不及有所反应的速度，猛然将我们抓住，而后塞进车里。

车子随即飞速驶离。

潘多拉的魔盒

一切发生得太快，程亦辰甚至没能发出声音，就被粗鲁地蒙住眼睛和嘴巴，反手绑着丢在后座上。

我从后车窗，看见有几个人拼命追上来，像是试图阻止，但那显然只是徒劳而已。

即使隔着玻璃，隔着越来越远的距离，也可以清楚地感受到他们的焦急慌乱。

我无声地微笑了起来。

我坐在窗前，看着外面的景色。

其实也谈不上什么景色，这里十分偏僻。窗外无非是些欠缺打理的树丛灌木，泛黄的叶片在初冬那不甚热烈的阳光下，显得很是黯淡。

有人敲了敲门，而后推门进来，是孙世伦。他笑着说："很好很好，比预想中的还顺利。"

我没出声，他又满面笑容地恭维道："多亏了你，不然没人能在他那些保镖的监督下把程亦辰带走。"

我平静地说："我早就说过，是你需要我。"

他满脸堆笑地说："是的是的。"

他又问："你准备好了吗？"

我看了他一眼。

"一晚上了，也差不多该给他们一点消息了。"

孙世伦拨通了电话，装腔作势地说了几句绑架犯的例行台词，而后递给我。

我在孙世伦的注视里，接过手机，不轻不重地"喂"了一声。

那边像是松了口气："小竟、小竟？是你吗？小竟？"

是卓文扬的声音。

我用克制的语气说："是、是我。"

"你还好吗？"

"我没事。"

"我爸呢？"

旁边陆风的声音也在问："小辰呢？！"

我小声说："我不知道，他不在这里。"

陆风像是在咆哮："他在哪儿？让他听电话！"

"他被……"

我随即按下挂断键。

316

像这样只说了一半，比什么都没说，更能让那些人煎熬和痛苦。

我将手机卡拔出来，问孙世伦："你许诺我的那些，都安排好了吗？"

他笑道："在安排了，但你也不用急，他们以为你是和程亦辰一起遭遇绑架的，只会担心你。"

我摇摇头说："陆风不会这么想。他比谁都敏锐。"

我站起身说："我去看看程亦辰。"

地下室很阴冷，没有窗，只开了盏暗淡的灯。

程亦辰闭着眼睛，靠墙坐着，没精打采的样子。蒙着眼睛和嘴的布都取下来了，手也松绑了，但一只脚被链子锁着，像条狗一样。

听见动静，他睁开眼睛，而后露出惊讶的神色："小竟！"

"你还好吗？"见我并没有受到束缚，他很激动，也有些疑惑："你逃出来了？"

我蹲在他面前，点点头，说："我来救你。"

他又欣喜又难过似的，看我在他的脚镣上装模作样忙碌了半天，低声说："这个打不开的。你快走吧，是我连累你了。"

我依旧低着头，他哽咽着说："你没事吧？我很担心你。"

我停下手，突然冷冷地问："你在担心什么？"

他望着我说："啊？"

我微笑着说："你是担心我的安全呢，还是担心我有一天会想起你对我做过的那些事？"

他整个人瞬间僵直了。

我靠近他，他动弹不得地望着我，他的眼睛瞪得很圆，睫毛都根根分明，好像我是最恐怖的修罗。

我近距离欣赏着他的表情。

从希望之巅跌入绝望深渊的感受，一定毛骨悚然，一定很痛苦吧。我能替他想象出来。

而那不如我所体验过的千分之一。

许久，他凝固了的表情才终于有所变化。

他的眼珠子动了动，像是活过来了，却没有生气，被猫玩弄过的老鼠一般。

我笑道："怎么，你吓到啦？你怕什么呢？我才是那个受害者，不是吗？"

他看着我，动了动嘴唇。

我以为他会激烈地挣扎、咒骂，但都没有，他像是欲言又止，而最终还是没有说话。

我说："接下来的一切，都是你应得的。"

他沉默了一会儿，点点头，轻轻地说："我知道。"

而后他又说："对不起，小竟。"

我像是被针猛扎了一下。

不知道为什么，这么一句轻描淡写的廉价的道歉，让我整个人如同见了红布的公牛一般，眼前迅速充血，心中盈满愤懑。

我站起来，朝他脸上用力吐了口口水。

他没有动弹。

我走出门之前，程亦辰突然喊我："小竟。"

我厌恶地说："别这么叫我。你不配。"

他又安静了，过了一刻才说："陆风……你别太折磨他了。"

虽然满腔愤怒，但听到这种话，我还是忍不住哈哈大笑。

"你有什么资格替他求情啊？你不会是想让我放过他吧？拜托你清醒一点，"我冷冷地说，"就算我大发慈悲，孙世伦也不会，他是一心要弄死陆风的，你懂吗？"

程亦辰静静地说："我懂。"

"陆风那时候疯了，你别怪他，怪我。是我害了你们，"他低声说，"你就给他个痛快吧。别让他受太多苦。"

他轻轻地问我："可以吗？"

他太平静了，也接受得太快了，没有挣扎，没有否认，没有哀求。

他好像早就知道会有这么一天，而一直等着似的。

我全力打出的拳头，仿佛落在松软的棉花上。

这让我更觉得愤恨，不甘，满腹的憋屈。

我恶狠狠地回应他："没有那么便宜的事。"而后我用力关上门。

大步离开的时候，我感觉到自己心跳得很快。

那里面有一把火焰在熊熊燃烧，它足以让一切都毁灭殆尽。

我要撕下他们若无其事含情脉脉的面具。

我要在他们心口插上几刀，踩上几脚，再放上一把火，让他们眼睁睁看着最珍爱的东西化为灰烬。

就像他们曾经对我做过的那样。

过了几天，我找了个地方，登录了聊天软件。

不是为了聊天，而是为了欣赏那些我会收到的留言，就像亲手收割和品尝胜利果实一样。

果然登录的画面才转完，一大堆消息就争先恐后地蜂拥而至，几乎将窗口卡死。

我迅速滑过柯洛的名字，他的消息是我唯一想回避的。

我知道他们已经发现是我了。

从柯洛电脑里拷出来的东西，我给了孙世伦。这之后，孙世伦在那些情报的基础上所操作的种种，必然能让他们确定是出了内鬼。

而要查出来是我，一点都不难。

我对柯洛始终心怀歉意。在这场闹剧里他是全然无辜的，他从来没有欺骗或辜负过我，而我利用了他对我那样全盘托付的信任。

我点开了陆风这阵子发来的消息，而后被彻底逗乐了。

陆风这人设实在太过喜感。

我边欣赏陆风的迷惑发言，边忍不住一直发笑。多亏了他的表演，让我手里冷掉的手抓饼都变得美味起来。

LEE的留言看起来就冷静得多，他没有批评，也不威胁，只一直苦口婆心地劝我。

"小竟，我求求你，千万不要冲动，你再冷静地想一想，好吗？"

"得饶人处且饶人吧，小竟。只要程亦辰没事，什么都好说，都有挽回的余地，你可以得到你想要的一切。你再继续下去，我们就不能回头了。"

"我知道你无论怎么做，都有充足的理由。但我希望你想清楚，你想要的到底是什么。"

"就算你成功了，把他们全都毁了，你真的会开心吗？"

我笑了。

且不论我毁了他们以后，我是不是会开心。但要是我不报复，我一定不开心啊。

倘若我忍气吞声，做一个圣人，那么除了我之外的所有人自然都皆大欢喜，而只剩下我一个人不开心。

这到底有什么意思？

而我去讨回了我要的公道，即使最后我有那么点不开心也没关系，因为反正肯定有人比我更不开心。

正常人的选择，至此不是显而易见吗？

我最后打开的是卓文扬的消息。

翻了翻记录，一开始他还是充满对我的担忧的，后来他就问："是你吗？"

"所以你现在没事，对吗？"

"你不要恨我爸，他也是被逼的，很多事他都身不由己。你恨我吧，都是我的错，伤害你的人是我。"

"拜托你，小竟，放过我爸爸。我什么都可以给你，无论你要什么。"

我对着他的信息看了一会儿。我意识到，他和柯洛一样。

他们都有自己想奋力拼死守护的东西。

而我不在其中。

我把手抓饼里的最后一口里脊肉吃掉，退出了登录。

他们说的，我也并非不懂。

我当然清楚，这里面最作孽的人并不是程亦辰。

只不过面对这样一个集万千呵护于一身的宠儿，像我这种永远只能充当被放弃的角色的人，有所嫉恨也是正常的呢。

我把所有的恨意和折磨都施加在他身上，以此来惩罚那些珍爱着他的人，这对程亦辰是有些不公平。

但我生来也未曾得到公平，不是吗？

这只是以牙还牙。

我换了张电话卡，打给陆风。

我问他："最近还好吗？"

按理说他现在应该是腹背受敌，焦头烂额，急火攻心，但他的声音听起来还是冷漠又冷静。他像是不会有恐惧这种情绪。

"说吧，你想怎么样，"他说，"要什么你都可以提。"

"你确定吗？"

"我确定。你的诉求我都能理解，也能配合。我可以自己送上门，跟你换小辰，"他说，"这不会让你吃亏。我绝对比他更有价值。"

我笑了说："你想得挺美。"

他声音蓦然变了："林竟！"

我愉悦地在其中嗅到了一丝恐惧的气息。

他迅速地说："林竟！"

我兜兜转转，又回到那栋偏僻的房子。吃饱了，精神上也获得餍足，我应该是满足的。

我走进那个供我休息的房间，开始整理东西。按计划，明天我就要离开这里了。

而后我瞥到墙角躺着的一个黑色背包。

那是那天早上出门时，程亦辰带着的。把他绑来这里之后，检查过并没有什么会被追踪的物品，它也就被随手丢到一边。

我再度打开它，翻了翻。

程亦辰准备的便当还在，已然变质了。有一盒寿司，还有切好的水果、卤鸭掌、鸡爪、牛肉条、自制的饮料。那天睡得晚起得早，不知道他哪来的时间搞这些。

真的很离谱——就是去海边玩，为什么还要自己带吃的，那儿的摊贩难道还少吗？

当时我就说用不上，无奈有的人执迷不悟。

我把它们一股脑儿丢进垃圾桶。

剩下的就是雨伞保温瓶风衣之类的杂物，虽然它的主人未必用得上，但我也不打算占为己有。于是我单手将包拎起来，去找程亦辰物归原主。

走近地下室的时候，隐约听见一些响动，这让我觉得非常不妙，我于是迅速冲下楼梯，大步过去拉开了门。

孙世伦像是拿着什么武器站在程亦辰身旁。

我只觉得脑子一热，在来得及思考之前，我已经抡起了手里的包，恶狠狠砸在孙世伦的后脑上。

这一击之重，孙世伦被打得一个趔趄，跌坐在一旁，明显蒙了，半晌没回过魂来。

我心跳得很快，脑子里也有点乱，姓孙的并没有来得及对他做点什么。我大大松了口气。

幸而我来得早。

我回过神来，细想了方才自己的行为，只能说我还是有一定的原则。

我警告他："让你的人离他远点。"

孙世伦自然是满口答应，但深知这个人当面一套背后一套，笑里藏刀的做派，我并不放心，谁知道等等又要搞什么肮脏事呢？于是我留了下来。

屋子里很安静，我不说话，程亦辰也没有出声。

沉默了一会儿，我问："没事吧？"

程亦辰低声说："没有。"

相对无言了一会儿，我低头看着他的脚。脚踝已经青紫肿胀，被镣铐死死勒着，显出一圈不浅的痕迹。

我站了一会儿，摸出兜里的钥匙，蹲下来给他解开那脚镣。

程亦辰看着我，我说："你可不要想多了，我不是要让你逃跑。走的时候我会给你锁上的。"

他轻轻"嗯"了一声。

我在他对面的椅子上坐了会儿。地下室很阴冷，他的上衣破了，伤痕累累的半边身体还露在外面，我问他："你要不要把毯子盖上？"

他没回应我，我过去看了看，他竟像是睡着了或者是晕倒了。我忙把手指伸过去，试了试他的鼻息，还是温热的。

而后我拉起一边的毛毯，给他搭在身上。

坐了几个小时，周遭又暗又冷又安静，我也控制不住地犯困了。

意识逐渐涣散的时候，我也问自己：我要在这儿待到什么时候呢？

我毕竟不是来保护他的。

也许就坐到我该走的时候吧，不差这一会儿了。

也就这么最后一会儿了。

我迷迷糊糊地靠墙打着瞌睡，不知道过了多久，耳朵隐隐捕捉到一些嘈杂的动静。

我在困意里反复挣扎了一阵，而后危险的预感让我突然清醒了过来。

是有人闯进来了，还不止一个。

我立刻睡意全消，屏住呼吸，仔细听了听。惧人的脚步声似乎在往这方向过来，而那绝对不是来自姓孙的那班人的。

是陆风。

我瞬间汗毛倒竖，站起身来。

太快了这家伙，最强的野兽一般。只要有一星半点的痕迹，就能被他以最快的速度找到。

我迅速打了孙世伦的电话，并没有人接。

这家伙果然自己跑了。

我差点笑出声来。平常孙世伦说起要怎么整治陆风，那叫一个咬牙切齿势在必得。近来因为一再得手，他更是耀武扬威不可一世。

等陆风真杀到眼前，他就跟被狮子追逐的鬣狗一样，立刻闻风丧胆，逃之夭夭。

他自己跑了，连通知我一声都没有。我就是个没有了剩余价值的工具人而已。

不过对此，我一点也不觉得意外。起初的恐慌过去，我甚至还挺平静。

大不了玉石俱焚嘛。

人的恐惧大多源于害怕失去。如果没东西可以失去，那就不存在恐惧了，不是吗？

我的念头还未转完，就听得一声巨响。

锁好的门被撞开了。

"……"

无语，这力气。

程亦辰也被这动静惊醒了，茫然地从床上坐起来，毯子从他的身上滑落下去，他看起来饱受摧残。

陆风对上他的视线，如遭雷击一般地僵住了，而后又看见我，他瞬间暴怒。

我来不及做出任何闪躲的反应，脸上就已经挨了一拳。

我知道陆风很可怕。但这还是我第一次这么直接地、明确地感受到他的力量。

我的身体几乎是飞着出去的，而后撞在墙上。

仅仅是一拳而已，我觉得自己几近晕厥，好几秒喘不过气来，脑袋嗡嗡直响。

就离谱。我心想。

这人哪里需要保镖啊，哪个保镖有他能打？

他也根本不需要武器，他自身就是最好的武器。

陆风阴沉地朝我过来。我一只眼睛肿了，有点睁不开，但还是能清楚看见他抬起了脚。

完了。

我已经可以想象他那一脚踹在我身上会是什么后果。

这一刻我差不多可以开始人生跑马灯了。

我干脆闭上眼，随便了。再见了世界。下辈子我反正也不想来了。

而后我好像听到骨骼碎裂的声音。

但奇怪的是并没有疼痛的感觉。而我感受到了另一个人的重量。

我几乎是惊恐地睁开眼睛。

程亦辰趴在我身上。他像碎裂了的玩偶一样，一动不动。

陆风看着我们。

所有的愤怒和癫狂似乎都在他脸上凝固了。

我平生第一次看见他露出害怕的表情，恐惧到接近无助。

"小辰。"他说。

他小心翼翼地把程亦辰从我身上抱起来，他又想用力，又不敢用力的样子，像做错了事的小孩子。

他说："小辰、小辰。"

屋子里有了短暂的死寂，没有任何动静。

他甚至不敢提高音量，生怕破坏了什么。

他谨慎地、专注地、轻声地说："小辰。"

程亦辰终于咳了一声，好像缓过气来，或者回过魂来。

他困难地呼吸着，在他那微弱的气息里，我和陆风都不敢出声。

他看着陆风僵硬的全无血色的脸，而后眼里逐渐有了泪。

他低声说："你啊……"

陆风屏住呼吸一般注视着他。

他口气里满满的责备，断断续续地说："你啊……还是，还是这么冲动……"

陆风低声说："我错了、我错了。"

他的手抬起来，停在陆风青白的脸上，想要斥责的样子，眼里却是无尽的怜惜："以后……别、别再这样了……"

陆风说："好，好。"

程亦辰的那只手终于垂落了下来。

陆风维持着那个紧绷的，随时要暴起的姿势，定格在那里，一动也不能再动。

程亦辰指尖的血渍沾在他脸上，留下一道殷红的印记。

他像是一头狂化边缘的怪物，却被牢牢封印住了一样，动弹不得。

　　我有点想不起来自己是什么时候离开那里，以及是怎么离开的。

　　等我意识到自己在做什么的时候，我已经深一脚浅一脚地独自走在路上，手里不知为什么，还紧紧抓着那个不属于我的背包。

　　深夜的 T 城街头很冷，我穿得不多，走了半天，渐渐冻得手指都动不了，脑子也不利索，于是我在昏暗的街边找了家还亮着灯的小旅馆，想歇个脚。

　　登记以后进了房间，暖气让我的麻木缓解了一些，四肢勉强又活络过来。

　　我疲乏到了极点，但不愿意躺到床上，只把自己放在桌边的椅子上，将头往后仰着靠在墙上。

　　至此我脑子还是不清醒，混沌一片，不知道是不是因为挨了那一拳。

　　脑震荡了吗？

　　我不知道。

　　但只要一闭上眼，我眼前就有很多画面在不受控制地，不肯停歇地飞快轮流闪过。

　　为了逃避它们，我只能又逼自己睁开眼睛。

　　我在这家小旅馆里躲了一天。

潘多拉的魔盒

其实也谈不上"躲"，我只是坐着发呆打盹而已，因为这种"躲"本身没有任何意义。入住是要个人信息的。只要陆风想，他随时都能找到我，然后用一只手捏死我。

但我好像也不是特别在乎。

没有人上门来抓我，我也就随波逐流，得过且过。

我坐着坐着，能维持睁眼的时间越来越短，终于我睡着了。

我做了一个梦，梦见自己在歪歪扭扭地骑自行车，怎么也骑不好，程亦辰在我旁边满头大汗地追着跑，卓文扬在侧前方看着我，他们都在对我笑。

而后那笑脸突然变成怒容。

我猛地醒过来了。我的身体滑了下去，头撞在桌子上。

我起身往窗外看了看，天已经黑了，外面还下着雨。

冰冷的冬雨被夜风挟带着，从窗口进来，打在我脸上，让我的大脑终于清醒了一些。

我找前台买了个泡面，随便烫烫就飞快地吃下去，胡乱完成了昨晚到现在的第一次进食。

待得恢复了一点力气，我开始清理脸上的伤口，然后去买了些治疗头晕的药。

我该走了。

我已经报了仇。

其实我没想到我想要的会来得这么快，这么容易，甚至最后一步都不用我亲自动手。

我想着想着，不由得笑出声来。

但那声音在空荡荡的房间里听起来却很奇怪，一点都不痛快，反而显得瘆人，于是我闭上嘴。

我知道我应该离开这里，越快越好，不该再犹豫。

T城已没有我的容身之处，没有任何东西值得我再留恋。

也没有任何人会留恋我。

——也不全对，可能有吧。

程亦辰。

我隐约还记得他趴在我身上的时候，那种感觉。他好轻啊。

很奇怪，他在那一刻选择了我。

为什么呢?

326

我想不通。我真的不明白。

但可能也没什么差别。

他已经不在了。

收拾好东西，定了定神，我又一次打给孙世伦，这回电话总算接通了。

我笑道："孙总，想找您还真挺难的啊。"

他还是好声好气地："啊呀不好意思，之前有点不方便呢。"

"那现在是方便了对吧？"我问，"您答应过我的那些东西呢？还有说好会安排人送我离开T城呢？孙总您不会是贵人多忘事吧。"

"哎呀，都这个时候了，还谈这些做什么呢？"孙世伦说，"我现在这边一团乱，泥菩萨过江，自身难保呢。"

我十分气愤地说："你这意思，是要出尔反尔了？"

他口气还是十分和善："我只是免费给你上了一课，年轻人。"

想杀死一只钢筋铁骨的巨兽，需要放蛇去咬它唯一的软肋，在它最脆弱的地方注入毒素。

虽然它临死前一定会暴怒着把蛇甩下来踩死，但谁在意呢，反正致命伤已经造成，蛇的使命也完成了。这很合理。

我为自己吹了个口哨。

挂断电话，我叫了个车。

这儿实在太偏了，最近的司机都得半天才能过得来，还是我加价了好几次之后的结果。

退了房，去路边冒着雨等车的时候，我突然发现有个黑影站在不远处，好像是在观察我，又像是在等我。

我警惕地盯住那人影，而后它果然动了，慢慢地朝我走过来。

路灯虽然不甚明亮，但我还是很快看清了来人的脸。

是程亦晨。

我全身紧绷了起来。

我对一切都有心理准备。但来的人却是他，而不是陆风或者陆风派来的打手，这让我心生疑问。

我害死了程亦辰，他弟弟当然恨我，但他难道能比陆风更恨我吗？

程亦晨走到我面前，我俩不出声地注视着彼此，我发现他两眼通红。

这我不意外，他当然是为程亦辰哭过了。

他突然把手伸到怀里。

我本能惊跳了一下。

而他掏出来的却不是枪或者其他有杀伤力的东西，而是一个不知道装了什么的袋子。

他把它递给我，说："你拿着这些，快走吧。"

"啊？"

见我没有动作，他过来拉开我背包的拉链，硬把那袋东西塞进去。

我退后一步，问他："你这是干什么？"

他没回答我，只急促地说："你走吧，先找个地方躲起来。陆风不会放过你的。"

我笑了："我又不怕。"

我真的不怕死。如果那是复仇需要的代价。

"别这样。"他的脸在昏黄的灯光下显得分外苍白，"你一定要小心，要照顾好自己。你的卡和证件都别再用了，我给你准备了另外的卡和现金，还有一些你路上用得着的东西。"

"啊？"我莫名其妙地说，"为什么？关你什么事啊？"

他看着我。

"这到底是什么意思？"我在满腹狐疑之余，又多了层恼怒，"你在逗我玩吗？"

"我害死了程亦辰，你不恨我吗？为什么还要帮我逃走？"

他盯着我，他的嘴唇颤抖了好一会儿。

我以为他要说些什么，但他终究没有出声，只用通红的眼睛看着我。

我骂他："你是不是有什么毛病啊？"

他没回应，只低声说："你快点走吧，小竟。"

我看着他，有那么一瞬，我以为他要流泪了。

我当然知道我该尽快离开，但不知道为什么，双脚却像是动弹不得。我问他："为什么？"

"快走吧。"

他好像哽咽了："快走吧，孩子。"

我叫的车子到达了，在旁边打着双闪。

程亦晨突然伸出手，放在我肩膀上。他的手在发抖。

他断断续续地说："你以后，要好好地，照顾自己。我没能，照顾过你……"

电光石火之间，我突然意识到什么："你是 X 君吗？"

我看清了他的脸，他竟然真的流泪了。

在他无声的眼泪里，我的大脑突然一阵轰鸣。

所有的东西都涌了上来，所有的异样，所有的巧合，所有的蛛丝马迹。

他开口之前，我抢先又说："是的，你是 X 君。"

我重复了一遍这个答案，因为我本能地想逃避更深一层的，另一个答案。

他放在我肩上的手，原本一直坚定地想要将我推走，这时候却挣扎着握紧了我的肩膀。

他说："小竟！

"我、我是……爸爸。"

他的声音在这雨夜和他的哽咽里，显得零落散乱，几乎组不成一个完整的句子。

"对不起……我、我是你的……我才是……"

他抬起一只手来，像要摸我的脸，而后只轻轻碰到我的脸颊，便像被烫到一样，羞愧地缩了回去。

他的手指是颤抖的、冰冷的。

雨有些大了，我呆呆站着。

"对不起……小竟。爸爸……对不起你……"

他突然紧紧地抱住了我。

他抱得很紧很紧，像是用尽了毕生力气，像是要把我融进他的骨血里，像是再也抱不到我一样。

这是我从我亲生父亲那里得到的，第一个，也是唯一的拥抱。

很快他松开我。

"快走吧，小竟。

"快走吧，"他哽咽着说："走得越远越好。"

他拉开车门，将手放在我头上，把我压下去，又像是要为我挡住什么似的，坚定地把我塞进车里。

我隔着后车窗，无声地看到他的身影越来越远，变得越来越小。他还跑了几步，像是对着我说什么。但我听不见。

车子不知道开了多久，而后终于停下来。司机公式化地念道："码头到了，请您带好随身物品，不要遗漏行李。"

我没有行李，只有这个原本属于程亦辰的背包，还有里面那包程亦晨给我的东西。

下了车，我有点失去方向感，茫然走了两步，码头的风更冷，我站在风里发着呆。

站了会儿，手机响了。我低头看到一个意料之中的电话号码，于是接了起来。

那边传来孙世伦气急败坏的声音："你……忘恩负义，你不是个东西，你……"

我听了一会儿他的谩骂，笑着说："哎，怎么说呢，敌人的敌人，可能是更大的敌人。我只是免费给你上了一课。"

我给他的情报基本上都是真的，很好地向他们展示了我走投无路的真诚和轻信。只有一条是我稍微动过手脚的。

他也确实步步为营，小心谨慎，当然最后一步不可避免地掉坑里了。

这世界本来就是这样，盘算得再好，下错一着就满盘皆输，搁谁身上都一样。

我知道我就是那条被用来偷袭巨兽的毒蛇。

只不过我两头都咬。

我确实不是东西。

我挂断电话，拔了卡，不由自主地又吹起了口哨。真要谢谢孙世伦，在这种时候给我带来了这样的快乐，简直是雪中送炭。

我买了张票，在候船大厅里坐着。外面的雨越下越大，大厅并不密闭，夜风呼啦啦地吹进来，冷得很。

我有点打起哆嗦，于是将背包放到膝上，拉开了拉链。

我知道里面有风衣和围巾，是那天早上程亦辰放进去的。

我把风衣穿上，拿围巾围紧脖子和口鼻，总算暖和了不少。

衣服上还残留着旧日的气息，围巾上也是。那是一种熟悉的，令人安心的，暖洋洋的，属于程亦辰的味道。

我想起他温和的脸，他的微笑，他的手指轻抚在我头发上的感觉。

他那时候说："小竟，你是个好孩子。"

我不是为毁灭而生的。

我生来不是为了这个。

我要的，也不是这个。

我静静坐着，泪水涌满了我的眼眶。

船好像快到了，有些乘客开始排队，我也站起身来，静默地打算加入队伍。

而后我在那不算拥挤的人群里，突然看见了卓文扬。

我的心蓦然沉了下去。

我看着他，他也望着我，从他眼里我并看不出什么情绪。

认清现实，我心情突然又平静了，说："你是来抓我的？"

他说："不是。"

他看起来瘦脱了形，比程亦晨甚至还要憔悴一点。

我确实成功了，我想。

除了陆风和程亦辰之外，我也毁了他。

"是吗？"我问，"那你来做什么？"

他没出声，只是仔细地看着我，仿佛这是初次见面似的，上上下下地认真打量我，要扫描我的影像一般。

过了一刻，他才说："我来送你。"

我仿佛听了一个冷笑话。

谁都知道他们的父子情深。他所谓的来送我，是指送我"下去"吗？

然而他只静静站在我对面，好像真的只是来给我送别一样。

船抵达了，乘客开始有序地过检票闸。

我叫他："喂，你再不报仇，就来不及了啊。"

他还是没有动作。

我狐疑地皱起眉："我那样对你爸，你不恨我吗？"

他没说话。

"哦，"我说，"我懂了，你是因为我报复了你最讨厌的陆风，算扯平了？"

他摇摇头。

"那是为什么？"

他看着我，依旧没有出声。

我琢磨了一会儿，想明白了，突然忍不住笑。

这确实是卓文扬的作风。其实一点都不奇怪。

他就这样，一副既没有爱，也没有恨的圣人模样。我想象得出来他不记恨我的理由。

我嘲讽道："是因为你宽容，你伟大，你怜悯我这种愚蠢的凡人，想要感化我这迷途的灵魂，是吗？"

"不是。"

我笑了："你既不打我，又不想感化我，那你专程跑这么一趟，是为了什么呀？"

他说："因为我们是朋友。"

四周好像很安静。只有风在猎猎地吹着。

"一直都是。"

我看着他，他也看着我。

我们在窒息一般的静默里，注视着彼此。

视野里的他，渐渐像是笼罩上了一层浓雾。

如果这是在那一年……

如果那些事都未发生过……

如果这世界上真的有如果……

我终于又能呼吸了。我猛地后退两步，转过身，迅速走过检票闸。

我听见他用不大的声音叫我："林竟。"

我说："再见。"

我知道他的身影一定会慢慢消失在人群里。我想再看看他，多一眼也好。

但我没有回头。

我已经不能回头了。

我在心里对他，对那个过去的自己告别。

我快步走下了通道，外面的风非常非常凛冽，冷到让我说不出话来。

明明冬天快到尽头，空气里的寒意却是如此透入骨髓。

我随着人流下了船，随后坐上车，接着又上了飞机；我抵达一个城市，而后很快又离开它，去往另一个城市。

马不停蹄的长途跋涉消耗着我的精力和时间。只要一直在路上，我就没有闲暇去细想或者回忆。

在一个机场中转的时候，我已经非常疲惫了，身体的负荷似乎达到了极限。

坐在椅子上候机，四肢一放松下来，我就越来越难以控制自己的眼皮。被机场广播那柔和而有节奏的声音包裹着，我渐渐地失去了意识。

模糊里像是有一阵风吹过，我从梦中猛地惊醒过来。

四周空荡荡的，一片寂静。

我忙站起身，有些茫然地左右张望，而后意识到这场瞌睡打得太久，我的航班早已经起飞了。

我只得无奈地返回柜台，想重买一张机票，却被礼貌地告知方才被我睡过去的那班已经是该航线在本日的最后一趟了。

"或者麻烦你再帮我看一下，还有飞往其他地方的航班吗？"

"请问您打算去哪里呢？"

我也不知道自己的目的地是哪里。

也许我并没有目的地，只是能这样无法停歇地一路往前走。

就像那个男人当时一把鼻涕一把眼泪地对我说的那样："走得越远越好。"

越远越好，到底是多远呢？

我不知道。

可能就是要到一个再也回不去的地方吧。

我终于放弃了这一日的继续远行，于是出了机场，上了辆出租车。

车上我用手机软件订了家看起来还算干净的酒店，打算好好休息一晚，或许还可以吃些机场火车站码头之外供应的食物。

车子平稳地行驶在路上，司机是个温和友善的中年人，一路都在热心地对我嘘寒问暖。

"车里的温度合适吗？你穿得太少了，都这个时节了，出门得多加点衣服才行啊。"

"是来旅游的吗？"大概是看我只带个背包，符合背包客的形象，他便推荐起来，"我跟你说，这边的景区虽然有名，但不是最好的，你要是愿意，去长途汽车站，坐个大巴，上高速只要两个小时，到 L 市去。L 市的几个镇子不出名，风景是真的好，就是交通不方便，而且最近天气不行，一个人要往山里去的话，可得小心一些。"

我没出声。

"不是旅游吗？那是出差哦？哎，挺辛苦的啊，都这时候了还没放假呢……"

我并非故意要表现得拒人于千里之外，但他让我想起某个人，而那种感觉令我无法面对。

我闭上眼，努力睡着，以避开司机那莫名的关怀。

然而刚刚睡过那么一觉，这时候的我毫无睡意。

潘多拉的魔盒

无奈地睁开眼，我意外地发现外面的街道张灯结彩，十分喜庆，在这冬日的夜里，路上行人熙熙攘攘，于我而言有种恍如隔世般的热闹。

我贴着车窗看了一阵子，忍不住问："这里最近，是有什么活动吗？"

司机笑着说："要过年了啊，明天就是年三十啦。"

我愣了愣。

"你都给忙忘啦？"司机说，"哎，你们年轻人，现在都太拼了。跟我女儿一样，她过年也忙得回不来，不知道记不记得给我拜个年呢。"

我愣了一会儿。

原来已经快过年了。

真快啊。

上一次过年的时候，我吃了一顿非常丰盛的大餐，柯洛杀的锦绣龙虾，卓文扬剥的蟹腿肉，然后我们还啃了甘蔗，一起在窗口看烟花。

我还收到了卓文扬的红包，我一直把它压在枕头下面，走的时候也没带上。

那是我人生中第一次感受到过年的快乐。

但也只有那一次而已。

车子停在了酒店门口，我一推开车门，就毫无防备地被外面湿冷透骨的寒风吹得牙齿打战。

司机大叔又开始叹气，再三嘱咐我要记得买个厚外套，又叫我一个人过年也要吃好点。

我掏出现金付了车钱，跟他说不用找零。

"哎，那怎么行，我得找你三十……"

"真不用找了，拿着吧，"我说，"新年快乐。"

"新年快乐新年快乐！"他笑了，特别开心地对我说，"谢谢你啊。"

我立在原地愣了一会儿。

去年的大年夜，迎完新年，那个男人还微笑着对我说："谢谢你啊，小竟。"

天愈发地冷了，我一个人站在风里。酒店灯火通明的大门明明就在面前，我却觉得自己好像迷路了。

这一路，我并没有像程亦晨叮嘱我的那样，弃用自己的银行卡和证件，隐姓埋名。我一直都在大大方方地使用那些会导致自己被追踪的东西。

我无所谓。

334

我离开本来就不是为了逃亡，而是因为那里已经没有我的容身之所，那不再是我所属的地方了。

我甚至希望他们会追上来，找我算账，找我复仇，找我索命。怎样都好。

我应得的结局可能有很多种，但不该是一个人在流浪里煎熬。

我用程序拨通了一个电话号码，那边接起来之后，我听见LEE的声音"喂"了一声。

我没开口，对面安静了一会儿，突然问："小竟，是你吗？"

LEE低声说："是你吧，小竟？"

我说不出话来。过了一刻，我终于短促地问："程亦辰呢？"

对方像是沉默了一刻。

等待回答的那几秒，似乎显得过于漫长了，我一瞬间有挂断电话的冲动。

我知道自己胆怯了，我害怕听见那个我内心并没有勇气去面对的消息。

LEE轻声说："你别太担心。他的情况虽然很不好，但刚刚已经脱离生命危险了。"

我的喉咙突然有些发紧。

这发不出声音的几分钟里，我很怕LEE觉察到我的哽咽。

过了一阵，我总算能故作轻松道："哈，太好了，这样我就不用担心自己变成杀人嫌犯了呢。"

"小竟……"

"那就这样吧，我挂了。"

"小竟……"

我快速地说："你不要找我，就当没有我这个人吧。"

这样就够了，对我来说已经足够。

我掐断通话，对着漆黑的天幕，酸涩地、缓慢地呼出了一口气。

至此我可以不用再有牵挂。

他们会慢慢恢复过来，总有一天可以继续他们的生活。而我也一样。

我在酒店柜子里拿了个杯面，又给自己烧了壶热水，而后打开了电视机。

这是我这么多天来，第一次静下心来吃东西，第一次知道自己吃的是什么。

那颗心不再悬在半空中飘来荡去，而是落到了一个地方，虽然那地方不知道是好是坏，但至少是着陆了。

红烧牛肉面里虽然并找不着牛肉，但热气腾腾而香气四溢，让我觉得身上暖和了起来，四肢也逐渐开始活络。

我边喝泡面的汤，边看电视，地方台在应景地放着过年节目，介绍省内各个市的民俗风情。

我看到了司机跟我提过的那个 L 市。镜头里热热闹闹地庆祝着传统新年的山村乡镇，看起来不富庶，很大概率是穷乡僻壤，但确实是山清水秀，为了过年而忙活着的人们脸上洋溢着淳朴而真实的笑容。

我想起司机大叔问我是不是来旅游的，他说那里的景色很好，值得一去。

次日我起来，收拾好东西退房，便动身去了长途汽车站。

两个小时的车程之后，我到了 L 市。

而下一步应该去哪个小镇落脚，我其实还没想好。不过对着车站里拿来的旅游宣传单琢磨了一会儿之后，我发现有个地名不知为什么听起来有点耳熟，便不作多想地选择了它。

这山中小镇确实很小，很低调，有点藏在深山无人识的意思。

虽然对于见过很多世面的我而言，所见景色未必谈得上多么惊艳，但大自然自有它的一番精雕细琢，一路过来，倒也山径蜿蜒，令人流连。

我在看见第一栋有着"住宿"字眼的房子的时候，就果断推开门闯了进去。因为可能这会是这一带唯一的旅馆。天色不早了，万一找不着地方住，山里露宿是会冻死人的。

里面是个养了不少花花草草的院子，一个中年妇女正坐在院里的椅子上剥板栗，我问她："你好，请问今天还有空房的吧？"

她脸上露出明显的惊讶之色，大概是对于这时候还有客人入住觉得意外，但还是连忙在裤子上擦了擦手，站起身热情地招呼我，把我领进屋里。

"有的有的。是来旅游的呀？"

我点点头。

"要住多久哇？"

"不太确定，先住着吧。房费我每天付。"

"哦哦，好，"她笑着说，"这里风景很好的，心情好了，可以多玩几天。"

办好简单的入住手续，我顺着楼梯上了二楼，旅店看起来是自建的民房改造的，将自住之外的房间拿来给游客提供住宿。装潢比较简朴，但打扫整理得非常干净，房内也温暖舒适。

我放下背包，习惯性打开手机软件，却发现这里的外卖既远且没多少选择。加上正值除夕，骑手商家都已经不接单了。

没有在市中心补充点物资属实失误，我于是下楼问老板娘："有杯面卖吗？"

老板娘从柜台后拿了一个出来，看了看我，又和气问："还要点别的什么不？"

"嗯，"我说，"那加根火腿肠吧，卤蛋有吗？"

老板娘把东西递给我，我付钱道了谢，转身刚走两步，就听得她在背后喊我："今晚我们家在这吃团年饭，你过来一起吧？"

我愣了一下说："那怎么好意思。"

她热情地说："嗨，有什么不好意思的，又不麻烦，就添双筷子的事。"

我摇摇头说："不用了，谢谢啊。"

贸然加入一群陌生人的年夜饭，未免太不合适，对方可能只是客气，我也没做好准备接受这样的热情。

我吃了泡面，让电视开着，好让房间里显得热闹一些，而后往床上一躺。

今晚过去，这一年就终于结束了。

而从明天开始的，新的一年，我要做什么，能做什么呢？

我不知道。

脑子里至此还似乎空荡荡的。虽然说放下了过往，应该向前继续自己的生活，但好像我还是没有可以前行的方向，也对一切都失去了兴趣。

我闭上眼睛想，也许不要费心思考，索性放空自己，随波逐流地当一个废人好了。

反正我的人生一开始就是个无所事事的小废物，终点或许也该如此。

程亦晨送走我的时候，塞给我的卡里有着金额不小的一笔钱，他大概是怕我下半辈子无处安身立命吧。我不胡乱挥霍的话，这些钱是足够我躺着过挺久的。

但我没有动那笔钱。

我自己心里明白，那不仅仅是一串代表着购买力的数字。

那是我的生父，在最后的时刻想留给我的全部。所有他未来得及对我说出来的话，都在那个数字里了。

我做好准备接受他所想给予我的了吗？

我不知道。

我正闭紧双眼躺着，突然听见了敲门声。

我只得爬起来揉揉眼睛，过去开了门。

门口站着个少年，五官周正的脸上稚气未脱，看起来十六七岁光景，个子却已经拔得很高，我不得不仰视他。

他托着个大盘子，一笑就两眼弯弯，露出一口整齐的白牙，显得热情又活力四射，他笑嘻嘻地说："我妈让我给你送点年夜菜，都是单独盛出来的，干净的。"

原来是老板娘的儿子。

盘子里有个十分肥美的烧鸭腿，几块白切鸡，还有腊肉和一大块鱼，又配了些蔬菜和糯米饭。

我双手接过来，一时不知该对这善意如何回应，只能连说了几声"谢谢"。

"对啦，"他又说，"我妈说你后面几天要想找地方逛逛的话，我跟我哥都可以带你去。"

"啊？"

我有些莫名其妙于这当地人突如其来的热心，但还是道了谢，并婉拒了。

老板娘家的年夜菜很好吃，大约是山里散养的走地鸡鸭，自家风干的腊肉，确实格外鲜美。

而且，还有种家的味道。

吃完我睡了过去，而后又在零点的鞭炮声中醒了过来。

外面那一片除旧迎新的热闹里，我忍不住也去看向窗外。

遥远的天幕上缀着一轮水洗过似的莹润明月，还有璀璨的繁星。

我有点惊讶，我知道山里空气干净，没有污染，跟大城市里的夜空大有不同。但我没想过仅凭肉眼就能看到这样繁多、清晰的星星。甚至不需要望远镜，我都能辨认得出一些星座。

这太美了，美到用语言无法描述，美到用镜头难以捕捉，我真想分享给卓文扬。

我躺下来，用被子蒙住了头。

次日我在迷迷糊糊里听见了很多陌生的声响，有鸟鸣，有猫叫，有狗吠。

我躺着恍惚了一会儿，一时不知自己身在何方，只觉得口渴想喝东西，于是嘟哝道："辰叔啊……"

而后我彻底清醒了过来。

我爬下床，去用冷水用力冲了会儿脸，又端起杯子，就着里面的凉水，咕咚咕咚灌了下去。

打开通往阳台的门，山风夹着干净清爽的空气扑面而来，我一个激灵，这才觉得头脑清醒了许多。

站在阳台上能看见院子里的光景，店里养的大黄狗不知道为什么和胖橘猫打了起来，把猫撵得满地跑，这就是刚才那些吵闹声的由来。

而后有个年轻人跑出来，对此混战场面进行了解围劝和，最后一手抱猫一手搂狗，这才实现了和平共处。

他应该就是那个哥哥了，样貌跟昨晚那给我送年夜饭的那个男生有着不少相似之处，不过显得斯文稳重许多。

我趴在栏杆上看这年轻男孩子专心地撸猫摸狗，尽是山野间的闲情逸致，不知不觉竟看了半天。他感觉到什么似的，抬头看见了在阳台上的我，便朝着我笑了："你起来啦，要吃点什么吗？"

我这一觉睡到中午，直接省去了年初一早餐的步骤，饥肠辘辘之余又觉得身上发冷，毕竟司机大叔叮嘱我的厚外套，到现在都还没买。

于是我问他能不能给我煮碗面或者粉。年轻人去后厨忙了会儿，很快给我上了一碗鸡肉米粉。

鸡肉用的是和昨晚年夜饭剩下的白切鸡，但还是很新鲜，鸡皮金黄，鸡肉细嫩，汤头清亮鲜甜，配上软滑的米粉，简单却饱足。

我由衷赞叹道："你手艺很好啊。"

他像是有些不好意思了，说："谢谢。"

"老板娘呢？"

"我爸妈他们走亲戚去了。"

"你不跟着去吗？"

"哦，有客人嘛，总得留个人在店里，"他说，"忘了自我介绍，我叫赵子越。昨晚给你送菜的是我弟，叫赵子超。"

我表示了然说："是超越的意思吗？"

他笑了说："不是，他是超生的意思。"

我："……"

我说："我叫林竟。"

他点点头说："我知道。"

我本能绷紧了一下说："你怎么知道的？"

他又笑了说："登记的住客信息上有啊。"

也对。我略微尴尬地想，是我太紧张了。

吃完我又坐着看了会儿猫狗，橘猫懒洋洋的，狗子倒很自来熟，凑过来给我摸。赵子越拿了碗筷进去清洗，待他出来，我跟他打了个招呼："我出去逛逛。"

赵子越立刻说："我陪你去。"

"你不是得留下来顾店吗？"

赵子越说："没事，大年初一也不会有客人来的，这儿你不熟，万一迷路了呢，还是我带你走走吧。"

我看着他，他有点不自在地掉转了目光。

我问："怎么了吗？你们好像在监督我？"

赵子越犹豫了一下，才说："其实，我妈担心你是来自杀的。"

"啊？"

"真有这样的人。想不开，就往山里来，游荡两天，找个高的地方跳下去。"

我十分无语："我看起来像想不开的人吗？"

"像啊，"他说，"你没照镜子吗？"

我："……"

我不由得把手机拿起来，对着黑屏仔细照了照。

确实，我这阵子完全不修边幅，头发没理，脸也一天都没刮过。大部分时间我都睡在机场的睡眠舱、火车站的椅子上，跟流浪汉没多大差别。然后又一副心如死灰、如丧考妣的模样，大过年的一个人自闭地往山里走。

看起来是不太想活的样子。

我于是问赵子越："这附近有理发店吗？我去剪个头发。"

他愣了愣，说："这几天不开门的。而且，正月里剃头死舅舅……"

我不由得一个激灵："那不用了。"

虽然程亦辰倒也不是我舅舅，应该是我大伯，但还是避讳一下比较好。

我又想起那份父系亲缘关系鉴定书，我和程亦辰之间毫无血缘关系。

这是为什么呢？他不是程亦晨的哥哥吗？

但这属于上一代人的问题，不重要，也不是我能想得通的。重要的是我和卓文扬没有血缘关系。

当时我为这一点窃喜了半天。而现在想来，也没什么意义了。

我对赵子越说："你放心，我没那想法。我是T城来的，在T城要活下去都挺难的，想死不用特意跑这么远。"

他笑了："这倒是，我也是在T城读的大学，领教过T城的厉害。"

他又说："不过你看起来还是需要散心的，我带你去走走吧，反正现在闲着也是闲着。"

我一觉睡够了，又吃饱喝足，精神比起昨日大为振作，于是借了件外套穿上，便跟他出了门。

冬日正午的阳光里，天空高而远，一片清新的碧蓝，地上是大片大片的绿色——街头巷尾都是绿藤满墙。和昨日的阴云惨淡不同，一切都显得明媚又耀眼。

昨晚因为家家户户都准备关门过年，路上冷冷清清。而这时候小山村则释放出了它的热闹，穿了红色新衣的孩童在奔跑嬉闹，玩烟花炮仗，大人们或串门拜年，或站在路边谈笑闲聊，一路走过去，许多家门口都停着车，有的还是奔驰奥迪，一派繁荣景象。

我有些意外，说："原来人这么多的啊。昨晚静悄悄的，我还以为这里没什么人呢。"

赵子越摇摇头，道："这是人最多的几天了。等春节一过，年轻人又都去外面务工，基本就只剩下老人小孩。确实没什么人。"

"你也要走了吗？"

"不，"他笑了，"我不走，我考了公务员回来，就在镇上上班。"

我又意外了一次，方才闲聊的时候得知他毕业的院校虽然不是 T 大，但也是一流大学，要在 T 城或者其他发达城市找份收入体面的工作并不难。

明明眼前有更好的机会，却回这地方当基层。山沟里飞出去的金凤凰，还会再飞回来吗？

"人口外流，是没办法的事，毕竟这里没有什么出路，"他像是叹了口气，明朗的眉眼之间有了些忧愁之色，而后却又坚定地说，"能创造些工作岗位，大家就会回来的。"

"嗯嗯……"

赵子越带我去爬了山，我累得气喘吁吁，但汗流浃背之余，站在半山腰俯瞰，苍茫之间，倒也觉得心中净透，尘埃尽去。

回去路上远远看见赵子超和老板娘夫妻俩，赵子超满面笑容地朝我们用力挥手，像只精力充沛的小兽一样，头发和眼睛在不那么强烈的光线下也是闪闪发亮："给你们带了两根糖葫芦！"

我不由得感慨，基因的排列组合真是神奇，赵叔赵婶长相都算是平平，而兄弟俩尽管在外表上全然未加修饰，但真的都长得很好了，即使放在汇集了全国各地拔尖俊男美女资源的 T 城，也算是很出色的。

他们一家人也是住在旅店，因而大家一路同行，一起回了店里。

赵子超大概也是被赵婶叮嘱过要格外关照我，因而盛情邀请我去他们的房间玩，我正好不想一个人待着，便跟去凑热闹。

兄弟俩住在三楼，两人房间是挨在一起的，都是简单整齐的，符合年轻男孩子习性的摆设，不同的是赵子越那里多了一排高高的靠墙书架，我不由得停下来浏览了一会儿书脊，而后指着其中一本书："这个，能借我看看吗？"

赵子越像是有点讶异，而后抽出来给我："好啊。"

"怎么了吗？"

他笑道："这年头还有人愿意看纸书。"

赵子超不满道："这是什么话嘛，我也看漫画的啊。"

这确实是个纸媒式微的年代。而我早个几年也不爱看书，即使偶有阅读，也只在手机上滑滑网页。是程亦辰的书店培养了我翻阅纸书的习惯和爱好。

那个名字一浮上心头，就让我的心又微微一沉。

正聊着天，突然外面像是有了些吵闹声。

兄弟俩对视一眼，赵子超一步上去打开了阳台的门，我也好奇地跟过去，伸头往楼下张望，想看看是发生了什么事。

有个年轻人低着头站在院子外面，赵叔隔着紧闭的大门在破口大骂他。

赵子越面色凝重，连爱笑的赵子超脸上也没了笑容，他俩安静地看着，谁也没出声。

而后那个年轻人在门外跪了下来，磕了两个头，终于站起身离开了。

赵婶哭了起来。

赵子越在我旁边站着，紧紧抿着嘴唇没说话，赵子超也低下了头。

这凝固了的气氛里，我小心地问："这是……怎么了吗？"

赵子超轻声说："那是我大哥。"

赵子越说："他因为一些私事，跟家里闹翻了，我爸不让他回来，说是不认他这个儿子。"

话说到这里，我也不好再多问。

赵子超解释似的补充道："我大哥，其实人很好。"

"嗯，"我也只能说，"他看起来挺斯文的……"

赵子越喃喃道："让你见笑了。"

至此兄弟俩神色都黯淡了下来，正月快乐的气氛似乎烟消云散。

原来每户人家，都有自己不足为外人道的难处。

这一日过去，倒都是平和惬意的日子。日子过得很闲适，很悠缓，我每天晒晒太阳，看看风景，吃着店里提供的三餐，看着从赵子越那里借来的书。

零零散散的游客们来了又走，只有我像个钉子户。

潘多拉的魔盒

我住得太久，老板娘——我现在都叫她赵婶——快要不好意思收我房费了，她一再劝我去租个房子，租金能比住旅店便宜不少，而我表示这样就挺好。

"那我再给你算便宜点。"

我在这里待着很安逸，心无杂念，也无烦扰，甚至还博览了群书，这样的生活简直没有缺点。

我几乎成了赵家的编外成员。赵家在我看来是幸福和睦的一家，赵叔赵婶都是勤劳又厚道的人，赵子越和赵子超都很懂事乖巧，然而赵叔对儿子们却都很不满意。

赵子超主要是因为没能考上高中，读了中专。干了大半辈子农活，把读书这事看得很重的赵叔对此十分失望，认定他没出息。

赵子越按理来说各方面都该是让父母骄傲和省心的，然而他毕业以后回来工作，这让赵叔气急攻心。

"培养他读书，就是为了让他能走出去，他倒好，又回来了。回来干什么啊这是。"

我安慰道："他是舍不得你们嘛。"

"有什么好舍不得的？男儿志在四方。"

赵婶倒是说："能在身边挺好的嘛，你看老李，孩子读书的时候一年到头没几天在家，现在工作了干脆几年都不回来一次，不难过吗。"

赵叔磕了磕烟斗说："我个老头子有什么所谓嘛，重要的是年轻人的前途。"

赵子越从外面进来，笑道："又在说我坏话啦？"

他办公的地方不算特别远，但也不近，不过只要不加班，他都会往店里跑。

赵子超周末也从学校回来了，但跟赵子越的云淡风轻不同，他在赵叔那挨了数落，还是会委屈巴巴。

他跟我诉苦："我没有不努力啊，但我就不是读书的料嘛，有什么办法。"

我只能语重心长地安慰他："读中专也没什么不好，学门手艺，找份工作，有一技之长就能在社会上立足。"

赵子越笑道："但他不想去修汽车，他的梦想是当一名职业电竞选手。"

"啊！"赵子超脸红了说，"瞎说！"

"不是你说的吗？"

赵子超奋力辩解："我就随便说说而已！"

我笑了。这年头的小孩子，爱打游戏的，十有八九都觉得自己能打职业。

我虽然自己的水平不够打职业，但劝退这方面我是专业的。

344

我问："这里哪儿有网吧啊？"

赵子超立刻来了精神："你想去网吧哦？我带你去。"

赵子超开车把我们俩带到网吧，我豪气地对网管说："开三台机器。"

"你想玩什么游戏？我陪你玩两把。"

赵子超小心翼翼道："你会玩什么？"

我十分自信地说："我什么都会。"

赵子超挺开心地说："哇！"

我坐下来，招呼他："来，组个队，我带你飞。"

让你见识一下人外有人，就知道自己不是职业这块料，然后安心学手艺，为社会做贡献。

跟赵子超打完一把，我久久回不过神。

这太离谱了吧。

赵子超还来劲了说："再一把吗？再一把吧！"

"哦……"

"你好厉害啊，你玩得比我遇见过的队友都好！"

要不是他一副天真可爱老实巴交的样子，我会怀疑他是在嘲讽我。

在网吧泡了一下午，这游戏打得我脑瓜子都嗡嗡地。

太强了。

这家伙强得不科学，强得像外挂。

我在他身边，都感受到了绝对实力的碾压，不知道对面是什么感受。

就算我现在年纪大了点，操作比不过十几岁的年轻人，我当年巅峰时期的状态，跟现在的赵子超也是有着很大差距的。

这就是天才少年吗？

有天赋的人真是怪物。

我心情复杂地问："你的段位，怎么会这么低呢？"

"啊，我没什么时间玩，我学校宿舍的电脑太差啦，玩不来游戏，周末去网吧才能玩两把。"

压根没时间练习，还能打成这样。

我被"凡尔赛"了。

"你这水平，"我由衷地说，"找个战队训练一阵子，真能去打职业啊。"

潘多拉的魔盒

赵子超脸红了："没有那么厉害啦。"

赵子越说："你别把他夸得上天了，他会当真的。"

"我就是说真的啊。不过战队训练很辛苦，跟玩是不一样的，体验可能比去工厂上班累得多了。"

赵子超眼睛亮了，说："我不怕累啊，不信你问我哥，我很能吃苦的……"

赵子越拍拍他的头说："可别瞎想啊，你也想被爸赶出家门吗？"

赵子超的脸上又迅速黯淡下来，说："哦……"

"有那么严重吗？"

他低着头说："我已经够没出息啦。再不务正业沉迷游戏的话，我爸就真的白养我了。"

他那种肉眼可见的、认命般的沮丧，让我突然有了种似曾相识的恍惚。

得不到认可的少年时代，被自卑和不甘填满的青春期。

我说："也许我可以帮你去跟赵叔谈谈？时代不同了……"

赵子越突然打断了我说："林竟。"

"我说真的……"

他厉声道："别说了，林竟。"

我看着他。

赵子越像是叹了口气："对不起。我知道你是好意，我只是不想你给他太多遥不可及的希望。这种事情，我们根本不得其门而入。让他去找个战队打职业，就跟我们镇里招商引资引来骗子一样，幻想破灭的时候是很残忍的……"

我说："不算遥不可及啊，我认识正规职业战队的人，我真的可以把子超介绍过去。"

脱口而出的同时，我突然想起，那个战队，是卓文扬当年介绍给我的。

兄弟俩一起愣愣地看着我，赵子超脸上原本已经熄下去的光又疯狂闪烁了起来，他的两眼闪闪发亮，亮得我一时有点难以招架。

"哇，你这么厉害啊？"

赵子越愣了一会儿，半微笑半苦笑道："哎，不愧是T城来的。"

虽然想给他们多一些信心，但也怕他俩对我期待过高，我只能实话实说："当然了，我也只是认识而已，没有很熟。而且我和那位朋友有阵子没联系了，他会是什么态度我也不确定。我得先找他谈谈，且看他怎么回应，我们接下来再做具体的打算。"

赵子超连连点头，激动不减。即使是渺茫的希望，对现在的他来说也足够了。

346

赵子越则是一脸复杂，对着弟弟的笑脸，他终究长长地叹了口气。

驱车返回旅店的路上，赵子超一直兴奋异常，在座位上扭来扭去，像只即将出笼的小兽在磨爪子。

坐了半天都不老实，他又神神秘秘地靠过来，凑到我耳朵边，压低声音说："哎，我跟你说个事。"

"什么事？"搞得好像我们之间要有什么秘密似的。

他小声说："我以后叫你老大好不好？"

赵子越在前面笑了说："怎么听起来地位比我还高了。"

回去我打开手机，默默翻了翻，又发了一会儿呆。

那时候卓文扬大概是觉得我可能会选择走职业电竞这条路，因而帮我和GLX战队的经理孤音牵了线。

孤音不是一般的战队经理，他还是GLX的创始人之一。而大家约出来吃饭的时候，他显得温和且完全没有架子，对我这种过了巅峰年龄的选手并没有半点"你做白日梦"的嘲笑之意，还给予了相当大的耐心和中肯的建议。

当然我并不会真的认为自己还有打职业的空间，因而这事自然也就没有后续。但孤音还是大方地表示我如果对这圈子还有兴趣的话，随时可以找他商量。

孤音是个老好人，他的人品在业界是有口皆碑的，只不过那时候他对我的邀请，有几分是看在卓文扬颜面上的呢？

现在我已经和卓文扬毫无关系，不再能沾他的光了，那么孤音对我伸出过的橄榄枝，还算数吗？

我的微信自然是早就弃用了，幸而微博账号还找得回来。我反复斟酌过后，终于编辑好了措辞，发了条私信给孤音。

孤音一直很认真地运营账号，作为战队对外公关的一个窗口。所以我知道他会经常上线。

但我不确定他会不会看到，会不会回复我。假如这个周末都等不到回音，我就只能找其他方式联络他了。

想不到当晚我就收到了孤音的回信。

孤音比我所能预想到的还要爽快："可以，你们时间方便的话，你可以直接带他过来找我面试。"

高兴之余我还是得把话清楚："但他目前的战绩不符合要求。"

"那没关系，你的眼光我信得过。你能看上，还亲自推荐过来的人，实力一定没问题。"

我立刻把兄弟俩找了过来。为了证明自己不是诱拐青少年的人贩子，我直接给他们看了我和孤音的对话——孤音那个经过官方认证的账号自然是假不了的。

赵子超瞪大眼睛看了会儿手机屏幕，脸迅速红了起来，嘴唇微微颤抖，却说不出话，像是喘不过气来。

随后他也用胳膊把我勒得喘不过气。

年轻人力气也太大了吧。

"我要去 GLX 了，"他松开我，喃喃地对赵子越说，"我真的要去 GLX 了，哇……"

他雀跃着，在灯下手舞足蹈了起来。不甚明亮的光线下，他像是这个世界上最快乐、最自由的人。

我提醒他："你要明白，你去了之后，就算能顺利留下来进入青训营，也只是刚开始。在那里你会面对非常艰苦的训练，会面对其他年轻优秀的选手，也许你可以比他们更优秀，也许你不能。离真正可以打联赛，还有很长很长的路要走，能走多远就看你自己了。"

赵子超拼命地点头说："我知道我知道。谢谢老大谢谢老大。"

"……"都说了不要这样叫我。

赵子越没说话。我能理解他的犹疑，虽然他放弃大城市的发展前景回到家乡，也算不走寻常路，并不是传统的会望弟成龙的人，但他显然信奉脚踏实地。而电竞这种厮杀激烈、职业生涯又极短暂的职业，不会是一个理想选择。

我于是问他："你怎么看？"

赵子越又叹了口气，他这两天叹的气比之前加起来的都多。

他说："我的看法不重要，这是子超的人生。"

他看着赵子超说："你觉得呢？你想好了吗？"

而赵子超只会上了发条一样奋力点头。

349

潘多拉的魔盒

我只能替他说："我想过了，他这学期的课马上就要结束了，接下来一年其实就是实习而已。等他一放假，我就带他去 T 城面试，顺利的话能立刻开始青训，对学业影响不大，也不耽误训练。就算不顺利，那损失也有限。

"走这条路，当然得付出一定的代价，但比起他能接触到的、能提升的，我觉得还是值得的。趁年轻，还有试错成本，他既然有天赋，肯吃苦，那么有机会还是该抓住。

"至于到了 T 城，我会先照顾他，如果青训结束，他能被看中，能留在 GLX，那么签合同之前我会找律师帮忙，也会给你们过目，不会让他糊里糊涂地被卖了。"

赵子越默不作声了一会儿，再叹了一口气，说："你为什么要对他这么好呢？"

他苦笑道："你一个外人都这样了，我还有什么立场阻止我弟弟去追求梦想。"

我也不知道我为什么对赵子超的事情如此上心。明明这和我并没有什么关系。

大概是因为，虽说也许我还能活很久，但于我而言，我自己的人生，差不多已经结束了。

我没有追求，没有希望。没有什么我可以为之奋斗的，想得到的东西。

而赵子超不一样，他的人生才刚刚开始。

我很高兴这世界上还有人是有梦想、有机会的。

而我有幸能助他一臂之力。

GLX 对于青训生，还有一条要求是"获得监护人的理解与支持"。

这恰恰也是最难的一条。

我们三人都默契地对此事保持了沉默，准备等赵子超期考结束，放假回家，再跟赵叔赵婶摊牌。

很快迎来了暑假。原本赵子超说他第二天回家，结果这日下午我在阳台上吹风的时候，就看见他的身影出现在院子里。

赵子超大包小包地背着拎着行李，看样子是已经把宿舍的东西都打包回来了，还一脸的喜滋滋。

赵婶有点惊讶地说："这么早回来啊？还以为你要跟同学出去玩两天呢。"

赵子超笑嘻嘻地说："不去了不去了。"

"长大了，懂事了嘛，"赵婶也挺高兴地说，"暑假就在店里帮忙吧，旺季客人多，我跟你爸忙不过来。"

350

赵子超愣了愣，小声说："我暑假不想留在店里做事……"

赵叔脸色一沉，道："不想在店里帮忙，那你还想干吗？你能干吗？你就那出息，去找个厂子上班？找得着吗你？学了两年学了个什么东西，你叔的摩托车你都不会修，也不嫌丢人。同样是读书，你看看你表姐，再看看你自己，真想把你脑子掰开来看看里面装的什么玩意……"

赵子超沉默了一会儿。在赵叔的骂声里，他突然说："我不要留在这里打工，我要去T城当职业电竞选手。"

赵叔被他说得一愣，问："什么选手？什么意思？"

我来不及阻止，赵子超已经一股脑儿地说了下去："就是专门打游戏的，把这个当工作的人。爸，我不想修车，我想打游戏。我喜欢打游戏，不管做什么，我脑子里就只有这么一件事。我有天赋，我想去试一试。"

我拖鞋都没顾得上穿，光着脚飞快地冲下楼去。赵叔已经操了根棍子，劈头盖脸地在往赵子超身上招呼。

赵婶在一边六神无主地喊："别打了别打了……"

我上去试图阻止他，却根本拉不住这暴怒的老父亲。眼看越打越失控，我只能挡在赵子超身前，硬着头皮替他挨了两下。

棍子落在我身上，赵叔吓了一跳，随即住了手，一时有些无措，但嘴里还是说："你是客人，我们的事你别掺和，天底下没有老子不能教训儿子的。"

拳脚暂时无法施展，他于是改成对赵子超的口头输出："打游戏打游戏！十几岁了，天天还只知道打游戏！疯魔了你？我是造了什么孽生了你这么个铁废物，养你还不如养条狗！"

赵子超之前挨打也始终倔强地一声不吭，而在挨着骂的时候，眼圈却还是慢慢红了。

他这样看起来，好像小时候那个一直被嫌弃被鄙夷的我。

我说："赵叔，其实是我劝他去打职业电竞的。"

一时间三人都看着我。

"电竞这条路确实不好走，但子超真的很有天赋，我不想浪费人才，所以把他推荐给战队。"

赵叔那因为误伤了我而有所平息的怒火，立刻又噌噌地上来了："你这人什么意思啊？你在这儿待着，我们全家人怠慢过你吗？我老赵家到底是什么地方得罪了你，你要这么背后给我们使坏啊？你……"

说话间，大门"砰"地被撞开了，赵子越气喘吁吁地冲了进来。

多半是赵婶怕小儿子被打死，打电话叫他回来劝架的。赵子越一头的汗，说："爸，你别激动。"

赵叔怒吼："你别来添乱！"

"不关林竟的事，"赵子越说，"是我想让子超去打职业，才找他帮忙的。"

这口锅变成人人抢着背。

赵叔更气了："你怎么跟外人合起伙来害你弟啊？就他们这些不肯好好读书的，才会天天想着打游戏，你也跟着晕头了吗你？"

我忍不住说："我没有不好好读书啊，我是T大毕业的。"

屋里瞬间安静了，大家又一齐看着我。

赵子超也忘却了自己的悲伤，睁大眼睛看我："哇，T大啊，你这么厉害的吗？"

赵叔满脸的"我不信"，说："不可能。那学校是人人能上的吗？我们村这么多年，就出过一个考上的。"

"真的啊。"

赵叔十分警惕："你别想拿假证书蒙我。"

我说："我其实也没带证书。"

幸而ICLOUD里面还存着旧日的相册备份，于是我打开手机，给他们看了毕业典礼上的照片。

那一天的T大、老师、同学、阳光、绿树、程亦辰和卓文扬，还有满面笑容的我。

他们看看我，又看看照片，再看看我。

然后他们说："不像你啊。"

"真不像。"

我说："稍等一下。"

我去迅速把自己收拾了一番，脸上刮干净，头发暂时没法剪，干脆往后梳，在脑后扎起来，看起来虽然不良，但至少清爽。

待得我从洗手间出来，赵子超睁大眼睛看着我："哇，原来你挺好看的啊。"

不好意思这阵子扎你们眼睛了。

我又把手机上的照片放大了一下，放在脸边上真诚地比画："你们看，这真的是我！我真是T大毕业的，不骗你们！不然这总不可能是我搭的景，请的群众演员吧？"

赵叔犹豫了一下，终于说："能考上那么好的大学，怎么还老想着打游戏？我不信。"

"这圈子里也是有高才生的，"我作为一个学渣，要以伪高才生的立场说话，不由得有些心虚，只能含糊道，"顶尖的选手都很聪明，学历不高只是因为电竞事业和学业有了冲突嘛，不是你想象的那样都是网瘾少年啊。"

赵叔依旧十分狐疑地说："还是你大学没好好学，毕业了没找着工作？"

我说："叔，我找到工作了，而且还是挺好的工作。"

又到了旧照片发挥余热的时候了。于是我给他们看了入职的证件照，在公司里西装笔挺的照片，陪柯洛一起完成第一个项目时的合照……

当初会保留这些打工人的"高光时刻"，纯粹是别人拍了发给我，我也就顺手存了，其实没什么感觉。

现在回头看看，那个时候的自己，在柯洛和卓文扬身边的自己，竟俨然一副精英模样。

赵子越评价道："是大公司。"

赵叔看着他："多大？能比老李家儿子上班的那个公司还大？"

赵子越点了点头："是的，大得多。他这职位，工资也高得多。"

赵叔再看看我，他还是一脸固执的抗拒和怀疑，但我从他的眼里看到了些微动摇。

他不再说话了，低头抽起了烟。

我没想过我这辈子能拥有学霸加精英的光环。

而这个光环加持还如此有用。

过了会儿，赵叔又问："有那么好的工作，你放着不做，跑来山里干吗？是干不下去了？"

我蒙了几秒，迅速地说，"啊这，工作压力太大，需要调节一下。你可以问子越，T城生活节奏很快，对人消耗很大的，是不是？"

赵子越点点头。

"长期在那种高压之下不行的，得换个环境放松神经，给自己充充电，"我开始满口跑火车，"我不是一直在看书吗？休息就是为了走更远的路！反正薪水那么高，钱赚够了，休息再久也没事。您瞧瞧，我在这里待了这么久都没缺过钱对不对？等我休息好了，自然就会回T城去了。"

赵子越神色微妙地打量着我，赵子超和赵婶对我已经算得上是肃然起敬。

我赶紧把话题绕回来："我的工作不重要，重要的是，时代不同了，打游戏已经成了一种竞技项目，有全国赛，有世界赛，奖金还很丰厚。"

我问："说来，咱村里读书最厉害的是谁？"

赵叔立刻说："子超他表姐啊，人家可是省高考状元。"

"高考拿了全省第一名，是省高考状元，那子超游戏如果能打到全省最厉害，不也是状元吗？何况在我看来，子超不止能拿省冠军，"我越说越亢奋，"他有希望拿全国冠军，甚至走出国门，去打国际比赛，为国争光！"

赵叔被烟呛了一口，咳道："就他？"

赵子越一脸"你吹得太过了可赶紧刹车吧"的尴尬，赵子超也嗫嚅着说："那不可能的吧。"

紧要关头，我可不能让赵子超灭自己威风，于是砰砰地拍胸口："你要有点信心，GLX 可是拿过总冠军的战队！"

"你能进 GLX 青训，那也是等于进了电竞界的 T 大了。"

"T 大"这个词明显让大家的表情震动了一下。

赵婶问："那个什么青训，是那么厉害的地方吗？"

"青训就是青少年训练营，给子超这样有天赋的年轻人训练的地方，他们每天都要花大量时间练习，还有职业教练指导。那些足球篮球什么的项目，也有青训营。表现突出的话就有机会被俱乐部录用，GLX 就是顶级的电竞俱乐部，旗下有好几个知名游戏分部……"

我趁热打铁，又大吹特吹了一番 GLX 成军至今的丰功伟绩，立足电竞市场的现状，展望未来，并从相册里翻出了一些往年比赛的现场照片和视频，投屏到电视上。作为一度沉迷又热爱八卦的业余选手，这些经典赛事的资料我保存了不少。

"这是世界赛的场馆，你们看看，场馆有多大，观众有多少，更别说线上转播的观看人数了。"

赵婶惊讶地看了一会儿，说："怎么还有外国人啊，看着跟奥运会似的。"

我一拍大腿："就是说啊！赵婶您这意识就很到位了！有格局！"

世界赛开幕现场极致炫酷的光影，气势磅礴的表演，震撼人心的 VR 特效，选手们登场的时候台下排山倒海般的欢呼。

大家围坐着，对着屏幕，都不再说话。

放完开幕视频，我问赵子超："你想登上这个舞台吗，子超？"

他用力点头。

"那就以此为目标去奋斗，好吗？"

他又拼命点头。

赵叔在一旁吧嗒吧嗒地抽着烟，没出声。

接下来的几日，家里的气氛都有些微妙。

赵婶本来就心疼孩子，只要赵子超没有上当受骗，不是违法乱纪也不是游手好闲，那他要干什么她都是支持的，顶多嘴上埋怨两句。

但赵叔就不一样了，他这几天一句话都没跟兄弟俩说，也不搭理我，显然我们几个都被打入了敌军小团体。

我也觉得自己那晚的说辞稍嫌浮夸了。毕竟这圈子人才济济，竞争残酷，而能在自己短暂的职业生涯里成功登上最高舞台的，也就那么几个人。不少优秀的选手在浮浮沉沉了数年以后，都只能抱憾退役。

想要爬上电竞圈的金字塔，所需要的，除了超凡的才华、绝对的努力之外，还有一部分是无法掌控的运气。

子超固然很有天赋，但天赋究竟高到什么地步，机遇又能把他推到什么高度，全然未可知。

我都有点怕自己那天为了说动他们，而给他们画了一个过于美好的大饼，最后会让他们空欢喜一场。

但顾虑归顾虑，时间不能这么白白耽误了，我还是买了机票，并拜托赵婶去给赵叔通个气。虽说无论怎样子超都是铁了心要走，打断腿他都想走，但还是希望赵叔多少能表个态。

这天该出门了。我还是只背着那个黑色双肩包，赵子超也没什么行李，就一个藏蓝色旅行包，男孩子随身物品本来就简单，赵婶试图给他收拾一堆有的没的，被我劝住了："这些都不用带，T城什么都有，有缺直接买就行了。"

"那你身上的钱够花吗？"赵婶说着就伸手去兜里掏，"这些你再带上……"

赵子超和我齐声拒绝："不用的！"

"别担心赵婶，"我拍拍胸口，"我有钱，不够的我先给他垫着。"

355

"唉，子超不像他哥，他长这么大，没出过远门，连火车都没坐过。这一路上得让你多费心了……"

"不会，飞机很快的，打个盹儿就到了，"为了安抚她，我又开始强行吹嘘，"到了 T 城以后的事，您就都不用操心了，那地方我熟，朋友也多，交给我就行。"

待得赵子越准备去开车了，赵叔才拿着烟，慢吞吞地从屋里出来。

赵子超赶紧叫了声"爸"，赵叔不冷不热地应了一声，而后说："这是要走了啊。"

赵子超看看我，又看看他哥，鼓起勇气说："嗯！要走了。"

赵叔抽了两口烟，说："哦，外面的事情，我是不太懂了。但你得问自己懂不懂。"

"……"

"说实话，我觉得那些好事轮不上你。全国冠军，我们老赵家能有这个命吗？全省冠军我看都够呛。人家替你说的那些好话，是为了让我们松口，好放你走。至于你到底什么水平，自己心里得有点数，别被夸两句就不知道姓甚名谁了。"

"……"我不由得一阵心虚。

"我也不多说了，反正说了你也不爱听。你要是不怕浪费时间，那就去吧。"

我们都不敢接这个话，毕竟不知道他说的是不是反话，等接一句"去了就别再回来"，那就变成子超他大哥的悲剧重演。

赵叔站着闷不作声地把烟抽完，才转身回屋。临进门之前，他突然又说："要是混不下去了，就赶紧回来吧。不要怕丢人。反正你丢人的事也不差这一桩。"

"……"

赵子超紧紧地抓着手里的包，没说话。他看起来像是要哭了。

我安慰赵婶说飞机上睡一觉就到了，但赵子越开车把我们送到 N 市机场，这一路却是好几个小时的行程，让我感受到了山高水远。

赵子超没出过远门，没坐过这么久的车，晕车，在车里吐得七荤八素。赵子越从后视镜里看我手忙脚乱地帮着提装呕吐物的塑料袋，摇头笑道："等年底高铁通到我们那里，就好了。"

终于顺利抵达机场，办理好手续，一行人到了安检排队入口，是时候和赵子越告别。

准备搭乘人生第一趟飞机的赵子超很紧张，跟头小羊似的狂嚼我买给他的青梅。赵子越笑着看自己的弟弟，摸一摸他短发少年的头，轻声说："去吧。"

而后他又对我笑笑："到 T 城，就拜托你了。我弟弟傻乎乎的，你可别把他弄丢了。"

"放心，不会的。"

我只把自己弄丢过。

"没想到带我弟弟走出这里的人，会是你，"赵子越叹了口气，"我早就知道他的梦想是什么，但从来没考虑过要让他出去。现在想想，是我狭隘了，我太以己度人了。不是所有人都像我这样没有远大理想。"

"不是，"我立刻说，"你不狭隘。想出去的人很多，愿意回来的人很少。你才是有远大理想的那个人，你的理想和一般人不一样。"

赵子越盯着我，他的眼睛又深又黑，他微微动了动嘴唇，像是想说点什么，但终究没有再开口。

我们随着人流进了安检通道，待得回头去看，他清俊的脸，在熙攘的人群里模糊了。

飞机缓缓在 T 城机场的跑道上降落，机轮终于触及地面时，舱内不可避免地强烈震动了一下，我的心脏也跟着重重一跳。

我以为我不会再回来，却没想到重新踏上这片土地的时刻来得如此之快。

虽然我做足了心理准备，这也只是短暂停留，并不会跟那些我无法再面对的人有任何交集，但踏进 T 城机场航站楼的那一刻，熟悉的一切还是让我有种不真实的恍惚感。

赵子超边走边东张西望，惊叹道："哇，这里好大啊！"

我笑道："对啊，走出去得走半天，我们……"

我突然看到了一面卓文扬公司产品的巨幅广告。

迎面而来的巨型屏幕上，那个身形挺拔神色冷峻的男模并不是卓文扬，但我还是觉得胸口像被什么东西狠狠撞了一下。

我不由得深深吸了好几口气。

我以为自己已经平静了，却连这样最轻微的，甚至算不上"重逢"的偶遇，都在我心里掀起了滔天巨浪。

我比我自己预想的，要软弱得多。

我机械地沿着通道大步往前走，赵子超一路都紧紧跟着我，像条小尾巴。其实因为他的身高，看起来是条服服帖帖的大尾巴。

"老大老大，我们等下去哪儿啊？"

我感觉得到他的不安，还有对我的全盘信任和依赖。这让我动摇起来的心又慢慢地稳住，而后终于踏实了下来。

我笑着对他说："我们先去酒店，晚上好好吃一顿，安心睡一觉，明天我带你去GLX 战队基地。"

赵子超两眼发光说："好啊好啊！"

这晚赵子超胃口不错，吃到我一度怀疑他会上自助餐厅老板的黑名单。回到酒店，初始的好奇与兴奋过去，他睡眠也挺好——我半夜发消息给他，没有得到回复，应该是正睡得昏天黑地——看来没有半点水土不服的样子。

至此我心头略微放松了。至少 T 城对初来乍到的他，并不严酷。

次日我按约好的时间带着赵子超去了 GLX 的基地。孤音亲自出来接待我们，带着和煦的笑容，这让我绷紧的心情又缓和了一些。

我自己是见多世态冷暖，没有什么所谓，但我很担心万一让赵子超遭到冷遇，幸而孤音确实是个有一说一的好人。

孤音和两年前一样，没多少变化，依旧是斯文沉稳的模样，就是面容显得更疲惫了一些。

我知道他不仅要负责战队人事，调整队员们的身心状态，还要负责战队对外的公关事宜。幕后管理，台前话事，既当爹又当妈的日子委实不容易。

寒暄过后，孤音便带着我们参观了一下基地。我还好，GLX 身为电竞"豪门"，各方面配置自然是很到位的，但也谈不上奢靡。而赵子超则惊呆了。

"哇……"

他趴在玻璃隔墙上，看着墙另一边配备齐全的训练室，像是在充满憧憬地张望另一个世界。

孤音对他说："你是林竟介绍来的，你的实力我不怀疑。不过还是要让你跟队员们试着玩两把，好让我了解一下你的游戏风格。"

赵子超连忙点点头，又回头看看我，那张年轻的脸上，神情肉眼可见地紧张了起来。

孤音带着他进了训练室，给他找了台电脑，又叫了几个队员来，稍微介绍了一下，大家便坐下来准备开打。

我看见赵子超拘谨地把手放在键盘鼠标上。他没摸过这么好的外设，没用过这么好的电脑，显得不知所措，格格不入。

我在外面焦灼不安地看着，等孤音安排好他们，我就赶紧示意他出来，而后跟他解释："子超这孩子是从乡下来的，他很有天赋，但各方面经验都不够，一开始可能会不太适应……"

孤音笑道："我懂，我会多观察的，你放心。"

在大厅心不在焉地喝着茶，等着孤音对赵子超的评价的我，比等待自己考试出成绩还紧张。

过了不知道多久，孤音总算又出来了，他的表情看起来有些惊讶，他说："林竟，子超这孩子，真的可以啊。"

我激动地："是吗？"

"虽然经验不足，也缺乏战术基础，但他的反应能力相当惊人，"孤音笑道，"我刚才觉得，我好像看到了十七岁时候的阿达。"

阿达是这个游戏最负盛名的选手之一，即使退役了，也在这圈子里留下了属于他的不灭传说。

我一时欣慰得仿佛是孩子第一次考了一百分的家长，几乎要老泪纵横。

孤音说："接下来就让子超在这里好好训练吧，我很看好他。到时候的选秀大会上，他一定会很亮眼的。"

子超正式进青训营了，而我还没有离开 T 城的打算。我的计划是待到青训营结束，选秀结果出来了再走，以免他万一不习惯，或者需要什么照应，家人又都在千里之外。

虽然孤音一直和我保持联络，告诉我子超的动态，但我还是不太放心，因而过了几天，我又去基地找孤音。

"子超适应得还行吗？"

"很不错，"孤音说，"子超天赋极高，而且非常肯吃苦。这批孩子其实都很勤奋了，而他练的时间还能比其他人都多。"

我松了口气说："那就好。"

孤音笑道："谢谢你，替我抽了一张 SSR 卡。"

而后又说："也幸好你是这阵子来找我。要是早一些，我还真不敢收他。"

我奇道："怎么了吗？"

他略微一愣："GLX 的资金链出问题了，你不知道吗？"

"啊？"我震惊之余，只得老实说，"我真不知道。我前阵子，跑到深山老林里去陶冶身心了，都没怎么上网。是出什么事了？"

其实时间再往前推一些，应该说从那场车祸开始，我就再没有闲心去关注这些身外之事了。

孤音苦笑道："其实管理层也都是一心求好，但……唉，说来话长。总之那阵子真挺难的，薪水都发不出来了，再熬下去估计得卖选手。没有钱，就没办法在转会期补强队伍，年底 TAWA 的合同要到期了，钱不够，恐怕也留不住。"

TAWA 是 GLX 的一员老将，顶梁柱般的存在。

"不过现在有了新的投资人，"他长长出了口气，"卓氏集团要收购 GLX 了。虽然多半得改名了，但总比队伍再也没有未来要好吧。"

我愣了愣，迟疑道："什么情况？谁？"

"负责人就是卓文扬啊，"孤音看着我的表情，笑了笑说，"这事你也不知道吗？你到底是去了哪个不通网的旮旯啊？"

孤音抬手看了看表，说："6 点半卓文扬要过来和我们开个会。"

我的心脏失控地跳了起来。

"等等你要不要一起吃个饭？我们食堂其实饭菜还挺不错的。"

我霍地站起身来说："我有点事，我先走了！"

孤音有些意外，也跟着站起来："哎？这么急的吗？"

"是呢……"

"不跟卓文扬碰个面吗？"孤音问，"你俩应该也挺久没见了吧？正好叙叙旧。"

我甚是尴尬地说："不用了。"

孤音看一看我的脸色，谨慎道："怎么了吗？那会儿你俩关系不是挺好吗？"

我干笑了两声："那会儿是那会儿。"

孤音立刻表示理解，不再问了，只点点头，叹气似的说："确实……朋友也有不方便照面的时候。"

"对了，你别千万跟卓文扬提到我啊。"

"这我明白，"孤音问，"不过，你不再待会儿吗？我以为你是来看子超的，他们也到休息时间了……"

他的话未说完，一条人影"嗖"地弹射了过来，像只敏捷的猫。这"猫"挂在我胳膊上，一脸的兴高采烈道："你来看我啦？我们一起去食堂吃饭啊！这里食堂可好吃了！"

孤音遗憾地看着赵子超说："林竟有急事，要先走了。"

"啊，这样的吗？"

少年脸上雀跃的快乐瞬间土崩瓦解，剩下肉眼可见的愁云惨淡。

但他还是乖巧，只眼巴巴地问："那，下次你什么时候有空来看我啊？"

我瞬间痛心疾首地觉得自己像个不负责任的家长。怎么能因为那点私人情绪，就伤了孩子的心呢？

话说我也就比赵子超大了个五六七八岁吧，风华正茂的年纪呢。但面对像他这样对我全盘信任依赖，又在此地举目无亲的小孩子，我就不由自主地操起了既当爹又当妈的心。

想到这里我又有点纳闷了。想想几年前我还觉得自己永远都是个孩子，而现在我竟然管别人叫孩子。

我不由得反思了起来，这是被程亦辰传染的吗？

我说："其实……也不是那么急。"

基地挺大的，人也多，正常出入不至于刚好能撞见。何况已知卓文扬要来，存心避开，那就更简单了。

而且我心虚什么呢，我怕什么？

最难面对的时刻毕竟都过去了。到现在时间已过大半年，许多情绪都淡了。

真的不期而遇，那就相逢一笑泯恩仇吧，我想。

赵子超美滋滋地带我去食堂吃饭，食堂质量真的相当不错，色香毫不含糊，种类丰富，营养搭配均衡，GLX 实属良心战队。

我只暗搓搓地希望收购完成之后，卓文扬还能给他们保持这样的伙食水准。

我边吃盘子里外酥里嫩的烤肋排，边听赵子超兴致勃勃地跟我描述他这段时间的见闻。然而我一直心不在焉，满脑子都在幻想万一撞上卓文扬的场景。

虽然知道我们并不会碰面，却还是情不自禁地在脑子里演练了一万次和他的相遇。

待得吃过饭，赵子超也差不多该接着继续训练了，我送他回训练室，行至转角处的时候，突然听见孤音和人说话的声音。

我一个激灵，即刻往后退了一步，将赵子超拉往身前严严实实一挡。

赵子超："啊？"

我猫在赵子超背后，听得有个人说："你这个想法有一定道理，回头我们再讨论。"

这个声音让我心头一颤，仿佛整个灵魂都随之发起抖来。

我从赵子超胳膊的缝隙里看见了卓文扬。

他神色严肃，略微皱着眉，一副不苟言笑的样子。

他瘦了。

但还是很英俊，很挺拔，像是什么东西都无法压弯他的脊背。

我又深吸了一口气。

我完全做不到。

我把放下想得太简单了。我连站出去和他打个照面的勇气都没有。

我根本没有准备好。

我只能躲在这角落里，把他那张熟悉而又陌生了的脸，仓促地看了一遍又一遍。

他们站着交谈了几句，又继续往前直行，经过我们身边，孤音奇怪地转头看了一眼仿佛在站军姿的赵子超："哎？还不去训练吗？子超？"

赵子超站得笔挺，声音洪亮："好的，我马上就去！"

卓文扬也收住脚步，往这里看了一看。

孤音说："卓先生，训练室往这边，您可以看一下今年青训营的情况……"

待得他们走远，我终于松了口气，索性往地上一蹲。

赵子超虽然年纪小，倒是牛高马大，拿来当人肉盾牌还是很好使的。

我没精打采地："你快回去训练吧。估计就差你一个了。"

赵子超跟着在我旁边蹲下，一脸紧张："老大，你是欠那个人钱吗？"

"没那回事，我从不欠人钱。"

"那是跟他有仇吗？"

"也没有。"

赵子超义薄云天地说："那要是他跟你有过节的话，我就不在 GLX 打了！"

我立刻挥手呼噜了一下他的脑袋，"想什么呢你，别拿自己的前途当儿戏。赶紧去训练，给未来老板一个好印象！"

我逃窜回了酒店，把自己甩到床上，用被子蒙住头。而后在黑暗里静悄悄地回味起那短短几分钟的和卓文扬不算见面的见面。

他的面容，他的眉梢眼角，他轻微皱眉时下意识抿住嘴唇的动作，还有他那不甚在意的一眼。

如果那时候我们真的面对面，卓文扬会怎么样呢？

会像我这般惊慌失措，还是依旧波澜不惊？

他曾经说过，人的感情是流动的。

虽然无论答案是什么，其实到如今都没有多少意义。但我还是因此失眠了。

青训还有一段时间才结束，这意味着我在T城还要再留一些日子，跟卓文扬也不可避免地，还有一定的交集。

我在酒店里苦思冥想，煎熬了几天，而后跟孤音旁敲侧击打听过消息，又偷偷摸摸地去了GLX战队基地。

若以为我这鬼鬼祟祟是为了避开卓文扬，那可就大错特错，太小看我了。

恰恰相反，经过那几天的深思熟虑，我决定迎难而上。

对卓文扬这个人，我不仅不再进行消极逃避，反过来，我还要专门挑他出现的时段过去，对他进行全方位偷窥。

没错，正面应对的勇气我没有，但我可以选择偷窥。

当然了，这种偷窥是师出有名的，这是一种脱敏训练，是一种勇于挑战自我的体现。

与自己无法面对的故人，以间接的方式多"见"几次，对我极度脆弱敏感的心态有一定的治疗作用。

相信我的心理医生都要为我这壮举点个赞呢。

青训营的尾声很快到来了，从体感上来讲，时间过得比我预想中的要快一些。

经过这阵子的自我"训练"，心态究竟有没有进步，效果还有待商榷。

但我的偷窥技术确实日益熟练，达到了既能兼顾自身隐蔽，又能将偷窥卓文扬的视角和时长最优化的水平

其实卓文扬每次来基地，他的模样都差不多。他永远是那般一丝不苟、西装衬衫的打扮，干净笔挺，整齐严谨。他也喜怒不形于色，始终都严肃且缺乏表情。

但我每次观测我都能有新的乐趣，可谓常看常新。

我的训练效果如何只有自己知道，而赵子超的训练结果是有目共睹的。

在青训营的选秀大会上，赵子超不负众望拿到了冠军。

这当然令人振奋，但也不算意外，毕竟从一开始我和孤音就都非常看好他，而他在整个训练过程中也都表现得可圈可点。

而且这个小小的夺冠仅仅只是起点，只是他在电竞职业圈里踏出的第一步，接下来才是漫长而严苛的万里征途。

我要做的不只是替赵子超高兴，还要替他谈好合同，安排好后续。

GLX在业内算相对厚道，以我自己的观察，选手从GLX解约转会时都没闹出过什么难看的新闻来，可见他们放人还是比较爽快的。但合同大意不得。

我请了两位专业的律师来帮忙看合同，以防有什么疏漏，并厚着脸皮对一些条款进行了大刀阔斧的修改。

拿着改过的合同给孤音看的时候，我也觉得自己挺不厚道。但说真的，换作签我自己的合同，反倒比较无所谓；而替人谈合同，尤其是替赵子超这种什么都不懂，没有任何背景，家人也压根帮不上忙的小孩子谈合同，能争取的肯定尽量争取。

果不其然，孤音看过之后，苦笑道："这，林竟，你让我很为难啊。"

我嬉皮笑脸地说："是吗？我觉得还是挺合理的。"

孤音确实好脾气，还是笑道地说："我一直很想跟你合作，我也非常看好子超这个孩子。但这几个条款，说实话我们没开过这样的先例……"

我厚颜无耻道："凡事都有第一次嘛。"

孤音像是哭笑不得："我做不了主，我得去问问我们老板。"

虽然表现得胸有成竹，但我心里其实是有点打鼓的。我也做好了他们不同意的心理准备，留好了讨价还价的空间，合同条款的商议本来就是一个拉扯的过程，只要他们没翻脸，肯商量，那就有戏。

等待孤音回复的时间里，我有点度日如年，再怎么自我安慰，也难免怕因为自己狮子大开口毁了子超的前程。

而实际上第二天孤音就来找我了。

"我们老板答应了。"

"哎？！"

"答应"的意思是，甚至都不用再进一步讨价还价吗？

孤音笑道："看来子超确实是不可多得的好苗子。"

卓文扬这也太爽快了吧。

我突然有点替他担心了。

他怎么能答应得那么草率呢？

这样真有做生意的头脑吗？怎么感觉很好忽悠的样子？这不会吃亏吗？

好吧，赵子超确实是有着大好前途的新人王，加上外在形象相当优越，将来的商业价值不可小觑，相信卓文扬也是看中了他的潜力，觉得合同这么签不吃亏……吧。

卓文扬跟着他外公学习在商场上谈判博弈的时候，我还在因为旷课太多被叫家长，所以应该轮不到我替他的职业素养操心。

　　我琢磨着自己也是挺矛盾的。一方面想帮赵子超占点便宜，一方面又舍不得卓文扬被占便宜。

　　到底想啥呢这是。

合同磨好了，接下来我要做的就是向赵家人如实传达，一番沟通，并请赵子越赶来 T 城，需要他作为监护人陪同赵子超完成签约的事。

赵叔赵婶对于我为赵子超争取到的薪资，反应是惊吓远大过惊喜。

赵叔一如既往大嗓门说："这能是真的吗？人家能出这个钱请他？他有这个本事？"

赵婶在旁边小声说："不会是贩卖人口吧？卖器官什么的……"

听起来显得太好的事，确实就不像是真的。

赵子越次日便搭最早的航班来了 T 城。

我去酒店门口接他，帮他办理入住。他风尘仆仆，难掩倦色，眼里还有血丝。但前台几位等着退房的年轻女孩子还是边窃笑边一起盯着他，交头接耳了半天。

是帅哥放在哪里都会发光的。

我把 GLX 和子超的情况更详细地向赵子越说明了一遍，他甚是感慨地说："谢谢你，真的。你让我弟弟实现了梦想。"

我好奇道："这是什么话？梦想难道不是子超自己努

367

力实现的吗？"

赵子越笑道："没有你，他根本来不了 T 城。你是他的引路人，也是他的拯救者。"

"我只不过是做了一点微不足道的贡献。"

我哪有那么伟大，纯粹是自己混不下去了，在别人的事情上凑凑热闹罢了。

赵子越又说："有件事，还得请你担待一下。我爸妈对我弟放心不下。于他们来说这是他们怎么都弄不懂的大事，虽然他们相信你的为人，但他们总担心万一你也被骗。甚至对我，他们也是这么想的。"

我有点哭笑不得地说："这我能理解。"

"所以他们得找个在他们看来非常靠得住的人，帮忙再把一把关，"他苦笑道，"就是我那个考上 T 大的高考状元表妹。晚一些，等你方便的时候，我们跟她视频稍微聊一聊，争取说服她，可以吗？"

我很大方地说："没问题，那也是应该的。"

在上一辈眼里，我们永远是小孩子。

就像我那时候都那么大了，程亦辰还是担心我一个人在家会吃不饱饭一样。

吃过晚饭，赵子越来我房间，用他的手机拨打了视频通话。

很快对方接起来了。镜头里随即出现的女生和我四目相对，一时面面相觑。

在我本能地想伸手掐断通话之前，她已经柳眉倒竖，杏眼圆睁，大喝一声："林竟！你往哪里走？！"

是袁可可。

"你死哪儿去了这大半年？"袁可可已然忘记了正事，劈头盖脸地全力骂我，"一声不吭就人间蒸发，手机打不通，微信找不到，你死了是吗？完全不想有交代是吗？问谁都不知道你的下落，半点消息都没有，我还以为你真死了呢！"

场面一度十分尴尬，我看看她，又看看赵子越，赵子越也看看她，又看看我。

赵子越说："这样，你们先聊一会儿，我等会儿再来。"

赵子越迅速离开了现场，留下我又独自挨了好一顿骂。

被喷得狗血淋头的我只能说："抱歉……"

对于那些未曾忘了我的朋友们而言，我的突然消失，音信全无，确实很对不起他们。

只是那时候的我，已经不认为这世界上还有血缘关系之外的人能真的关心我吧。

待得骂累了，缓过劲来，袁可可咕咚咕咚喝了杯水，又问我："所以当时到底发生了什么事？"

"算了，"她说，"你不想说也没关系。我只想知道，你现在好了吗？"

"还、还行吧。"

她凶神恶煞道："还玩消失吗？"

我老实道："不敢了。不过你也别跟其他人提我。"

"跟韦远韬也不能提吗？"

"哟，"我来了精神，"这要取决于他跟你是什么关系了。"

"要不要跟他提，就看你自己拿捏了哈。"

袁可可说："他不重要！"

"哈哈哈……"

从她的恼怒里，我抓到了一丝微妙的难为情，这让我莫名地快乐了起来。

我很高兴我的朋友们能拥有爱情。

"重要的是，哎，"袁可可尴尬地拨一拨头发说，"咳，你那些不想说的，我不勉强你说，你就挑你想说的讲一讲吧，比如你跟我表哥表弟他的事。"

于是我跟她聊起了我这半年来在赵家旅店里的日子，种种家长里短，倒也兴味盎然，直把赵子越的手机都聊得电量不足了。

末了袁可可说："行吧。我舅那边就交给我了，我会让他们放心的。"

"嗯嗯。"

"我这俩表哥表弟，就交给你了。"

"我？"

"子超就不用说啦，我们一起长大，你反而成了最了解他的人。我表哥也是个怪人，我经常不知道他在想些什么。"

"他怪吗？"

"他怪啊。他就不爱吭声，然后很多事都有自己的主意，而且闷在心里不跟人商量。他成绩那么拔尖，人又长得好，上大学的时候多少优秀的女生喜欢他啊。大家都觉得他应该就在T城成家立业，典型的励志模板，结果他一声不响回老家去了。我舅把他给骂得啊……"

袁可可说："他应该很高兴能遇上你这个知心人吧。"

知不知心的不知道，手机是真给我用到没电了。

把手机还给赵子越的时候，他倒也没问，只微笑道："看来我爸那边应该是能搞定了。"

我挠挠头说："应该是吧。"

他又笑着说："每次都是靠你解决问题。"

"哎？"

"有时候我真觉得你是上天赐给我弟弟的，"他笑道，"我弟真是好福气。"

这确实是个怪人，总能把什么事都没做的我夸出朵花来。

次日我俩如约前往 GLX 基地，路上看着车窗外，赵子越说："离开这里才几年，感觉都有些认不出来了。"

"有点怀念了吗？"

他摇摇头，笑道："T 城变化太快，我已经跟不上节奏了。"

话是这么说，比起赵子超初来 GLX 时的不知所措，赵子越显得从容不迫，没有半分紧张或拘束的样子。

有的人好像有着无论身处何地都能显得闲适自在的天赋。

他们签约的时候我不敢露面，怕被卓文扬发现。待得确定一切都处理好了，我才偷偷摸摸溜出来。

孤音正在和赵子越寒暄闲聊，见了我，便笑着说："子超那么优秀，哥哥也是一表人才呢。"

他俩被夸奖，我便高兴起来："是吧？我当时第一眼见他们，就这必定不是池中物……"

赵子越道："卓先生就是战队老板吗？"

"是的。"

他点点头，说："是个很优秀的人。想不到那么年轻。"

那是当然了！"优秀"两个字用来形容卓文扬，简直太单薄了呢！

孤音问我："说来，你有兴趣留在这里做事吗？接下来会越来越忙了，我缺一个得力帮手，你又刚好能陪着子超。"

我愣了愣，本能回答："不了。"

孤音笑道："啊？拒绝得这么快。看来真是一点兴趣都没有啊？"

我尴尬道："倒也不是……就是觉得我现在还不适合……"

我要怎么在卓文扬手下做事啊？每天戴着头套上班吗？

"我觉得你很适合啊，"孤音说，"你有眼光，有能力，也算有资历，重要的是我觉得我们会是好搭档，GLX的风格也跟你很契合……"

"是、是吗？"

"对啊。你目前没有其他就业意向的话，GLX会是个不错的选择，我的为人你不至于不放心，当我的同事应该算得上愉快，薪资方面也绝对不会亏待你。子超那样的条件我们都答应了，你的待遇肯定不会差。"

我没想到孤音会突然这么热情地招揽我，一时受宠若惊。

这是看在赵子超的分儿上吗？

说实话，我不可能完全不动心。我自己就是GLX战队粉丝，也一直热爱这游戏，我在T大那几年所学到的东西，加上那段职场生涯的历练，让我也相信自己有一定的能力去胜任相应的管理工作。而电竞这个行业，自然比从事其他工作更能令我心怀热情。

何况它还是卓文扬手下的战队。

但是，也正因为卓文扬。

我真的，还没准备好面对过去的人和事。

孤音殷切地望着我说："怎么样？"

赵子超和赵子越也看着我。

我叹了口气，说："还是不了吧。"

赵子超面露失落之色，过了一刻，他突然福至心灵似的，恍然大悟地说："对哦，你要跟我哥回老家的，对吧？"

另外两人闻言也都愣了一愣，他俩依旧望向我，然而眼光似乎变得微妙了，过了半晌，孤音笑问："是吗？"

"哈哈哈，是啊，子超老家的生态环境实在太好了，"我摆出个放飞的姿势，"我还想去那儿再住一阵子，休养身心，拥抱大自然。"

孤音笑道："啊，也是，T城节奏比较快，是累人一些。等我有了假期，也想去找个世外桃源放松放松。休息是为了走更远的路嘛。"

"嗯……"

"等休息好了，你随时想回来，都是可以的，GLX的大门永远对你敞开。"

我的感动是真情实感的，我说："谢谢啊兄弟！"

我何德何能，怎么会遇上像孤音这么耐心诚恳的伯乐呢？

袁可可知道了我的打算，也表示意外："你真不留在 T 城啊？"

"嗯哪，我留下来也没什么意思。"

过了会儿她问："难道，你是跟卓文扬闹翻了？"

我回："差不多吧。"

"差不多的意思是指……"

"跟他全家都闹翻了。"

袁可可发了一屏幕的省略号，然后说："真的吗？"

"对。"

我看到聊天软件上一直显示"对方正在输入"，袁可可应该是震惊到语无伦次。输入了半天，她的消息才发过来。

"是这么久了都还不能修复的程度吗？"

我犹豫了一下："是的吧。"

我并不知道他们是否释怀了，我甚至不知道自己是否释怀了。

抱着远离过去，不再相见的念头，遗忘确实显得容易很多。

而如果有一天需要我重新面对，那我就不得不扪心自问：一切真的都结束了吗？我们扯平了吗？

那时候我怀恨的，已经消解了吗？我受到的伤害，已经得到弥补了吗？

我不知道其中的公式。

我计算不出结果。

"好吧，"她也通情达理地不深究那个话题了，只问，"听我表哥说你又要去我老家，还没享够那里的负离子吗？我以为你待了那么久也腻了。"

确实那地方本身无法让年轻人待上太久。生活光由山清水秀组成是不够的，安逸和乏味也只有一线之隔。

"要来我这边玩玩吗？办个旅游签，待上几个月，换换环境对心情也有好处。你可以住在韦远韬那里，他那房子可大了，他还老跟我说他一个人住着害怕。"

我已经可以想象韦远韬那副嘴脸了。

"不了吧。我还是待在你老家比较好。"至少不用当一盏光芒万丈的灯泡。

袁可可回了个打耳光的表情："说实话，你到底图啥啊？我们镇上有什么东西把你迷得五迷三道吗？"

"我能图啥啊？山上散养的土鸡土鸭吗？那确实味道挺好的。"

"子超跟我说，你是为了开导我表哥？"

"哦……"这倒也是一部分原因。

我说："我觉得赵子越这阵子可能会有点孤单。毕竟子超离开，他已经很落寞了，如果短时间里连我也跟着走了，他应该会适应不过来吧。"

袁可可说："你还挺贴心嘛。"

"那是。"

"那你一声不响玩消失的时候怎么没想过要对我贴心呢？"

眼看她又要翻旧账骂我了，我赶紧说："好在有韬哥替我贴心啊，嘻嘻。"

袁可可不说话了，只狂发了一整排打耳光的表情，也不知道打的是我还是韦远韬。

我不禁同情起韦远韬来了。不知道人前傲骨铮铮的韬哥，在她面前是何等"奴颜婢膝"。

我又回到了镇上。赵叔赵婶都表现出了他们或直接或含蓄的喜悦，毕竟我在这里的时间长了，他们待我和单纯的客人很是不同。

那个我住了半年的房间，走的时候我明明退了房，把随身物品都装包里带走，然而暑假这阵子算旅游旺季，难得有多一些客人来，他们也还是为我空置保留着，没有开放给其他住客。

这是他们给予我的温情，我很感激。

我不知道这世界上还有没有人会像他们这样，一声不吭地等着我。

镇上的生活似乎照旧。绿野青山的闲适，逗猫摸狗的安逸，一书一茶的惬意。

而我却无法像之前那样静下心来了。

我不知道到底为什么，却又隐约知道为什么。

从再踏上 T 城的那一刻起，我的心里就起了波澜，而且再也平息不了。

我真的，好没用啊。

赵子越这阵子很忙，有时候好几天都睡在乡镇办公室里，偶尔回来也很晚了，只能一个人坐在楼下吃冷饭。

这日他问我："你最近有空吗？"

我纳闷道："你怎么会这么问？我天天都有空啊。"我是整个镇上最大的闲人。

"是这样的，"他好像在斟酌措辞，"你有时间的话，可以考虑到我们办公室帮点忙吗？没编制，有工资的那种。当然工资不高，对你来说其实没什么收益。"

"啊？"我惊讶了，"我能帮上什么忙呢？"

"你也知道，这里年底要通高铁。大家很想借机把镇上的旅游业发展起来，这阵子做了不少宣传工作，也在自媒体平台发了一些视频，但效果不太理想。我们讨论了一下，终归是干部里年轻人太少，年龄偏大，审美不太跟得上时代。"

"镇政府班子太需要新鲜血液了，但这个问题一时半会也解决不了，"他笑道，"我后来一想，这不是有个现成的 T 大高才生吗？"

本"高才生"差点把一口茶喷在他脸上。

"我觉得你来帮忙运营自媒体账号的话，效果应该会好很多。不然王姐老觉得她做不好，天天发愁，我看她心理压力挺大的。"

我擦了擦嘴："你们不嫌弃的话，当然可以啊。"

别的工作我多半不敢接，但管管平台账号这活，我应该还能试试，毕竟我曾经也是个"腰部主播"呢。

赵子越像是有些意外于我的爽快，当即露出笑容："那太好了，我们很需要你这样的人才！"

这个词用在我身上，未免言重了吧。

本"人才"跟着去了办公室，颇受到一番淳朴诚挚的欢迎，还收获了两个苹果、一包热牛奶。

大家帮我收拾出一张桌子来。作为临时工，我目前还没能拥有属于自己的电脑，但目测这里的电脑，可能还不如我拿自己的手机操作来得流畅。

于是我这个无业了大半年的游民终于要开始为人民服务了。

我接管了官方账号，倒也没什么压力，因为压根没几个粉丝。至于内容，也给予我很大的自由空间，让我尽量发挥。

因为既没经验，也没规划，我的初试水就是将刚来镇上时出于好奇拍下的一些风景视频，照着现在的流行风格做了简单的剪辑，再套上网红滤镜，配上网红 BGM，等审核过了，便放了上去。

发完之后果然全无动静，我耐着性子等了许久，才终于有了第一个评论，还是纯路过那种。

到了下午，播放量和评论数有所增长，但依旧十分惨淡。虽然有心理准备，我还是觉得脸上无光。

过来查看成绩的王姐说："哟，这条都有这么多赞啦？还有评论！很不错很不错！"

要不是王姐从头到脚的热情诚恳，早上还给了我一包牛奶，我简直要怀疑她这是阴阳怪气。

"果然还是年轻人厉害，发的东西就是有人看！"

这就是满分卷子考了5分还被夸奖的感觉吗？

我不确定地说："那、那我再做多点？"

"好啊好啊，哎呀，这个真的全靠你了！"

转头见得赵子越进来，王姐又冲着他把我好一通表扬，末了说："有了小林，这下我可放心了！"

赵子越笑道："是吧？我就说林竟可以的。"

有点离谱。

虽然只考了五分，但因为得到如此荒唐的肯定，我也不由自主斗志满满了起来，感觉自己要为考60分加油了。

"好！接下来就看我的了！"

说实话我也就是个门外汉。文案、剪辑、修图，没有一样是我擅长的。

仅有的底气来源，也就是当年卓文扬为我的游戏直播引流的时候，指点过我；加上一度作为"网络重度用户"，各种网络平台玩得久了，不说内行，好歹略懂。

而我现在觉得，光这样，好像对不起赵子越他们的期待。

苦学了一番相关软件的教程之后，我索性下单了一台笔记本电脑，又买了电脑端的专业软件，而后像生产队的驴一般，埋头疯狂产出。

我的宗旨就是质量不够，数量来凑。

这半年来其实我手机里存了不少素材。之前因为太过悠闲，除了看书之外，我有大量的时间和兴致四处游荡，东拍拍西拍拍，作为打发日子的消遣。

山里的自然生态确实好，时不时有些令我惊叹的景色，而日常拍些花花草草，猫猫狗狗，也是平淡生活的一点趣味。

这些不经意间留下来的影像，现在竟有了用武之地。

神奇的是，深夜修着图，编辑着文案，剪辑着视频的时候，程亦辰推荐给我的那些书中的句子，程亦晨推荐给我的那些歌曲的旋律，都莫名地，潮水一般涌进记忆里。

我不再用那些网红 BGM，而自己琢磨更合适的配乐，更好的节奏，更专业的运镜，更流畅的表达。

在我这一通胡乱折腾之下，做出来的东西算是有了鲜明的个人特色，不同平台账号的粉丝数量，视频的评论数播放量，也都肉眼可见地上涨了。

虽然在我看来这顶多是又考了三四十分，而且进步明显主要是因为起点太低，但大家一致表达对我的高度肯定和赞扬。

"立竿见影！"

"这么短的时间就能做得这么好。"

"年轻人就是不一样！"

"毕竟是 T 大高才生啊。"

这点数据根本微不足道，是他们太容易满足了。

我觉得有点心虚，又觉得也许我可以多为他们做点什么。

这天我录视频素材的时候，无意中拍到了走在我前面的赵子越。

因为觉得他回头的那个笑容特别好，我就把这段也剪进去了。

没想到这条视频的反响空前地好，就因为赵子越那不到一分钟的镜头。

"这小哥是谁啊？"

"好帅哦，请来的模特吗？"

"不可能吧，小编天天哭穷，他们哪有请模特的预算。"

"毕竟是最穷官博。"

我回："请模特的钱我们是绝对没有的。至于这位免费出镜的，是我们的副镇长哦。"

"这么年轻的吗？"

"太帅了吧！"

"好可爱好可爱好可爱！"

"小编你真的是，天天在那介绍 Z 镇风景，这才是你们 Z 镇最美的风景好吗？"

"我突然有想去旅行的冲动了。"

"去了能偶遇吗？"

我立刻去问赵子越："你有时间的话，要不要来帮我的忙？"

赵子越愣住了："我吗？"

我迅速策划了新的系列，美其名曰"副镇长亲自带你看 Z 镇"，实则拿赵子越当助理和工具人使，拉着他满镇跑。

这下我好像终于找到了正确的方向。比起我一个人在那儿自言自语，单纯地记录风景，能有另一个人在镜头前和我互动，自然显得更生动，更有趣。

赵子越个人不是很享受上镜这件事。他缺乏表现欲，不爱出风头，更没什么时间。但为了工作，他还是敬业地配合我的所有要求。

一开始只是老老实实念我写好的成稿，拍了几条之后，他也逐渐放开，用不上稿子了。

毕竟于他而言，介绍这个自己生活了多年，最终也不愿意离开的地方，还需要背什么台词呢？

一切的热爱和赞美都是发自心底的，他对着镜头口齿清晰，叙述流畅，反应敏捷。Z 镇那平淡的街头巷尾，在他的笑容里，在他的侃侃而谈、如数家珍里，绽放了属于自己的光芒。

账号的粉丝数和互动量终于都像模像样了起来。

虽然很多吃瓜群众一开始是冲着赵子越的美色来的，但评论区的发言都出奇地老实。

大概是因为官博的性质，赵子越的身份，还有他那一本正经凛然不可侵犯的气质，看热闹的群众垂涎归垂涎，倒没有什么人出言不逊，大家乖巧地保持住了文明和谐礼貌。

倒是有不少人喜欢调侃我，明明镜头前只有赵子越，评论里却经常 cue（提到）我。

"又到了熟悉的气喘如牛环节了。"

"笑死。"

"摄影师该锻炼身体了，爬个山这气喘得。"

"你们不懂了，喘气声才是摄影师的本体。"

"只闻其喘，不见其人。"

"瞧瞧咱们副镇长的体能，背这么多东西走这么远路都不带喘的。"

"什么时候摄影师也露个脸啊，让我们看看你到底有多虚。"

拍到介绍镇上传统美食的环节，弹幕就会开始"哈哈哈哈"。

"又听到摄影师口水的声音了……"

"吃不着，唉，真气人！"

"这是有多好吃啊，把摄影师给馋得。"

"看起来确实很香耶。"

"给可怜的摄影师兼小编来一口吧！"

这不是直播，是剪好的视频，赵子越自然无法穿越时空来听见大家的灵魂呼唤，但镜头里下一秒赵子越真的笑着问我："你也想吃是吧？"而后他将夹着腊肉的筷子伸过来，好心地给饥肠辘辘地举着相机的我喂了一口。

弹幕开始刷屏："啊啊啊啊啊啊……"

"慕了慕了！"

"谁不想吃啊这个！"

这条介绍农家自制腊肉的视频，创下了我接手以来视频播放量的最高纪录，粉丝数量又涨了一番。

我琢磨着，看来大家都喜欢吃啊，以后还是得该多介绍点吃的！

账号的热度突然迎来一拨爆发，是一夜之间的事。

早上睡起来，习惯性点开软件查看留言，发现消息提醒多得让我看不过来的时候，我整个蒙住了。

"啥情况啊这是？"

点开评论区，发现很多老粉丝也跟我一样蒙。

"怎么突然火了？"

"哪来的这么多人啊。"

"天降观光团吗？"

而后我才弄明白，视频是被几个粉丝数量庞大的视频大号和微博大 V 转发了。

"怎么回事，我们贫穷的小编终于有钱买推广了吗？"

"不可能吧！"

"那多贵啊，我不信小编能有这个预算。"

"但凡有那个钱，也该买台专业点的相机了。"

这绝对不可能是我们买的推广。

我如果动用程亦晨留给我的那笔钱，倒也不是没钱买营销，只是一来赵子越绝对不会让我自掏腰包，二来于我而言，买来的热度毕竟不是我通过自己的努力创造的，等同于考试作弊，没这个必要。

想想我这个中学时代一考试就东张西望的学渣，如今竟义正词严地说出不愿意作弊的话来，我不由得有点好笑。生活有时候，真能让鬼变成人。

翻阅着大量涌入的新留言，看着转发里十分自然又煽动得恰到好处的夸赞之词，我突然意识到，这场景有些似曾相识。

当年刚开始做直播的我，也曾经历过这样一夜爆红。

是卓文扬吗？

我一骨碌从床上爬了起来，心脏在胸腔里怦怦狂跳。

怎么可能。

他怎么会知道这账号的皮下是我呢？就算知道是我，他又为什么要这么做呢？

我开始慌张。

我把那个视频从头到尾一帧一帧仔细观摩过好几遍，反复检查自己是否有从镜头后露出任何马脚或者一些洋相。

结论是，应该没有……吧？

虽然这应该是无人关心，也并没有多大关系，但我还是生怕自己有什么不好的细节会落入卓文扬眼中。

于此我做了一堆心理建设，每日严阵以待。

结果除了账号粉丝体量升级，视频继续挂在热搜上发光发热之外，并没有进一步的动静。

卓文扬没有联系我。

也没有任何疑似他的人，或者疑似和他有关的人，来联系我。

我不由反思，是我想多了吗？

也许我做的视频只是巧合被那些大号赏识了而已，并不是谁刻意安排的推广。

但这个可能性不是很高。此前我产出的内容也得到过一些大号自发的推荐和转发，而规模和热度和现在完全不一样。

又或者，这确实是卓文扬的操作，但他并非冲着我来的。

他是冲着赵子越——赵子超的哥哥来的。

子超在战队里表现亮眼，应该很快就得到大家的注目和关爱。而以他的个性，必然会热情地谈起自己的家乡、自己哥哥的理想。加上卓文扬之前和赵子越见过，赵子越多半也给他留下了不错的印象。

卓文扬大概因为这一点，而有心帮忙——毕竟赵子越就是视频里的主角，一眼就能认出来。

潘多拉的魔盒

这样推测，一切就合理得多了。

这既然与我无关，我也不用紧张得彻夜难眠了。

然而大家都把这拨热度归功于我，对我好一通夸赞褒奖。

我高兴不起来。只有我自己知道它实际上完全不是我的功劳，甚至不是因我而起。我全然受之有愧。

我于是对赵子越说："快让他们都别吹捧我了，这事你才是最大的功臣。"

赵子越笑道："怎么会？"

"真的啦，你看粉丝很多都是冲着你来的，评论全是在夸你的，也是自从你加入视频拍摄之后，我们的播放量才突飞猛进，"我半真半假地解释，"你就是核心所在。"

赵子越微笑道："非要说的话，也应该是在你加入以后，我们账号的运营才走上正轨，越做越好。所以谁才是核心，这不是一目了然吗？"

我在心里叹了口气。

他真的是一个品格很好的人，不自大，不贪功。即使在潮水般的赞美声浪里也不会迷失自我，而保持了他的清醒谦逊。

难怪卓文扬会愿意助他一臂之力。

Z镇的名气真的是起来了，一个寂寂无名的小镇突然受到了大量的关注，虽然是期待之中，但实属意料之外。大家在一开始的欣喜过后，很快就陷入不知所措外加焦头烂额的境地。

舆论铺天盖地而来，赞誉褒奖混杂着质疑诋毁，令大家一时难以招架。各种真假混杂良莠不齐的邀约接洽也蜂拥而至，光是要披沙拣金，做出回应，以我们目前的人手就难以应付。

趁热打铁是好事，但大伙儿快累死了。

我作为最年轻的一个，也是对新媒体最熟悉的一个，自然是揽走了大部分的工作。

赵子越给我拿来一包火腿肠和卤蛋的时候，我都快搞不清自己是第几天在办公室过夜了。

赵子越一脸歉意地说："你辛苦了。"

"不辛苦，"我呼噜噜地左右开弓吃着泡面，"我有工资的。"

赵子越苦笑道："就你那点工资，唉……"

我边吃边说："不差钱不差钱，你看我这吃的泡面，是小卖部里最大最贵的那种，奢华得很。"

我知道赵子越很想给我涨工资，无奈需要用钱的地方多得是，大家的薪资都没得涨，如何能为我额外挤出经费来。

赵子越对此心怀愧疚，我是完全无所谓的，要是图钱我也不会来干这活了。我把程亦晨那笔钱放在理财软件里，每日收益都比工资多，可以衣食无忧，妥妥的。

这也算是啃老吧。

大约也是累了，赵子越拉了把椅子在旁边坐下，一手撑在桌子上，托住下巴，歪着头看我吃面。

我难得见他这么放松的样子，脸颊被手掌挤压着，睫毛垂下来，显得很可爱，很亲切。

他笑道："你这临时工，每日工作时间倒比正式工还长。"

我大言不惭道："能者多劳嘛。"

而后又自己呵呵笑了。

赵子越奇道："你笑什么？"

我说："我这辈子没想到能从自己嘴里说出这种话。我也有充当'能者'的时候呢！"

赵子越挑起眉毛说："你确实是能者啊，你是我们Z镇的英雄人物。"

我笑得面条直往鼻孔里钻。

赵子越忙给我揪了张纸巾。我在那儿哼哼哧哧地擤鼻子的时候，突然听得他说："其实，我这边有一个好消息。"

我总算把那该死的面条擤出来了，又开始吃卤蛋，边问："是什么？"

"不出意外的话，卓氏集团有计划来我们镇上投资。"

我一块卤蛋没来得及咬烂，就冷不丁地滑进喉咙，噎得我几乎要翻起白眼，好不容易使劲把它咽下去，刚要说话，残余的那点蛋黄碎屑又呛进了气管。

本英雄人物竟被一颗人畜无害的卤蛋整得死去活来，赵子越赶紧给我拍背顺气。

我挣扎着边咳边不忘发问："喀喀喀，是、是吗？"

"是呢，确定，不是骗子。"

许多邀约都会发到官方账号的私信或者邮箱里，也有一些人会选择直接联系政府办公室的工作人员。

我虽然要浏览海量的私信邮件，但我想我不至于错过卓文扬相关的信息。

所以他们是直接联系了赵子越。

想想这也很正常，原本就是冲着赵子越来的不是吗？

我说："总不至于是卓文扬——啊，卓文扬就是子超战队的那个老板——亲自出马吧？"

赵子越说："就是他负责的。"

我又擤了会儿鼻涕，说："哇，他们这么重视啊，那确实是个好机会呢。"

我知道卓文扬很忙，他也不是喜欢把一切权限都抓在手里的人，很多工作的控制权他都愿意下放。

GLX 战队也就罢了，卓文扬年轻又敏锐，对电竞这块市场也有一定了解，他来负责是很合理的。

但来 Z 镇这个小地方，投个对他们而言不算大的项目。这点小事，照常理来说压根儿不需要出动卓文扬。

卓文扬这么亲力亲为，自然是因为格外上心吧。

这很好，对赵家两兄弟而言，能遇到卓文扬这样的贵人，能被卓文扬所看见，是相当幸运的。

我很替赵子越高兴。

但我也讨厌自己隐隐冒出来的那点难过。

那种难过，让我觉得自己好像有着很多小心眼的坏心思。而这在磊落又正直的赵子越面前，就显得更不堪了。

没过多久，赵子越就很高兴地告知我，卓文扬真的要亲自来 Z 镇了。

我没想到他们的行动如此之快，又如此之看重。

投资项目相关的事宜，是赵子越要负责前去商谈的。我搞不懂那些，跟我这个临时工也没啥关系。

因而我到时候也不用去和卓文扬碰面，挺好的。

我继续兢兢业业当我的官媒皮下小编，继续默默无闻地边刻苦营业，边处理各种不明所以的来信。卓文扬不会发现我，他也并没有在寻找我。

这天要去跟卓文扬和他的团队会面了，赵子越出发前特地认真把自己收拾了一番，还让我帮忙把关。

他平常也是个干净整洁的人，稍做打扮，郑重其事地穿上成套的西装衬衫，尽管并不是贵价货，也帅得有点不讲理了。

连我一时间都不由肤浅地觉得他待在这小地方干吗啊，暴殄天物。

不过是金子总是会发光的。酒香不怕巷子深，人帅不怕地方偏。

"怎么样，"他略微紧张地问我，"还算得体吧？"

我频频点头说："非常好非常好。"

"是吗？"

"就是有个缺点。"

"是什么？"

我开玩笑道："你这样帅得有点过分，可能会抢了卓文扬的风头，给他造成压力。"

赵子越笑了："卓先生又不是来选美的。"

"男人之间就会雄竞嘛，"我说，"你要不要考虑别穿得这么好看，或者把头发弄乱点……"

哎，我太坏了，我既希望卓文扬对他青眼有加，又不希望过于青眼有加。

赵子越笑道："没时间了。说来，你真的不一起去吗？这有你的功劳啊。"

我摇摇头说："不了，这和我没关系呀，你可千万别提我。我今天就居家办公吧，椅子能舒服点。最近在办公室睡得太累了。"

赵子越离开以后，我在旅店的床上翻来覆去，半天剪不出一个视频。最后还是忍不住爬起来，套上个卫衣，围了个围巾，就出门了。

我熟门熟路地进了镇政府办公楼，一路摸到会议室。

蹲在窗台下，隔着窗户玻璃，我又一次看到了卓文扬。

我瞎说的，他并没有被赵子越抢了风头。虽然两人站在一起，势均力敌地笔挺和英俊，但卓文扬永远不会被人抢去风头。

而后我看到他们两人微笑着注视着彼此，又伸出手来相握。

我悄悄地把脑袋从窗台上方缩了回来。

蹲着发了会儿呆，我无精打采地站起来，打算在自己显得太过多余之前赶紧走人。门却在这时候打开了。

眼见一行人要鱼贯而出，我在空旷的走廊上无处可躲，一时进也不是退也不是，只能赶紧转身背对他们，掩耳盗铃了起来。

赵子越在后面叫我："林竟？你怎么来了，是有什么事吗？"

"啊……"我还是不敢回头，僵直着十分尴尬。感觉到他走至我身边，我临机一动，将脖子上的围巾拉下来，说，"赵婶让我带个围巾给你。"

赵子越伸手接过，笑着说："还给我焐热了啊。谢谢了。"

我干笑道："应该的应该的。"

而后赵子越温和道："来，给你们介绍一下。"

他拉一拉我，示意我转身说："这位就是林竟。我们 Z 镇这回能为大家所知，他才是最大的功臣。"

到这份上，还强行拿脊背对着大家就过于不礼貌了，我只能硬着头皮，转过身去。

我看见了卓文扬的眼睛。

对面明明有好几个人，而我一眼就只能看到他那双乌黑的眼睛。

明亮的，深邃的，平静的。夜空里极其遥远的寒星似的。

我全身起了鸡皮疙瘩。

我连忙说："你们好你们好。"

在众人礼貌的寒暄里，我也听见卓文扬说："你好。"

他的声音也很清冷，像高山上冰雪融化成水流过一般。

我不敢再看他，他也没有对我多说什么。在赵子越对我的极尽赞美和大家的礼貌应和之间，卓文扬显得格外安静冷漠，仿佛我们并不认识。

我想象过无数次我们的再度碰面。即使在那想象中我们也都维持了该有的冷静，但我没想过会是这般的平淡，波澜不惊。

他好像连一丝波动都不会有。

是他太沉静了吗？

还是我已经太渺小轻微了，连颗小石子都算不上，因而落在水面也打破不了那份平静？

一行人边交谈边往外走，赵子越走在我身边，低声道："等会儿安排了要招待客人们吃顿便饭，你一起来吗？"

我哪还有什么胃口，便摇摇头说："不了吧。"

赵子越笑着说："我们这里就只有你最懂吃。你要是不来，我这方面词汇匮乏，还真不知道怎么向大家介绍菜色呢。来吧，有你喜欢的腊肉和生炒土鸡。"

"好吧。"

倒也不是腊肉土鸡真那么有吸引力。我只是既觉得气馁，又赌着气，然而又不争气地无法真的放弃和卓文扬接近的机会。

当然不会有什么奢华的安排，但也确实是费了一番心思的，都是镇上希望能大力推广的特产和引以为傲的地方特色菜。

我在给官媒账号写文案吹嘘 Z 镇的时候可谓是妙笔生花文思泉涌，平常也是时时说俏皮话，处处吃得开。

而我这八面玲珑的交际能力，在这饭桌上就跟被封印住了似的，半天放不出一个屁来。

所以我压根就没起到赵子越所期待的作用，反而像条死鱼一般横在那里拖后腿。

还是靠赵子越时不时抛个话题给我，再帮我接个话，让我不至于像个自闭儿童。

我这么自闭，是因为卓文扬就坐在我正对面。

虽然和我遥遥相隔，但我一抬头就能看见他。

不看百爪挠心，看了又十分糟心。

他的不苟言笑，他的一本正经，他的清冷疏离。他的眼光并不在我身上。虽然不想承认，但我知道他一直在看赵子越。

席间还算热闹，双方相谈甚欢，不过卓文扬没说什么话。当然他也不需要多言，活跃气氛不是他的工作，应酬的台词是交给手下员工来说的，他只要有几句决策性的发言就够了。

席间大家站起来互相敬酒，卓文扬特别敬了赵子越一杯，说："赵镇长确实不仅一表人才，而且还才华横溢。"

我很少听卓文扬这么直截了当地夸奖别人，尤其还是当众表扬。

吃过饭，他们还一副谈兴正浓的样子，我实在绷不住了，找了个借口就先行撤退。

回去的路上我使劲骂自己。我来干吗呀到底，本来就没我什么事，还非要为了两块腊肉来凑热闹，闲得慌。

直到深夜，赵子越才回来，他看起来心情挺好的。

赵子越也是喜怒不形于色的人，但明显酒精导致的微醺，让他情绪外露了一些。

我看见他坐在庭院里的花架下，靠着椅背，仰起头望了会儿夜空，而后闭上眼睛，脸上有一点淡淡的笑容。

天冷了，已经下了一层薄雪，夜晚的天地间多是茫茫的黑白两色。赵子越坐在那里，雪光映着他的黑衣白肤，只有背后的口红吊兰从花架上垂了下来，绿叶红花，衬出他鲜红的嘴唇，这构图其实非常好。

但我酸得不知道该如何是好，心里有一锅醋在咕噜咕噜冒泡冒烟，蒙住了我审美的双眼。

我想去对他恶狠狠地说，我要走了，我想离开这里。

反正有了卓文扬的看重和带动，一切很快就能走上正轨。良性循环，前景即使不算无限光明，至少也是大有可为。

卓文扬有了赏识的对象，赵子越也遇到了他的伯乐，Z镇更是不需要我了，那就再见吧！

赵子越小憩片刻，睁眼看见我站在面前，露出温柔的笑容，说："林竟，这次的项目拍板啦！我们Z镇，真的要迈出一大步了呢。"

"哇，太好了！"

这是值得高兴的事。

但不由自主的兴奋过后，我的沮丧更汹涌了。

是啊，他的欣慰当然是因为这个，我在想什么呢？他是像我这么狭隘的人吗？他心怀的是整个Z镇。

格局差太多了。

他没有任何争夺的举动和用心，纯粹是他的耀眼令我黯然失色。

而且他陪伴我度过了那段难熬的心灰时光。我从他的坚定沉稳、他与赵子超的阳光乐观里，汲取了许多生活的力量。

任何能让他实现梦想的事情，我都应该两肋插刀，并衷心地为他高兴才是。

那点想要撂挑子出走的赌气，默默地在我心底消散了。我只觉得又羞愧，又懊恼，还有一些无力的伤感。

我在赵子越身边默不作声地坐了下来。

他微笑着看我，而后收敛笑容，低声说："怎么你看起来，有点难过的样子？"

我摇摇头。

他伸出手，轻轻地帮我拂去头顶上的雪，他的手掌很温暖。

"怎么了吗？"

我心里那百转千回的千言万语，终究只能憋成一句很沮丧的呜咽："我好没用哦。"

他脸上是真诚的惊讶，说："怎么会？胡说什么呢？还是你对自己要求太高了？"

"呜呜呜呜……"

天哪，我真的是各方面都比不上他，无论是能力、性格还是品行。难怪卓文扬看他看得目不转睛，这人从内到外，到底有什么缺点啊？

这阵子以来的心酸、委屈、自卑全都涌出，我真的要大哭一场了。

赵子越严肃起来，问："难道是谁对你说了不好的话吗？！"

并没有人对我说什么。卓文扬什么都没对我说，他连一句话都没跟我说过。

我忍不住嗷嗷地哭了起来，赵子越像是有点慌了，赶紧拍拍我的肩，又摸摸我的背。

这来自假想敌的关切怜悯，让我的崩溃又上了一个台阶，于是我敞开嗓子号得更大声了。

赵子越显然不知所措，他惊慌了一会儿，胡乱给我拍了半天的背。

"呜呜呜呜……"

我真可谓是悲愤交加，号得那叫一个惊天动地。要不是这阵子旅店在重整软装，还没有开始接待客人，早就有人开窗骂我了。

而后我听见大门被叩响的声音。

我泪眼蒙眬地抬起头，和赵子越一起望向门口。

大门并没有关上，来人敲一敲门只是提醒我们。

卓文扬在那儿站着，望着我们。他的头发上散落了一些碎雪，甚至睫毛上也沾了些许，显得他的皮肤更加白皙，眉眼愈发鲜明，像座冰雕一般既冷又艳。

我呆若木鸡，愣愣地看着他，而他的眼光并没有落在我身上。

赵子越先反应过来，招呼道："卓先生？这是，有什么事吗？"

卓文扬点一点头，伸出手来，他手里是那条围巾。

他说："赵镇长，您把围巾落下了，我想着给您送过来，就打听了一下您的住处。"

389

一条围巾而已，明明随便叫个人代为送来就行。

赵子越像是略微惊讶，但还是立刻笑道："有劳卓先生了，多谢。"

他站起身来走向卓文扬，伸手去接那围巾，卓文扬和他对视着，却没有立刻松手。

我壮烈地站起来，慷慨激昂地说："我去睡了，晚安！"而后我如丧家之犬一般光速逃离现场，连赵子越在背后连声叫我，我都置若罔闻。

之后他俩有了什么样的对话，我不得而知。

我也不想知道，反正与我无关呢。

随便了，不管了，毁灭吧！

这一晚我辗转到天色微亮才勉强睡着，因而一觉醒来的时候早已过了上班时间。

幸而我只是个临时工，偶尔迟到也不算什么大事。

我到了办公室，发现赵子越不在，便问王姐："子越呢？"

"他送客人去机场了。"

"哦哦……"

卓文扬倒是走得挺快，我还以为他会多留一阵子。

但想想也是，他并没有那么闲，亲自来 Z 镇处理这种小项目，已经透支了他的工作时间吧。

赵子越前去送他们，这非常合情合理，礼节上也是必要的。

但我还是情不自禁地想，这漫漫的路途上，他们会有什么样的交谈，有怎么样相处。

我到底在想什么？我到底想要什么？

我其实不知道。

我也并非真的完全没有与人竞争的勇气。只是，我真的要排除万难，尽弃前嫌，去到卓文扬身边吗？

我并不确定。

离开是我做出的选择，我也做好了心理准备去面对和过去彻底割裂的一切后果。而我准备好面对回头的结果了吗？

我并没有。

所以我哪来的立场开口呢？

赵子越回来的时候已经天色不早了，除了面带疲色之外，他显得很平静，像是一切如常，虽然脸上明显有着睡眠不足的痕迹。

我俩打过招呼，若无其事地一起处理了会儿工作，讨论接下来要拍什么素材，我留意到他今天特地戴着那条围巾，好像颇爱惜的样子。

心中千万种想象猜疑"脑补"争先恐后地奔腾了半天，我终于忍不住问："你们昨晚，后来在院子里聊天吗？挺冷的。"

赵子越从屏幕上抬头看了看我，笑道："和卓先生吗？确实是太冷了，所以我请他进屋坐了会儿。"

"哦哦……"

我昨晚辗转反侧，一直很清醒，挺晚才听见车子发动的声音。所以他们真的是促膝长谈了。

赵子越又问："你想知道我们聊了什么吗？"

"不用吧，"我一秒心虚，立刻说，"那是你们的事啊！我没那么八卦，我如果想知道的话，就不会先去睡觉了，对吧？哈哈哈。"

赵子越像是欲言又止，但最后还是笑道："对。"

过了一阵，赵子越突然又开口："林竟，你会在Z镇待到什么时候呢？"

"什么？"我愣了愣，"为什么这么问？"

"你不会一直留在这里的，"赵子越看着我说，"所以先问问，好有个心理准备。"

我嘴硬道："谁说我不会……"

赵子越笑道："你自己说的啊。那时候你说过，你只是压力太大，所以来这里放松神经，调节一下身心，等休息好了，你自然就会回T城去。"

"我那是说给赵叔听的，免得他觉得我是在大城市混不下去，回头把子超也给带沟里了。"

赵子越笑道："你总不可能一直在这当低薪临时工，那太埋没你了。而且别说没编制了，就算有编制，估计你也待不住吧。"

我一时有点慌了。他说得对，但也不全对。

再次见到卓文扬之前，我真心认为一直待在这里没什么问题，或者说我没想过回T城的可能性。

在Z镇的生活固然平淡，但不知为何，它偏偏能给予我一份大致可以填补我内心空洞的平和与快乐。

日常有人关怀照料，有赵子超元气满满的吵闹和赵子越沉稳平实的陪伴，我觉得我是可以一直这样过下去的。

然而现在我那颗一度坚定的心隐隐动摇了。我既不知道自己是不是想回头，也不知道是不是该回头，更不知道是不是还能回头。

赵子越问的这个问题，也正是我近来所扪心自问的。而我还没想好答案。

我硬着头皮倒打一耙说："呀，怎么听起来你这像是要赶我走呢！Z镇刚火，难道就要卸磨杀驴了吗？我好歹还是有剩余价值的吧！至少再压榨压榨啊。"

赵子越立刻正了脸色说："怎么可能赶你走？我当然希望你能在Z镇一直待下去，越久越好。"

我打着哈哈道："那就行了，除非你赶我走，不然我就赖这儿了。"

赵子越沉默了一下，微笑着说："好。"

接下来的时间过得可谓风平浪静，风调雨顺。

围绕这个小镇的宣传在趁热打铁继续发力，这里面有我的不少苦劳。Z镇热度持续发酵的同时，它终于迎来了开通高铁的日子，卓氏投资的项目也顺利落地了。这起了一个很不错的带头作用——知名大集团的果断投资，自然能给许多原本持观望态度的人打上一剂强心针。

而赵子超参加了这一年的冬季大奖赛。

虽然队伍未能夺冠，但他以初生牛犊不怕虎的暴杀式精彩表现一鸣惊人，给观众留下了深刻的印象。这个来自Z镇的锋芒毕露的小将走进了大家的视野，也为小镇增添了一道光彩。

临近年关的时候，赵子超放假回来了。

半年里他又长高一截，发育期的少年人真是不得了。赵婶煮了一大桌菜给他接风洗尘，他边呜呜呜地吃着，边叽叽喳喳地和大家讲述在 T 城训练生活的种种。

他讲得兴高采烈，赵婶倒是心疼了："怎么天天就只有训练啊，比读书还苦！去这么久都没出去逛逛吗？"

赵子超边吃边点头："有的有的，前阵子打完比赛，孤音哥带我们出去玩了，哇……"

少年人以自己的视角讲述着 T 城那些对他而言光怪陆离的所见所闻，听得我忍俊不禁。

赵婶听着又忍不住嗔怪道："哎，T 城那么好，你以后会不会都不想回来了？"

"怎么会？"赵子超说，"怎么会有人不想回家？金窝银窝，不如自己的狗窝！"

赵叔骂他："说谁狗窝呢？"

吃过饭，赵子超来我房间找我，神神秘秘地："我给你带了礼物！我自己赚的钱买的！"

我把礼品包装拆开来一看，里面那盒子，显然是台摄像机。

我看着上面的型号："买这么专业这么贵的干吗？"

"你用得上啊。"

"我用不上。我的水平还没到需要升级器材的地步，再说了，真需要专业机器，申请拨款买一台就好了，还让你掏这钱？"

"那不一样啊，经费买的那是公家财物，你又不能带走。"

我立刻盯住他说："是谁跟你说我要走了？赵子越吗？"

"不是啊，"赵子超有点蒙，"我是说你平常自己出去玩要用。公家的东西不能私用的嘛，我哥说的。"

是我对于"离开"这件事太敏感了。

不过赵子越对家人的教育还挺严格。

赵子超又赶紧问："老大，你要走了吗？是要回 T 城吗？"

"没有的事，"我故作轻松道，"我还要在这儿待挺久呢。"

赵子超却是有点消沉，过了一阵才振作精神说："我知道，你是 T 城来的，回去也是迟早的事。T 城那么好，我都还是会想家，你也一样吧？

"不过也好，我在 T 城有放假的时候就可以去找你玩了！"

我拍了拍他的脑袋。

既然收到了新机器，那就要物尽其用了。年前假期的闲暇时间里，我带着赵家两兄弟在镇上到处跑，拿他俩疯狂拍素材，毕竟长得帅是不可浪费的稀缺资源。

赵子超现在也是有一定热度的人了，蹭热度我是专业的，应蹭尽蹭。

很快便到了除夕，这是我在 Z 镇度过的第二个大年夜，心境和处境却都已大不同。这次我坐到了赵家团圆饭的餐桌上，和他们一起热热闹闹地吃着年夜饭，评点着春晚。

吃过饭，赵子超突然郑重其事地站起来，宣布道："今年，我要给你们发红包。"

我和赵子越都笑着起哄了："哟！"

赵子超脸上红扑扑的，又是羞怯又是兴奋又是自豪："我开始赚钱了嘛。"

"厉害了厉害了，长大了！"

我接过红包，并不单薄的手感让我有点惊讶："这么多的吗？给一张意思意思就可以了吧？"

"不用跟我客气啊，我有钱的，卓先生也提前给我发红包了，"赵子超用手比画着，"这么厚呢！"

赵婶说："是吗？你们老板人真挺好的啊。"

"对啊，他很关心我们，还会来找我聊天。"

我愣住了。这听起来哪里像卓文扬会做的事啊。

我问："你们都，聊什么呢？"

"聊很多啊，"赵子超想了想，"我就聊我在老家以前的日子嘛，聊我是怎么有机会走上打职业这条路的，这个要多谢你啊老大！还有聊我哥，对了哥，他还跟我打听你呢！"

行吧。我就不该多这个嘴。

次日是大年初一，例行的热闹自然不能免，我也跟着赵家人到处走亲访友骗吃骗喝，顺便在小孩子那里损失了不少红包。

一行人回来的时候，我又看到那个年轻男人站在赵家院子外面，他这次来得比去年早了一些。

路上的嬉闹谈笑戛然而止，大家瞬间陷入了一种约定俗成般的沉默。赵叔率先视若无睹地绕开他，打开了院门，催促着迟疑的我们："快进去。"

我磨磨蹭蹭地经过那男人身边的时候，看见了他帽檐之下的一双黯淡的眼睛。

赵叔待得我进去之后，就用力将门关上了。

这回没有破口大骂，但依旧是冷漠和拒绝。

赵家兄弟俩又变得闷闷不乐，但这仿佛已经是他们每年的保留节目了，我也只能表现得见怪不怪。

我问："你们还有跟大哥保持联络吗？"

"有的，"赵子超嘟哝道，"不过他不让我们在我爸面前替他说话。"

赵子越叹了口气说："我大哥个性是这样的，什么都想自己扛，不肯牵连别人。"

听起来赵家大哥是个很好的人，却不知道为什么回不了家。

我说："不过我觉得，赵叔今年的态度，比起去年还是有进步的，至少没骂人了，是吧？照这样下去，说不定过个一两年，就能让大哥进家门了。"

赵子越苦笑道："承你吉言。"

年假飞一样地结束了。短暂的休息过后，日子又恢复了忙碌。

卓文扬没有再出现，但我知道他和赵子越保持联系——赵子越对此非常坦荡，并不瞒着我这一点。他甚至不避讳直接给我看他们往来的邮件内容。

我对赵子越难免心怀愧疚。

他真心实意把我当朋友，我无时无刻不感受到他的温柔友善关怀维护，而我"暗搓搓"地拿他当敌人。

原本我以为在跟卓文扬正面迎上的重逢之后，势必会有一番风起云涌。

就算不是天雷勾地火，起码也来个执手相看泪眼，最不济也得来来回回拉扯一番吧。

然而实际上我的生活就像卓文扬见面后对我的态度一般，几乎毫无波澜。

卓文扬没有再来过 Z 镇。

除了镇上的发展如我们所愿蒸蒸日上，以及我们的工作越来越忙之外，其他事情并没有什么变化。

但失落归失落，我也没有太过消沉，因为至少赵子越很快乐。

他的理想在慢慢实现。Z 镇有了名气，开始稳步走上正轨，增加了不少工作岗位之后，确实不少年轻人陆陆续续回来了。家乡能有合适的工作机会的话，不是每个人都愿意在 T 城、S 城这样的城市苦苦漂着的。

这天和赵子越走在路上，看见几个小孩子在大树下玩耍，平常没事我都是充当给他们抡跳绳的苦力，里面有个我特别喜欢的小姑娘，我便喊了她一声："小花哟。"

小花抬头见了我们，立刻嗒嗒嗒迈着小短腿跑过来，费老大劲从兜里掏了半天，掏出几颗糖，献宝一般摊开手心："给你七（吃）！"

我弯下腰接过来说："哟，哪儿来的啊？"

她自豪地挺直了小脊背说："好七的，我妈给我买的！"

"你妈回来啦？"

"我爸我妈都回来了，爷爷说他们不走了！"

"这么好啊！"

她喜滋滋地吮着糖，又去跟小伙伴们玩翻花绳了。

我剥了颗糖放进嘴里，把剩下的递给赵子越，说："来，见者有份。"

他微笑着看我说："甜吗？"

我咀嚼着那水果味软糖说："甜！"

我很高兴于有人是快乐的，只不过相比之下，我仿佛就成了那个最不快乐的人了。

为了缓解内心的焦虑和纠结，我埋头自愿加班，疯狂内卷，以至于大家看我拼成这样，惊恐地表示今年一定要再招个人来替我分担工作，不可让我年纪轻轻就走上脱发之路。

夏天来临的时候，袁可可也读完她的硕士回国了。

袁可可毕竟是全村的骄傲，这荣归故里，自然好一番接风洗尘，光是宴席我就跟着吃了好几顿。

然而过了一阵子，看她还是没有丝毫要收拾行李的样子，我问她："你还不回去吗？"

"啥？"她一脸莫名其妙地说，"我这不是刚来这儿吗？午饭都还没吃上就叫我走啊？"

"我是说回 T 城啦。"

"什么叫回 T 城？"她白了我一眼说，"那又不是我的地盘，怎么能用'回'这个字呢？我不去 T 城啊，我要在这里创业。"

我很震惊地说："是吗？"

我一直以为她要么会继续深造，要么就去 T 城大展身手，疯狂"掘金"。毕竟她已经磨炼出一副可以在大城市的激烈厮杀里幸存到最后的精英模样。

"你家人没意见吗？"

"当然没意见了，"她吃着小核桃边说，"我是我们家智商天花板，我做什么他们都觉得是对的。"

智商远不如她的我斗胆进言："但，T 城的职业前景不会比较好吗？再说，韦远韬肯定留在 T 城……"

袁可可恶狠狠地瞪着我说："你懂什么，这里的发展空间才比较大！T 城 T 城，一个个就只知道 T 城，T 城了不起吗？宇宙中心吗？"

我点头如捣蒜道："是的是的，我狭隘了！"

我不知道她为什么这么恼火，反正赶紧认错就对了，二话不说滑跪道歉是朋友之间的传统美德。

过了一阵，单位还真的新来了个年轻的大学毕业生，叫苏建宇。

苏建宇长得有点憨，黑黑壮壮的样子，让我想起田里的牛。刚入职一通介绍过后，他便被交代给我，让我来使唤，啊，不，指点。

我尝试着安排了一些工作，发现这小伙子上手很快，一点就通，轻车熟路，甚是灵巧，和他略显笨拙的外形全然不符。

我感慨道："挺不错啊，你这比我一开始做得好多了。"

苏建宇老实巴交地说："那是因为我在模仿您，我是您的粉丝。我给您发过私信，您还回复过我。"

"啊，是、是吗？"官媒后期收到的私信非常多，非合作类的没给我留下什么印象。

他问："我可以叫您偶像吗？"

我大惊失色，连连摆手说："别别别！"

苏建宇诚恳地说："那不然，我就叫您师傅吧！"

"行、行，别用敬语可以吗？"有了"偶像"打底，"师傅"听起来就容易接受得多了呢。

苏建宇明显是个可用之才，虽然话不多，但干活很勤快，可谓任劳任怨，又乖巧谦逊。

他上进好学，我把工作分配给他的时候，也在有意识地将我这阵子积累下来的经验和心得教授给他。

而袁可可要留在这里的说法，居然也并不是开玩笑，她找我认真探讨她的创业方案，核算所需要的资金。

"资金算啥问题，你可以叫韦远韬来投资啊。"

袁可可一时像是无言以对，而后才说："他跟我有什么关系？"

我吃了一惊说："没、没关系吗？"

我跟韦远韬没有联络，因而不知道他俩之间到底发生了什么。

袁可可面无表情地说："都不是一个世界的人，能有什么关系啊。"

我唯唯诺诺道："哦……"

然而这个"没有关系"的"不是一个世界"的韦远韬，次日就出现在袁可可家门口。

我正要去找袁可可商量事情，有幸顺便躲在墙角偷看到了这场热闹。

这就是霸道总裁千里追妻吗？太令人兴奋了！

我很久没见过韦远韬了，说实话他看起来比以前成熟得多，连发火的样子都是。

韦远韬说："你为什么要听别人在说什么呢？要做选择的人是你和我，跟他们有什么关系？

"你会这么轻易就让别人影响你的决定吗？我一直以为你聪明勇敢又坚定，你应该比谁都更有冒险的勇气，你也比谁都更固执，认定的事情你从来就没退缩过。

"要么是你已经变得胆小，会被别人左右想法，你已经不再是过去那个袁可可了；要么是你认定了我不值得你冒险。可能我错了，我们确实不是彼此想要的人吧。"

韦远韬走了，真的走了。

我觉得这剧情走向有点让我看不透了，这真不是我想看的千里追妻的戏码啊！

我赶紧进去找袁可可，她正面无表情地擦桌子。

我恨铁不成钢地说："啊这，韦远韬来都来了，你就这样让他走了吗？"

袁可可冷静地说："不然呢？留他过年吗？"

我恨不得给他们俩按头："可是，韦远韬从大一开始就暗恋你，把你奉为女神，他对你可以说是死心塌地，忠心耿耿了。除了有时候有点缺心眼，有点傲气，韦远韬各方面都很好啊，而且他傲也是因为有资本，算不上什么缺点……你到底嫌他什么呢？"

"没嫌他什么，"袁可可疯狂把桌面擦得闪闪发亮，长发垂下来，挡住了她的表情，"就是不合适。我跟他压根儿就不是一路人。"

还能怎么不是一路人啊？

"真不追他回来吗？"我犹不死心，还在试图为这对我嗑过的 CP 争取 HE（圆满结局）的可能，"我怕你错过韦远韬会遗憾的！我不要听你老的时候跟我哭诉'早知道当年'，错过真爱追悔莫及啊！"

"遗憾什么，"袁可可直起身来，泼辣地一甩头，"实在不行，你看起来也是没人要的样子，老了我们凑合过日子吧。"

"啊？"我说，"不是，你不要随便人身攻击啊，我哪里没人要了？！"

潘多拉的魔盒

"我好歹这两年还谈了场恋爱，你呢？"

好吧，我好像确实没人要。

时如流水，一晃又近半年过去了。这半年的光阴甚是充实，许多事都有了好的进展，甚至远超预期，除了我还是没人要。

我在婚纱店里等袁可可，逐渐等得有些不耐烦了。女人真的很麻烦，结婚更是超级麻烦。

我忍不住但又还是得忍住，只能奴颜婢膝地问："好了吗？你好像进去很久了。"

"好了好了。"

在我的感知里仿佛度过了一个世纪，更衣室的门终于打开了，袁可可提着裙摆小心翼翼走出来。

她的头发高高盘起，穿着雪白的婚纱，像朵洁白的栀子花，又像云朵上的一颗星星。

我目瞪口呆。

她显得有些羞涩，又有些幸福。她难得腼腆地问我："好看吗？"

我抑制不住地，眼眶有些发热。我突然理解了那些婚礼上老泪纵横的场面。

我哽咽道："当然、当然好看啊。"

袁可可瞪着我说："那你是哭什么啊？"

我真情流露地说："我是想到韦远韬那个倒霉鬼，啊，不，青年才俊，就要娶到你了，真是深深地同情，啊，不，羡慕他呢。"

　　袁可可理了理裙摆，看着镜子，我俩在镜中四目相对。

　　她突然说："谢谢你。"

　　"哎？谢我什么？"

　　"全部啊，"她说，"这些年来的全部。"

　　"哎？"

　　她又问："真的好看吗？"

　　我由衷地比了两个大拇指，她微笑了。

　　我帮她整理着裙摆，感慨道："我没想到你会接受韬哥的求婚。"

　　韦远韬那天说得那么果断坚决，结果撂完狠话没多久，他又跑回来了，往地上单膝一跪，说："我还是要向你完成这个求婚。如果你决定拒绝，我就不再纠缠你，我知道你很厌恶被人纠缠，从高琪那件事我就明白了。所以我只尝试这最后一次。不管结果是什么，我都会潇洒一点接受。"

　　当时我以为要目睹求婚被拒，所嗑的 CP 迎来 BE（不圆满结局），男主心碎的悲惨结局了，万万没想到袁可可居然接过了他手里的戒指。

　　要不是我足够了解袁可可，我一定会以为那是因为那钻石实在太大颗了。

　　"我想过很多，想了很久，"袁可可说，"确实有些人叫我别跟他在一起，也发生了一些让我难以接受的事。我是挺固执的一个人，但也难免自我怀疑。我跟韦远韬有很多不合适的地方，也有互相吸引的部分。到底该不该在一起，简单的公式很难计算出结果。"

　　"这玩意儿还能计算的吗？"

　　她叹了口气说："你知道吗，我设计过一个测试匹配度的小程序，测出来我跟韦远韬的匹配度超低的。"

　　小程序和 PPT，我看你们两个就挺配的。

　　我说："不管别人怎么说，也不管程序怎么算，还是遵从自己的内心最重要啦。"

　　她笑道："是啊，但最难的，不就是看清自己的心吗？"

　　我愣了愣。

　　我问："那，你最后，是怎么确定自己想要什么呢？"

　　袁可可说："我最后决定丢硬币。正面就接受他，反面就离开他。"

　　我大惊失色地说："什么？这么迷信的吗？"

　　袁可可瞪了我一眼说："不行吗？考英语在那儿掷骰子决定选哪个答案的人是谁

啊？"

"……"是我当年的"黑历史"。

我问："所以丢出来是正面吗？"韦远韬的幸运值还挺高呢。

"丢出来是反面。"

我说："哈？"这是在逗我？

"那一瞬间我觉得很难受，"袁可可微笑着说，"那答案不就明摆着吗？会难受，就是因为我不想接受这个结果。"

"呃……"

"当我们找不到正确答案的时候，排除那些错误答案就可以了，"袁可可说，"来自小镇做题家的一个基本做题技巧，不用谢。"

首场婚礼是在Z镇办的。韦远韬很在乎袁可可的想法，把她的位置放得比自己更高，也能搞得定自己的父母，确实是个靠谱的男人。

袁可可这一日自然美如繁花，韦远韬也帅得不行，说真的，这是我第一次对他的帅有明确的认知，虽然我知道他长得不错，但一直以来在我心中他憨傻的特质太过突出，以至于遮蔽了我的双眼，让我忽略了他的五官。

婚礼并不奢华，但相当热闹，亲朋好友，街坊邻居，但凡看着眼熟的都来贺喜了，能找到容得下这么多人的场地也实属不易。因为在T城还会再办一场婚宴——外地去T城的交通自然更方便——故而这场除了韦远韬的父母至亲之外，多是本地客人，特意远道而来的同学同事几乎没有。

而卓文扬居然来了。

他一出现，我就魂不守舍，心不在焉。

我应该充当好新娘亲友的角色，把焦点放在这对新人身上。但我的眼睛简直无法离开卓文扬，尽管他根本不是为我而来。

他其实并没有做特别的装扮，不像我还特意去理了个发，刮了个脸，整了套像样的正式礼服。

他只是一如既往。一丝不苟的衣着，冰雕而成的面容，没有任何其他意味，只有他的严谨和对新人的尊重。

然而这就够了。

按理没有人能抢过主角的风头，但在我眼里，即使是今天的韦远韬，也因为他而显得黯然失色。

　　到了喜闻乐见的丢捧花环节，袁可可不愧是有着超强胜负欲的女人，估计是把捧花当实心球来扔，铆足劲往后一甩，差点给她扔出一个世界纪录来。在一阵笑闹声中，捧花飞过人群，砸在卓文扬肩上，他于是伸手轻轻接住。

　　韦远韬笑道："卓学长是好事近了啊。我就是去年给朋友当伴郎的时候，接到了捧花，才能有今天呢。"

　　好事近什么近啊，太可恶了吧。

　　这场婚宴我喝多了，连什么时候散场的都不知道。

　　迷迷糊糊之间，我感觉到似乎有温暖的手在触碰我的脸颊，有人温柔地叫我："林竟。"

　　卓文扬。

　　是他吗？他在叫我吗？

　　就像我有过的无数个梦境一样。

　　我在半梦半醒中，好像喊了个名字。

　　而后我猛然醒了过来。

　　我靠在赵子越肩膀上，赵子越侧头看着我。

　　我忙坐直身体，揉一揉蒙眬的眼睛："我这是，呃，睡着了？"

　　"嗯，"他微笑道，"你喝得有点多，不过酒品还挺好。"

　　"是、是吗？"应该没有酒后出丑吧？

　　赵子越又说："走吧，大家都回去了，再不走我们就得留下来洗盘子了。"

　　回去的路不算远，酒后自然不能开车，我们便索性走路回去，顺便散一散这酒劲。

　　路过河堤，赵子越突然说："要不要去那边坐一会儿？"

　　"好啊。"

　　我们坐在高高的河堤上，看着那荡漾的河水，与倒映出来的破碎星空。夜晚的空气微凉，徐徐清风里，只让人觉得心中十分清明，又寂寞。

　　赵子越突然问："你跟卓先生，以前是很好的朋友吗？"

　　我呆住了，过了一会儿才说："啊，为什么这么问？"

　　"不知道，"他笑着说，"不知道为什么，我就是这么觉得。"

　　沉默了一阵，他又说："那天晚上，他问了我一些关于你在这里的事。他问我你

404

过得好不好，开心不开心。"

"他在关心你，"赵子越又说，"虽然，我可能还是不知道为什么。"

我没能开口，我们都不再说话。

静静地望了一会儿水面，他歪了歪身体，把脑袋靠在我肩上。他也喝了些酒，我感觉得到他的微醺。

我听见他嘀咕着念道："醉后不知天在水，满船清梦压星河。"

四周很安静，间或只有一些不甚洪亮的虫鸣，大约是深秋的蟋蟀叫声。

赵子越靠在我肩上，许久都没有动，我看不见他的脸，只听得他均匀的呼吸声。

他就那么静静地靠着我，像是不胜酒力，小睡了一场似的。

而后他好像醒了，猛地坐直起来，说："你该回去了吧。"

"嗯，不早了，回去睡一觉，明天还得早起呢。"

他摇摇头，说："不。我是说回 T 城。"

我一时没反应过来说："什么？"

他微笑着说："你让这么多人回了家，你自己也该回去了。"

我愣了愣，看着他，一时不知所措地说："怎、怎么啦？突然赶我走？"

"不是，"他说，"只是，这里本来就不是一个能让你留下来的地方。从一开始，我就这么觉得了。我毕业的时候选择离开 T 城，其实也是有些不舍的，毕竟那里有让我牵挂的东西。但我知道我的心终究不在那里。"

他转头看着我。他伸出手来，轻轻将手放在我胸膛上，说："你的心，也不在这里。"

"我爸妈对你再好，于你而言，也替代不了你真正的爸妈。"

我有些惊讶地看着他。

他说："你的家人，应该在 T 城，对吧？抱歉，我只是猜测。你离家出走了，是吗？"

我没说话，也没否认。

他轻声说："我不是要将你赶走，林竟。你很好，你对我们也很好。我们都很喜欢你，每一个人都是，我爸妈也把你当自己家孩子。但终究是不同的，不是吗？他们再疼爱你，也给不了你真正想要的。一开始我就感觉到了，你的心里缺失了一些东西，你需要把它填上。而我也想帮你把那些破掉的地方都修补好，如果我可以的话。"他吸了一口气，说，"但是，我爸妈，始终替代不了你真正的家人。"

我像被雷劈中了一样，愣住了。

他看着我，轻声问："我说得对吗？"我说不出话来。

对于我无声的回应，他很平静，甚至微笑了："我可能没法为你做什么。但我可以替你排除掉一个错误答案。也许，这就是我的价值吧。"

我想说些什么，喉咙却有些发紧。

我想反驳他。然而他说的是真的。

抱歉、遗憾、悲伤，交织着涌了上来，我突然觉得难以呼吸。

他摸了摸我的头说："你啊。"

秋去冬来，我并没有离开 Z 镇。

手上的工作还有很多很多没做完，感觉像是永远也没有能放心地觉得"完成了"的时刻。

我们都深知网络上再高的热度都是会随时消逝的，不抓紧时间好好运营的话，这些宝贵的机遇会是昙花一现。

小镇刚有了振兴的迹象，大家刚对在这里的生活有所期盼，乍现的繁华如果迅速就沦为明日黄花，那是我们不能接受的。

所以在把苏建宇完全带上轨道，在他能彻底取代我之前，我很难安心放手。

而且我也习惯了 Z 镇的生活，习惯了听王姐他们琐碎的家长里短；习惯了走在路上几乎每个人都认识的亲切；习惯了这里让我的鼻炎不治而愈的空气；习惯了远眺的视野里的青山绿水；习惯了有空就去给小花她们摇跳绳，在小孩子们鸟雀般的笑声里把胳膊抡得发酸。

离开和归去其实都不是那么容易的事。

新年很快又来临了，这是我在 Z 镇度过的又一个除夕。

这也是大家充实而收获满满的一年。

于赵子越而言，他的目标显然超额完成。

苏建宇也成长得非常迅速，他在这短短的时间里已经剪出了不少反响良好的视频，并在保留官媒原有风格的基础上，做出了自己的特色。

而 Z 镇作为打卡圣地走红起来之后，赵叔赵婶的旅馆经营得更规范更成熟，还招了人手来帮忙，也算是为提供工作岗位做出了贡献。

至于赵子超，年纪轻轻的他在一场又一场比赛中进步神速，打出了许多令人惊叹的亮眼操作，现在大家对他在即将到来的春季赛季后赛中的表现充满了期待。

处处张灯结彩喜气洋洋的大年初一，例行走亲访友回来，我们又在大门口遇到了赵家的大哥，赵子飞。

这都是第三次了，我对此也已经不再大惊小怪，只觉得他实在能坚持，毕竟据说在我来之前，他就已经年年如此。

赵叔对赵子飞依旧不予理睬，视若无睹地开了院门，就催大家进去。

然而不知道赵叔是不是忘了，他最后进去的时候没把门关上。

我跟赵子越赵子超不由得疯狂互甩眼色："有戏！"

我们默不作声地把赵子飞拥进了门，赵子超问："爸，今晚吃什么啊？"

赵叔说："昨天不是剩了那么多菜吗？你妈铺张浪费煮了那么多，晚上吃正好。"

"会不会不太够啊？再加几个菜吧。"

"怎么不够了？"

我也附和道："好像是不太够，要不再加条鱼，话说我前阵子学了道红烧狮子头，来给你们露一手？"

赵叔没吭声。

不拒绝就是等于同意了，就是说他默许了人数变多需要加菜这件事。我们赶紧打蛇随棍上，进了厨房一通热火朝天地忙碌。

这晚的餐桌上比平常多了一个人，赵子超兄弟俩一个劲给大哥夹菜，赵婶小心翼翼地左顾右盼，赵叔则自顾自吃吃喝喝。

我殷勤道："赵叔，这我做的狮子头，您尝尝？"

赵叔还是给我面子的，自然而然地端碗接了过来，说："哟，这么大一个。"咬了一口，他又道，"这里面还有整个蛋黄啊？"

"味道怎么样？"

"挺好挺好，"赵叔点头赞许，"你这手艺进步很大，不比你婶差了。"

"那就好，"我趁势说，"好吃就多吃点，这是好意头，团团圆圆，团团圆圆！"

赵叔没接话，只继续吃他的饭。

我们不敢过于嚣张，接下来只见缝插针地说些过年的吉祥话，努力制造"大过年的""来都来了"以及"都不容易"的氛围，让赵叔不好发作。

对视的时候我和赵子越都露出了心照不宣的笑容。毕竟没有赶人出去就是好样的了，这过年的一小步，乃是赵家父子和解的一大步。

我在又过了两个月之后，才离开了 Z 镇，前往 T 城。

这次我是陪同赵家二老以及赵子越一起，去看赵子超的比赛。

潘多拉的魔盒

GLX 战队这次进了决赛，而赵子超在首发阵容里。

他是真的要来争夺全国冠军这个位置了。

赵子飞也赶来了。这是年后，大家又一次齐聚一堂，赵子超在台上，而我们坐在台下紧张地看着大屏幕。

我发现赵叔虽说不太看得懂这个游戏，但他并不是完全不懂，他显然悄悄在做功课。配合着周遭的气氛、大家的表情，他其实大致能明白场上紧绷胶着的形势。

原本很多时候嘴上的不在乎，都不是真的不在乎。

赵叔不停地问二儿子："子超是要赢了吗？"

赵子越只说："有机会、有机会！"

这个外面夜风清冷，而馆内空气炽热的深夜，屏幕上跳出 GLX 战队标志和获胜字眼的时候，彻底沸腾的场馆里，我们也号叫着跳了起来，胡乱抱在了一起，包括赵子飞。

我看到赵叔接过了赵子飞递来的纸巾，擦着眼睛，他终于不再对这个大儿子视若无睹了。

赵子越转头看着我，他的眼睛略微湿润而发光，他笑着说："林竟，你看，你说过的话全都成真了。是不是很神奇？"

"哈哈哈……"

"谢谢你。"

我真实地被他的诚恳感动了，说："也谢谢你。"

赵子越微笑着，低声问："那么，你要回家了吗？"

"你想回家的，对吧？"他说，"我看到你带上那个背包了。"

场馆里很热闹，各种声响震耳欲聋，但我还是能清晰地听见他的声音。

他轻轻地说："去吧。"

"如果你发现还是找不到正确答案，那 Z 镇和我，随时欢迎你回来，"他又微笑了，"毕竟找不到比你更好的临时工了。"

"哈哈哈……"

而后他拥抱了我。

408

次日中午，我从酒店退了房，背着我的黑色背包，走到街上。

我一个人漫无目的地逛了很久，像在流浪。

直到逛得有点疲乏了，我才终于掏出手机，点开叫车软件，输入了那个曾经非常熟悉的地址。

计程车平稳行驶了一阵之后，停在小区门口。我很自然就进了小区，一路畅通无阻，如同往日一般。

我很熟悉这段路该怎么走，身体记忆还十分鲜明。在公寓大门前站住的时候，我从口袋里掏出钥匙。

钥匙能插得进去，我试探性地转动了一下。

门真的开了。

我的心怦怦跳了起来。

他们居然并没有换锁。

我屏住呼吸，过了一刻，才鼓起勇气，悄无声息地推开了门。

屋里十分安静，也阴暗。

灰暗的光线里，这里看起来没有生机，没开灯，没有人。

我的心蓦然沉了下来。

他们已经搬走了吗？

我往前走了两步，伸手在客厅的桌上胡乱摸了摸。

没有灰尘。我忙又去打开旁边的暖水壶，里面注着半满的水，仍有余温。

我终于又呼出一口气来。

他们没有搬走，只是不在家而已。

但，那又怎么样呢？搬不搬走，可能也没有什么区别吧。

我为自己前面几秒里的惊慌而觉得可耻。

我在这屋子里四处走了走，一切看起来都还是熟悉的模样。

客厅、厨房、程亦辰的卧室、卓文扬的卧室，柯洛之前搬走了，但他的房间还保留着，毕竟那阵子他偶尔会来蹭饭吃。

剩下那间就是曾经属于我的卧室了。我在门口站了一会儿，才伸手推开门。

我猜测过它现在会有的各种可能的模样，唯独没有想到过这一种。

它和我离开的时候，没有什么两样。

屋子里干干净净，像我还住着的时候那样，墙上的海报原封不动，床上的被褥很是整齐，甚至还有种刚刚晒过的，来自太阳的温暖味道。

桌上的书平平整整地堆叠着，旁边还放着一个橙子。

程亦辰平常最喜欢让我们吃橙子，因为他觉得橙子有营养，又能预防感冒，平常没事放一个在桌上，屋子里闻着香，也没那么容易坏。

程亦辰不爱买花，毕竟鲜花枯萎是件让人惋惜的事，但橙子就不同了。所以基本上每天我们桌子上都会摆个橙子。

我把它拿起来，看了看。也许已经放了一两天，但还是新鲜的，汁水饱满的、带着那种熟悉的记忆里的香气。

我轻轻嗅着它，不知道为什么，那气味让我眼睛湿润了。

外面突然有了轻微的动静，我猝不及防，吓了一跳。

而后我听到了男人说话的声音，是程亦辰的。

程亦辰一边在玄关换鞋子，一边说："文扬？你又去小竟房间啦？"

我刚才进这个卧室的时候，没把门关上。

他像是叹气："唉，都跟你说了，别乱翻东西。万一小竟哪天真的回来了呢？"

他顿了一下，过了一阵，才又说："小竟会回来吧？"

我没出声，他也习惯了得不到回应似的，径自往客厅走，边往桌上放东西，边说："我又买了橙。那个旧的你先吃了吧，我待会儿换新的。"

我安静地看着他的背影。忙碌的，瘦弱的，不设防的。

我轻声叫他："辰叔。"

他几乎张皇失措地回过头来。

窗外一片蔚蓝晴天。

他定定地看着我，石化了一般一动不动。时间和空间都好像凝滞了，我在这窒息般的安静里，渐渐有些不知所措。

过了片刻，他犹犹豫豫地朝我伸出手。

那微凉的，颤抖的手指落在我脸颊上，而后又略微迟疑地移到我肩上，想确认我是一个实体似的。

我在这仿佛不真实的，小心翼翼的触碰里，屏住了呼吸。

他的双手滑过我的胳膊，而后像是想抓住我的手掌，却又无力握住，只能颤抖地垂了下去。他整个人随之也像是被抽空了力气似的，身体软下来，跪倒在地上。

他这样伏在我面前，令我不由自主地也慌忙跟着跪了下来。我看见他一言不发，只垂着头，闭着眼睛，完全脱力一般。

我突然害怕了，我把手放在他背上，叫他："辰叔。"

他猛地紧紧抱住了我，用和他瘦削的身体不成比例的力量。

我感觉到他剧烈的颤抖和心跳。脖颈里迅速变得湿漉漉的，这让我心里也湿润起来。

恨也好，爱也好——

我不知道那种感觉究竟是什么。

我只知道自己好像一滴孤单的水终于融入了大海。

不知道过了多久，窗外的光线暗淡了下来

他如梦初醒放开我，胡乱擦着脸，急急地说："瞧我都给忘了，你吃饭了没有？要吃什么？我去给你做。"

我愣了愣："啊，不用……你们吃就好，我过会儿就走了。"

我其实还没做好跟所有人和谐共处的心理准备。

他像是在猜测我的心思似的，立刻说："陆风不会来，他住楼上。"

一瞬间我就能想象出他们的生活状态。那当然是合理的，应当的，我也不必抱有同情之心，但莫名地，我心里又有些不是滋味。

好像我夺去了这些人快乐的权利。

但即使我有这样的权利，有这种资格，现在的我也并不会因此而感受到愉悦。

411

"留下来吃点吧，"他说，"是不是没有你喜欢的？我今天菜是买少了，你喜欢什么，我现在去买，很快的。外卖也很方便，只要一会儿就能送来了。"

我心里变得又酸又软，我说："不用麻烦，我随便吃点都可以的，别叫外卖了。"

他一连串答应："好、好、好！"

他放在桌上的手机响了，一见屏幕上显示的名字，我就像炸毛的猫一样紧绷了起来。

我本能地说："不要告诉卓文扬我在这里！"

他愣了愣，随即道："好。"

而后他接通了来电："文扬啊……啊，我没什么，我就嗓子有点不舒服，嗯嗯，可能是感冒了，没事的。哦，好，知道了，嗯嗯，好。"

挂断通话，他说："文扬今天有庆功宴，不回来吃饭了。"

"嗯嗯。"我于是舒了口气。

他没有多问什么，拎着菜就去厨房做饭了。

晚餐的食材确实比较简单，即使跟当年我住在这里的时候吃的家常便饭相比，也差得远。煮好之后，他装了满满一大盘米饭和菜出门去，投喂大型犬似的，而后很快又回来。

餐桌上有青菜、肉末蒸蛋、油焖豆腐，还有辣椒小炒肉，顿时显得我在Z镇时候天天土鸡土鸭配肥美鲜鱼的伙食过于好了。

他不停给我夹菜，说："先将就吃点，明天我去给你买好吃的。"

我们心照不宣，都没有问彼此"过得怎么样"，只聊些琐碎的日常。

他跟我说起附近新搬来的邻居，小区楼下多出来的几只流浪猫，还有前阵子阳台上居然有燕子筑了巢。我则跟他讲起在Z镇的种种趣闻逸事，那里的风土人情，还有我那些可爱的大小朋友们，勤勤恳恳的基层同事们。

他听得很专注，显得十分高兴。大概是因为他从我的言语之中隐约勾勒出了相当积极充实的生活轮廓。我离开他们之后的那段光阴，在我难免夸大的描述里，像是一派生机勃勃，又充满希望。

而我离开之后，他们的日子又是怎么样的呢？快乐吗？热闹吗？

他没有提起，我也没有询问。

但其实我感觉得到。

这里留下来的一切，就和这光线暗淡的房间，还有我的心一样，都被困在过去里。

吃过饭，虽然他一再叫我去坐着看电视，我还是陪他一起收拾碗筷，擦干桌子，洗好碗。而后他小心翼翼地问："晚上，在这儿睡吗？被子我昨天刚晒过，床单也是前几天才换的。"

我点点头："好啊。"

"好、好，"他忙不迭地说，"家里网络应该没问题，你看要不要玩会儿游戏再睡。不过别太晚睡，明天早上要吃皮蛋瘦肉粥吗？我去买那家你喜欢的油条。还是煎个炼乳西多士？"

"随便煮，我都好。"

"好、好。"

这晚我躺在熟悉的床铺上，好像一尾鱼洄游到了蓝色的深海里，睡得既安稳，又不安稳。

这空间给我的感觉是安宁的，而内心其实却无法平静下来。

因为睡得不是很沉，我觉察得到房门悄悄开了几次。是程亦辰偷偷开门来看我，想确认我还在似的。

这一夜睡一阵醒一阵，待得次日彻底清醒过来的时候，我意识到自己还是睡过头了——看时间已经9点半了。

我赶紧起来，开门出去，就见程亦辰坐在客厅等着。见了我，他立刻站起来说："起来啦？粥我煮好了，给你热一热吧？你先刷牙，西多士我马上给你煎，刚煎出来的才好吃，放凉了就不酥脆了。"

我说的是"都好"，他执行的是"都煮"，而我也不知道要如何安抚他的这份紧张。

洗漱完坐下来吃早饭，分量大得够好几个我吃到撑得翻白眼。

程亦辰坐旁边看着我吃，心满意足的样子，而后说："等等我们出去逛一逛吧，天气过阵子要热了，给你买床新凉被。对了，你还是不想见到文扬吗？那我这阵子都让他不要过来……"

我说："辰叔。"

他微笑着说："嗯？"

"不用帮我考虑这么多的，我没有要在这里长住。"

他僵住了，笑容和血色都从他脸上迅速褪去，他又恢复了那种惶惑不安。

他问："怎么了吗？是不是昨晚睡得不好，我吵着你了？"

"不是的，"我说，"我打算自己买套房子。"

"哎？"

"想不到什么好的理财，又不想贬值，就买个房吧。"

"哎？"他愣住了，"但、但是，你哪来的钱呢？T城房子不便宜……你是要在T城买没错吧？"

"有的，我有一笔钱，是那时候，我……"我犹豫了一下，说，"我爸给我的。"

程亦辰好一会儿没说话，我看见他嘴唇微微颤抖，像是想说些什么，却又说不出来，只反复点着头，像是要笑，而眼圈慢慢红了。

终于他说："好啊好啊，我弟，哎，你爸他，给了你多少啊？够吗？待会儿我们就去房产中介那儿看看，有喜欢的，预算不够的话我帮你想办法。"

说出那个词，我心里也蓦然轻松了，我笑着说："嗯！"

我们真的就出去看房子了。而这过程出奇地顺利，刚好小区里就有一套符合预算的房子急售。业主原本是作为婚房来装修的，结果装完之后，竟意外发了笔财，就很有上进心地想着把这套卖了，加钱去换更近市中心学区更好的一处房子，想着为将来的孩子一步到位准备好。

因此房子内部装潢是全新的，也颇有品味，又非常明亮舒适，兼具实用性，感受到原主人那种充满希望的，一心向好的愿景。

程亦辰去检查了一圈回来，跟我交流："这南向的房子，通风采光什么的都挺好，格局也都方方正正的，没有渗水问题，管道也不堵……"

"看起来不错啊，那就下定金吧。"

程亦辰有些诧异地说："哎？你这比我买菜还快啊，不再看别的吗？"

我摇摇头说："不用了，合适的看一套就够了，我感觉我跟它有缘分。有缘最重要。"

程亦辰笑了说："倒也是。有缘最重要，喜欢就好。"

我表达了意向，请中介约卖家过来面谈，中介喜出望外地说："您是个爽快人啊，有眼光！"

卖家也恰好有空，没让我们等多久就赶来了。

对方是个很斯文有礼的年轻人。聊个两句发现他也是T大毕业的，程亦辰立刻介绍说我俩其实是校友，他老家是X城的，程亦辰又说他俩是老乡，气氛顿时变得热络亲切起来。

既有老乡校友身份加持，又因为我可以现金全款购买，能解决他换房的燃眉之急，小哥是个实在人，豪气地主动给我降了价。于是我们迅速下了定金，签了意向合同，约好过些日子去办理过户手续。

走出门的时候，我感觉自己好像不一样了，全身上下充满了踏实的干劲，毕竟很快我就是个有房有车（自行车）的成熟社会人啦！

程亦辰笑着看我说："小竟真的是长大了呢。"

"是吗？"

"以前我总觉得你还是只羽毛没长齐的小鸟，"他轻轻抓了我的手，说，"现在你都要从鸟窝里飞出去啦。"

我说："但我还是得在窝里多赖几天。"

他笑道："你想住多久都行。"

走了几步，我又叫他："辰叔。"

"嗯？"

我说："等过几天，我办好手续搬走了，你就让陆风下来住吧。"

他停住脚步，吃惊地看着我。

我故作轻松道："不然你跑上跑下，太累了。你身体不好，也得有个照应。

"好吗？"

他没说话，只握紧了我的手。

过了一会儿，程亦辰呼出口长气似的，轻声问："对啦，晚上你想吃什么？我们去买菜吧，趁现在还早，多逛会儿，好好挑你喜欢的。"

心头的许多重担终于被卸下来的同时，剩下那些还挥之不去的东西就显得格外刺眼，因而也愈发沉重了。

我下定决心，开口道："我想，去见见卓文扬。"

程亦辰看了看我，说："好。"

然后他又补充："他不一定在公司，我去确定一下他现在忙什么。"

我愣了愣。

原本我十分不安，斟酌着要怎么向程亦辰解释我这种莫名其妙的善变。

毕竟一会儿不敢见卓文扬，一会儿又主动想见卓文扬，听起来别有内情。

然而他像是完全没有询问的打算。不仅如此，他还尊重我的不想见，也助力我的

潘多拉的魔盒

想见。

过了一刻，程亦辰打完电话回来，告诉我："文扬陪朋友去画廊看展了，我帮你要了地址定位。"

见我不动，他又温柔地笑着说："快去吧。别晚了又赶不上。"

我上了车，一颗心怦怦跳着，既有着一些愧疚的心虚，又莫名地战栗激动，好像自己是要去追逐光和希望似的。

到了画廊，我发现这种工作日时段竟有不少人在看展，感觉展出的应该是很有名气的画家作品。我忐忑地读了读介绍，鉴于自己对于艺术一窍不通，为免和这地方显得格格不入，只能站在门口抓紧时间百度了一番。

原来今日的主角是一位天才青年画家，年纪轻轻就已经达成诸多成就，还长得甚是俊朗，百度百科里的现场照片都跟明星似的。

我突然闪过一个念头：会在工作时间陪朋友去看画展，这很不像卓文扬的风格。

所以这应该是不一般的朋友，或者这不是一般的画展。

这份奇怪的直觉让我的心脏不由自主缩紧了。

往里走了走，而后我看见了卓文扬。

他正彬彬有礼地和人交谈。他还是那样好看，属于那种鹤立鸡群的好看，即使周遭的人并不差，他在我眼里也是独一份的显眼。

而后我意识到和他对话的正是丰神俊朗的画家本人，而坐在他身边的是位肤白貌美、气质超群的年轻女性。

在他们的谈笑之间，卓文扬目光略微掉转，正巧投向我的方向，我猝不及防地和他四目相对。他好像愣了愣。

我看不出他的情绪是否有什么波动，我无法分辨，因为我在用尽全力按捺住自己心里的波澜。

卓文扬站起身来，看着我，点点头，说："好久不见。"

在他直视的目光里，我中邪一般恍惚了一下，只能跟着复述："好久不见。"

他转向那两人道："为你们介绍一下，这位是……"

我紧绷了起来。

他说："我以前的同学，林竟。"

他说的每一个字都是对的，但我的心突然沉了下去。

画家和美女都礼貌得体地朝我打招呼，我也只得露出微笑，点头致意。

卓文扬又道："这位是罗柠阳，知名画家，我们今天都是为他而来。"

画家笑着伸出手来跟我握了握。

卓文扬接着说："这位是赵宣璐，我女朋友。"

罗柠阳和赵宣璐都睁大了眼睛。

接下来聊了什么我不记得，也不清楚。

隐隐约约我好像说了句告辞，等我大脑恢复清醒的下一刻，我已经一个人走在街上了。

我麻木地走了一阵，隐隐听见有人在后面喊："林竟！"

现在听见那声音我就想逃离现场，然而待得声音越来越近，我双脚却又压根不听大脑使唤，自作主张地停了下来。

卓文扬赶上来，有些气喘吁吁，他看着我，像是又笑又气地说："哎，你怎么走得这么快？"

"哦⋯⋯"我木然地回，"快吗？"

他笑道："很快。"

"哦⋯⋯"

"我差点追不上你。"

我心想追我干吗呢，但嘴已经没了说话的动力，只咸鱼般重复道："哦。"

他也不说话了，默默走在我身边。我看见他揉着肩膀，露出轻微的龇牙咧嘴的表情。

我已经沮丧到了极点，但还是无法忽略他的不适，于是问："你怎么了？"

"赵宣璐刚把我打了一顿，"他吸着气说，"这边好像瘀青了。"

我问："怎么，你还能惹她生气啊？"

卓文扬微笑道："是啊，因为我刚刚说她是我女朋友。"

"啊？"

"毕竟她暗恋罗柠阳很久了。"

震惊我全家，这三角关系也太混乱了。

"当然了，"他说，"她其实并不是我女朋友。"

我评价道："啊，你这，何必呢？"

人家眼里压根没你，你还非得强行贴上去，有这必要吗？太没出息了吧，我看不起你！

卓文扬叹了口气，说："我就是打算帮帮他们。不然这两个人僵持太久了，谁都没有要主动的意思，不动手助推一把的话，不知道他俩究竟要耗到什么时候。"

"……"

我的脚还在机械地往前走，但脑子突然迷糊了。

"你别看赵宣璐脾气那么大，出息却是很小。对着罗柠阳她就说不出话，连拿正眼瞧他都不敢。但凡她想跟罗柠阳套近乎，都必须抓个人来给她壮胆，我总当工具人，可太累了，"卓文扬笑道，"不过，他俩其实挺有意思的……"

卓文扬就这么边走，边娓娓讲述那两人的前尘往事，听得我一路都迷迷瞪瞪。

"虽然我也不确定罗柠阳的想法，但他的反应就能回答一切问题。如果对赵宣璐没兴趣，他的情绪根本不会有波动，不是吗？"

我崩坏的神智终于慢吞吞地重组起来了。所以卓文扬只是为朋友助力，两肋插刀，别无私心。我就说嘛，他怎么会是那种在别人感情里硬插一脚的人呢！

哈哈哈哈哈哈！

我尽量保持镇定，云淡风轻地"吃"着"瓜"："是啊是啊。"

这一来一去，我也把自己原本赶来找卓文扬的目的抛到脑后。

我乐呵呵地走着走着，突然一只狸花猫撵着只金毛从我眼前风风火火地跑过，我愣住了："我们这是，走到哪儿了？"

卓文扬笑道："我不知道，我以为这是你想来的地方。"

这哪儿跟哪儿啊！

"你不是一直急着往这儿赶吗？我叫都叫不住。"

"啊哈，是啊，我本来是想买点那什么，吃的，不过我好像搞错方向了，还是先回去吧。"

卓文扬道："我的车停在画廊那边，有点远。"

我在手机上看了看地图定位，多少吓了一跳。这离得何止是有点远啊，想不到我的脚力竟然如此出色，在山里的那两年还真不是白待的。

卓文扬说："先歇一下，再慢慢回去吧。天气也挺好的，就当散步了。"

我确实渴得不行，又累得慌，于是我们在路边的小店里坐下，随便点了些饮料。

我咕咚咕咚喝着冰茶，卓文扬掏出手机看了看，道："不好意思，我得先跟罗柠阳解释一下，不然赵宣璐要追过来杀人了。"

"哦哦，好。"

他运指如飞地输入了一会儿消息，我看他脸色甚是轻松，心下猜测应该是搞定了。

"没事了吧？"

"没事了，"他笑道，"不过罗柠阳也真是的，明明就慌了，嘴上还要装得跟他没什么关系似的。"

"哈哈哈，就是有这种嘴硬的人，"我问，"那你怎么跟他说的？"

卓文扬放下手机，道："我跟他讲了，我和赵宣璐只是普通的好朋友，之所以突然那么说，纯粹是为了看看别人的反应。"

"嗯嗯。"

卓文扬微笑地看着我。

我突然意识到，我不也一样吗？

罗柠阳当时是什么表情，装得到不到位，我完全不记得了。但我自己可是当场夺门而出的啊！

虽然卓文扬没说什么，但我就这么坐在他的对面，和他只隔着一张窄小桌子的距离，整个人好像突然变得赤裸裸的，毫无屏障。

我尴尬了一会儿，假装若无其事地玩着手里的吸管。

他看着我把吸管咬得都是坑，而后问："你有什么话要对我说吗？"

来时的路上，我确实是准备了要说的话，但真到了这个时候，到了卓文扬面前，所有澎湃的气势都像是瞬间被吞没在无边的大海里，只剩下心脏里有个小人躲在深处拼命地敲着鼓。

我不由自主地结巴了："也、也没有啦。"我倒不是想装或者怕失败，我纯粹是彻底慌了。

卓文扬沉默了一下，又说："或许，我应该换个说法。"

"啊？"

"我们还是朋友吗？"

一时间气氛十分尴尬，我不知道怎么回答，卓文扬也没有追问。

室内突然就陷入了安静。

原本也就只有我们这一桌客人，不算冷也不算热但并不舒适的天气，不太好喝的饮料，炸过头的小食，咸鱼般摊在角落玩手机的老板，整个空间里弥漫着一股不宜人的气味。

卓文扬突然说："走吧。"而后他站起身叫老板结账。

卓文扬点开手机地图看了会儿，说："走到画廊那边还是挺远的，你需要叫个车吗？"

"哦……好啊。"

"嗯，你直接打车回去比较方便。"

"哎？"

我还以为他是要叫我一起打个车回画廊那里取他的车呢。

我只得问："那你，要步行过去吗？"

"嗯。"

敢情他之前说慢慢走回去，就当散步，指的不是要跟我一起走，他是要自己散步啊？

在路边站了会儿，我试探道："那我，先走了？"

他轻声道："嗯。"

识相的话是该赶紧打个车走人，但我的两条腿很不懂事，还是牢牢定在原地。

卓文扬突然又说："有件事我忘了问。"

我有了精神说："什么？"

"你今天来找我，是有什么事吗？"

他这一问击中了我的死穴，我又像被拔了电源的机器人一样笔挺地瘫痪了。

来的路上我当然是把想说的话仔细打了篇腹稿，但经过这一通两通折腾，好不容易酝酿好的稿子早就鸡飞蛋打了。

我现在就像个好不容易临时抱佛脚背了两页书的学渣，鼓起勇气准备发言的时候没轮上，走神的时候却突然被老师点名提问。

我张口结舌了一会儿，"宕机"的大脑还在龟速处理数据，并不停卡顿报错，耳朵里又听到他说："算了。没事。"

"啊……"

他笑道："不为难你了。快回去吧。"

我突然意识到，卓文扬会不会是觉得我在装傻充愣，所以他不高兴了啊？

但我真没有装啊！

如何才能让他了解到我只是真的傻呢？

我鼓起勇气，叫他："卓文扬。"

他转头看着我说："嗯？"

我还是得缓缓，再好好组织组织语言，才有可能把想说的话一口气表达清楚，而不至于颠三倒四，胡乱跳针。

我弱弱地说："好歹让我、让我蹭个车嘛。这么远打车回去不便宜啊。"

他看了我一会儿，点点头，说："好。"

于是我们一起步行回去提车。

路上没人开口，每当我用眼角余光偷瞄卓文扬的时候，都只见他目不斜视，眉头微皱。

这沉闷尴尬的一路真心漫长到让人脱力。我狂怒暴走的时候怎么就没体会到这段路走起来有这么沉重这么累呢？

终于到了停车场，我唯唯诺诺地坐进车里，又听得卓文扬问我："该送你去哪儿？你地址是……"

"啊，我暂时住辰叔那里。"

他像是微微一愣，转头看我："是吗？你已经去找过我爸了？什么时候的事？"

"嗯……"我坦白道，"昨晚住了一宿。"

他又不说话了，只发动车子。

一路无话，明明车内开了空调，空气按理说在很好地流通着，但不知为什么，感觉很难呼吸。

"到了，"车子停下来的时候，他简洁地说，"你上去吧。"

我又问卓文扬："要一起上去坐坐，叙叙旧吗？"

这回他说："好。"

到了公寓门口，我摸钥匙开门。

门一打开，就见得程亦辰捧着盘子从厨房出来。猝不及防我们直接打了个照面，我心虚地叫他："辰叔。"

程亦辰一眼看见我身后的卓文扬，倒没有表现出意外，只把手里捧着的那盘响油鳝丝放到桌上，笑着说："来得刚好，小竟你尝尝这个咸淡合适不合适。文扬过来，帮我把龙虾杀一杀。"

卓文扬应了一声，立刻进去厨房，套上围裙，把衬衫袖子一卷，就将龙虾捞出来，手起刀落。

我按捺不住自己站在厨房门口看热闹的心。原本以为卓文扬只是打下手，结果他很干净利索地独立完成了这个菜，从给龙虾切头改刀，到最后从蒸箱里取出来浇上热油，整个过程都十分娴熟流畅。

我看着他们父子俩忙碌，桌上逐渐摆好了一道又一道硬菜，都是些熟悉的，我以往十分喜欢的。

比起昨日他们那清淡寒酸的日常晚餐，这一顿简直丰盛得跟过年似的。

对着如此一大桌，我不免深感震撼地说："这会不会太隆重了？这么多菜，咱们吃得完吗？"

程亦辰笑道："昨天没能让你吃好，今天一定得补回来。正好文扬也来了，大家都多吃点。"

夜色已然袭来，家中的灯尽数打开了，明亮的光线充满了整个客厅，又有温暖美妙的食物的香气，将每个角落都填得满满当当。

摆好碗筷，我们坐下来，在这愉快又放松的气氛里，准备好好享受这属于一家人的重逢晚餐。

我看见程亦辰又拿了个大盘子，盛上米饭，在边上放了一些酱排骨、炒油蛤和清炒蔬菜，而后又像是打算夹走一段鱼尾巴。

我笑着说："辰叔，这鱼蒸得这么漂亮，这一夹不就不完整了嘛。要不……"

他立即挨了烫似的，猛地缩回手，像是不知所措，又不安地赶紧用筷子拨一拨那条鱼，想将它复原一般，嗫嚅道："对不起，那我……"

他这样敏感的谨小慎微，让我心里不由难过起来。

我知道破碎了的东西很难修复，但比起我，有些人可能甚至都不敢修复。

我把话说完："辰叔啊，要不要叫陆风下来吃饭？"

他愣住了，筷子还停在那鱼上，不敢动弹。

我说："这么多菜，咱们三个人肯定吃不完嘛，装盘也不好装的，你问问陆风，看他要不要下来一起吃？"

他愣了很长的一段时间，而后说："好、好。"

程亦辰出门去了，我看向卓文扬，他也正看着我，从他脸上我没有看到不悦的神色，但我还是说："抱歉，刚刚忘了问你意见了，你会介意吗？"

他摇摇头说："我知道你在想什么，你不介意我就不介意。"

我这两年多都没再见过陆风，现在的他，显得更瘦削了，因而线条愈发凌厉。

我想过他这两年多里会变成什么样的人，也许癫狂、暴怒、躁动，因为未能报复的仇恨而蠢蠢欲动。

但他并没有。

他还是高大、凛然、不怒自威，但神奇的是，他那种锋芒毕露咄咄逼人的特质被收敛了。

好像有什么东西封印住了他那疯狂的灵魂。

我原本让程亦辰邀请他下来，心里多少还是有些警惕的，虽然知道程亦辰在，一定能制住他，但那毕竟是只随时可能失控的猛兽。

然而现在看起来，他似乎很安全。

人还是那个人，只是那层肉眼不可见却能鲜明感受到的疯狂气焰消失了。

他向我们点头致意，而后安静地坐到程亦辰身边。

程亦辰招呼大家："来来来，吃饭了。"而后他忙着给我们夹菜。

席间大多是程亦辰父子俩的闲话家常，我偶尔插上几句。

他们的对话很随意，没有什么大事，但我就是喜欢听。

程亦辰说话有种讲童话故事一般的娓娓道来。

他说起小区楼下的流浪猫，他已经给它们都取了名字，并能分清它们，记得它们的种种趣事，今天他发现多了几只小猫，应该是母猫橘子茶的幼崽，于是他寻思着该给小区里的流浪猫好好做一次绝育，但要怎么抓住它们是个难题。

我说："陆风的保镖可以帮忙啊。"

大家都像是愣住了，看着我。

我边喝汤边说："我看他们都挺闲的。"

陆风立刻回答："我们可以！"

程亦辰看看我，又看看他，而后点点头说："那我们明天去抓。"

而后陆风继续安静而规矩地吃饭，他还是没什么表情，但不知道为什么，就显得很快乐。

吃过饭，陆风主动帮程亦辰收拾，我把碗筷递给他，他接过去，说："谢谢。"

我说："不客气。"

我们没有其他对话，也不需要对话。他欠我许多东西，我可能也欠他一些，而事到如今，我没有必要追讨了。

我不想要得到他的道歉，我也不想向他道歉，对我来说最好就是往事相互抵消，从此消逝。

而我可以毫无包袱地，专心过好自己余下的人生。

待得清理好厨房，陆风就回去了，他没有留下来的奢望，对于这顿饭他好像挺满足的。

我们看过电视，又一起玩了会儿游戏机，卓文扬说："爸，我晚上在这儿过夜。"

"是吗？"程亦辰愣了愣，"但是，我没给你晒被子，可能会有点潮，将就着盖吧。"

"好。"

跟他们道过晚安后，我也久违地跟卓文扬叙了会儿旧。我们聊了很多，包括Z镇的事。突然我想起一件事。

"对了，卓文扬，你们怎么会收购 GLX 的？"

他可能没想到会突然聊起这个话题，猝不及防地"哎"了一声。

"总不会是因为知道我要把赵子超推荐过来，才收购的吧？"

卓文扬笑道："那倒不至于。

"虽然说养个战队没什么，但这也不是小事，当然是多番考察才做出的投资决定，"他说，"不过当时选择投资 GLX，确实考虑到它是你最喜欢的战队。我不想有一天你回来，发现它已经消失了，或者变得面目全非。

"而且我想过，如果你没有其他想做的事，也许你可以选择战队经理作为你的职业，你有出色的公关能力，也学到了管理的技能，这又是你有兴趣和天赋的领域。说不定你会在这个行业达成自己的梦想。"

我回想起当时孤音的反应，不由得说："难怪孤音当时极力想要挽留我，我还以为他慧眼识英雄，原来是你授意吗？关系户竟是我自己！"

他笑道："孤音当然也是想跟你合作。他确实需要一个有能力的搭档来帮他分忧。"

于是我俩挺认真地讨论了半天未来的发展前景。

而后他又说："当然，以上只是我个人的一点想法，你不用被束缚。大胆地去选择你真正喜欢做的事吧，无论什么我都会支持你的。"

"要是我不想打工，只想做赔钱创业的败家子，也可以吗？"

"有什么关系，"他还挺认真地说，"虽然我可能钱不算很多，但还是可以投资你的。"

"赔光了怎么办……"

"那我再赚就是了，"他说，"我赚你赔，也达到了一种平衡。"

"哈哈哈哈哈。"

他这么一本正经地说着离谱的话，感觉怎么就那么好笑。

"我开玩笑的，"我说，"我觉得去战队工作就很好啊。"

"真的吗？"

"你就等着看我一展身手吧，说不定我能带领 GLX 拿世界冠军呢！"

他笑了，说："那太好了，我就指望你啦。"

"嘿嘿嘿。"

"谢谢你。"

"啊？这冠军还没到手呢。"

他说："不是。是谢谢你还能回到我们身边。"

过了一会儿，他又说："对不起。"

"什么？"

他低声说："很多事，所有的事，都很对不起。对不起，林竟。"

"对不起。"

其实在他道歉之前，我就已经放下了。

我有一点点心酸，但也只是心酸而已。

而治愈我的，其实并不是时间。

——是我得到的爱。

过了几天，我拿到了房产证和房子的钥匙，原房主小哥给我留下了绝大部分的家具，只搬走了床和一些对他有特别意义的小物件。

乔迁之日十分热闹，除了程亦辰他们，我爸他们也来了。

有点微妙的是，以前我内心称呼他俩是"我爸和程亦辰"，现在知道那应该是"我爸和秦朗"，不免令人感觉混乱而魔幻。

不管怎么说，这两个人当中的"含爹量"始终是一样的。

而柯洛和 LEE 虽然在我去找他们的时候，发现我回 T 城已经有一阵子了，气得大骂我没良心，摇头感慨这友情看来是淡了，果然只见新人笑不见旧人哭。但这天他俩还是出现了，重要的是还给我带了礼物。

大家热热闹闹地庆祝了我的乔迁之喜，还分享了一个程亦辰准备的蛋糕。

程亦辰借着分蛋糕的动作，小心翼翼地坐到我旁边，我假装看不出他的拘谨，说："这蛋糕很好吃啊。"

"是啊是啊。"

"你们是昨晚到 T 城的吧？还是住那家酒店吗？"

"是啊是啊。"

"下次来 T 城可以不用住酒店了。"

他摇摇头道："还是住酒店吧。你们在的时候还好，你不在的话反而不合适。我还是，给我哥一点空间吧。"

他看了看我，像是要向我解释："不然他很紧绷。他的心就跟在坐牢似的，没人在的话，他至少是在放松地坐牢，我们在的时候，我们就好像狱卒。"

我点点头："我知道。"

他看着我，我也看着他。我想起他跟我说过的那个"朋友"的故事，想起那个雨夜里他给我的那个用尽全力的拥抱，他说对不起。

　　其实他真的跟我很像，奇怪我以前竟然从来没有意识到这一点。

　　我若无其事道："那下次你们可以住这里，反正有多的客房。"

　　他看着我，很吃惊的样子。

　　"可以吗？"他问，"可以吗？"

　　"当然可以啊，"我说，"这本来就是你的钱嘛。我都啃老了，你还客气什么。"

　　他没说话，很快背过脸去，我觉得他好像要哭了。

1. 林竟

我掀开炖锅的盖子,先吸吸鼻子,再小心翼翼尝了一口。

"哇哦!"

我两眼放光:"呜呜呜!太好吃了吧!我是天才吗?"

袁可可传授给了我一道泡椒黄豆炖猪蹄,我今天第一次尝试,居然就做得很不错!

虽然水平跟卓文扬有差距,但我觉得我还是有天赋的,照这样自强不息下去,成为"一家之煮"指日可待!

我立刻拍照发给卓文扬,让他第一时间云享受一下我的劳动果实。

在得到卓文扬绞尽脑汁的赞美之后,我又盛了一大碗,准备给程亦辰送过去。我想这种皮酥肉软、入口即化的菜,他多半会喜欢。

除了分享之外,我也想让他明白我生活足以自理,他可以对我放心,不必再担心我照顾不了自己。

其实我搬出来住,也是为了让程亦辰能轻松一些。

在我回来之后,暂住在家里的那阵子,他每天都要费好大劲弄吃的,生怕亏待了我。

往日也就罢了,受过那一次重伤之后,他的身体状况大不如前,却还得在厨房站着忙上老半天,就为了给我弄一顿大餐，这让我心里非常不是滋味。

其实我跟他说过许多次，随便煮点就行了，我没有那么娇贵，也不是客人。青菜萝卜的家常菜我都可以吃得很快活，叫个外卖也很方便，不需要顿顿为我那么费心。

然而他对我还是过于操心了。

可能于他而言，他没办法不让自己那么累。

像他那样敏感的人，很难做到放下。过去的罪恶感挥之不去，他永远都摆脱不掉。

当年我意识不到这一点，但如今回想起来，他其实一直都是不得安宁的。他因为伤害过我的事实而无法释怀，备受煎熬。

这也就解释了他对我的种种过分偏袒，解释了为什么明明该是欢乐的时候，他身上也有层哀愁的阴影。

虽然被偏袒的感觉的确很不错，但是现在我希望他也重新获得好好生活的能力，不用再被困于过去。

我双手捧着沉甸甸的碗，灵活地用额头按了门铃，几乎立刻就有人来应门了。

无声开启的门后，露出的是陆风的脸。

我愣了愣，对他点一点头，算是打招呼，而后问："辰叔呢？"

他压低声音道："小辰睡着了。"

我越过他的肩膀，看见辰叔靠在沙发上，盖着毯子，闭着眼睛，难得放松的模样。橘子茶也蜷在他身上，睡得肚子一起一伏。

我也小声说："我烧了个猪蹄，看看辰叔喜不喜欢吃。"

他接过去，道："好，谢谢。"

陆风在控制着音量说话的时候，就显得异常沉静，甚至称得上温和礼貌。

而后陆风去厨房将那泡椒黄豆炖猪蹄换个容器装了，又把碗拿出来还我，他看着孔武有力，一不小心就会把碗捏碎的样子，而这些动作他做得轻手轻脚，悄无声息。

我刚要离开，想了想，又回头对他说："你等会儿问下辰叔，周六晚上来我家一起吃饭吗？我爸他们要过来。"

他点点头："小辰醒了我跟他说。"

我不知道为什么，鬼使神差地多问了一句："你也来吗？"

他愣了一下，而后道："好的。"

"好。"

他又说："谢谢。"

我说："不客气。"

而后他轻轻关上了门。

我在门口静静站了一会儿。下楼的时候，外面的风和阳光都很好。

2. 程亦辰

我因为听见响动而从梦里惊醒的时候，天已经黑了。

屋子里没有开灯，梦境带来的恍惚还未消退，我在那昏暗的视野里，一时失去了时间和空间感。

我混乱了一刻，听得有人低声说："醒了？"

那声音立刻把我唤回现实，令我感觉踏实且平静了下来。

我"嗯"了一声，而后意识到那吵醒我的声响是橘子茶在摔碗。

这猫脾气还挺大。

陆风说："我去给它添猫粮。"

"嗯……"

陆风开了小灯，黄调的光线不至于刺眼。我依旧乏力，于是躺着，看着陆风熟练地在猫食盆旁忙碌，一大三小四只猫围着他喵喵叫。

以前我没想过他会愿意给猫准备猫粮、换猫砂，也没有人想象得出这种画面。毕竟他长得那么冷漠而不友善，也并不喜欢小动物。

但我觉得自己确实是老了，大概也是因为再受过一次伤，身体愈发不如之前，很容易觉得精神不济，四肢乏力。照顾四只猫而已，时常都让我很疲惫，有时候还会忘事。

陆风帮了我不少的忙，他替我带大猫小猫去宠物医院，添置需要的宠物用品，我买不着适合小奶猫的衣服，他还贡献自己的袜子给我剪。

陆风把猫粮分配好了，橘子茶一家立刻心满意足地围着吃了起来，三只小猫都穿着同款式同 LOGO 的袜子，还挺洋气，在陆风脚边看起来意外地和谐，跟他的脚很像亲子装。

我不由得微笑了起来。

小竟和文扬他们搬出去了，柯洛也早就不住这里，家中冷清了许多，我确实也失落过。

孩子们长大独立之后，我难免觉得自己像空巢老人。幸好养了猫，三只小奶猫让我回想起那三个年轻人还在的日子。

喂好了猫，陆风过来坐回我身边，说："我刚才去把米饭下了锅，现在应该已经熟了。"

我这才意识到早就过了晚饭的点，猫都饿了，人更要吃饭。我忙坐起身来，道："我去炒点菜，简单吃吃吧……"

"不用炒，刚好有个现成的菜。"

我不由犹豫了："你做的吗？"

我对他的信任里，并不包括厨艺这一块。

他微笑道："不是，是你睡着的时候，林竟来了一趟，送了碗炖猪蹄给你。"

"啊……你怎么不叫我起来？"

他看着我，说："看你睡得那么沉，想让你多睡一会儿。"

他又说："林竟问你周六晚上要不要过去吃饭。程亦晨和秦朗他们也会在。"

"好呀！"

对于小竟悄无声息不动声色地接受了亦晨这件事，我们都发自内心又不敢声张地高兴。

亦晨在跟我讲起小竟主动说他可以过去住的时候，才憋出几个字就没绷住哭了，哪怕还没有得到"爸爸"这样的明确称呼，他也已经心满意足。

高兴过后，我又想到了陆风。他可能习惯了自己是不被邀请的那个，他也未必享受那种场合，毕竟在场的众人对他并不是怀着喜爱之情。

但总让他一个人落单，我心里终归是不好受。

他说："林竟也邀请了我。"

我愣了愣："啊……"

他像是看出我的疑虑，又认真道："是真的。"

我忍不住伸手摸一摸他的头："那很好啊。"

小竟是个很好很好的孩子。

小竟不止一次无声地向我证明，自己已经放下了。我知道那以德报怨的大度，只是为了能让我好过一些。

潘多拉的魔盒

我很感激，欣慰，但又难免有点心酸。

受害者的宽容，不是我可以洗去自己过错的理由。身为罪人，却还要反过来得到宽慰和救赎，这本身就令我觉得更沉重。

我还能算是个有用的人吗?

我关掉了电脑上的账目明细,叹了口气,看了看窗外。

天色和我的心情一般暗沉,我该去把晾在阳台的衣服提前收起来了。

边叠衣服我边默默地想,书店很久没有盈利了。

严格来说,其实从一开始,它就不算赚钱的。能有利润,完全要归功于不用缴房租——陆风把店面买下来,让我随便用。

少掉房租这一笔巨大的开支,大大压缩了成本,这家店才能有盈余,不然光是那种黄金地段的店铺租金就够我喝一壶的了。

虽说如今书店不主打卖教辅的话,都很难经营,倒也不是我不够努力。但有时候我难免还是有些沮丧。

我知道尽管自己每天忙忙碌碌,实际上的收益还不如把店面租出去躺着收租金。

这意味着我的这份努力,其实完全是无用功。

不过无用功也就无用功吧,我也乐观地想着,只要账面上看起来是正收益,我就能当它是盈利的,是创造了价值的。

然而上一次受伤之后,情况就变得不同了。

其实等到大病初愈的时候,我以为书店早已经关掉了。

潘多拉的魔盒

毕竟我病了那么久，在当时天翻地覆的混乱里，根本不可能还有人有心思去顾及一家小小的书店。我只希望他们帮我结清书款，替我跟小杨和工读生好好交代，并支付给他们相应的离职补偿。

结果让我吃惊的是，书店居然一直好好经营着，甚至多招了两个人以顶上我的工作。

当然我很惊喜，也感动，我明白那是陆风的一片好心。书店再怎么经营惨淡，也是我这几年的心血所在，他想帮我留住它。

我现在只需要象征性地监督一下，给准备进货的书目清单提点意见，甚至不想提意见、不想去书店也没关系，新来的两个人异常能干，把书店打理得井井有条，选书和待客上都很好地维持了我一贯的风格。

如今我的身体更差了，若没有帮手，精力确实难以为继。人手充足了以后，我很轻松，书店的营业时间还能更长一些。

然而它彻底亏损了。

多了两个人的薪资支出，这种店不可能还有利润可言。

虽然陆风坚持这两个人是他雇来的，薪水该由他来出，不走我这边的账，但他这么卖力也很难让我再自欺欺人下去。

摆在眼前的是，我的这份事业，多坚持一天，亏空就更大一点，它已经连"徒劳无功"都算不上。

当然，钱可能不是问题，陆风不会在意那些小钱。问题在于，如果我的努力所创造的都是负值，那努力本身还有必要吗？

我还要骗自己到什么时候呢？

确实，一直以来我都不太甘心认输。尽管因为昏迷的那两年，我脑子确实变差了，体力也不如一般人，但我还是反复鼓励自己，我曾经是很聪明的，现在至少还四肢健全，没理由不能好好工作不能养活自己。即使没有年轻时候那么优秀，我也照样可以做个有价值的人。

然而一步步坚持到现在，无论是书店还是我自己，都在下坡路上渐行渐远。

我好像不得不承认，我可能已经被这个时代淘汰了。

我把折好的衣服放进衣柜，关上柜门，而后叹了口气。

把书店关掉以后，我还能做什么呢？

这个年纪很难找到工作了，想不出有什么我能胜任的技术岗位会招 40 岁以上的职员。

也许可以做保安或者送外卖？保安不行，时间不自由，还得上夜班，家里的猫和陆风都接受不了。送外卖呢？好像可行的样子……

忽然一个声音传来："你在想什么？"

我惊跳了一下，而后意识到是陆风回来了。他看起来很放松，脸上还有点笑容。

他今天去出席了一个很厉害的大会，和许多行业大佬一起接受嘉奖，毕竟他的公司在业界是知名的模范企业。

谁想得到这家伙当年偶尔还要求我帮他写作业呢。

我喃喃地："我在想，是不是该把书店关了。"

他笑意迅速从脸上褪去，问："为什么？"

"唉，开着也没什么意思吧……"

"怎么了？"他立刻问，"是他们做得不好？还是……"

"不不不，大家都做得很好，"我略微尴尬道，"什么都很好，只除了每天都在亏钱。"

陆风像是松了口气："那种事有什么好在意的。亏就亏呗。"

我哭笑不得之余，又有些落寞，说："你这话说得……亏钱的话，一家店还开来做什么呢？"

"有什么关系，"他说，"高兴就好啊。我是股东，你想怎么亏就怎么亏，想亏多少就亏多少。"

"……"听起来不是很吉利的样子。

我说："主要是，那样没有意义。"

他看着我，问："嗯？"

"我再忙，也是白忙啊，"我说，"要是熬过低谷能迎来转机，那么前期的失败倒也罢了。但这书店，一点希望也没有啊，如果不是用你的钱垫着，除了倒闭之外没有第二种可能，那我还坚持什么呢？拿别人的血汗钱为自己的无能埋单，这过于任性了吧。"

陆风正色道："首先，那不是我的血汗钱。"

我只能骂他。

他笑道："其次，你怎么会那么想呢？这和无能有什么关系？赚不到钱就是无能吗？"

"啊，那不然呢？"

"庸俗，"他一本正经地，"你啊！想不到你竟成了金钱的奴隶。"

我狠狠掐住他的耳朵说："你不也一样吗，有什么资格说我？"

"我们当然不一样了，"他理直气壮，"金钱是我的奴隶。"

我忍不住笑了。其实有时候他可恶得很可爱，我多希望那些说他凶的人，也能看到这一点啊。

"有没有意义，怎么能是用赚到多少钱来衡量的呢？"陆风说，"你为那些打工人提供了精神食粮，创造了一片心灵净土，这不就是意义吗？"

"……"好像有点道理啊。

"可以在店里展示和推荐真正喜欢的书籍，给小众的优秀作品一席之地，而不用为了盈利追着畅销书跑。不是每个开书店的人都能有这样的底气，而你有，这不好吗？"

我有点动摇了："但是……"

"书店关掉的话，那些常去店里的客人会很失望吧。"

"啊……"

"那一带就只有你一家书店，"陆风严肃地说，"毕竟现代人愿意看纸书的越来越少了，会去你店里看书的，哪怕不买，对书这个东西多少也是有寄托之情吧。你一关门，倒是简单，他们可怎么办呢？"

确实，店里有不少客人，初来的时候他们都很讶异于这里会有一家书店，而后再来，他们的眼神里时常有种"居然还开着啊"的庆幸和"还能一直开下去吗"的担忧。

想到那些情绪有一天会变成"果然还是倒闭了吗"，我心里也跟着不好受起来。

"而且，书店一关，小杨他们就要失业了。"

"啊！"

陆风像是陷入沉思："本来经济就不景气，他们要何去何从呢……"

可恶，不要这样唤起我的愧疚感啊……

"你看吧，你可以为爱书之人提供找到好书的地方，为打工人提供心灵的避风港，为小杨他们提供稳定的工作岗位，"陆风一本正经地说，"而这一切所需要付出的代价，只不过是我的一点小钱而已。"

"……"

"这事怎么会不值得做呢？"

我怎么以前没发现他这么有说服力啊。

可能因为他很少跟我讲道理吧。

年轻的时候他不容我和他争辩，年纪大了以后他不再和我争辩。

陆风有力下了结论："很多人需要你的书店。所以千万不要把它关掉。"

虽然知道他是在说好话哄我高兴，但我忍不住问："真的吗？"

我怕的就是自己不再有用，不再被人需要啊。

他认真地看着我道："当然了。"

而后他像看透了我的心一般，又低声说："很多人都需要你。"

我喃喃道："谢谢你这样哄我开心，不然我总觉得，我已经没有价值了……"

他立刻打断了我："不要乱说！"

他紧紧盯住我的眼睛："程亦辰，你的存在对有些人来说，有着至高无上的价值。

"所以请你，不要小看自己。"

番外三　遗嘱

陆风突然说："我明天要跟律师见个面，立份遗嘱。"

我问："你怎么了吗？最近是不是有哪里不舒服？"

他笑了："没有，我身体好得很，这个本来就该安排一下的，毕竟我能留下的东西不少，不提前安排的话，到时候对于身后人来说很麻烦。"

确实，他跟柯洛的父子关系至今没有公开，在没有被安排好的情况下，待他百年之后，柯洛要继承难免得打官司。留下的钱太多了，会闹出的龌龊事也多。

我叹了口气道："我能理解，但我还是不太喜欢这个话题。"

"但这个话题还是得你参与一下，"他说，"我想听听你的意思。"

"嗯？"

"具体的明天等律师把拟好的遗嘱带来给你看看，简单来说，就是大致分成两份，一半给你，一半给小洛，"他像是有些小心地看着我，"这样你会有意见吗？"

我惊讶地瞪着他："你疯了吗，当然有意见啊。"

"嗯？"

"为什么一半要给我？"我说，"当然是都留给小洛不是吗？我根本用不上啊！文扬难道还没本事给我养老吗？"

他摇摇头道："我想这样安排。"

我皱眉道："我们认识这么多年了，这么多年的朋友了，你觉得我是为了钱接近你吗？"

他笑了："当然不是。"

"哼。"

他认真地看着我："但我就是想留给你，不管你要不要。"

"当然我知道，理智上而言，那样对小洛不公平。虽说我认为他应该不会计较钱，但他会难过的，你也一定会骂我。"

他说："我知道你花不了多少钱，你这么节俭。你不需要它。但是，等你也离开的时候，你可以留给你选择的人，比如……"

他顿了一下，说："林竟。"

我明白了他的想法。

他想补偿小竟，不管出于什么样的觉悟，他有成心要这么做的意愿。

金钱当然不是万能的，但他只有这个能力而已。其他的他并无法做得到。

以小竟的个性，可能无法平静地接受来自陆风的赠礼，但来自我的遗产，应该就不同了。

我答应他："好。"

我突然又忍不住笑道："你怎么会觉得自己会走在我前头啊？你看看你的体质，我的体质，今年我都病好几次了，你连感冒都没有！就你这体格，少说能比我多活十来年，我都这样了，还能活到继承你遗产的那一天啊？遗产的分配方式，你得赶紧加上一条，如果我先去世了……"

他打断我："别说了！"

"怎么了，"我转头看着他，笑道，"不能这么不公平哦，你立遗嘱我都好好听着了，你怎么就听不得我的遗嘱呢？难道我还得铆足劲活得比你久啊，太为难人了吧……"

"拜托你，"他说，"一定要活得比我久。"

我不由得好笑："这又不是我能决定的！"

他说："没有你的日子，会很平淡无味。所以，你一定要长寿。"

"好。"